COLLECTION FOLIO

Panaït Istrati

Nerrantsoula
Tsatsa-Minnka
La famille Perlmutter

en collaboration avec Josué Jehouda

Pour avoir aimé la terre

Gallimard

Panaït Istrati (1884-1935), fils d'une paysanne roumaine et d'un contrebandier, a mené une vie vagabonde autour de la Méditerranée jusqu'au jour où, à bout de misère, alors qu'il était photographe ambulant à Nice, il tenta de se tuer. On trouva sur lui une longue lettre à Romain Rolland, qui n'était pas parvenue à son destinataire. Quand Romain Rolland en prit enfin connaissance, il trouva dans ce texte la promesse d'un écrivain, un prodigieux conteur comme l'Orient sait en créer. Panaït Istrati écrivit son œuvre en français, racontant d'abord des histoires de haïdoucs, ces bandits d'honneur qui luttèrent pour défendre les opprimés et les pauvres, au siècle dernier, en Roumanie : *Kyra Kyralina* (1924), *Oncle Anghel* (1925), *Présentation des haïdoucs* et *Domnitza de Snagov* (1926), *Les Chardons du Baragan* (1928).

Istrati partit en U.R.S.S., en 1927, en compagnie de son ami l'écrivain grec Nikos Kazantsakis. Il en revint profondément déçu et fut le premier à publier un « retour d'U.R.S.S. », *Vers l'autre flamme,* qui lui valut de nombreuses attaques et calomnies. Tuberculeux depuis longtemps, il revint dans son pays où il mourut prématurément. Son œuvre ne touche pas seulement par le merveilleux pittoresque, les aventures. C'est le cri d'un homme libre qui se lève contre toutes les oppressions, toutes les injustices. Istrati ne pouvait supporter qu'un homme inflige de la souffrance ou des humiliations à un autre homme.

Nerrantsoula

A Madame Alfred Boissier

Ce récit a paru en 1927 sous le titre : Le Refrain de la fosse, *accompagné de l'avertissement suivant :*

AVERTISSEMENT

Le titre de ce roman est : *Nerrantsoula,* et je veux qu'il soit rétabli, un jour, dans l'édition définitive.

Le Refrain de la fosse, que j'ai dû inventer dare-dare, n'est pas mon titre. Il m'a été imposé, sur l'affirmation sincère qu' « aucun lecteur ne saurait retenir » le mot, cependant si simple : *Nerrantsoula.*

C'est bien triste!

P.I.

PRÉSENTATION

Nerrantsoula *est née d'une heure de chaude lumière, d'une heure de danse : je peux dire que Panaït a écrit* Nerrantsoula *en dansant. Cela s'est passé un après-midi dans le sous-sol de l'Amitié — j'appelle ainsi le sous-sol de Georges Ionesco — un sous-sol qui s'éclaire parfois d'une bien étrange clarté à la Rembrandt avec ses ombres plus expressives que la clarté même...*

C'était après avoir bien mangé et mieux bu, lorsque les compagnons des heures lointaines se levaient dans la mémoire de chacun. Nous parlions de tout ce que nous avions connu et vécu dans notre enfance, des matins devant la mer, des après-midi autour des églises, des soirs devant la maison.

Ainsi nous en étions aux chansons, aux chansons chantées par nos mères et aux vieilles danses cantabile *que nos mères dansaient, nos mères de Roumanie et de Grèce. Et ainsi s'éveilla dans ma mémoire et sur mes lèvres, avec son sourire et son entrain, Nerrantsoula qui est une chanson et une danse des rivages de Grèce, du pays des marins au cœur bon et aux manières simples.*

Debout, mon verre en main, claquant des doigts, comme faisait ma mère Hélène, j'ai chanté et dansé Nerrantsoula.

Kato sto yialo
Kato sto perighiali...

... Chanson et danse c'est un monde. Et elles ressuscitent un monde. Le chant est le miracle qui porte en soi d'autres miracles. Et Nerrantsoula est une chanson miraculeuse, comme une source.

Ce jour-là le miracle fut pour Panaït la résurrection d'un monde et lui-même paraissait un ressuscité. Déjà, debout, avec un calme apparent sur son visage où revivait le passé et dans l'âme un amer tourment, il murmurait :

— Quoi? Tu chantes quoi? Tu dis comment? Ne-ran-tsou-la? Ne-ran-tsou-la?

Et il semblait s'adresser au fantôme de sa propre enfance, et insensiblement il reprenait la chanson et il commença, lui-même à chanter et à danser :

Nerrantsoula foundoti
Nerrantsoula mou condi...

Et il ressuscitait un lointain monde évanoui. Ah! quels jouets nous sommes du grand rêve!

C'était une étrange minute.

— Si tu savais! si tu savais! tu réveilles toute une vie!...

Et Panaït nous raconta les années de Braïla, les années de l'intrépide et rebelle Nerrantsoula, dont il était écrit dans le rythme du destin qu'elle serait chantée par le peuple comme la fille de la vague, sœur lointaine et symbolique de l'Aphrodite — mais finalement rendue elle aussi à la mer. Victorieuse et joyeuse elle sortait de l'écume marine pour retourner au royaume des ondes après avoir connu les mirages de la lumière et pour y emporter la dernière illusion que le désespoir permette aux mortels.

Nous avons passé toute cette soirée et plusieurs autres dans le « sous-sol de l'Amitié » à chanter en grec Nerrantsoula, Panaït et moi, jusqu'au moment où il fit surgir du papier, avec l'élan d'un danseur, l'histoire de l'infortunée et bienheureuse fille de Braïla.

Nerrantsoula *de Panaït, jeu de l'amour et de la mer, est rendue avec l'amour tué, à la mer — aux eaux légendaires du Bosphore.*

L'autre, la Nerrantsoula du peuple, vit et vivra toujours, malgré les guerres et les misères qui tuent le sourire et les chants, dans le cœur et sur les lèvres des mères et des filles des rivages grecs :

Elle vivra toujours,
Sur les grèves
Des îles roses,
Toujours indocile,
Toujours indomptable,
Avec ses chevilles
Si blanches
Que leur révélation
Passe comme un éclair sur la mer
Et illumine le monde entier.

Nerrantsoula! pour que l'Occident te saisisse il faut qu'il te voie et te lise comme tu as été écrite : telle une vieille et pure danse d'autrefois. Tu as été écrite en dansant. Il faut que tu sois lue en dansant.

Nerrantsoula! parmi les enfants de Panaït tu es celui qui porte en soi avec la plus profonde intensité une musique riche et naturelle. Tu es musique. Istrati et Nerrantsoula sont de ces spectacles que nous devons plutôt sentir que chercher à comprendre et à expliquer.

Istrati lui-même, comme un joueur déraisonnable et fatal aux jeux de l'or, jette toujours son cœur au destin, sans jamais vouloir expliquer la valeur de sa monnaie, sans jamais savoir si cette monnaie a cours aux jeux connus de l'Occident soit dans les mots soit dans les idées.

Ainsi de Nerrantsoula : une large et significative partie de sa musique se traduit dans un refrain d'une sonorité étrange et indéchiffrable, un refrain qui, peut-être, suggère mais ne livre pas le secret. Refrain qui nous suit après chaque action aux moments les plus pathétiques :

— Aman! Moré! Aman! Aman Nerrantsoula!

pour nous révéler le cœur même de l'homme et montrer comment les fleurs de la vie noircissent et tombent au souffle amer de la souffrance.

— Aman! Moré!

Ici Istrati, tout en écrivant en français, laisse sa pensée et son cœur parler leur langue maternelle, la langue du monde d'où il sort. S'il donne la partition de sa musique dans la gamme de l'Occident, il en garde la clef qui est la gamme d'un autre monde et cet Aman Moré! *est une des plus belles clefs de Nerrantsoula, rhapsodie de l'enfance.*

Mais tous ceux, hommes et femmes, par toute la terre et tous les temps, dans l'amour ou dans la haine, dans le sacrifice ou dans le martyre, libres ou entre les murs des prisons, au moment de la naissance ou à l'heure de la mort, dans la joie ou dans la douleur, tous ceux qui ont senti le tragique du mystère et, s'adressant à Dieu ou aux hommes, aux pères ou aux bourreaux, ont lancé le grand cri déchirant : « Frères! Frères! Pitié! Pour l'amour de la vie, frères! Au secours! au secours! Pensez à notre fraternité! Venez! nous avons trop souffert! assez! assez!

assez »! tous ceux-là doivent sentir que l' « Aman » chanté par Istrati aux moments les plus décisifs et les plus cruels de la vie de ses camarades et frères n'est que notre cri devant le destin — le destin suspendu sur les dieux et sur les hommes.

Apostolis Monastirioty.

J'ai vécu à Alexandrie d'Egypte quelques hivers ensoleillés, il y a longtemps de cela. Et si les souvenirs qui me reviennent de cette époque ne sont pas trop joyeux, comment ne pas m'éprendre, comment ne pas m'emballer de ces rares instants qui renversent la chaudière à malheurs de nos existences et nous gonflent de joies à faire éclater le cœur?

Malgré ma vie de dur labeur, j'ai connu, oui, de tels instants.

C'était le soleil hivernal d'Alexandrie, son soleil méditerranéen, qui me les donnait. Pour lui, pour sa Méditerranée et pour mon désir de vivre, j'acceptais les grosses tranches d'amertume que mon destin me servait sur un même plateau.

J'acceptais, car je pressentais que la vie retire tout le plateau à ceux qui tendent la main pour n'y prendre que le soleil.

Peu d'heures de lumière m'octroyait le destin contre une journée de travail sans charme, mais je forçais la dose de bonheur en grossissant volontairement les tranches d'amertume : je me privais de bien des choses nécessaires à la vie, pour mieux abreuver mes yeux de clarté qui inonde, de ciel qui étourdit et de Méditerranée qui s'envole. Pour tout dire, j'étais un méchant ouvrier. J'abandonnais l'ouvrage, sans excuse, dès qu'une mouche me narguait avec son pouvoir d'accaparer le soleil.

Alors, le cœur gros de cette défaillance que les hommes

sont heureux de punir, je partais... Je partais, rempli de liberté et vide d'espérance.

Mes jambes, lourdes elles-mêmes de tant de bonheur chèrement payé, me conduisaient toujours, en bordure d'Alexandrie, à Ramleh, d'où les palmiers africains contemplent, par-dessus la Méditerranée, leurs frères échelonnés sur les Côtes d'Azur, sur les Ramleh européennes. La même mer les caresse ou les rudoie. Le soleil, généreux comme nous le connaissons, les baigne des mêmes violents rayons.

A Ramleh il y a des établissements somptueux, comme dans toute contrée féerique où les riches veulent être seuls, seuls à digérer leur maigre joie. Mon Dieu, à voir de quelle piteuse façon ils s'ennuyaient sur les terrasses en dégustant leur odieux Rien, je comprenais pourquoi la vie était si sévère, dans son ingratitude, avec un pauvre comme moi.

Et j'osais, moi le pauvre, aborder ces terrasses encombrées de riches, ces maisons où le narguilé et le café, mes délicieux vices, se payaient des prix inabordables pour ma bourse. Mais rien de ce que j'ai désiré dans ma vie ne m'a été inabordable : j'ai souvent réglé mes joies contre du sang, monnaie que les banques ignorent, et je ne le regretterai jamais, car ce sont ces bains de lumière qui m'ont fait supporter les ténèbres de mon existence.

Pour un café et un narguilé, à Ramleh d'Alexandrie ou sur les grands quais de Smyrne, pour une heure de rêve qui était toute ma vie d'une journée, parfois d'une semaine, j'ai toujours fait comme ce brave Roumain qui dit, dans la chanson populaire :

J'ai donné, près de m'amie, en un soir,
Toute ma « peine » d'un été.

Oui, je donnais... Il faut beaucoup donner pour beaucoup avoir.

Cela se fait tout seul et sans effort. Mais là n'est pas la question.

*

On n'aime pas la lumière sans aimer du même coup les hommes. Pas tous les hommes. Personne ne les aime tous et Christ même ne les a pas aimés si bêtement.

Nous aimons ce qui nous ressemble sous des aspects multiples. Nous aimons nos désirs.

Un après-midi, à Ramleh, sur une terrasse encombrée d'un prétentieux bétail humain, j'ai vu un homme. Lui aussi m'avait vu. Et j'ai su tout de suite ce qu'il cherchait là, ce qu'il regardait, ce qu'il sentait. Lui aussi avait su tout cela pour moi, et bien mieux, nous avions deviné dans nos regards francs la nuance de nos désirs, le miracle de nos ressemblances.

Cela n'arrive pas toujours. Souvent, en appréciant les hommes, je me suis trompé de moitié, jamais totalement. Mais plus je me trompe, mieux cela vaut, puisqu'il ne peut s'agir ici *que de la belle vie, saine comme l'eau de source et puissante comme la foudre*.

J'aime l'homme quand il porte en soi, dès sa naissance, l'amour d'amitié. J'aime la femme quand son sang est embrasé par la passion charnelle. Je me livre à eux sans marchander, avec frénésie. Cela coûte cher, mais jamais les déceptions subies n'ont diminué, jamais elles ne diminueront la somme de mes désirs.

Avec la rage du joueur je cherche partout ma fortune. Je joue toujours gros jeu, car je déteste la mesquinerie. Si je me trompe, je ne perds rien : c'est l'autre qui perd. On ne perd rien quand on se livre entièrement : autrement, autant dire du soleil qu'il s'épuise quand il se livre sans ménagement ni choix. Et tant pis pour les glaciers, qui cependant fondent eux-mêmes! Mais quand je gagne, un trésor m'est acquis! Je parle de l'amour d'amitié, car hélas! la passion charnelle est comme l'éclair : violente, mais sans durée.

Voilà comment est faite ma glaise et ce qu'elle aime. Je n'en suis pas mécontent. Mes grands amis non plus. Et Marco, que je compris et qui me comprit en moins de temps qu'il ne nous fallut pour fumer nos narguilés, ce jour-là, à Ramleh, Marco fut peut-être le plus heureux de tous.

La délicieuse canaille essaya cependant de se défendre. Il savait bien que ce serait inutile, car le besoin d'aimer et de se déboutonner est plus fort, chez les affectueux, que la pudeur qui oblige à cacher les meurtrissures. Toutefois il voulut me prouver sa réserve d'homme du monde, ce « pauvre homme du monde » qui mange de l'herbe, boit de l'eau, aime avec la force des mollusques et dissimule ses moindres égratignures! Et, cet après-midi d'inoubliable rencontre, Marco me plaqua, gravement, sans un signe encourageant, et s'en fut.

Comme un homme du monde.

Son chien-loup l'agaçait, avec sa joie débordante : il lui demandait un caillou, lancé le plus loin possible. Marco, songeur, les mains réunies derrière son dos un peu courbé, marchait sur la grève et ne répondait pas à l'amour de son meilleur ami. Je ne fus pas dupe de cette indifférence. Je le suivis longtemps à distance respectable, me remémorant les détails de son beau visage d'ami qu'il fallait empoigner. Et, un jour, je l'ai empoigné. Comment? Cela ne s'enseigne pas.

Et maintenant, oubliez-moi. De moi, il ne sera plus ici question. Ecoutez cette histoire qui s'est passée dans des coins de la terre que la plupart de vous ignorent.

C'est l'histoire racontée par l'homme que j'ai découvert sur une terrasse à Ramleh d'Alexandrie, un homme que j'aimais sans savoir pourquoi, et qui me creva souvent le cœur avec cette alerte chanson grecque dont la première strophe se traduit à peu près ainsi :

Au bord de la mer, sur la grève,
Nerrantsoula foundoti!
Une vierge rinçait sa jupe,
Nerrantsoula foundoti [1]*!*

1. Petit bigaradier (oranger d'oranges amères) touffu.

Première partie

J'avais environ seize ans quand mon père acheta une maisonnette de la rue Juive, à Braïla. Nous y emménageâmes aussitôt. Je savais que, comme d'habitude, cette demeure ne nous garderait pas longtemps, car mon père ne faisait qu'acheter des maisons délabrées, les mettre en état et les revendre au premier amateur. C'était en somme son métier, bien rémunérateur. Celui de ma mère, nullement fatigant, consistait à seconder son mari, dans ses interminables parlotes d'affaires, alors qu'une servante s'occupait du ménage et se chamaillait avec les travailleurs qui rafistolaient la baraque.

Là-dessus, mon devoir à moi était de courir au bistrot du coin chercher des bouteilles de vin pour mes parents et leurs clients qui, tous, buvaient et parlaient « maison à vendre », « maison à acheter ». Cela m'ennuyait à périr. Pour m'amuser, je jetais du mortier dans les sauces de notre servante et du sel dans le plâtre des maçons, ce qui brouillait tout le monde et faisait varier le brouhaha. J'aimais encore jouer dans les rues avec mes gros cerfs-volants, tête nue, la chemise ouverte contre le vent et toujours seul. Seul, oui, quoique je ne fusse ni poltron ni farouche, mais je redoutais les pierres lancées par les gamins, particulièrement du jour où l'une de ces pierres rencontra ma tête et la troua.

C'est pourquoi, en emménageant fraîchement dans la

« mahala » juive, je me tins à l'écart des garçons de notre nouveau quartier. Ceux-ci, bien qu' « enfants de Juifs », — ce qui signifiait : craintifs, point dangereux, — n'en offraient pas moins mille occasions de se faire casser la tête, car, précisément à cause de leur couardise, les petits Roumains des environs n'avaient aucune peine à venir les battre chez eux. Sein et poches bourrés de cailloux, ils envahissaient la rue, et du matin au soir les projectiles volaient en tous sens. On en recevait même dans la cour, par-dessus la palissade.

Aussi me fallut-il, bon gré mal gré, renoncer momentanément au plaisir, fort goûté dans ces changements de domicile, d'aller rôder dans la rue, reconnaître les lieux, voir de nouvelles gens et de nouvelles mœurs. Par contre, une préoccupation inattendue vint toute seule s'offrir à ma soif d'aimer.

Dans ces « mahala » les cours sont séparées par des palissades aux vieilles planches entrouvertes. On peut voir tout ce qui se passe chez le voisin. Et comme on est là-bas fort curieux et peu poli, on regarde bien à son aise. C'est ce que je fis moi-même, à l'exemple des grands, qui ne se gênaient point à l'occasion pour se cracher au visage et se montrer le derrière nu au travers des ouvertures.

Je n'eus, moi, rien à montrer et personne à conspuer. Bien au contraire, j'eus le plaisir de voir tous les jours, dans la cour située à droite, une fillette de quatorze à quinze ans qui se mouvait comme le poisson dans la rivière et ne daignait pas comprendre que moi aussi j'avais l'envie de faire comme elle. Mais elle était fille, et, telle la chienne qui ne craint pas la morsure du mâle, ne craignait pas les cailloux des garçons. (L'enfant, quand il devient homme, perd jusqu'à cette humanité-là et frappe la femme enceinte.)

Noiraude et chevelue, pareille à une bohémienne. La grosse natte soigneusement tressée. Le visage, — ovale, très sérieux, aux grands yeux perçants, aux lèvres charnues, — était toujours bien lavé, comme les mains, les jambes et les pieds.

D'ailleurs, elle n'avait affaire qu'avec l'eau. Dès la levée du jour, les bras chargés de deux seaux en tôle, ce n'était qu'allées et venues entre la pompe du quartier et les maisons qu'elle approvisionnait, contre un sou le voyage, à la condition expresse que les seaux fussent « bien pleins ». Pour y arriver, et aussi pour ne pas s'encombrer les jambes, elle écartait les récipients au moyen d'un cerceau en bois dur, au milieu duquel la petite porteuse trottait. Tout de même, ce travail devait être exténuant, car je la voyais souvent la figure contractée, la bouche tordue, la lèvre inférieure pendante, suant fort, mais jamais triste, jamais accablée, joyeuse dès qu'elle déposait son fardeau et prête à l'espièglerie. Non point à l'espièglerie bête avec les gamines du quartier, mais, seule dans sa cour, avec de beaux petits chiens qu'elle lavait, parait de mille rubans et cajolait sans cesse. Ou bien, lorsqu'elle en avait assez de ses toutous et pas de courses à faire, elle déguerpissait. Durant des heures, je ne la voyais plus. Au retour, sa figure inondée d'extase, elle empoignait les seaux, courait à sa besogne, la finissait, et se jetant à l'ombre d'un mûrier, reprenait la toilette des chiens, auxquels elle prodiguait les soins et la plus maternelle tendresse.

Personne autour d'elle. Aucune tutelle. Pas de parents, pas de cris, pas de jurons. Des demandes d'eau, de toutes parts.

La nuit l'engloutissait, elle et ses bêtes, dans un murmure de caresse et d'invitation au repos.

Le matin la retrouvait trépidant dans le cerceau, bras et cou tendus, les poings serrant les anses écartées, la lèvre un peu tremblante. Puis c'était les chiens, les disparitions soudaines, la rentrée rayonnante.

Je voyais tout cela, par un été, au début des grandes vacances.

— Mère, qui est cette fillette qui porte de l'eau?

— Une orpheline.

— Comment s'appelle-t-elle?

— Je ne sais pas. Personne ne le sait. On lui dit *sacadgitza* [1].

*

Une orpheline... Venue depuis une année, Dieu sait d'où... Qui *s'était toujours refusée à dire son nom et celui de ses parents...* Que *Stana, la vieille propriétaire, avait accueillie,* et que *le monde appelle la porteuse d'eau.*

. . . .

C'est, à peu près, tout ce que le « monde » savait sur cette fillette. Et dès que « le monde » eut sa froide curiosité satisfaite, il baptisa l'intruse du nom de *sacadgitza,* lui tourna le dos et vaqua à ses affaires, affaire de ramasser, affaire d'entasser, affaire de « maisons à vendre » et de « maisons à acheter ».

Pauvre *monde!...* Et toi, pauvre *homme du monde!...* Combien je vous plains!... Vous rencontrez sur votre route un être humain aux mâchoires raidies, engourdies par le gel de l'existence, et, en guise de lui prouver votre chaleur, votre large humanité, vous lui demandez promptement :

— Dis-nous, inconnu, — le temps de te tenir sur une jambe, — qui tu es, d'où tu viens, ce que tu penses de notre opinion et ce que tu comptes faire parmi nous?

Et le malheureux, ne pouvant desserrer les mâchoires pour vous répondre ou au moins vous cracher au visage, vous regarde. Et, pressés comme vous êtes, vous lui tournez le dos, vous lui collez un nom d'emprunt, comme on attache une casserole trouée à la queue d'un chien, et vous filez à vos affai-

1. En roumain : *porteuse d'eau.*

res. Vous filez : toi, pauvre *monde...,* et toi aussi, pauvre *homme du monde...*

Comme je vous plains...

*

Un jour que je m'approchais timidement de la palissade, la petite solitaire vint brusquement me dire, à ma grande surprise :

— Pourquoi joues-tu rien que dans la cour?

Ah! le plaisir que cette marque d'amitié me causa! Mon cœur battit rapidement. Je sentis mes joues s'embraser. La parole me manqua. Je baissai les paupières.

Elle se tenait droite, de l'autre côté de la brèche, caressant son petit chien favori, « Léou », qu'elle serrait contre sa poitrine, et répétait doucement, harmonieusement :

— ... Pourquoi? Pourquoi?... *Marco...*

Je tressaillis et balbutiai :

— Tu sais donc que je m'appelle *Marco?*

— J'ai entendu t'appeler ainsi...

Avec un effort sur moi-même, je réussis à la regarder en face et à demander :

— Et toi, comment t'appelle-t-on?

Tout naturellement elle répondit :

— *Sacadgitza.*

Ce fut un poignard que je reçus dans le cœur. Je tournai le dos et m'enfuis pour aller pleurer.

Elle admettait tranquillement cet horrible sobriquet de *sacadgitza!* On appelait de ce nom la plus belle enfant de mon enfance!

— Et qu'est-ce que ça peut faire? me disait-elle le lendemain, quand je lui eus avoué ma révolte, ma répugnance. Qu'est-ce que ça peut faire? *On est ce qu'on est...*

Puis, adoucissant le ton :

— ... Suis-je *pour toi* une *sacadgitza?*

Pour moi!... Oh! *pour moi!...* Non! Non! J'arrachai une planche, passai par l'ouverture et l'écrasai dans mes bras. Son corps était dur comme pierre. Une odeur encore inconnue, une odeur de chair aimée me coula dans les veines : c'était comme le parfum d'un fruit exotique que l'on savoure pour la première fois.

Je la lâchai promptement et repassai dans notre cour. Là, nous nous regardâmes honnêtement dans les yeux. Les siens étaient grands ouverts, et, on eût dit, étonnés. Son visage, parfaitement immobile, tranquille, dépourvu de toute émotion. Moi... moi, j'étais sans souffle.

Autour de nous, personne. La rue déserte elle aussi.

Cela se passait par un après-midi étouffant du mois d'août, quand les sédentaires de la banlieue dorment tous, après avoir chassé les mouches et baissé les persiennes.

La semaine suivante un événement survint qui me fit gagner le cœur de mon amie.

Un matin. Elle trottait vaillamment d'un bout à l'autre du quartier, portant de l'eau à ses clients. Pendant ce temps, je jouais avec mon cerf-volant dans la rue, mais tout près de ma porte. Le cerf-volant planait très haut. Je lui avais « donné » toute la ficelle de ma pelote pour l'essayer au grand vol. Je ne voyais rien, n'écoutais rien. Je m'appliquais à saisir les qualités et les défauts de mon jouet, quand un cri lointain me fit frémir : c'était la voix de mon amie.

Tout en haut de la rue, elle laissait tomber ses seaux, battait des mains, hurlait et courait vers moi à toutes jambes, comme une désespérée, en me faisant des signes. Je regardai derrière moi, je vis une voiture à deux chevaux s'approchant au grand trot, alors qu'au milieu de la route, le petit ourson Léou, échappé de la cour, se grattait tranquillement une oreille, insouciant du danger. Un instant d'hésitation, et mon amie eût vu écraser son chien le plus aimé.

Je lâche mon cerf-volant — qui va dégringoler dans les nues, — je me précipite et arrache l'animal aux sabots des chevaux, mais je suis heurté par la voiture et tombe évanoui.

Au réveil, beaucoup de monde autour de moi. On me frottait avec de l'alcool quelques côtes abîmées. On se lamentait.

Puis, le monde parti à ses affaires, je pus aller, seul, à la palissade. Mon amie m'y attendait, Léou dans les bras. Elle me le passa par l'ouverture, mais en le prenant je fus effrayé de la mine angoissée de ma mignonne.

— Pourquoi es-tu si pâle? lui dis-je.

— Je te le donne! fit-elle, étranglée. Sauras-tu aimer une chose comme ça!

— Oui, beaucoup.

— Et qu'es-tu capable de faire pour ce que tu aimes?

— Tout!

— C'est vrai... Tu me l'as prouvé... Je suis bête... Pardonne-moi.

Et cette fois c'est elle qui passa par l'ouverture, me prit la tête dans ses mains et me baisa les deux joues.

Ce furent les premiers et les seuls baisers voluptueux qui, dans ma vie, ne m'aient coûté qu'un peu de douleur aux côtes. Les autres, tous les autres...

Mais pourquoi aller si vite!...

*

Mon mal de côtes me tint pourtant plusieurs jours alité. La maîtresse de Léou et de mon cœur venait me voir et caresser son chien, tous les après-midi, une heure ou plus.

J'aurais donné toute ma santé inutile pour prolonger ce bonheur de malade aimé. Eternel, soit louée ton œuvre! Nous la jugeons imparfaite, parce que nous sommes stupides, mais pardonne et ne t'occupe pas de notre mesquine jugeotte! Une seule chose est à regretter : que tu n'aies pas pensé à nous mettre un second cœur à la place de cette pauvre cervelle, si encombrante!

— Marco, me dit mon amie (un jour qu'elle était assise sur mon lit, un de ces jours du mois d'août riches en soleil, en moustiques et en poussière fine), Marco! Es-tu jaloux?

En disant cela, son visage devint aussi blême qu'au moment où elle se séparait de son chien, sauvé par moi.

— Jaloux? fis-je. Pourquoi cette question? Et pourquoi cette angoisse?

— Parce que je t'aime *toi, toi et un autre encore!...*

En entendant cet aveu, ma cervelle se renversa, le lit se mit à tourner, et je faillis écraser Léou.

— Oui, ajouta-t-elle, je vous aime tous les deux, comme *un seul,* comme j'aime Léou. Voilà tout ce que j'aime! Faut pas te fâcher. C'est ainsi.

Et elle m'embrassa violemment, mais elle eût mieux fait de m'appliquer un coup de marteau au front.

Je sentis tout de suite qu'il ne fallait pas pleurnicher, que j'avais affaire à une créature forte et à un rival fort, et que ce n'était qu'en me montrant fort à mon tour, plus fort même qu'eux deux, que j'arriverais à combattre et à conserver ma place. Je sentis cela. Le temps m'a donné raison. Raison amère...

— Qui est ton *autre?* demandai-je, suffoqué.

— Tu le verras... quand nous irons sauter la fosse chez les *nerrantsoula foundoti.*

— ... Chez les... quoi? *Nerrantsoula foundoti?* Qu'est-ce que cela veut dire?

Je savais bien ce que ces mots grecs signifiaient, car je connaissais parfaitement le grec; mais quand même je ne comprenais rien et je la regardais bêtement.

Elle partit d'un grand éclat de rire, si beau, si sonore, si étourdissant, que j'oubliai tout mon mal. Léou aussi oublia son mal. Et tous les trois, roulant dans le lit, nous rîmes, nous nous mordîmes et aboyâmes comme trois jeunes bêtes heureuses.

— Dis-moi, ma belle, ma belle... *Nerrantsoula...*

— ... Tu m'appelles *Nerrantsoula*? s'écria-t-elle, interdite.

— Oui, mais...

— ... Ce n'est pas encore quelque chose comme *sacadgitza?*

— Non! non! *Nerrantsoula* veut dire : *petit bigaradier;* et *foundoti :* touffu. Tu es donc pour moi : ma petite orange amère, mon petit bigaradier touffu! C'est le refrain d'une chanson grecque, que tu as entendu et que tu répètes comme un perroquet. Dis-moi ce qu'est cette fosse que tu sautes, et où?

— Dans la « oulitza Kaliméresque [1] »... Là-bas les ouvriers ont éventré toute la rue, d'un bout à l'autre, pour y poser des tubes et amener l'eau dans la chambre. On dit que chez le préfet il y en a déjà : on va au mur, on tourne un truc qui s'appelle « robinette » et l'eau coule toute seule. J'aimerais bien voir ça! Le crois-tu? L'eau du Danube qui monte *toute seule* dans la chambre? Ouais!...

Je ne savais pas plus qu'elle si l'eau du Danube montait ou non *toute seule* dans les cuisines, et ne croyais guère à cette

1. *Rue Grecque,* baptisée ainsi par les Roumains qui entendaient les Grecs se dire, du matin au soir : *Kali-méra,* bonjour.

histoire de « robinette » qu'on « cloue dans le mur », qu'on « tourne » et qui lâche un jet d'eau « sans fin », « si sans fin que tout le Danube pourrait couler dans la chambre ».

Mais je savais et croyais autre chose : notamment que ma Nerrantsoula aimait un Grec, dans cette « oulitza kaliméresque » éventrée par la municipalité, que là-bas elle courait tous les après-midi, et que de là-bas elle rentrait joyeuse, extasiée, rouge comme la rouille.

Que se passait-il là-bas? Quel était ce garçon qui me prenait la moitié de mon amie?

Une pointe douloureuse me vrilla le cœur. J'aurais voulu tuer ce rival, mais je ne savais pas me battre ni lancer une pierre.

Je la regardai droit dans les yeux.

— As-tu embrassé *l'autre* comme tu m'as embrassé, moi?

— Oui, je l'ai embrassé, mais, *lui*, c'est une chose, et toi, c'est une *autre chose*. Faut pas te fâcher. Viens voir...

— Voir quoi? qui?

— Epaminonda... L'*autre*... Il est si brave. Tu l'aimeras aussi.

*

La nuit descendait doucement sur une journée meurtrie par la chaleur torride.

Nous enfermâmes Léou avec les deux autres chiens et nous dirigeâmes vers la « oulitza Kaliméresque ». Dans la rue, la poussière rafraîchie chatouillait agréablement nos pieds nus. Tous les gamins étaient dehors. Ils nous hélèrent, mais nous n'y fîmes guère attention. D'autres sentiments nous obsédaient.

Au fait, elle paraissait tranquille. Sa démarche nonchalante; le calme de ce bon visage de vierge; les bras (ces bras fermes comme deux serpents forts, ces bras durcis par les lourds seaux), qui pendaient dans un repos complet et tout ce corps pétri par une peine ingrate, tout cela m'effrayait et m'attirait. Je n'arrivais que péniblement à maîtriser ma débordante envie de la mordre, de la faire crier.

Pourquoi m'avait-elle dit aimer encore *un autre?* Cet « autre », je ne le supportais pas.

O égoïsme charnel! Dois-je te maudire ou te bénir? Aujourd'hui, quand du sommet de ma montagne je puis considérer tout le bien et le mal de la vie, je me demande si la vie pourrait se passer de toi, de toi, massacrant égoïsme charnel!

Il faisait presque complètement noir quand nous arrivâmes dans la rue habitée par les Grecs. Le fossé, tranchée interminable, était à nos pieds. Aucune lanterne. Déchirure noire, profonde, hérissée de sa colline de glaise, et toutes deux, parallèles, courant se perdre dans la nuit mystérieuse telle la route de notre destin. De rares réverbères à pétrole répandaient çà et là leurs lueurs borgnes, comme des pressentiments, alors qu'à droite et à gauche, les maisonnettes solitaires s'alignaient l'une après l'autre comme autant de pièges inévitables.

Transi de peur, d'une peur insensée, je saisis Nerrantsoula aux épaules, la serrai sur ma poitrine et lui dis :

— Que cherches-tu ici?

Elle m'enlaça vigoureusement la taille, et, les yeux baissés vers le fossé, répondit imperceptiblement :

— Je ne sais pas... Cela me plaît...

— Sauvons-nous! lui murmurai-je, en l'écrasant dans mes bras. Sauvons-nous et oublie ce lieu! N'y retourne plus!

Elle se tut et ne bougea pas.

Alors, je me rappelle lui avoir prophétisé, dans un cri :

— Tu paieras cher si tu ne t'arrêtes à temps : les Grecs sont dangereux!

Elle continua à se taire, à me serrer et à regarder la tranchée devenue noire comme le bitume.

Soudain des voix s'élevèrent dans l'obscurité lointaine. Une multitude de gamins chantaient et, à mesure que, nous approchant, la mélodie et les paroles se précisaient, je sentais le corps de mon amie tressaillir de brefs frissons.

Au bord de la mer, sur la grève,
Nerrantsoula foundoti!
Une vierge rinçait sa jupe,
Nerrantsoula foundoti!

. . . .

Avec une violence que je ne lui soupçonnais guère, comme un gros poisson à peine tiré de l'eau, elle s'arracha de mes bras et, sans plus, se mit sur-le-champ à sauter le fossé dans les deux sens, zigzaguant, s'éloignant dans la direction des chanteurs et répétant, chaque fois qu'elle sautait la fascinante tranchée :

— *Nerrantsoula foundoti!... Nerrantsoula foundoti!...*

Je restai cloué sur place et suivis du regard, tant qu'il me fut possible, le fantôme léger de ma Nerrantsoula. Puis un silence mortel pour mon âme domina la banlieue pendant quelques minutes, et enfin j'entendis la voix aimée éclater dans le noir :

— Marco! viens, Marco! viens!

Le temps d'une seconde, j'eus l'idée de fuir, de ne plus jamais la voir, mais l'ordre du destin est impitoyable et je me soumis, comme si deux mains caressantes m'eussent poussé : va, va vers celle qui t'appelle!

J'allai... Comme un automate.

Un premier lampion et deux silhouettes, celles d'Epaminonda

et de Nerrantsoula, surgirent de l'obscurité, puis, à une vingtaine de pas en arrière, d'autres lampions et d'autres silhouettes : une dizaine de garçons grecs, entre dix et quinze ans. Ils étaient, tous, têtes, jambes et pieds nus. Les lampions qui oscillaient dans leurs mains étaient faits de grosses pastèques évidées et criblées d'entailles de formes géométriques : ronds, carrés, losanges, triangles, rectangles, croissants, par où filtrait la lumière d'une bougie fixée au fond de la pastèque. Certains de ces lampions avaient leurs trous couverts de feuilles de papier transparent et multicolore.

A mon approche, Epaminonda s'arrêta. Sa bande l'imita, gardant la distance. Je compris que j'avais affaire à un commandant. Tout Grec naît commandant. Il leva sa pastèque-lampion et éclaira un instant nos deux figures, pendant que Nerrantsoula, silencieuse, se tenait tout près, droite, les mains réunies derrière le dos.

Le visage d'Epaminonda, osseux et basané, me fut tout de suite sympathique. La sincérité n'y manquait pas. C'était un garnement un peu plus âgé et un peu plus fort que moi. L'arrogance grecque, que je détestais tant, ne se voyait nullement. Il me donna la main et prononça d'une voix presque mâle :

— Bonsoir Marco! Sois le bienvenu dans notre « mahala ». Nerrantsoula (on l'appelait déjà Nerrantsoula!) dit que tu es brave. Je le suis. Elle l'est aussi. On va voir où nous irons, avec une brave aimée par deux braves qu'elle aime! Allons maintenant chanter et nous balader ensemble. Tu connais le grec, à ce qu'il paraît?

Sans attendre ma réponse, il prit la tête de ses voyous, — Nerrantsoula entre nous deux, bras-dessus, bras-dessous — et commanda :

— Hé! palikarias!... un, deux, trois :

Au bord de la mer sur la grève,
Nerrantsoula foundoti!

. . . .

Marche à cadence parfaitement rythmée et bondissante d'allégresse. Le sol tremblait sous nos pas secs. Les cœurs tremblaient également. Epaminonda, la tête renversée en arrière, dominait toutes les autres voix, et il me semblait que le fossé dont nous longions la crête était devenu un peu moins sombre.

Nerrantsoula et moi, nous nous taisions; mais loin qu'elle fût insensible, ainsi qu'elle en avait l'air, je sentais son corps vibrer comme une corde de harpe mordue par les doigts. Sa natte battait la mesure à chaque pas qu'elle allongeait, cependant que sa main gauche me tenaillait le bras.

Je ne me trouvais pas trop mal. Je me jugeais même de taille à lutter victorieusement contre cet Epaminonda qui chantait bien et nous faisait marcher mieux encore, quand, alors que je me demandais comment cette soirée allait finir, l'amie disputée glissa brusquement de nos bras, recommença ses zigzags pardessus le fossé et disparut dans la nuit avec son refrain : *Nerrantsoula foundoti! Nerrantsoula foundoti!*

De loin en loin, quand elle passait devant un réverbère, son ombre se trahissait un court instant, puis nous ne la revîmes plus.

J'en fus stupéfait. Très calme, Epaminonda me dit, avec une poignée de main :

— Bonne nuit, Marco... Elle ne reviendra plus ce soir. C'est une toquée.

Je rentrai seul et triste. Mais, arrivé à la palissade, un désir invincible me poussa de l'aller voir.

Sa petite chambre, tout au fond de la cour, avait la porte grande ouverte. La lune inondait de lumière le visage endormi de Nerrantsoula, Léou dans les bras, les deux autres chiens sur les pieds, vêtements en désordre, seaux et cerceau dans un coin.

J'avançai sur la pointe des pieds et appuyai doucement mes lèvres sur le front de l'incompréhensible amie.

Elle ne se réveilla point. Moi, je n'ai pas fermé l'œil, cette nuit-là.

*

L'enfance et surtout le début de l'adolescence sont des étapes de la vie que nul ne comprend. On a beau les avoir vécues, les parents, les époux ne les comprennent pas plus que les célibataires, et c'est très bien qu'il en soit ainsi, sinon la vie serait atrocement uniforme : l'enfance, l'adolescence, la maturité et la vieillesse sont quatre vies, quatre façons d'exister; vouloir couler l'une dans le moule de l'autre, c'est les tuer toutes.

Je sais aujourd'hui que le fluide vital qui coule dans nos veines, selon notre propre tempérament, réclame son droit à se manifester dès l'instant où nous commençons à respirer et qu'il est totalement étranger à ce que nous nommons logique, bon sens, raison. La raison, elle est au créateur. Nous, nous pouvons nous soumettre ou ne pas nous soumettre, c'est tout. Et c'est là le destin. *Il est écrit sur notre front,* dit l'Oriental.

*

Il était écrit sur le front de Nerrantsoula, sur celui d'Epaminonda et sur le mien de nous entendre dans la violence et de nous entre-détruire dans l'amour.

Ma pauvre raison m'avait conseillé, cette nuit d'insomnie,

de couper court avec les Grecs, leur commandant, leurs chansons et leur sombre fossé. Je m'étais décidé à ne plus mettre le pied dans la « oulitza Kaliméresque », mais ce fut Epaminonda qui vint, dès le lendemain matin, me parler d'un exploit séduisant :

— Tu connais Miou, me dit-il gravement. Eh bien, Nerrantsoula me souffle sans cesse à l'oreille que Miou est le plus fort au cerf-volant. Personne ne peut l'avoir. Cela me déplaît. Et à toi?

J'étais déjà rouge de colère en apprenant que Nerrantsoula en admirait un autre que moi en matière de cerfs-volants. J'en avais de toutes les dimensions, dont le plus grand, en papier doublé de toile, me dépassait de cinq empans en hauteur! Nul comme moi ne savait les confectionner si solides, si équilibrés. Nul ne pouvait me vaincre *à l'embrouiller* [1].

Epaminonda, qui avait entendu parler des ravages que faisaient mes cerfs-volants, me poussa à affronter le seul adversaire de ma taille, Miou. Le faisait-il en escomptant ma défaite, pour m'humilier aux yeux de notre amie? Je voulus le savoir :

— Nerrantsoula ne m'a jamais dit qu'elle considère Miou plus fort que moi.

— Elle te le dira si tu le lui demandes.

Nous étions devant ma porte. Nerrantsoula faisait ses dernières courses du matin. Elle passait et repassait à toute vitesse, les joues embrasées, un soleil au-dessus de sa tête, deux autres qui tremblaient dans ses récipients pleins d'eau cristalline. A chaque passage, le coup d'œil bref qu'elle nous jetait disait clairement : *à tout à l'heure.*

1. Défi, dégénérant assez souvent en batailles sanglantes, qui consiste à embrouiller les cerfs-volants à de grandes altitudes, atteignant parfois 200 mètres. La victoire est à celui qui possède les bras les plus habiles et arrache à son adversaire le plus de cordelette, — et le cerf-volant en même temps.

— Nous aurons besoin d'elle, si nous nous « prenons à l'embrouiller » avec Miou, me dit Epaminonda.

— Alors tu veux m'aider?

— Bien sûr! Miou aussi se fait aider, et encore par des hommes âgés, ses frères, qui lui donnent la main pour « tirer ».

— Et pourquoi aurons-nous besoin de Nerrantsoula? C'est une fille.

— Oui, c'est une fille, mais elle peut facilement casser la figure à plusieurs garçons comme toi et moi. Pour ce faire, elle n'a qu'à remplir son tablier de cailloux et à les lancer. A cent mètres à la ronde nul bras, dans toute la ville, ne saurait l'atteindre avec une pierre, mais Nerrantsoula, de sa main gauche, ne rate qu'un coup sur dix. On le sait et on fait le vide autour d'elle. C'est une toquée.

Les ateliers des docks sifflaient midi quand Nerrantsoula, arrivant en trombe, nous distribua une tape à chacun et fila d'abord voir ses chiens. Elle portait un colis sous le bras :

— C'est de la charcuterie, du pain et du vin. Nous irons manger sur l'herbe, hors de la ville. Cet après-midi, pas de courses à faire!...

Epaminonda la suivit d'un regard inquiet et hocha la tête :

— Je te dis, mon vieux : elle est loufoque! Tu vois? elle dépense son argent durement gagné. Et cependant elle sait que j'ai de l'argent qui ne me coûte rien, car je vole mon père lorsqu'il gagne au jeu et qu'il rentre saoul comme une bourrique.

— Ça, c'est ton affaire, lui dis-je mais je n'aime pas que tu lui colles sans cesse les épithètes de « toquée », « loufoque » et ainsi de suite. C'est une brave et malheureuse fille qui me plaît beaucoup..

— Ah, elle te plaît! Et à moi?...

Il me fixa d'un air embarrassé, puis se plia et gratta ses genoux couverts d'écorchures.

Je courus dans la grange et revins avec mon plus gros cerf-volant, car je sentais se lever un vent très favorable. Nerrantsoula nous rejoignit à ce moment, soigneusement peignée et vêtue, belle comme je ne l'avais pas encore vue et sentant violemment le parfum de lilas. Elle trépignait comme une pouliche, mais toujours distante, le regard sévère.

Pauvre moi! A la voir si affolante, j'aurais tué non seulement Epaminonda mais aussi mes parents. Je crois que mon rival aurait fait la même chose, car il la dévorait des yeux autant que moi.

— Où vas-tu Marco, avec ce monstre? me demanda-t-elle, pleine d'admiration.

Du coup, mon cœur se gonfla :

— Je vais me « prendre à l'embrouiller » avec Miou...

— Avec Miou!... Vrai? Tu l'oserais?

— Oui, pour toi... Epaminonda dit que tu crois Miou plus fort que moi...

— Je le crois, mais arrache à Miou son cerf-volant, et...

— ... Et quoi? cria l'autre, exalté.

— Cela me regarde! coupa Nerrantsoula.

Nous partîmes vers le quartier de Miou, devant lequel s'ouvrait un grand terrain en friche. Chemin faisant, Epaminonda bondit vers ses mioches pour leur dire de nous suivre après le déjeuner.

Je profitai de sa courte absence et je dis à mon amie, en lui serrant la main :

— Aime-moi seul, Nerrantsoula! Sois à moi seul!

Elle me caressa doucement avec ses doigts charnus et répondit :

— Faut pas être jaloux, Marco... C'est bête!... Tâche de battre Miou et je t'embrasserai fort, très fort.

Pourquoi était-il nécessaire que je batte « d'abord » Miou, pour seulement ensuite être embrassé par Nerrantsoula, voilà ce que je n'arrivais pas à comprendre.

Miou et ses deux frères aînés étaient fameux pour leur manque de scrupule. Venir dans leur quartier et leur arracher le cerf-volant, même en toute justice, c'était vouloir se faire assommer. N'empêche! Ce baiser « fort » que Nerrantsoula me promettait après la victoire valait le risque de l'entreprise. Mais comme nous étions deux à lutter et comme elle savait ce qui nous attendait, la généreuse amie trouva bon, pendant le repas sur l'herbe, de nous donner un acompte à tous deux. Elle nous enlaça le cou par-derrière et nous baisa une tempe à chacun, sans penser à mal, grisée par le vin bu trop rapidement. Et bien entendu, chacun de nous jugea superflu le baiser donné à l'autre et bouda. Elle s'en aperçut et nous dit :

— Faut pas vous fâcher! C'est bête...

Je lisais dans les yeux d'Epaminonda :

— Et tu crois qu'elle n'est pas toquée?

Nerrantsoula nous laissa croire tout ce que nous voulûmes, prit mon cerf-volant et alla le hisser. Je la laissai faire, au risque de le voir abîmer.

Elle ne l'abîma point. Du premier coup, le cerf-volant prit le grand vol, traînant dans les nues ses vingt mètres de « queue ». Tous les désœuvrés surgirent devant leurs portes, émus par ce beau défi dans les propres parages de Miou, émerveillés par la puissance de mon « bourdon [1] ».

1. Dispositif en papier que le vent fait vibrer bruyamment.

Je sautai au gouvernail. Ça « tirait » bon! Point de « ventre »! Aucun moyen de culbute, donc « queue suffisante ». « Bouche à point ». Manœuvre facile « à droite et à gauche ». Bon sujet! Hé, Miou! Tu dors?

Et voilà que Miou sort avec son « rossignol »! Il jette un coup d'œil vers le ciel et ne m'a pas l'air très rassuré. Un gamin va « tenir ».

— Lâche! lui cria Miou.

L'enfant lâche, Miou tire avec ses pattes de girafe, mais son cerf-volant rate le coup et tombe « comme une bouse de vache ».

— T'es foutu, Miou! lui lance de sa porte un « homme marié » en bras de chemise.

Mon « bourdon » hurle et réveille de sa sieste tout le quartier. Les femmes ont mal à la nuque, à force de regarder le ciel, droit au-dessus de leur tête, où mon cerf-volant reste cloué comme un soleil.

— Ça c'est Marco! crient les gamins, Marco, de la rue Juive!

— Il va voir tout à l'heure! riposte Miou, qui, au troisième coup, parvient enfin à hisser son « truc rafistolé ».

Et tout de suite il rentre dans sa cour et ferme la porte. Là, ils vont se mettre à trois pour tirer.

— Appelle aussi ta grand-mère! lui crie Epaminonda.

A l'œuvre, maintenant!

*

Eh!... Enfance, enfance!... Cette histoire de cerf-volant, comme toutes celles qui vont suivre, n'est que le moyen de me griser en t'appelant à moi, enfance! J'ai besoin de te revivre, ô mon enfance, car voici la mort qui approche et hier, hier à peine j'étais enfant!

Pourquoi l'enfance ne se prolonge-t-elle pas jusqu'aux confins de la vie? Pourquoi devient-on, soudain, soucieux, mesquin en tout point et surtout raisonnable? A quoi bon la prudence? Que nous donne-t-elle, en échange, cette avarice que nous mettons à nous dépenser?

Une égratignure nous hérisse les cheveux... Une obscénité nous froisse... Un peu de colère envenime notre sang jusqu'à la prochaine colère...Un désir non satisfait laboure nos fronts de rancunes... Et par-dessus tout, ce cauchemar de vouloir amasser pour avoir de quoi vivre mille ans dans l'opulence!

Nerrantsoula!... Petite bonne femme vierge au corps durci par un labeur ingrat! Amie incompréhensible!... Rosée de ma vie, qui m'accueillais tous les matins avec tes seaux pleins de vif-argent, c'est à toi que je songe quand je prononce le mot le plus doux du langage humain : *enfance!*

Comme tu étais loin de te douter des périls qu'engendraient nos audacieux amusements! Combien l'était ce grand nigaud d'Epaminonda! Combien moi-même, je l'étais!

Tu me promettais un baiser « fort » avant de connaître la force d'un baiser et, pour prix de cette convoitise, tu me demandais d'humilier Miou, un vaurien qui aurait pu nous éventrer tous les trois.

Tu caressais, Nerrantsoula, deux amoureux à la fois, et ils se contentaient de bouder au lieu d'incendier la ville. Quant à nous, nous te sentions vaguement femme, aurore d'un soleil encore inconnu, mais ardemment soupçonné.

Nous étions des enfants, *ô ma petite orange amère, mon petit bigaradier touffu.*

*

A l'embrouiller. La bataille.

D'abord, inégalité de cerfs-volants nettement favorable : la corde de Miou faisait « ventre », puis, « bouche trop en tête », « queue insuffisante », « manœuvre rebelle » et « menace de culbute ». De mon côté, vol idéal : deux cent vingt mètres de corde tendue à éclater — une ligne oblique du ciel à mes poings, — immobilité parfaite, obéissance sous tous les rapports et tirage qui m'eût soulevé en l'air si j'avais pesé dix kilos de moins. A tel point étais-je gonflé d'orgueil que je m'attendais à chaque instant à me voir allégé de ce poids et emporté dans les nues.

C'était un après-midi de dimanche. A toutes les portes, des grappes humaines haletantes. Et maintes bouches de crier :

— Bravo, Marco!

— T'as trouvé ton maître, Miou!

Nerrantsoula se grisait du spectacle et, sûrement, faisait pipi dans sa culotte.

Epaminonda, lui, naturellement, dirigeait, commandait, bourru comme un dindon, brave comme un amiral. Par des sauts fréquents entre la porte de Miou et moi, il surveillait les opérations malhonnêtes de nos adversaires et me tenait au courant :

— Pas de doute : ils vont tirer à trois! Un mioche se tient prêt à grimper sur le toit du voisin et nous couper la corde au bon moment. Fais attention!

Puis, se tournant sévèrement vers sa propre bande de mioches :

— Hé! Toi, Mavridis, et toi, Ghérassimos! Ici! Ayez le souci de nos culottes, qui descendront au moment où ça va barder : retenez-les-nous sous la courroie!

Le soleil dardait fort; et entre lui et Nerrantsoula je sentais mon cœur se fondre. Enfin, je lançai le cri d'attaque :

— Miou! A nous deux seuls, veux-tu?

— Le cul de ta mère!

Un cri perçant déchira l'air, pareil à un hennissement, et j'entendis Nerrantsoula riposter :

— Perfide!

Au même instant elle fila avec notre troupe de gamins. Et, pendant que je passais à la petite manœuvre de « rapprochement », je la vis, aidée par nos gosses, balayer le sol avec ses bras, ramassant tous les cailloux à sa portée, remplissant poches et tabliers, faisant des tas de réserve parsemés sur le chemin de notre retraite, que Dieu seul savait dans quelles conditions nous allions accomplir.

La lutte fut de courte durée, grâce à une maladresse de Miou qui tomba dans un piège que je lui tendis : je me posai carrément sur sa corde, la meilleure position pour se faire foudroyer par l'adversaire. Se fiant au poids de son cerf-volant, plus gros et donc plus lourd que le mien, Miou escompta ma culbute et se mit à tirer avec rage. Le bougre avait oublié que je ne faisais pas de « ventre » : je pouvais tendre ma corde et la rendre raide commme l'acier.

Il tira. Je lâchai. Il tira fort et me fit une « bosse ». Je lâchai toujours, mais dès que je vis Miou arriver « au sommet », je mis « à la fourche ».

— Tirons, Epaminonda! Tirons-en, nom de Dieu, avant qu'il « lâche »!

Il s'aperçut du stratagème et voulut « lâcher », mais, trop tard, car j'arrivais déjà le « prendre à la gorge ».

La foule hurlait :

— Trop tard, Miou! T'es « pris à la gorge »!

— C'est la culbute! Ton « rossignol » va « baiser sa queue »!

En effet, durement « enfourché », son cerf-volant perdit l'équilibre, s'embrouilla dans sa queue et se mit à décrire des culbutes, accroché comme une loque.

Maintenant il ne s'agissait plus que de tirer. Un redressement de sa part n'était plus à craindre.

Nous voici, tous les deux, droit au-dessus du toit voisin, quand — le misérable! — un gamin parut sur les tuiles, un couteau à la main, prêt à couper ma corde au moment de la descente.

Mais ce n'est pas pour rien que nous avions une amie qui s'appelait Nerrantsoula : avec une seule pierre, elle toucha le gamin à la tête et le fit dégringoler du toit.

— Tirons, Epaminonda!

— Tirons, Marco!

— Tirons, Nerrantsoula!

Tirons, pendant que la foule hurle avec nous et que les mioches nous retiennent péniblement les culottes qui glissent sur nos genoux!

Boum!... Fracas formidable! Les deux cerfs-volants, gros comme des portes, tombent sur le toit aux belles tuiles neuves, drainent toute cette terre cuite qu'ils rencontrent sur leur chemin et, cédant à notre tirage, la corde de Miou casse à environ trente mètres au-dessus du sol : la masse informe des cerfs-volants, corde et queues, échoue dans nos bras.

— Fuyons! Fuyons!

— Gare à vous, cria quelqu'un, on vous poursuit couteau à la main!

— Miou! Miou! hurla une femme, tu ne vas pas commettre un crime pour des enfantillages!

Un rapide coup d'œil en arrière nous fit saisir l'horreur de notre situation.

Embarrassés par notre butin, Epaminonda et moi ne pouvions rien faire. Alors je vis Nerrantsoula affronter seule trois chenapans qui dévalaient sur nous les yeux hors des orbites.

Une grêle de cailloux partit de sa main gauche et mitrailla les poursuiveurs. Alimentée par nos gamins, la rapidité des coups et leur diabolique justesse étaient telles que les trois ennemis eurent la tête cassée en moins d'une minute! Mais quoique ensanglantés, ils s'acharnèrent à chercher une brèche dans cette pluie de pierres et à en venir au corps à corps, ce qui nous eût été funeste car ils étaient presque des hommes.

C'est ce que notre terrible amie empêcha héroïquement, en reculant à pas comptés et avec un incroyable sang-froid, jusqu'au moment où les trois voyous, meurtris, grièvement blessés par son bombardement, s'arrêtèrent devant un puits et se mirent à laver leurs plaies.

Alors nous déguerpîmes à toutes jambes et gagnâmes la « oulitza Kaliméresque » où un accueil triomphal nous attendant.

— Hourra! Bravo Nerrantsoula! Bravo Marco! Bravo Epaminonda!

Le cerf-volant trophée porté par Epaminonda, Nerrantsoula au milieu de nous deux, et la troupe guerrière des mioches nous talonnant, l'entrée se fit au son de :

Au bord de la mer sur la grève,
Nerrantsoula foundoti!

. . . .

Oui, *Nerrantsoula foundoti,* mais voilà que le propriétaire du toit abîmé arrive, une tuile cassée à la main et accompagné par mon père. Le père d'Epaminonda est appelé lui aussi pour écouter de la bouche du plaignant les exploits de son fils. Tous les trois parlent en même temps, hurlent, écument, sont prêts à se prendre au collet. Enfin, l'homme est dédommagé tant bien que mal. Nous sommes engueulés comme des ânes paresseux et pouvons, le soir venu, reprendre notre griserie gréco-latine, avec défilé, chants, lampions-pastèques, et cette étourdie de Nerrantsoula qui, prise de délire, saute rageusement son fossé, distribue des baisers fougueux aux deux amants de son cœur et les blesse si bien tous les deux qu'ils se brouillent à mort à partir de cette triomphale soirée.

Mais Nerrantsoula ne voit rien, ne s'aperçoit de rien. Attirée par les appels de sa Destinée, elle abandonne les deux rivaux, continue ses sauts en lacets et s'enfonce dans les ténèbres avec son refrain :

Nerrantsoula foundoti!
Nerrantsoula foundoti!

Mon cerf-volant sur le dos, je quittai encore une fois, seul et triste, ce lieu de malheur, pendant qu'Epaminonda, cigarette aux lèvres devant sa porte, criait derrière moi :

— Ça ne fait que commencer, Marco! A bientôt de plus belle! Et autrement qu'avec des cerfs-volants!

. . . .

Enfance!... Douce et navrante enfance!...

*

Il est bien entendu que nous nagions, tous, comme des poissons, enfants du grand Danube que nous étions. Là encore, c'est de la belle histoire, riche en tendres souvenirs, en lumière, espace et cruelle amertume.

Holà! Vie débordante! Danube printanier de nos cœurs!

Nous nagions tous. Mais nager, c'est peu dire. Quel est le pusillanime garçon de Braïla qui n'ait pas tenté la traversée entre Katagatz et Guétchète? Et pourtant, la belle affaire que cette traversée!

Passer le fleuve, — en utilisant les cinq manières de nage connues : celle du chien, celle de la grenouille, la planche, comme les « vaillants » et le « piétinement », — toucher du pied le limon de l'autre berge et rebondir immédiatement au retour, voilà ce que tout le monde ne pouvait pas faire! Voilà ce qui était envié par tout le monde et par le petit « tout le monde » plus violemment! Et voilà pourquoi, chaque saison, les bras éloignés et impitoyables du grand Danube enlaçaient de préférence les petits corps de ceux qui s'y fiaient passionnément, les corps de ce pauvre petit « tout le monde »!

Il y en avait pour tous les goûts : des maigriots, des potelés, des blonds, des bruns, des noirauds. Et des yeux grands, et des cils longs, des paupières qui ne devaient plus jamais se rouvrir au soleil, à la lumière, au Danube méchant et aux belles amoureuses qui les attendaient frémissantes à quelque carrefour choisi par le destin indifférent.

Ces corps, nourris de polenta et de brûlants désirs, on les tirait du fleuve, parfois encore tout chauds, quelquefois bleus et déchiquetés par les écrevisses. Une mère au visage labouré par la détresse, une sœur abîmée par son ivrogne d'époux se trouvaient toujours sur la berge pour réchauffer de leurs embrassements le petit cadavre de celui qui avait donné au Danube sa suprême preuve d'amour.

Il arrivait aussi, pour la grande joie des amis et même des pires ennemis, qu'un galopin l'échappât belle. On l'empoignait par les cheveux « à la troisième montée à la surface » et on l'apportait sur la rive comme un paquet sous le bras. Là, un gaillard le prenait par les chevilles et tournait rapidement sur place jusqu'à ce que l'eau bue giclât toute par la bouche et les narines. Alors, revenu à la vie, le bonhomme demandait toujours :

— Où suis-je? Qu'est-il arrivé?

— Tu as failli passer le Danube! lui répétait-on.

Oui, nous nagions tous. Nous passions une partie de notre existence dans l'eau, les hommes et les garçons d'un côté, les femmes et les fillettes à quelque cent pas de nous. Seule Nerrantsoula avait le courage de se mêler aux garçons et de nager avec eux. Elle n'aimait ni les femmes ni les fillettes.

Et un jour de beau début de septembre, après maints essais de me raccommoder avec Epaminonda, elle vint me trouver à l'ombre d'un saule et me dit :

— Si Epaminonda te provoque à une traversée « aller et retour », n'accepte pas. Il peut la faire, mais tu y sombreras. Et c'est cela qu'il cherche.

Je ne répondis rien, car, au fond, il m'aurait plu de lui prouver que j'étais prêt à mourir pour elle.

L'avait-elle compris? Je ne saurais l'affirmer. En tout cas, sa tendresse pour moi était évidente; et quelque chose de sournois devait se passer dans la tête de l'autre du moment qu'elle était venue m'avertir si directement.

Epaminonda nous vit causer ensemble et vint me tirer d'incertitude. Il m'aborda de front, blême, ravagé par la souffrance :

— Tu sais, Marco : un de nous deux est de trop à côté de Nerrantsoula. Veux-tu que nous donnions au Danube le droit de choisir?

— Tout de suite, Epaminonda. Je pense comme toi.

Nerrantsoula baissa la tête et mordit ses belles lèvres que, sûrement, je ne devais jamais embrasser « à la manière des grands ».

— Je vous accompagne! fit-elle, en nous regardant méchamment.

C'était un ordre. Nous l'approuvâmes silencieusement. Et vite, lui enlaçant le cou, je lui donnai ce baiser « à la manière des grands ». J'en emportai l'ineffaçable brûlure et disparus dans un plongeon.

*

J'étais certain que je me noierais au retour. Aussi, fus-je d'abord calme. On est toujours calme, tant qu'on conserve un faible espoir de vivre.

Je n'ai jamais su ce qui s'était passé entre elle et lui après ma disparition dans les flots. En remontant à la surface, je vis Epaminonda nager à quelques mètres derrière moi, mais dans ce même coup d'œil, je vis encore autre chose : j'aperçus Nerrantsoula au moment où elle prenait des mains d'un gamin une de ces vessies de porc avec lesquelles on apprend à nager. Elle l'avait dégonflée rapidement et cachée dans son tricot. Peu après, nous glissions harmonieusement sur le miroir étincelant du fleuve.

On eût dit trois bons copains dans une partie de plaisir. Et cependant, il s'agissait de la mort. Je ne puis pas m'empêcher de rire en y pensant.

Il y avait de quoi.

Epaminonda, convaincu que je coulerais, était grave comme un bourreau. J'ai su plus tard que son effroi venait de ce qu'il redoutait les affres de l'enfer : il m'assassinait, autrement dit, et, dans le ciel, ce crime se paie dans le feu éternel. C'est pourquoi, tragiquement partagé entre son désir de me supprimer et son souci d'une place convenable au paradis, Epaminonda nageait comme dans de l'eau bouillante. Il roulait, pareil à un tonneau, changeait constamment de nage, contemplait désespérément la voûte céleste et crachait feu et flammes. Je n'y comprenais rien.

Rien non plus de ce qui se passait avec Nerrantsoula. Elle, avec ses bras et ses jambes d'athlète, avançait plus rapidement, en faisant la planche, que nous en luttant à grosses brassées. Mais, soudain, elle devenait immobile et se laissait dépasser par Epaminonda, puis, à mon approche, me faisait toutes sortes de grimaces et me montrait en cachette sa vessie dégonflée.

Par ses grimaces qui voulaient m'encourager, je croyais qu'elle me reprochait d'avoir accepté le défi et de m'être ainsi exposé à la mort. Je pensais qu'elle me disait : *Tant pis pour toi si tu sombres; je te l'avais bien dit!* Et je répondais par une autre mimique, qui l'ébahissait : *Bon, bon! je mourrai, méchante, et tu resteras avec l'autre!*

Quant à la vessie dégonflée, alors là, vraiment, je ne pouvais pas me douter de ce dont il était question.

Là-dessus, nous arrivâmes obliquement devant Guétchète, nous touchâmes du pied la terre de Dobroudja et reprîmes immédiatement le chemin du retour, toujours obliquant dans le sens de l'aval.

Maintenant, c'est une autre chanson, car, presque épuisé, la mort me montra de tout près son effroyable image. Et qu'il est triste, qu'il est déchirant de mourir pendant qu'on aime!

Malgré toute l'eau du Danube, je sentais encore sur mes lèvres la brûlure du baiser pris à Nerrantsoula, ce baiser qu'elle m'avait laissé prendre de si bon cœur. Oh non! je ne voulais plus mourir, maintenant! J'en voulais encore, de ces baisers! Mais comme la rive de Katagatz semblait s'éloigner! Mes yeux troublés l'apercevaient à peine.

Du plomb dans les jambes, du plomb dans les bras. Mon corps se refuse même à faire la reposante planche. Je commence à ne plus sentir la différence des courants que nous traversons. Et mon cœur bat de plus en plus fort. Et mes oreilles craquent. Et la rive de Katagatz s'éloigne toujours! Ah, Epaminonda! c'est toi qui épouseras ma Nerrantsoula. Je le savais! Mais où est mon amie, pour que je la voie une dernière fois?

La voûte bleue tourne, oscille, on dirait que le Danube monte vers le ciel. Je vois, comme à travers un voile fin, Epaminonda qui fuit, la moitié du corps au-dessus de l'eau.

Et soudain, je sens Nerrantsoula me serrer dans ses bras, puis, qu'est-ce que c'est que ça? La vessie, gonflée, une grosse vessie bien gonflée, me soulève par-dessous le ventre!

Ah! quel repos! quel bonheur! Oui, je suis sauvé, elle m'a sauvé. Je comprends maintenant le sens des grimaces et de la vessie. Mais comment a-t-elle fait pour la gonfler? Et pourquoi fuit Epaminonda?

— Quand tu toucheras le sol, crève-la dans l'eau, pour qu'il ne sache pas que nous avons triché!

Sur ces mots, Nerrantsoula, à son tour, se met à fuir. C'est juste à ce moment que nous entendons Epaminonda crier à une barque venant à sa rencontre :

— Hé! *Barcadji!* Batelier!... Un camarade se noie là! Cours vite! Sauve-le!

Comme le plaisant dauphin qui s'amuse en des ébats enfantins au-devant des paquebots qui entrent dans un golfe, ainsi

Nerrantsoula se mit à jubiler de son triomphe sur la mort, en entendant ces cris de détresse lancés par Epaminonda.

Elle « piétina » l'eau, en battant des mains, se cabra en imitant le saut du gros poisson, fit des culbutes, plongea jusqu'à l'étouffement, cria, siffla comme la sirène.

Reposé et bourré de joie, je crevai la vessie, m'élançai vers la berge et l'atteignis en faisant le pied de nez au *barcadji* qui venait à mon secours.

Là, vraiment, Epaminonda ne comprit plus rien. Et nous nous séparâmes encore une fois rivaux; cependant que la malicieuse amie nous plaquait tous deux et courait vers ses vêtements en bondissant et en chantant son refrain :

Nerrantsoula foundoti!
Nerrantsoula foundoti!

*

La première semaine de septembre est la semaine des mûres retardataires que tout enfant courageux de Braïla va chercher dans les immenses marécages du delta, loin, très loin, vers Korotichka, là où le généreux Danube règne en maître. C'est dur à les avoir, car le Créateur n'a pas oublié le bonheur de ces craintifs habitants du fourré marécageux que l'homme pourchasse stupidement, et il a mis cette incomparable gourmandise à l'abri de la méchanceté humaine. Mais l'enfant est un grand gaspilleur de vie, et rien n'est suffisamment à l'abri de sa convoitise. A lui Dieu pardonne tout.

Parfois, cependant, il ne pardonne pas et punit cruellement.

Le lendemain de ce bain aux intentions mortelles, Nerrantsoula me chuchota dans l'oreille, en même temps que ses mains caressaient ma tête qui reposait sur ses genoux :

— Ecoute... Marco... Ecoute-moi bien... et ne sois pas méchant. Epaminonda...

— ... Nom de Dieu! Veux-tu finir avec Epaminonda quand tu caresses Marco, et avec Marco quand tu caresses Epaminonda? Deux sabres n'entrent pas dans le même fourreau!

Je m'étais brusquement levé pour lui crier ma colère, mais elle m'empoigna doucement par les cheveux et remit ma tête sur ses genoux :

— ... Laisse le « fourreau », Marco, et écoute!... Epaminonda est rongé du remords d'avoir voulu te tuer lâchement...

— ... Et maintenant il veut me tuer *bravement,* ce qui me ferait une belle jambe!

— ... Et maintenant il veut nous conduire à Korotichka pour manger les mûres du renard, du loup et de la *nagâtza.* Tu sais : les mûres grosses et noires comme mes yeux!... et toutes duvetées de brume!... et sucrées, comme... comme... comme ça!...

Et elle m'embrassa « à la manière des grands », puis, pour m'empêcher de répondre trop vite, appuya légèrement sur mes lèvres tantôt un œil, tantôt l'autre, faisant clignoter ses longs cils dont le toucher arrêtait mon cœur de battre.

Je ne pus articuler un mot. D'une feuille qui tomba du vieux mûrier d'au-dessous duquel nous nous trouvions, elle me couvrit la bouche après avoir embrassé la feuille, sur laquelle elle croisa ses mains et continua :

— ... Faut pas dire non! J'ai une envie folle, folle, de manger ces mûres des bêtes sauvages... Et tu sais qu'une envie non satisfaite peut faire beaucoup de mal, car une envie ne vient pas de nous. On dit qu'au « temps des Turcs », une femme enceinte avait arraché un grain d'une belle grappe de raisin que des domestiques portaient sur un plateau d'argent à leur maître, un méchant pacha. Le pacha, furieux, ordonna d'amener la pauvre femme, lui fit ouvrir le ventre et on vit que le grain de raisin se trouvait dans la bouche de l'enfant. Depuis, les pachas ont conseillé aux hommes de satisfaire toutes les envies des femmes, car cela ne vient pas de nous. Voilà! Il est vrai que je ne suis pas encore *femme,* mais c'est la même chose. Oui, Marco, c'est presque la même chose, n'est-ce pas?

» Et puis, si tu es bon, tu permettras à Epaminonda de nous prouver que lui aussi est capable de quelque chose. Il se sent humilié et veut nous montrer quel bon « capitaine de caravi » il est. Nous irons toute une bande, avec leur barque à voile. Il fera le capitaine et nous étonnera. Entendu, hé? Tu ne seras pas jaloux!

Quoique lamentablement épuisé par ce partage, j'allai aux mûres. Epaminonda, le pauvre, faisait pitié autant que moi, et m'assura qu'il n'était pas mauvais garçon. Je le savais. Néanmoins, nous nous donnâmes une poignée de main assez peu enthousiaste.

Et nous montâmes dans son bateau, vieille carcasse qui faisait eau de toutes parts. Nous devions écoper sans arrêter un instant. Ce fut surtout l'affaire des sept mioches qui composaient l'état-major de l'amiral Epaminonda, sept « braves » mal débarbouillés, mal nourris et vêtus de loques. On voyait par les hublots de leurs culottes toute la fortune de l'amirauté, mais l'enfance ne connaît qu'une seule misère insupportable : aller à l'école. Grâce à Dieu, de cette épouvante les sauvait le Danube sur lequel nos mousses pouvaient marcher debout, exactement comme Christ dont ils avaient hérité la miséricorde.

Nerrantsoula était au paroxysme de la joie. Tout promettait une balade des plus réussies par un temps doux comme en plein été après une averse. Chacun à son poste, elle nous étourdissait, sautant de la poupe à la proue, de la proue à la poupe, comme elle sautait sur le fossé, en criant éperdument :

Nerrantsoula foundoti!
Nerrantsoula foundoti!

— Tu vas me disloquer le « vaisseau »! lui disait Epaminonda, qui naviguait à toutes voiles.

Convaincu qu'il commandait un vaisseau et navré de se voir dépourvu de jumelles, il se tenait droit comme son mât de misaine (imaginaire, car nous n'avions qu'un seul mât), scrutait l'horizon, la main en abat-jour au-dessus des yeux et prévenait gravement son timonier :

— Attention, Papayani! Ces chalands-là viennent sur nous! Gouverne légèrement à gauche! Nous pourrions entrer en collision et nous faire du mal!

— Qui, « *nous* »? interrogea notre amie, méchamment. Tu veux dire plutôt que les chalands pourraient mettre ta baraque en bouillie!

Des piques semblables, Epaminonda devait en recevoir tout le long du voyage, mais sa cuirasse de « loup de mer », le sauvegardait apostoliquement. Il était sincère, plein de foi, héroïque et prêt au sacrifice pour l'honneur de sa patrie lointaine, dont il espérait être un jour le serviteur glorieux. Sa figure, ravagée par la flamme des passions précoces qui le brûlaient intérieurement, revêtait un air martial dès qu'il s'agissait d'un devoir à accomplir. Ce fut un bonheur pour nous qu'aucune de ces barques remplies d'ivrognes, si fréquentes sur le fleuve, ne vînt à notre rencontre avec ses provocations habituelles, sinon Epaminonda eût tout de suite accepté un « combat naval ». Et pour peu que nous l'eussions chicané sur le mauvais état de son « navire » il aurait répondu que c'était la faute du Danube si l'eau y pénétrait.

Je ne doute pas qu'Epaminonda eût fait un bon navigateur. Ah! fatalité mauvaise! Pourquoi t'acharnes-tu à briser de préférence les âmes les plus généreuses?

Par des canaux naturels qui sont pour un delta ce que les raccourcis sont pour la montagne, Epaminonda, bon connaisseur de la topographie des marais, nous conduisit glorieusement. Il le fit, vrai Don Quichotte doublé d'un Sancho Pança, suant, saignant, se débattant, prenant un pauvre saule pleureur pour un ennemi irréductible et massacrant ses branches à coups d'aviron, nous épouvantant, au passage de certains fourrés, par de probables apparitions de loups qui attaquent l'homme, qui l'auraient « attaqué une fois » lui-même, danger qui lui faisait tenir constamment un long couteau à la main et prendre des précautions attendrissantes pour protéger nos vies, mais en même temps il sut nous prouver son bon sens en devinant et en nous évitant tous ces enlisements pénibles, tous ces égarements énervants, dont tombent victimes les meilleurs *barcadjis* eux-mêmes, et qui font souvent que les compagnies les plus joyeuses achèvent maintes parties de plaisir dans les larmes et les jurons.

Partis longtemps après le lever du soleil, Epaminonda « jeta l'ancre » bien avant midi, au milieu des félicitations.

Et la fête commença...

*

Fête... Que le Seigneur nous garde, car Nerrantsoula se chargea gaiement de nous empoisonner dès que nous mîmes pied à terre : elle embrassa Epaminonda à ma barbe pour le récompenser de sa vaillance; et pour que je ne sois pas fâché, elle m'embrassa, moi, à la barbe d'Epaminonda, nous mécontentant ainsi tous les deux.

— Ah, *moré* Marco! s'écria le pauvre amiral; ça, c'est une maladie qui ne peut plus durer! Je meurs, moi!

Tout étonnée de sa gaffe, Nerrantsoula nous dévisagea naïvement :

— Mais... pourquoi vous fâchez-vous?... Ce que j'ai fait est juste...

— ... Trop juste, Nerrantsi-*mou;* trop juste et ça fait mal! ragea Epaminonda.

Et il disparut dans le maquis, se tenant la tête entre les mains. Je m'enfuis à mon tour, dans une autre direction. Les sept galopins étaient déjà loin, à la recherche des mûres.

Elle ne suivit aucun de nous deux, mais peu après je l'entendis au loin chanter à tue-tête, la bouche pleine de fruits :

Nerrantsoula foundoti!
Nerrantsoula foundoti!

Nous nous trouvions au centre d'une surface marécageuse de plusieurs milliers de kilomètres carrés, brousse impénétrable, domaine à jamais perdu pour la main laborieuse de l'homme. Le Danube, tyran généreux, le tient constamment sous la menace de ses flots irrésistibles, aux époques de grande crue. Ici, le ciel paraît aussi sauvage que la terre; le silence épouvante; l'immensité rend la vie impossible aux êtres affectueux. Une feuille qui bouge, un épi qui se balance, un cri d'épervier qui déchire l'espace font sentir à l'homme le peu de chose qu'il représente sur la terre. Ici, le niais « roi » de notre planète ne pénètre qu'au prix de cent balafres, de mille déboires et d'épuisantes fatigues. Ici, depuis le vautour qui plane comme un dieu de l'infini jusqu'aux moustiques qui pullulent par myriades, tout crie au saboteur de la belle vie terrestre :

— Chez nous, tu ne mordras pas!

Le refrain mélodieux de Nerrantsoula retentissait comme sous une coupole d'airain et émerveillait une bécassine qui picotait des mûres, tout près de moi. Je me laissai entraîner par l'appel de la voix chérie. Epaminonda, de l'endroit où il se trouvait, fit comme moi, et bientôt nos têtes surgirent, presque en même temps, à l'orée d'une clairière couverte d'énormes pastèques. A notre vue, Nerrantsoula battit des mains et rit de nos museaux barbouillés de mûres. Elle n'avait que les doigts noircis.

Sa joie nous dégela l'âme, nous fit oublier notre mal. Nous rîmes à notre tour l'un de l'autre. Puis, nous montrant la hutte du cultivateur de pastèques, elle nous saisit chacun par une main et nous y entraîna.

— Allons voir qui est ce *pépénar!*

C'était un couple dans la cinquantaine, pauvres *dobroudjans* mi-bulgares mi-tziganes, vêtus de loques impossibles et devenus aussi sauvages que la terre qui les nourrissait. Néanmoins la femme, qui portait les traces d'une beauté vite disparue, chassa le chien et vint nous demander si nous voulions manger des pastèques :

— Nous en avons des très bonnes, ajouta-t-elle en nous fouillant de ses yeux curieux.

— Non! répondit Nerrantsoula; nous venons de nous bourrer de mûres. Merci.

— Eh bien, reprit la femme, donne-moi donc ta main, ma belle; je sais dire la bonne aventure comme personne.

— La voici!

La devineresse y jeta un coup d'œil et s'écria, tout d'un souffle :

— Mignonne! Tu es le fruit d'un amour défendu, ta vie sera terrible et ton sort est lié à un garçon qui est de la race de ton père! Va, cela me fait mal au cœur!

Elle lâcha la main de notre amie et regagna sa cabane, cependant que Nerrantsoula s'enfuyait comme une biche.

Nous la rattrapâmes :

— Quelle est la race de ton père? lui demandâmes-nous d'une seule voix.

— Laissez-moi tranquille! cria-t-elle surexcitée. Connais pas de père! Je vous l'ai bien dit! Laissez-moi tranquille!

Et elle alla s'allonger à l'ombre d'un saule. Nous la suivîmes, bredouille : jamais elle ne s'était montrée si méchante. Et comme nous nous approchions doucement :

— Allez au diable... vous et votre devineresse! lança-t-elle.

Voilà... *Notre* devineresse...

Epaminonda se jeta à terre et dormit. Je voulus faire comme lui, mais les mots : *allez au diable,* me martelaient le cœur. Pour la première fois sa bouche pleine de caresses, pour la première fois ses yeux tendrement parleurs me foudroyaient avec une telle vilenie. *Allez au diable...* Elle, si délicate, si fine, rudoyer à la manière des vulgaires banlieusards! Que cela faisait mal!

Je pensais à ces tristesses de l'amour pendant qu'assis près d'Epaminonda je rangeais de grosses mûres dans une petite corbeille que je venais de tresser, quand les chères mains de Nerrantsoula apparurent sous mes yeux et comme par enchantement effacèrent toute douleur. J'arrêtai, heureux, et regardai faire : accroupie derrière moi, ses doigts arrachaient lentement des mûres aux ronces que j'avais sur mes genoux et les disposaient symétriquement dans la corbeille suspendue à ma main gauche qui s'était pétrifiée de joie. Cependant elle murmurait à mon oreille :

— C'est pour moi?... Marco... Pour moi?... Tu n'es donc pas fâché?... Comme tu es bon!... Comme je t'aime!... Pardon! pardon!...

Son haleine me brûlait. Je collai l'oreille à sa bouche, la tête lourde.

Epaminonda se réveilla.

— Nous aurons un orage, dit-il, allongé face au ciel.

Et, mettant deux doigts dans la bouche, il siffla pour le rassemblement.

Je m'allongeai dans la même attitude que lui, pendant qu'elle passait entre nous deux, la corbeille à la main, et recommençait à nous abreuver de fiel par une méthode appropriée. Prenant des mûres, elle les embrassait d'abord une à une, puis les fourrait tantôt dans ma bouche, tantôt dans celle d'Epaminonda, en chantonnant chaque fois :

Nerrantsoula foundoti!
Nerrantsoula foundoti!

Ce n'était pas des mûres que nous avalions, mais des charbons ardents, alors qu'elle ne se doutait de rien et continuait candidement.

Soudain, Epaminonda éclata :

— *Aman!... Nerrantsoula!... Aman!...*

Et il se leva menaçant :

— Veuille le ciel qu'une tempête nous fasse sombrer avant le coucher du soleil!... Moi, je meurs!...

Il n'y avait nul besoin d'invoquer la tempête. Elle était dans l'air. Et l'on eût dit qu'Epaminonda souhaitait véritablement qu'elle nous surprît au beau milieu du Danube, tellement il poussait pour y parvenir.

Dans le bras du Matchine, au passage furibond de notre bateau devant Guétchète, des pêcheurs sur la rive nous crièrent :

— N'entrez pas dans le Danube!... Il est démonté! Et personne ne pourra venir à votre secours!

Le gouvernail à la main, sourd, aveugle et sans pitié, Epaminonda mit le cap sur Braïla, pendant que ses « matelots » écopaient furieusement, obéissants, presque fiers. Nerrantsoula, assise à la proue, contemplait le tout avec indifférence. Elle savait que le Danube, même démonté, ne pouvait la faire sombrer. Quant à son souci des enfants, sait-on jamais jusqu'où le cœur d'une telle diablesse connaît la pitié? D'ailleurs le responsable était Epaminonda et sa vaillance grisait à ce point les mioches que, plus le péril devenait imminent, plus ils s'enivraient et hurlaient :

— Vive la Grèce! Vive la flotte grecque!

Et d'écoper, d'écoper.

Mais en arrivant au milieu du fleuve, leur besogne fut brusquement paralysée par une trombe qui remplit d'eau notre malheureuse barque.

— Déshabillez-vous! commanda « l'amiral » en abandonnant le gouvernail et se déshabillant lui-même.

A peine eûmes-nous le temps d'exécuter l'ordre que le bateau sombra.

— Donnez-vous les mains par-dessus nos dos! cria Nerrantsoula aux gamins, lesquels ne pensaient plus à la flotte grecque.

La houle sablonneuse nous aveugla un instant et nous égara, puis nous nous retrouvâmes et serrâmes les rangs. Les enfants rigolaient, croyant que l'aventure était mince.

Hélas! Une minute après, le ciel ouvrait ses cataractes,

la tempête balaya rageusement le Danube. Plus moyen de voir ce qui se passait à un empan devant son nez. Nuit complète et de l'eau, depuis la terre jusqu'aux étoiles.

Me débattant de mon mieux, séparé des deux autres groupes et du gamin qui nageait seul, je sentis longtemps sur mon dos les bras enlacés de mes deux petits compagnons, puis, une rupture soudaine et... plus rien. Seul.

Je fouillai à droite et à gauche autant que les remous me le permirent, mais on sait que Dieu a besoin d'âmes pures dans les rangs de ses bataillons d'anges et, quand nous arrivâmes sur la rive où une foule désespérée nous attendait pour nous recueillir, trois âmes vaillantes, sur sept, étaient déjà en route vers le trône du Seigneur.

Cela se passait dans la première semaine de septembre, quand les mûres retardataires sont la gourmandise la plus convoitée des enfants courageux de Braïla. Ils vont tous, sans penser à la mort, mais parfois on les repêche dans le Danube, le museau encore noirci jusqu'aux oreilles par ce fatidique fruit de ronces destiné aux seules bêtes sauvages.

*

Automne riche en feuilles mortes... Octobre triste comme mon cœur... Feuilles mortes et tristesse qu'un vent sec promène par toute la ville.

Nerrantsoula, vêtue un peu plus chaudement, trotte toujours au milieu de son cerceau, mais ses récipients ne sont plus remplis de vif-argent : plus de soleils qui tremblotent dans les seaux; le ciel lui aussi a pris son vêtement d'hiver.

— Marco, cet hiver nous mangerons des courges cuites dans ma *soba!*

Elle partage toujours les loisirs de ses après-midi entre la « oulitza Kaliméresque », moi et ses chiens, devenus grands, beaux et étourdis comme leur maîtresse.

— Marco, viens voir comme Léou saute le fossé en même temps sur moi! On a commencé à y coucher des tuyaux en fonte qu'on visse l'un à l'autre. Maintenant, c'est plus dangereux de sauter, car, si on tombe dans le fossé, on peut se tuer. Mais moi, je saute toujours! Viens voir...

J'écoute son babillage inlassable, je me fais dorloter comme ses chiens, mais je ne bouge plus de ma chambre, je ne quitte plus notre cour. Epaminonda, lui aussi, ne vient plus me voir. Nous avons, tous les deux, le cœur massacré par ce partage. Cela ne peut plus durer. Pour ma part, j'aimerais que cette torture ait une fin, quelle qu'elle soit et coûte que coûte!

Et il y eut une fin, mais tout autre que la plus cruelle de celles pressenties par ma jalousie fiévreuse.

Un jour, vacarme épouvantable dans la rue : femmes, enfants et chiens hurlaient en chœur, comme si c'eût été la peste.

C'étaient les *hinghers* de la fourrière, avec leur odieuse cage et l'agent qui devait les défendre contre la furie de la population. Les deux tziganes aux yeux haineux, au rire sarcastique, avec, à la main, le long bâton muni à son extrémité du nœud coulant en fil de cuivre, couraient comme des diables, allongeaient la matraque et passaient le nœud autour du cou des pauvres bêtes qui se laissaient faire. Traîné comme une loque, étranglé, le chien ainsi attrapé allait rejoindre brutalement le troupeau entassé dans la cage.

Tous les locataires étaient dehors, hostiles, prêts à la bataille, malgré l'agent et son glaive ridicule qui lui battait la cuisse. Chacun appelait son chien et s'enfuyait, le tenait dans les bras, le serrait comme un trésor.

— Hé!... *Sacadgitza!...* Gare à tes chiens! crient des voisines.

Mais où est Nerrantsoula? Elle doit sûrement être à la pompe. Je cours à la grange où sont enfermés ses chiens : Léou manque! Et les *hinghers* ont disparu, je ne peux pas savoir s'ils l'ont emporté (« pour l'écorcher vif ») ou s'il est à la pompe, ou en train de vadrouiller.

Je m'affole. Je ne sais quelle piste suivre, quand voici Nerrantsoula! Elle est seule, Léou ne l'accompagne pas, comme je l'espérais. De loin je la vois venir, plantureuse, les seaux vides dans une main, le cerceau dans l'autre, toute contente d'avoir fini son travail, mais soudain ses yeux s'écarquillent horrifiés, elle comprend d'un coup d'œil que les *hinghers* viennent de passer, elle court vers moi :

— Mes chiens sont là? hurle-t-elle.

— Léou manque!

Plus furieuse qu'une harpie, plus déchaînée que l'orage, Nerrantsoula se lance à la poursuite des *hinghers* et ramasse en chemin les cailloux les plus meurtriers, pierres concassées, pointues, tranchantes. Je l'accompagne et bourre mes poches de projectiles. Je sais qu'il n'y a qu'une bonne mitraille qui obligera les tziganes à lâcher prise.

En effet, guidés par des habitants qui avaient vu passer la fourrière, nous rattrapons le vilain corbillard, mais où? Naturellement dans cette maudite « oulitza Kaliméresque », avec son fossé et son Epaminonda, qui est dehors, qui a vu Léou dans la cage et nous crie :

— Il est dedans!... Sus aux *hinghers!*

Pluie de pierres!... Nous en lançons tous les trois, mais ce sont les cailloux partis de la main gauche de Nerrantsoula qui atteignent le but et blessent affreusement tziganes, cocher et agent, les mettant en fuite, la tête ensanglantée.

Nous renversons la cage. Tous les chiens se sauvent. Et quand l'agent revient avec du renfort, il ne trouve personne pour lui dire que nous sommes cachés dans l'écurie d'Epaminonda, Léou dans nos bras.

Deux heures plus tard, nous sortions comme des rats.

Rue déserte... Crépuscule d'orage... Les carreaux des fenêtres sont des flaques d'or. Faiblement suspendues aux branches des arbres, les dernières feuilles de la saison semblent avoir été trempées dans du sang.

Le fossé même, sombre comme une interminable tombe, reçoit des faisceaux dorés qui cuivrent ses bords et font deviner les conduites couchées au fond.

Nerrantsoula le contemple fascinée et serre son chien dans les bras. On dirait qu'elle résiste à l'envie de sauter.

— Allons! dis-je, allons chez nous!...

Et, par le petit passage qu'on laisse devant chaque propriété, je traverse, mais elle ne me suit pas, elle dépose Léou, embrasse Epaminonda, saute le fossé et m'embrasse, moi :

Nerrantsoula foundoti!

Puis, retour à Epaminonda, suivie par son chien!

Nerrantsoula foundoti!

Et de plus en plus rapidement, un baiser-poignard pour moi, un autre pour Epaminonda, avec le chien et *Nerrantsoula foundoti* par-dessus le fossé.

— *Aman!... Aman!... Nerrantsi-mou!* Tue-moi plutôt! Tue-moi! crie mon malheureux rival, blême et immobile devant sa porte.

Je n'attends plus que de la voir sauter vers moi pour l'empoigner et la traîner vers la maison, mais juste au moment où elle s'élance, Léou la happe par le bas de la jupe : un cri bref, et Nerrantsoula disparaît au fond!

Je m'évanouis immédiatement.

. . . .

La suite de cet accident me revient très embrouillée, car pendant trois jours la fièvre et le délire mêlèrent en moi le vrai et la fantasmagorie.

Je me rappelle avoir entendu des hurlements de femmes et vu des falots, des ombres qui s'agitaient, puis, deux yeux fermés, un visage rouge, entièrement noyé de sang, une chevelure en pâte et un morceau de crâne disloqué. C'était cela, notre belle Nerrantsoula, qu'une voiture emportait vers le triste hôpital.

C'était la fin d'une souffrance...

... Et le commencement d'une autre, bien plus terrible, qui dura de longues années.

Deuxième partie

Ora-a-anges et citro-ô-ns!... (malheur de malheur!) Oranges et citrons nous vendions depuis cinq ans, dans une voiture à bras que je traînais par le timon et que poussait Epaminonda!

Morts mes parents... Morts les parents d'Epaminonda... Et quoique héritiers pouvant vivre dans l'aisance, oranges et citrons nous vendions par toutes les rues de Braïla, car nous cherchions désespérément notre Nerrantsoula disparue de l'hôpital le lendemain de sa guérison, sans nous dire un mot d'adieu, sans nous laisser un souvenir!

Deux sous l'ora-a-ange! un sou le citro-ô-on! (malheur de malheur!) par le vent, par la pluie, par la chaleur suffocante... Et toujours nos yeux en quête d'une fenêtre ou d'une porte qui pouvaient s'ouvrir pour encadrer le minois de notre Nerrantsoula.

Cinq années!...

Nous étions maintenant des « hommes »... Grands, tous les deux... Bruns... Barbes et moustaches frisées; et, du reste, pas mal faits. Mais comme nos regards étaient langoureux! On eût dit deux jeunes moines désirant tristement revenir sur leur vœu de chasteté.

Ora-a-anges et citro-ô-ons!... (pauvres, pauvres de nous!) Cent fois nos semelles avaient piétiné la poussière et la boue du même mètre carré de toutes les « oulitzas », de toutes les avenues, de tous les boulevards! Mille fois nos yeux s'étaient tournés vers les mêmes portes, vers les mêmes fenêtres... Des maisons avec des portes et des fenêtres; des maisons ennuyeusement alignées. Et des hommes et des femmes, et du monde qui entrait, qui sortait, qui bâillait...

Tout cela pouvait disparaître sans que nous éprouvions la moindre peine, car nous cherchions seulement notre belle Nerrantsoula!

Deux sous l'ora-a-ange!... Un sou le citro-ô-on. La voiture s'arrête... La voiture repart... Moi, je tire par le timon. Epaminonda pousse par-derrière... Mille et mille fois nos bouches prononcent dans une journée notre banal : *oranges! citrons! deux sous! un sou!*

Et comme nous croyons toujours que Nerrantsoula se cache derrière un rideau, nous commençons, d'une seule voix :

Au bord de la mer sur la grève,
Nerrantsoula foundoti!
Une vierge rinçait sa jupe,
Nerrantsoula foundoti!

Nerrantsoula foundoti!... Peut-tu entendre cela et ne pas répondre? En as-tu le cœur?

— *Aman,* Marco, *aman!...* Je meurs, moi! Car *c'est mal avec le mal, mais c'est pis sans le mal* [1].

*

Oui, nous avions fait toute la ville, depuis les quartiers aristocratiques, silencieux et froids comme le cœur des hommes rassasiés qui les habitent, jusqu'à la banlieue la plus populacière,

1. Proverbe roumain.

bruyante, tapageuse et sale, mais bien plus humaine, bien plus intéressée au mystère des deux marchands *qui crient et se lamentent, les yeux aux fenêtres, comme s'ils cherchaient leurs fiancées enfuies la nuit même de leurs noces.*

(O peuple méconnu! Il n'y a que toi qui sais deviner les désastres de l'âme humaine, car à toi seul te sont arrivés tous les désastres de la vie!... Tu possèdes toutes les expériences et tu sais pâtir avec tous les accablés.)

Machinalement nos mains distribuent citrons, oranges, et ramassent des sous. Hélas! ce n'est pas ça : notre pensée est loin; nos têtes tournent comme des girouettes; et nous ne remarquons pas que des gamins nous chipent notre marchandise.

Apaisées sont toutes les rancunes que nos cerfs-volants avaient suscitées autrefois... Nulle pierre ne nous est plus lancée... Plus personne ne nous en veut... Nous sommes devenus deux moutons aux regards doux, mélancoliques, deux êtres lointains qui agissent comme des automates. Et c'est en vain que des jeunes filles des plus timides osent avancer leur chemisette aux melons pointus, et que leurs mains caressent nos barbes : aucune d'elles ne peut remplacer notre Nerrantsoula!

— *Vré* Marco!

— *Vré* Epaminonda!

Tous les soirs, allongés sur nos lits et en pleine obscurité c'est par ces appellations, tendrement gémissantes, que nous reprenons nos éternelles questions!

— Comment, comment a-t-*elle* pu nous quitter si cruellement?

— Et où, où se cache-t-elle?

— Avec qui, Seigneur, avec qui notre belle Nerrantsoula partage-t-elle sa tendresse?

— S'est-elle mariée? (Ah! *Aman!*)

— *Aman,* Nerrantsoula!

— Nerrantsi! Nerrantso! Où es-tu?

Nos bras se tendent, languissants, vers le plafond invisible, vers le triste infini qui cache notre bonheur, notre bonheur...

Notre? Oui, parfaitement : *notre bonheur à nous deux,* à Epaminonda et à moi, *notre* Nerrantsoula!

Car maintenant nous ne voulons plus rien, s'il est vrai qu'autrefois nous ayons voulu des choses qui troublent, qui embrouillent et qui font haïr. Aujourd'hui, et même depuis bien longtemps, depuis le jour où Nerrantsoula emporta nos cœurs en disparaissant, nous ne voulons plus que l'amie au visage sévère et à la pureté voluptueuse, la femme-amie qui nous aimait d'un amour que nous ne comprenions point.

Cet amour, cet ami-femme, ce visage étonné et cette voluptueuse innocence, tout cela était fait pour notre bonheur et rien ne pouvait nous le remplacer.

O homme! quand la femme peut être pour toi un ami, elle est plus grande que la meilleure des épouses, plus complète que la plus voluptueuse des amantes, et elle dépasse de mille coudées la plus entière amitié que l'homme peut avoir pour l'homme, car la femme est complexe et variée comme la terre qui nous charme et nous nourrit!

Où était-elle, *notre* Nerrantsoula, pour que, nous jetant à ses pieds, nous puissions lui dire :

— Amie! amie! nous avons fait la paix! Donne-nous ton tablier, pour qu'il nous serve d'icône le jour et la nuit d'oreiller! Nous l'embrasserons le jour comme on fait des images saintes! La nuit, nous y collerons nos joues fraternellement paisibles! Car nous avons fait la paix, amie! Donne-nous ton tablier!

*

Oui, je tirais par le timon. Epaminonda poussait par-derrière. Et nous criions ensemble : *Ora-a-anges et citro-ô-ons!* (Malheur! Misère! Pauvres de nous!)

Ainsi, cent et cent fois nous avions fait toute la ville, *toute,* sauf une rue, ou plutôt un fragment de rue.

Braïla, garce plantureuse qui contemple le Danube son amant, d'un œil tantôt fiévreux, tantôt lascif, Braïla possède un plan peut-être unique au monde. C'est un éventail presque entièrement déployé. Du noyau qui fait son centre, huit rues et deux boulevards forment autant de bras qui lui enlacent la taille et la montrent au Danube, comme une offrande tentatrice, mais pour que la belle ne soit en rien gênée, quatre avenues brisent l'élan de ces dix bras, les traversant exactement comme la monture de l'éventail.

Longue, interminable, allant du fleuve au fleuve, toujours en ligne courbe et atteignant vers la périphérie leurs six cents numéros, chacune de ces dix voies portent le même nom malgré les interruptions des avenues. Toutefois, le peuple qui n'aime pas la monotonie a baptisé selon sa logique les fragments ainsi séparés par les grandes artères, ce qui a donné naissance aux quartiers, nos fameuses *mahala* : juive, grecque, russe, tzigane, etc...

Une de ces *mahala,* celle que nos pieds n'avaient jamais foulée s'appelle *la Fosse,* fragment de la *rue de l'Union.* Noms fatidiques! Car, si *la Fosse* est une vraie fosse pour la femme qui court y livrer sa jeunesse en pâture au ventre sexuel de ce port danubien, le nom d'*Union* que porte la rue entière est un nom historique : ici se trouvait anciennement le fossé qui défendait la ville forteresse du temps des Turcs. Devenue rue — rue d'Union — après l'extension moderne de Braïla, le fossé d'autrefois s'appela *Strada Unirei.*

Mais pourquoi la réminiscence populaire n'avait-elle conservé le nom de *Fosse* qu'à cette portion de rue qui flambe le soir de ses cent lanternes rouges? Parce que :

Sur la Fosse, mon gars, sur la Fosse,
Où l'on entre en payant un franc :
Les chiens et les chiennes
Nouent leurs calamités...

expliquait une chanson obscène de l'époque [1].

La Fosse n'a presque plus d'habitation honnête. A mesure que les « chiennes » l'envahissaient, les propriétaires vendaient leurs immeubles aux *tsatsa* et aux *néné* qui payaient grassement, car l'industrie des « calamités » qui « se nouent » florissait de pair avec les autres industries de la société moderne, où tout se « noue » avec la même impudeur.

Plus de famille honorable. Les parents constataient tristement que les garçons nés sur cette rue devenaient tous des souteneurs avant l'âge. Quant aux filles, même si elles se mariaient honnêtes, leurs manières et leur langage ne différaient en rien de ceux des « chiennes », car :

Des bains de Diane
A la fabrique de Milona,
On n'entend que la voix de Stane :
Viens, chéri! Tiens! Na, na, na!

L'établissement des bains de Diane et la minoterie Milona, formaient les deux extrémités angulaires de la Fosse avec les avenues Victoria et celle de Galatz.

1. En roumain :

Pe Chantz, craïoulé, pe Chantz,
Undé intri cou oun sfantz :
Câinii si catzélélé
Isi innod bélélélé.

Nous y passions souvent et y arrêtions notre voiture, mais... Notre cerveau, nos yeux, tous nos sentiments se révoltaient à l'idée inexprimable que notre Nerrantsoula eût pu se trouver dans cet enfer. Jamais ni Epaminonda ni moi n'avions osé lâcher le mot sacrilège.

Pétrifiés devant l'un des deux débouchés, nous contemplions un instant les grappes de filles, vêtues comme pour le bal masqué, qui se bousculaient aux portes, jetaient leurs cris rauques aux passants et les tiraient par le bras. Des ivrognes imberbes, se tenant par le cou et traînant leur veste dans la poussière, hurlaient, les yeux hors des orbites, suivis par un malheureux tzigane qui raclait du violon. Ceux-là éventraient un homme en moins de temps qu'il n'en faut pour allumer une cigarette.

Nous regardions de loin ces horreurs-là, puis dans nos propres yeux, et nous repartions, muets.

*

Mais un jour, — un jour de beau printemps! — comme nous passions devant la Fosse avec nos oranges, le ciel nous envoya un tel signe qu'il nous cloua, et nous ne pûmes plus repartir : nous ne pûmes plus!

C'était le soir. Nous longions la fabrique de farine, quand une meute de chiens et de chiennes en chaleur (de vrais chiens et de vraies chiennes) dévala de la Fosse et vint se jeter contre nos jambes et notre voiture. Au même moment j'entendis Epaminonda crier d'une voix qui n'était plus humaine :

— Léou! Léou!...

A ce cri, qui me fit tressaillir, un gros et fort cabot se détacha de la meute comme s'il avait été cogné à l'oreille, s'approcha, flaira rapidement nos pantalons, puis, sans plus tarder, se relança à la poursuite de son autre passion.

— *Aman,* Marco! *Aman,* Epaminonda! Tu crois que c'est lui? Alors? Comment? Chez qui?... Quoi!

Nous abandonnâmes la marchandise et nous nous mîmes à galoper derrière les chiens, plus enragés qu'eux, nous mêlant à eux parfois, essayant de briser la « noce » et roulant tous ensemble autour du carré que formaient l'avenue de Galatz, le boulevard Couza, l'église de la Mère de Dieu et le boulevard Carol, quand un cabaretier lança quelques arrosoirs d'eau sur la meute et la dispersa.

— Léou! Léou! criâmes-nous alors.

La bête secoua fortement sa fourrure trempée; et, un peu lasse, elle vint nous flairer avec plus d'attention, mais sans élan, comme distraite, la mémoire insuffisamment aidée par des souvenirs d'enfance dont cinq années la séparaient.

— Est-ce bien Léou?

Nous n'en étions rien moins que sûrs. Ni la fourrure ni le regard n'étaient ceux que nous avions connus. (Peut-être le chien faisait-il après tout sur nous les mêmes réflexions.) Du reste, il se laissa caresser, indifférent, préoccupé ailleurs.

— Allons chercher la voiture, nous le suivrons, dis-je à mon ami.

Par miracle, notre voiture était encore où nous l'avions abandonnée, mais de trois cents oranges et citrons qu'elle contenait, il n'en restait qu'une quarantaine : les passants avaient jugé que cela ne devait avoir aucune importance pour des marchands aussi toqués que nous.

Ce n'était rien, la perte des oranges et des citrons. Ce ne fut pas plus, la perte de la voiture elle-même, qui devait disparaître le soir de ce mémorable jour, comme si jamais elle n'avait existé. Car, en suivant Léou — qui était bien le Léou de notre Nerrantsoula et qui nous conduisit devant la maison de sa maîtresse — nous avons failli mourir, mourir comme on meurt lorsqu'on apprend que sa Nerrantsoula habite une de ces « Fosses » dont le monde est riche et qu'elle — elle, l'amie au visage sévère et à la pureté voluptueuse — n'est plus qu'une catin!

Nous n'en savions d'abord rien et nous n'en voulions rien croire. Nous suivîmes le chien... Le voyant s'engager dans la Fosse, nous lui retirâmes tout crédit :

— Non... Ce n'est pas Léou.

Pourtant nous persistâmes à le suivre, traînant notre voiture soulagée de sa marchandise et essuyant le feu croisé des filles dont les tendres paroles nous étaient de cruelles offenses.

Le chien obliqua droit sur une porte ouverte et y disparut, sans un regard pour ses suiveurs.

Nous examinâmes la maison. C'était la plus riche de toute la Fosse, belle même par les moulures de sa façade et d'aspect grave à cause de ses stores baissés, mais la lanterne rouge n'y manquait pas, une lanterne toute dorée.

— C'est une « maison de premier ordre », murmura Epaminonda.

Nous savions que la Fosse avait deux ou trois maisons de cet ordre-là, fréquentées par des officiers de bord et par des gens mariés « très bien ». Dans ces maisons les filles étaient peu nombreuses, toutes jeunes, et fort jolies. Elles ne se montraient jamais aux fenêtres ou sur le seuil de la porte : c'était « sérieux ».

— Qu'est-ce qu'on va faire, Marco?

— On va crier quand même, Epaminonda.

Les regards tantôt vers les fenêtres, tantôt vers notre poignée de marchandise, nous criâmes :

— *Ora-a-anges et citron-ô-ons!* (Malheur! Mi-sè-re!)

Puis, les yeux dans les yeux :

Au bord de la mer sur la grève,
Nerrantsoula foundoti!
Une vierge rinçait sa jupe,
Nerrantsoula foundoti!

Que le Seigneur garde tous les humains de tels instants!

Moi, je n'osais pas regarder vers les fenêtres, mais Epaminonda, qui osa, prit soudain la mine de l'homme qui meurt et qui en a conscience :

— *Ama-a-an!...* gémit-il, en fermant les yeux et s'appuyant le dos à la voiture.

Au même moment j'entendis une fenêtre s'ouvrir et une voix — belle, presque connue, mais d'outre-tombe — s'exclamer :

— Ah!... C'est vous, Marco! Epaminonda! Entrez vite!

Et la fenêtre se referma. Le store grinça en retombant. Je n'avais toujours rien regardé, rien vu, mais... Que le Seigneur garde le cœur humain de telles atrocités! La mort est préférable...

*

A pas d'enterrement nous entrâmes dans la cour, puis dans la maison, introduits par Nerrantsoula, oui, par notre Nerrantsoula, belle femme en peignoir et en pantoufles, belle et pure comme toute vierge d'âme, innocente de regard comme une enfant et nullement fardée. Sa riche chevelure, de partout relevée « à la hongroise », était toute sa coquetterie.

Elle nous attendait sur le seuil du vestibule, nous prit vivement une main à chacun et nous la serra fort :

— Mon Dieu... Marco... Epaminonda... Je vous croyais morts? Pourquoi ces mines? Venez chez moi!... Nous aurons beaucoup de choses à nous dire... Que vous êtes beaux, avec vos barbes!... Mais je n'aime pas votre façon de me regarder : qu'y a-t-il donc?

Puis, nous traînant, elle ouvrit violemment la porte du salon et cria méchamment :

— Hé! *Cafédgi!* Trois cafés « à point » et des cigarettes « royales »! chez moi! Et qu'on ne me dérange plus aujourd'hui! Compris?

— Mais, ma fille...

Du salon, où trois marins et trois jeunes femmes, vraies femmes amoureuses, prenaient du café, une grosse *tsatsa,* une vraie *codochka,* avait miaulé ces mots, que Nerrantsoula coupa furieusement :

— Quoi? Que dis-tu?

— Mais... Anicoutsa... ma belle... tu ne peux pas aller avec des...

— ... *Avec des...* quoi? Tiens!

Et, d'un coup de pied, elle renversa une sellette, brisant le vase qu'elle supportait.

La *tsatsa* se mit à gémir :

— Anica! Anicoutsa! Tu deviens complètement folle, ma fille! Que diable! On ne peut plus te parler! Voilà ce que c'est lorsque l'on gâte trop ces enfants-là!

Prête à la dévorer, resplendissante dans sa fureur, Nerrantsoula suivait d'un regard plein d'éclairs les mouvements de la patronne qui ramassait les débris du vase et les jetait dans le tablier du *cafédgi.* Celui-ci s'en alla humblement. La *tsatsa* rentra dans le salon, vexée, mais muette.

— Venez avec moi! Je suis si contente de vous retrouver! nous dit, en nous reprenant par la main, celle qu'on appelait maintenant Anicoutsa dans cette « maison de premier ordre » où nous la trouvions après cinq ans de recherches.

Sans avoir dit encore un mot, nous traversâmes un long couloir, puis une petite salle, pour nous avoir invités à prendre place dans une grande chambre où rien de ce que nous savions ne rappelait l'horreur d'une maison sise sur la Fosse. C'était si innocemment naïf, si enfantin, tout ce que nous voyions dans l'ordre et le désordre de cet intérieur, que je me demandais sérieusement si je n'étais pas la proie d'un cauchemar.

Le plafond était entièrement couvert de grosses branches d'acacia fleuries dont le parfum nous étourdissait. Une couche épaisse de ces boutons, fanés, couvrait le sol et les meubles. Le lit, abondamment chargé de parures, était celui d'une grosse poupée, mais en guise de poupée, c'est Léou qui y trônait comme un pacha. Partout, le beau couvre-lit portait les traces de ses pattes crottées. Le chien nous regarda avec des yeux intrigués, frappa amicalement de sa queue et sauta à terre pour nous flairer, cette fois, à son aise.

— L'avez-vous reconnu immédiatement? questionna la pauvre amie.

Il nous fut impossible de desserrer les dents. Nous cherchâmes dans les yeux l'un de l'autre, comme deux idiots, une pensée précise, une sortie, une attitude.

— Mais, voyons!... Amis!... Qu'y a-t-il qui vous peine tant? Tenez : peut-être cela vous dégourdira-t-il un peu...

Nous enlaçant par le cou elle nous donna à chacun un baiser sur la joue, puis, sur deux divans placés au beau milieu de la chambre, à peu de distance l'un de l'autre, elle se mit à sauter, chantant son inoubliable refrain comme jadis sur le fossé qui avait failli lui coûter la vie :

Nerrantsoula foundoti!
Nerrantsoula foundoti!

Devant ce violent rappel du passé, un flux d'amère douleur gonfla en même temps nos poitrines, à Epaminonda et à moi... Nos lèvres se mirent à trembler... Des larmes abondantes jaillirent de nos yeux... Mais elle ne voyait rien. Grande, belle et bien faite, des petits pieds à la coiffure, elle sautait, dans un sens et dans l'autre, nous montrant jusqu'aux genoux ses jambes idéalement sculptées et secouant ses beaux seins de femme bâtie pour faire s'entretuer les hommes.

Le *cafédgi* entra avec son plateau de nickel brillant. Nous lui tournâmes le dos et essuyâmes nos yeux à la dérobée. Nerrantsoula prit le service des mains du domestique qui s'éclipsa, le déposa sur un tabouret qu'elle plaça entre les divans et, approchant un fauteuil, s'y installa, les cafés à ses genoux. Là, calme, sérieuse, elle alluma une cigarette et nous considéra gentiment. Nous étions toujours debout :

— Venez, dit-elle, tapant des deux mains sur les divans. Venez, boudeurs... Ici... L'un à ma droite, l'autre à ma gauche, chacun sur son siège, pour qu'il n'y ait plus de fâcherie, comme au temps de nos mûres... Et, pour l'amour de Dieu, dites quelque chose! Est-ce ma beauté qui vous a rendus soudainement muets? Suis-je vraiment si belle?

(Nous commençâmes à bêler.)

— Bé-é-elle... Nerrantsoula... comme un diamant au soleil!

— Bé-é-elle... Nerrantsaki... comme les rêves de notre belle enfance...

— ... Mais quel dommage...

— ... Dommage, oui...

— ... Toute cette fortune, ensevelie dans une *fosse!*

— ... Tant de charme, tant d'éclat, que la laideur offense!

— ... Des perles éblouissantes jetées aux cochons!

— ... Un fin voile de soie livré aux mains d'un fou!

— ... Une rose, dans toute sa splendeur, effeuillée cruellement!

— ... Un papillon superbe, lâchement blessé!

— ... Et pourquoi, Seigneur, pourquoi ce lamentable crime?

— ... Oui, ô Nerrantsoula, pourquoi ce sacrilège?

— ... N'étais-tu pas heureuse?... N'étais-tu pas aimée?...

— ... N'avais-tu pas le choix de deux cœurs amis?

— ... Que de tendresse méprisée!

— ... Que d'amour violemment meurtri!

. . . .

*

Immobile, fumant sa cigarette, Nerrantsoula nous écoutait avec ses grands beaux yeux de charbons dont les paupières aux cils démesurément longs clignotaient comme piquées par des acides. Le visage ne trahissait rien. La respiration semblait arrêtée. Seuls, les deux doigts qui tenaient la cigarette allaient souvent toucher un instant les lèvres.

Ainsi, elle nous laissa crier nos lamentations jusqu'à ce que nous eûmes vidé toute notre amertume. Puis, toujours immobile et nous voyant silencieux, elle murmura d'une voix à peine perceptible, mais précise, sans émotion :

— *Ici,* mes amis, on n'aime pas ceux qui viennent vous parler si honnêtement. On ne parle pas de corde quand on a le pendu devant soi, et les pendues que nous sommes ne sont jamais complètement mortes. Et, parler comme vous venez de le faire, c'est nous pendre à nouveau : pourquoi ne jamais nous pardonner le courage d'avoir voulu être ce que nous sommes? Est-on vraiment sûr, au moins que nous l'*ayons voulu?* — Allons!... Il faut parler d'autre chose... Et d'abord s'asseoir, malgré la « laideur »... Elle est partout.

Nerrantsoula nous prit par les mains, nous attira à elle et nous fit asseoir, chacun sur un divan :

— Comme ça... gentiment... Et fumez... Prenez du café... Savez-vous encore fumer? Savez-vous boire! Une liqueur. Un bon vin. Boire, et fumer, et regarder dans les yeux d'un ami qu'on aime! Mon Dieu! Marco... Epaminonda... Comme vous êtes éteints! C'est moi qui ai pâti et c'est vous qui êtes morts!

— Nous aussi nous avons pâti!

— Beaucoup, beaucoup...

— De quoi avez-vous pâti? De vos souffrances? Je ne pense pas aux miennes, moi...

Elle recula son fauteuil et nous regarda chaudement dans les yeux, tantôt l'un, tantôt l'autre. Puis, elle se leva, alla à une armoire et revint avec une bouteille de cognac et trois petits verres.

Nous fumâmes, bûmes et nous regardâmes dans les yeux. Je sentais que nous devenions plus familiers.

Epaminonda interrogea, tristement, mais avec quelque vivacité :

— J'ai entendu qu'on t'appelle Anicoutsa *ici*... C'est ton vrai nom?

Nerrantsoula bondit comme un ressort :

— Mon vrai nom! Mon vrai nom! je n'ai pas de vrai nom!...

Elle arpentait la pièce, les yeux écarquillés, étincelants :

— On m'appelle comme on veut : *sacadgitza, Anicoutsa* ou autrement, selon les cœurs et l'endroit. Vous m'avez dit « Nerrantsoula », ce diable de Nerrantsoula qui m'avait si bien étourdie que je fus à un doigt de le payer de ma vie.

Elle voulut encore dire quelque chose, mais des pas lourds qu'on entendait approcher de notre chambre la firent taire. On frappa à la porte. Nerrantsoula ouvrit. C'était la grosse *tsatsa.*

— J'ai dit qu'il ne faut plus me déranger aujourd'hui! s'écria notre amie.

— Entendu... entendu, fit l'autre, en entrant et nous dévisageant stupidement, mais ces messieurs... tu comprends, Anicoutsa : j'ai le droit de penser à ma « taxe ».

Devant ce « droit », Anicoutsa ne pouvait plus être Nerrantsoula, pas même *sacadgitza.* Elle fut clouée, muette, au milieu de la chambre, les yeux hagards sur la *tsatsa* qui représentait la « taxe » dans toute sa beauté.

— Combien est-ce? demandai-je.

— 5 francs par heure et par personne, répondit la *codochka,* avec volubilité, avant que j'aie fini ma demande.

Epaminonda et moi nous nous exécutâmes promptement; et la masse de laideur s'en alla, que suivait le vague regard de la pauvre Anicoutsa. Mais, dès que l'horreur eut disparu, Anicoutsa secoua sa tête attristée et redevint subitement notre belle Nerrantsoula. Les bras tendus comme des ailes, elle fit une pirouette et alla se jeter sur le lit, où Léou la rejoignit immédiatement. De là, les yeux fixant les flocons de neige des acacias suspendus au plafond, une main caressant la tête du chien, l'autre dessinant des gestes nonchalants dans l'air, Nerrantsoula parla comme pour elle-même, mais avec flamme.

*

— Non, amis... Avec vous, je ne dois pas être méchante... Mon vrai nom, je ne le dirai ni à vous, ni à Dieu. Je le déteste.

Il me rappelle une enfance vilaine, pénible. Quelqu'un le prononcerait à mon oreille, je le giflerais. D'ailleurs je crois l'avoir oublié.

« Mais, ce que je n'ai pas pu oublier, ce que je voudrais vous faire deviner, c'est cette enfance. Elle me fera peut-être beaucoup pardonner de tout ce que vous avez dû pâtir en m'aimant. Car tout vient de l'enfance, tout sur elle s'échafaude : elle est le moment où la vie se présente à nos yeux grands ouverts. Qu'elle se présente sous l'aspect d'une affreuse mégère, nous la détestons et nous voilà méchants.

« C'est sous cet aspect que la vie se présenta à mes yeux. La mégère épouvantable, ce fut ma mère, une Juive de parents riches, dont j'ai hérité l'image fidèle. Mais elle se sentait aussi peu juive que chrétienne, ne vivant que par ses amours. C'est ce qui la fit chasser de sa famille, gens médiocres, selon ses dires.

« Elle ne regretta rien, car, médiocre, certes ma mère ne l'était pas.

« — A quoi bon vivre, s'écriait-elle souvent dans ses parlotes avec les voisines, à quoi bon vivre si on ne fait que bâiller en travaillant, bâiller en s'amusant, bâiller en priant, bâiller en faisant l'amour!

« — Adella, lui répliqua un jour notre propriétaire, je ne crois pas que vos parents aient tant " bâillé " le jour où ils vous ont conçue, car vous êtes une vraie diablesse!

« — Ah! sûrement non, monsieur Grégoire, sûrement non! Mais ce jour-là, de deux choses l'une : ou ils comptaient *en même temps* l'or qu'ils avaient ramassé pendant la journée, ou bien ma mère s'était laissée embrasser par notre *pimnicer* [1]. C'est pourquoi j'ai été une étrangère dans la famille : tous mes frères et sœurs dorment debout, ce qui prouve qu'au

1. Garçon qui monte le vin de la cave.

moment de leur conception ma mère attrapait des mouches!

« Notre propriétaire avait raison de dire qu'elle était " une vraie diablesse " : ma mère ne bâillait pas, n'attrapait pas de mouches. Toute notre bourgade voulait d'elle. On se l'arrachait, puisqu'elle devait gagner sa vie à la sueur de son front. Mais elle le faisait gaillardement, chantant du matin jusqu'au soir, et cependant, cette femme que tout le monde aimait, je la détestais. Nous fûmes deux ennemies, dès que mes yeux s'ouvrirent sur son visage qui fut tout de suite haineux à mon égard, parce que ma venue au monde signifia une entrave à sa liberté de vadrouilleuse.

« Ma mère ne prononça pas une seule fois mon nom sans l'accompagner, immédiatement, des épithètes : *béléa* ou *pacoste* [1].

« — Viens ici, *béléa,* que je te débarbouille! Va-t'en d'ici, *pacoste,* que je ne te voie plus devant mes yeux!

« Et, qu'elle m'appelât ou qu'elle me chassât, c'était toujours, toujours, copieusement rossée, giflée, tirée par les cheveux. Durant toute mon enfance les bleus n'ont disparu de mon corps que pour faire place à d'autres bleus, et mon cuir chevelu n'a cessé un seul jour d'être meurtri. Tout cela, en sourdine, dans la chambre, la porte fermée. Et malheur à moi, si, au début, il m'arrivait parfois de crier : étendue par terre, bâillonnée d'un coussin, je payais chèrement l'audace d'avoir crié haut sous la violence des coups maternels.

« — Chienne! me hurlait-elle; c'est toi le malheur de ma vie! Je ne me sens pas faite pour être mère, et tu t'es cramponnée à mes entrailles comme la cuscute aux champs! C'est pour mon plaisir que je couche avec ton père, non pour donner la vie à des mômes comme toi!

1. Malchance, calamité.

« *Mon père*... Elle voulait dire : *son amant,* superbe brute, comme elle, marié et père de trois enfants. Quant à l'aveu qu'ils couchaient ensemble pour leur plaisir, et non pour me donner la vie, de cela je ne doutais guère. Cela se faisait sous mes yeux, à mes oreilles, depuis toujours; et c'était là le dernier des griefs que je pensais leur faire, car rien ne m'amusait, ne me payait des rudoiements dont j'étais victime, que ce " plaisir " à eux.

« Au fait, ce n'était pas un plaisir, mais une rage.

« A quatre ans, je ne comprenais pas et m'épouvantais en silence. Rien d'ailleurs, je n'ai rien compris jusqu'à la fin (cette fin qui me surprit brusquement quand j'avais à peine dix ans), mais tout en ignorant naïvement le sens humain de leur rage, du moins ai-je appris plus tard que tout ce chambardement nocturne ne ferait pas crouler la maison sur mon lit, comme je le redoutais, et que je pouvais voir et entendre sans aucun danger.

« La défense brutale de formuler ma peur, de pleurer et d'appeler au secours, fut le premier sentiment que je découvris dans le berceau en même temps que les coups. Et si des enfants saisissent d'abord cette tendresse des mots de *maman* et *papa,* moi j'ai saisi la dureté de cette terrible menace qui suivait les gifles : *Chut! Chut! Tais-toi ou je t'étrangle! Pacoste! Béléa!* Le visage qui se penchait sur le mien et la bouche qui proférait ces horreurs étaient ceux de ma mère. Le " père ", lui, ne s'approchait de mon lit ni pour me maltraiter ni pour me protéger ou me caresser. Je n'existais pas pour lui, comme n'existaient pas ses enfants même légitimes. Hélas! c'était un homme de la pâte de ma mère.

« Blottie sous mes draps et retenant ma respiration, je le voyais entrer tard dans la nuit, bonhomme fort, grand, moustachu, noiraud, les sourcils froncés, le chapeau sur une oreille. Ma mère l'attendait, les rôtis froids et les bouteilles de vin sur la table, après avoir tout récuré, tout astiqué. Vivement, elle lui sautait au cou et le mordait jusqu'au sang. Il lâchait le premier hurlement, la mordait et la faisait hurler à son tour. C'était leur bonsoir, leur embrassement de bienvenue. Je me souviens, après ma libération, avoir remarqué plus de délicatesse dans les manières dont font preuve, lors de leurs amours, les taureaux et les vaches.

« Mes parents avaient d'ailleurs quelque chose de la beauté et du naturel de ces animaux et tout leur sans-gêne.

« Pendant la ripaille, ils étaient sincères comme les porcs dans leur façon brutale de mâcher les aliments. Puis, à mesure que le vin leur montait à la tête, leurs yeux s'arrondissaient, s'écarquillaient et brillaient, humides, comme ceux du bétail mâle en chaleur. C'était vraiment beau de les voir, d'autant plus qu'en juillet comme en décembre, ils avaient l'habitude de se mettre entièrement nus, ce qui me faisait grand plaisir, car leurs corps sculpturaux étaient gracieux dans leurs moindres mouvements.

« Je trouvais tout cela simple, naturel, agréable, distrayant, et je faisais des prodiges de malice pour ne pas être surprise en train de les épier, quoiqu'ils ne me surveillassent jamais.

« Ils devenaient moins simples et bien plus turbulents après la ripaille, quand, semblables à deux superbes coqs, ils se jetaient l'un sur l'autre pour se mordre, couraient par toute la chambre, bousculaient les meubles, renversaient les chaises et s'évertuaient à qui mieux mieux à mordre sans être mordu (mais je crois que leur plaisir était le même dans un cas comme dans l'autre). Toutefois, lorsqu'il lui arrivait, à elle, plusieurs insuccès consécutifs et que son adversaire la mortifiait coup sur coup, sa rage était telle que je m'attendais à la voir devenir folle. Aussi, après ces défaites, sa morsure n'était-elle que plus terrible. Alors, il mugissait, le cou tendu, comme un taureau, puis l'empoignait, la soulevait et la promenait sur ses bras tout le long des quatre murs.

« A les voir si beaux, si souples, si bien faits, lui, crinière frisée, elle, chevelure défaite, tous deux la peau couverte de dizaines d'ovales bleus marquant la dentition, c'était le seul moment où je les aimais sincèrement.

« Après, je ne les aimais plus. Ils éteignaient la lampe et criaient comme des malades. Je ne comprenais pas, et cela me faisait de la peine.

« Mais autre chose que de la peine me faisait la fin de ces histoires nocturnes et c'est là que je commençais à les mépriser.

« Un court assoupissement, et j'entendais la voix de ma mère :

« — Ah!... quelle vie!... quelle vie!... J'en ai assez... Choisis, mon cher, choisis entre *elle* et moi... Ça ne peut plus durer ainsi. Je perds la tête...

« C'était le signal. D'habitude, il se taisait longtemps, puis :

« — Ne m'embête pas... Je ne puis pas faire comme je voudrais... tu le sais bien...

« Et d'une parole à l'autre, les voilà debout. Ils allument. Lui s'habille, morose. Elle, en chemise, le poursuit d'invectives, jusqu'à ce que la première gifle lui résonne sur la joue. Puis, une heure durant, les coups et les insultes pleuvent d'égal à égal, car elle était très audacieuse et musclée, grâce à son dur travail.

« Ah! les vilains yeux, les affreux visages!... Les hideuses brutes qu'ils étaient alors!... Transie de peur, je me demandais, à l'aube, quand il sortait en claquant la porte, quel serait ce jour-là le nombre de meurtrissures que je recevrais, moi : *la cause de leur malheur*.

« Cette vie de bêtes féroces fut fréquente au début de mes heures conscientes, et parfois toutes les nuits; plus tard, deux et trois fois par semaine, pour s'espacer d'année en année au fur et à mesure que les disputes et les coups montaient en violence.

« Ma mère était d'une jalousie barbare. Pour " envoyer " des maladies incurables à sa rivale, elle jetait dans sa cour, les nuits de pleine lune, des grenouilles dont la bouche cousue avait été emplie de mercure. La femme de son amant se vengeait en barbouillant nos fenêtres d'excréments. Le matin, je devais aider au lavage de cette puanteur, pleurant de dégoût et me faisant battre.

« Il arrivait que les deux femmes, à force de se guetter l'une l'autre, tombassent nez à nez. Alors, toute la commune se rassemblait pour rire, car sans se faire trop de mal, elles se tiraient par les cheveux et se crachaient à la figure. Mais le scandale était inimaginable. Et les gens qui aimaient ma mère pour sa vaillance se demandaient comment une Juive pouvait épouser des mœurs si bassement roumaines.

« Elle le put, tombant de plus en plus bas, tant qu'enfin une manie religieuse s'empara de son cerveau et le détraqua complètement. Notre chambre fut envahie par les icônes de tous les saints de l'église orthodoxe. Des cierges et des veilleuses brûlèrent partout. Les popes firent leur apparition dans la chambre de " la Juive ". Et la Juive reçut le baptême, dont la malheureuse espérait " un changement " dans l'attitude de son amant " chrétien " qui, lui, se fichait de *toutes ces histoires popesques*.

« Un changement se produisit, certes, mais dans le sens opposé; de propre et travailleuse qu'elle était, ma mère devint une bigote sale, négligente, paresseuse. Les poux surgirent dans nos chevelures. La misère nous mit au régime du jeûne, si sympathique aux popes quand il s'agit de leurs ouailles. L'amant vint encore une ou deux fois, trouva que ma mère " commençait à devenir une épouse comme toutes les épouses ", et s'éloigna d'elle.

« J'avais neuf ans. Abrutie par l'abandon, la belle Adella de jadis ne faisait plus maintenant que courir les rues et épier le passage de son homme, qu'elle suppliait pitoyablement de revenir " encore une fois ", au moins " une dernière fois ", cependant que je vagabondais de maison en maison, loqueteuse, répugnante, à la recherche d'un morceau de pain.

« Un soir, je les surpris s'entretenant au coin d'une rue. Elle était ivre :

« — Viens, mon chéri... viens... ou je me pends...

« Apitoyé, il disait, tendrement, lui caressant la main :

« — Pauvre Adella!... Tu me crèves le cœur, mais vraiment, tu pues l'eau-de-vie comme une *rakidgitza*... Et c'est si sale chez toi!

« Ce fut comme un coup de fouet. Elle vendit son dernier bijou, un beau bracelet, nettoya la maison, se rendit belle, presque séduisante, et réussit à ramener son " chéri ".

« Nous étions en automne... Le froid piquait assez fort et ma mère fit du feu. De mon lit, un œil sur la chambre, j'aurais été heureuse de les voir s'aimer " encore une fois ", mais justement ce soir-là, après une longue paix, ma mère m'avait, pour rien, cruellement battue et envoyée coucher le ventre vide. Aussi, en les regardant dévorer une oie rôtie, j'avalais ma salive et je les haïssais à mort.

« Les pauvres... Comment eus-je soupçonné que, pour eux, la mort était déjà présente!... Elle l'eût été pour moi, sans précisément cette dureté à eux qui me tint en éveil et qui me sauva la vie uniquement parce que, affamée, je n'attendais que le moment de les voir endormis pour me jeter sur les restes de leur copieux repas.

« Ce moment vint peu après minuit, après le chambardement

habituel, quand ma mère prouva une dernière fois que — même la mort dans la tête — elle n'attrapait guère de mouches en faisant l'amour.

« Ils s'étaient couchés dans un état où je ne les avais jamais vus, hébétés, chancelants. Lui surtout semblait avoir une tête de plomb; je l'entendis, le premier, ronfler, car ils ronflaient tous deux, au commencement du sommeil. Déjà je voulais me glisser hors du lit pour aller, à tâtons, chiper un morceau d'oie que j'avais repéré, quand ma mère se lève et allume. Je ferme vite les yeux et fais la morte. Elle se penche sur moi — je sentais sa transpiration insupportable — puis, je l'entends sortir et trébucher dans la cour, d'où me vient le bruit d'une averse.

« Elle est longue à revenir. Quand elle rentre, c'est pour déposer à terre un fardeau, éteindre et se fourrer au lit immédiatement.

« Alors j'ouvre les yeux et regarde ce qu'elle vient d'apporter, mais au même instant une odeur de gaz m'étourdit. Au milieu de la chambre, dans l'obscurité complète, un noyau de feu brille et lance des étincelles qui craquent. Je me dis, ignorant tout à fait qu'on pût se tuer avec du charbon de bois : elle a froid et a fait du feu, mais pourquoi ne l'a-t-elle pas allumé dans le poêle? Ça fait mal à la tête!

« Dans le silence noir, je me lève et écoute : il ronfle toujours; ma mère ne bronche pas; et le brasier luit de plus en plus fort, craque et pue terriblement. Je n'ai plus envie de manger, mais de vomir.

« Doucement je sors du lit, ramasse mes vêtements, n'ai garde d'oublier le morceau d'oie, puis j'ouvre et quitte la chambre avec précaution, en refermant la porte *pour qu'ils puissent dormir et ne pas avoir froid,* pensais-je, dans ma peur d'être battue le lendemain plus durement que d'habitude.

« Je ne fus plus battue, car le lendemain j'étais une orpheline, échappée à la mort grâce à la cruauté de sa mère qui l'avait envoyée se coucher sans dîner.

« Après une nuit passée dans le foin de l'écurie, le matin, accompagnée par une locataire, j'entrai timidement dans notre chambre : ma mère et *son Grec* étaient morts, asphyxiés. »

. . . .

*

En prononçant le dernier mot de son histoire, Nerrantsoula fit un bond et sauta au milieu de la pièce :

— Voilà, dit-elle. *Il leur sera beaucoup pardonné parce qu'ils ont beaucoup aimé...*

Et venant nous prendre par le cou et nous embrasser :

— ... Me sera-t-il, à moi aussi, beaucoup pardonné?

Epaminonda, les yeux hagards, avait la pensée ailleurs : il songeait à ce que je songeais moi-même; il le dit, du bout des lèvres :

— Ton père était donc grec...

Nerrantsoula tressaillit :

— Grec? Je n'ai pas dit cela!

— Si..., appuyai-je, tu l'as dit : « Ma mère et *son Grec* étaient morts... »

— Et qu'est-ce que cela pourrait bien vous faire! s'écria-t-elle, agacée.

Cela nous faisait beaucoup. Elle le savait aussi bien que nous, car la devineresse des marécages, en lisant dans les lignes de sa main, lui avait dit : « Ta vie sera terrible et *ton sort est lié à un garçon qui est de la race de ton père.* »

Ce garçon était donc Epaminonda. Je le pensais. Il le pensait aussi, je le voyais dans son regard devenu presque dur pour moi et qui me disait clairement : *de nous deux, c'est moi qui suis de la race de son père : le sort de Nerrantsoula est donc lié au mien; elle est à moi.*

Je sentis que dès ce moment-là je ne devais plus compter sur la tendresse de mon ami. Unis pendant cinq années dans la souffrance, nous ne pouvions plus l'être dans cette navrante joie où la passion charnelle et l'amitié pure se contrecarrent. Epaminonda redevenait mon rival du temps de la canalisation, quand nous nous étions connus sur les bords d'un fossé qui fut fatal à Nerrantsoula. Et aujourd'hui une autre fosse — la Fosse des filles publiques à Braïla — nous réunissait de nouveau tous les trois. Pour combien de temps? De quelle manière? Et à qui, de nous trois, cette Fosse allait-elle être funeste?

Nous restions pensifs, chacun sondant le gouffre de notre destinée commune, quand un brutal *toc-toc* à la porte nous réveilla. Nerrantsoula ouvrit. L'horrible *tsatsa* réapparut. Elle nasilla aussitôt, en scandant les paroles :

— C'est l'heu-re, mes-si-eurs! Ma ta-xe, s'il vous plaît!

Devant ce sauvage et inattendu rappel à la triste réalité, notre amie fut pétrifiée. On eût dit que cela lui arrivait pour la première fois. Nous fouillâmes vite dans nos poches, jetâmes à la *codochka* sa chère taxe et la chassâmes. Elle sortit en faisant sauter les pièces dans sa main.

Le jour diminuait silencieusement. L'angoisse nous abattait. Une heure durant, aucun de nous ne souffla mot. Nerrantsoula sur son lit, Epaminonda et moi sur nos divans, nous fumions cigarettes sur cigarettes et évitions le choc de nos regards. L'accablement était tel que Léou, exaspéré, bâilla et clabauda sans arrêt.

— Va te promener, lui dit enfin sa maîtresse.

Le chien comprit d'emblée et sauta des deux pattes sur la

poignée de la porte, qui s'entrebâilla. Il y introduisit son museau et se glissa dehors.

A peine était-il sorti qu'un bruit de béquilles frappant le plancher du corridor nous parvint par la porte ouverte. Nerrantsoula alluma la grosse lampe du lustre à pétrole, courut et reçut dans ses bras le béquillard : une véritable apparition. C'était un petit jeune homme qui pouvait avoir notre âge, mais qui n'était qu'un squelette à la peau parcheminée, aux yeux creux — quoique beaux, rêveurs — une moustache pas plus épaisse que les sourcils, le nez transparent et les lèvres tendues sur sa belle dentition comme deux sangsues affamées. Il riait, le chapeau à la main, d'un rire sincère qui m'alla droit au cœur.

— Eh bien, Aurell! dit Nerrantsoula, affectueuse, le conduisant au fauteuil, t'es-tu amusé gaillardement avec la compagnie?

D'une voix essoufflée et empreinte d'un mélancolique regret, l'infirme répondit :

— Gaillardement... On ne s'amuse pas gaillardement lorsqu'on est comme je suis et dans une « compagnie » de gens qui n'ont pour moi que de la pitié...

En disant cela il roulait sur nous des yeux étonnés. Nerrantsoula, s'expliquant alors, nous intrigua à notre tour :

— Ce sont deux amis, deux vieux amis que tu ne reconnais plus, mais que tu te rappelleras si je te dis que ces barbus-là sont Marco et Epaminonda, les deux braves garçons qui venaient me voir le dimanche et le jeudi à l'hôpital quand j'avais le crâne fracturé.

A ces mots, le visage du béquillard devint grave et sincèrement peiné.

— Ah!... fit-il, je me souviens, puis... C'est pour moi que tu as quitté ces deux amis... Maintenant... laissez-moi... Je ne m'attendais pas à cette surprise...

Nous ne nous y attendions pas davantage!... Cet estropié... Nerrantsoula nous avait quittés pour lui!... Pourquoi?

Nos regards, qui exprimaient notre désir de connaître la vérité, se portèrent sur son visage ému. Elle ferma doucement les yeux en signe d'acquiescement et aida Aurell à se diriger vers la porte, qui était ouverte, mais dont le cadre, juste à ce moment, fut tout rempli de la terrible *tsatsa* :

— C'est comme cela, mes enfants, la porte grande ouverte, que vous vous amusez? miaula-t-elle.

— De quoi s'agit-il? De la taxe? demanda Epaminonda d'une voix caverneuse.

— Eh oui, mon garçon! Ça fait bien deux heures que je vous laisse tranquilles.

Nerrantsoula poussa un cri de bête égorgée, lâcha l'infirme et se précipita sur le tiroir d'une commode, empoigna toutes sortes de bijoux et les jeta, d'un seul coup, à la figure de sa patronne :

— Tiens! Truie infecte! Rassasie-toi de taxe! Et laisse-nous tranquilles jusqu'à demain matin!...

Puis, reprenant le bras d'Aurell, elle disparut avec son protégé.

La *tsatsa* blêmit et s'appuya contre l'embrasure :

— Ah! C'est le comble! Jamais quelqu'un n'a osé me dire « truie infecte »! Et si vous saviez combien j'ai été et je suis bonne pour cette enfant! Sans moi, elle serait aujourd'hui une chiffonnière... Mon Dieu!... J'ai bien le droit de demander ma taxe. Elle me doit un tas d'argent, tant elle est gaspilleuse... Seigneur! Seigneur! Quelle honte!

Nous ramassâmes les bijoux répandus sur le sol et mîmes dans les mains de la généreuse *codochka* un billet de cent francs :

— Allez, madame, et maintenant ne revenez plus! lui dis-je.

— Comment, « ne revenez plus »? s'écria-t-elle. Vous ne voudriez pas, contre une pièce de cent francs, me séquestrer ma plus belle fille! Il y a dans le salon trois messieurs *comme il faut* qui veulent d'elle. Ils ne vont qu'avec elle. Et ce sont des clients qui paient des bouteilles chères pour tout le monde, pas comme vous...

— Mais, madame, nous ne sommes pas des clients...

— Vous n'êtes pas des clients! Alors, quoi? Des amants de cœur? Je n'admets pas ça, moi, dans ma maison! Et deux, par-dessus le marché! Ah non, alors! Vous m'amusez!... Regardez-moi un peu cette Anicoutsa! Qu'elle me paie d'abord les quatre mille francs qu'elle me doit; après, c'est son affaire si elle veut marcher à l'œil!

Et la *tsatsa* partit en claquant la porte. Nous restâmes seuls, Epaminonda et moi, nous regardant ébahis :

— Quatre mille francs, *moré,* Marco!

— Quatre mille francs, Epaminonda!

— Pauvre Anicoutsa!

— Chère Nerrantsoula!

— Jamais nous ne pourrons payer une si grosse somme!

— Jamais!

— Cependant, il le faut, Marco!

— Certes, Epaminonda, il le faut!

A cette époque-là, deux cents louis d'or, tout marchand d'oranges ne les avait pas dans son burnous. Nous ne les avions pas davantage, quoique nous fussions, chacun, possesseurs de deux propriétés qui nous faisaient vivre. Elles nous faisaient vivre, oui, mais pas à raison de 100 francs par jour qu'il fallait donner à une *tsatsa* pour qu'elle nous laissât tranquilles près de notre Nerrantsoula, son Anicoutsa, que des messieurs « comme il faut » attendaient dans le salon!

— Moi, je ne pars plus d'ici! s'écria Epaminonda, tâtant son coutelas enfoui dans sa ceinture.

Et promptement nous décidâmes de vendre chacun une propriété, de payer la dette de Nerrantsoula, de la délivrer de la Fosse, puis...

Aussi promptement, chacun fouilla dans la pensée de l'autre ce qu'il comptait faire, après, avec cette Nerrantsoula, une fois délivrée.

Pauvre et sublime jeunesse! Il n'y a que toi qui saches prendre, promptement, les plus impossibles décisions. Il n'y a que toi qui fermes adorablement les yeux devant la cruelle évidence.

Car il était évident que le jour où Nerrantsoula serait libre, nous ne pourrions pas *partager deux pailles entre trois ânes,* comme dit le proverbe, ni une femme honnête entre deux hommes honnêtes. Mais ce jour-là n'était pas le jour même et, en attendant, nous étions heureux de pouvoir séquestrer notre amie et la regarder, l'écouter.

*

— Oh! fit Nerrantsoula en rentrant, je suis sûre qu'*elle* vous a déjà dit que je lui coûte 4 000 francs! Elle le dit à tout le monde et chacun lui donne quelques louis pour que ma dette diminue; mais ma dette ne diminue quand même pas... Je connais cela.

« Il est vrai : elle m'a prêté quelques bonnes sommes d'argent à un moment où naïve, je croyais à la générosité du monde... Ce n'était d'ailleurs pas pour moi, mais pour Aurell que j'espérais pouvoir guérir. Ah!... Comme tout cela me peine!

« Le pauvre Aurell, que vous avez vu, a été victime d'un

accident identique au mien : il est tombé lui aussi dans le fossé de cette canalisation, une année environ avant moi, et cette chute, cause d'une compression de la moelle épinière, a abouti à la paraplégie. De plus, tuberculeux héréditaire.

« Mais quelle nature heureuse!... Jamais de cris, jamais de plaintes, jamais de mauvaise humeur. Il était le malade le plus touché de notre section chrirugicale; et cependant il faisait rire tout l'hôpital et rendait des services à qui l'en priait, tout paralytique qu'il soit!... A tel qui avait le bras en écharpe, il allait régulièrement rouler des cigarettes; à tel autre, immobilisé, il servait la nourriture, le mouchait, lui grattait une démangeaison; des illettrés, il faisait la correspondance, laquelle arrachait des larmes s'il s'agissait de " taper " un parent, ou provoquait des fous rires s'il fallait encourager " ces sacrés malades de la maison ". Enfin, comme chaque patient avait besoin de quelque chose de la cantine, c'est Aurell, l'homme sans jambes, qui passait la musette autour du cou, prenait les béquilles et allait faire les commissions. C'était interdit, mais qui pouvait être sévère avec l'aimable Aurell? Du médecin chef aux domestiques, tout le monde l'aimait.

« — Au-ré-é-elle! criait une infirmière, le malade du 7 ne veut pas faire pipi : va le lui faire faire!

« Il ne s'agissait pas de piquer la vessie du réfractaire, mais simplement qu'Aurell imitât *Monsieur l'Econome lorsqu'il est fâché*. Or l'économe de l'hôpital était l'être le plus bourru qui fût au monde et le plus riche de tics. Tout bougeait en lui : le nez, les yeux, les oreilles, le menton, les lèvres, les épaules et jusqu'au cuir chevelu. Il les faisait fonctionner au diapason d'une mauvaise humeur, qui lui était naturelle, mais qui, dès qu'elle s'accentuait, tournait à la colère, les faisait vibrer à une vitesse folle et dans un ensemble parfait. Souvent la langue elle-même " se montrait devant sa porte ", comme disait

Aurell, qui savait seul copier l'amusant économe, " père des malades " éternellement mécontent du service, mais brave homme au fond. Et en effet quand (très rarement) Aurell se décidait à imiter notre chef suprême, tous les internes et les infirmiers se rassemblaient autour de lui, se tordaient de rire, et finalement disaient :

« — J'ai uriné sur moi, ma parole d'honneur!

« Mais Aurell nous rendait des services que personne ne pouvait rendre. On sait que dans les hôpitaux la nourriture est insuffisante, surtout pour les malades qui n'ont que des fractures. Aussi Aurell, qui épluchait à lui seul la moitié des légumes de l'hôpital, tout en amusant les cuisiniers, nous apportait-il en un clin d'œil ce que nous désirions pour apaiser notre faim, étant à la cuisine comme chez lui et se réservant sans se gêner toutes ces gourmandises que le personnel escamote à la barbe de l'administration, mais dont il prive les malades. Il les distribuait sans préférence et en évitant de faire des jaloux. Il était juste, pensait à tous les malheureux, à preuve ce cas : un soir on transporta, avec son lit, dans la chambre mortuaire, un pauvre paysan qu'on croyait mourant. Il avait perdu connaissance. On mit une veilleuse à son chevet, un crucifix sur sa poitrine et on le confia aux soins du Seigneur, loin des malades que son agonie pouvait effrayer :

« — Il mourra cette nuit, dit notre infirmier.

« Aurell n'en était pas convaincu et il alla vers minuit voir l'abandonné. Surprise : le mort était ressuscité; et sa première parole fut pour demander " un peu de choucroute ".

« — J'en meurs d'envie! se serait-il exclamé devant notre ami, qui s'en fut lui en chercher un plein bol, le lui servit et se recoucha sans que personne sût ce qui s'était passé.

« Hélas! cette histoire eut une suite lamentable et hilarante à la fois, car le matin de bonne heure, notre infirmier allant chercher son mort pour le transporter à la morgue, se rencontra nez à nez avec lui en ouvrant la porte :

« — Encore un peu de choucroute, cher monsieur! cria le mort.

« L'infirmier prit la fuite, traversa l'hôpital et la cour en hurlant d'horreur et ne s'arrêta que chez lui, d'où il ne voulut plus retourner reprendre son service. Depuis, cet homme est tombé dans une mélancolie hypocondriaque, il n'est plus qu'une charge pour les siens, cependant que le paysan qu'il voulait livrer à l'autopsie est encore guilleret et mange de la choucroute quand il en a envie.

« A cet incident s'ajouta peu après une extraordinaire aventure qui rendit Aurell célèbre. L'hôpital possède une section de fous, et il arriva qu'un de ceux-ci devint furieux. On décida de l'envoyer dans une maison spéciale, mais les deux gardiens qui devaient le ligoter n'osaient pas s'approcher du malheureux, qui menaçait de " tuer tous les dragons " avec une barre de fer qu'il avait arrachée à la fenêtre. Aurell apparut brusquement dans le cadre de la porte et montra au fou une longue ganse d'or qu'il avait toujours dans sa poche. Devant ce misérable infirme, recroquevillé sur ses béquilles, le fou resta stupéfait et laissa tomber la barre.

« — Tu ne veux pas, ami, que je te mette ce bracelet? dit Aurell, faisant danser le galon brillant.

« — Un bracelet?... hurla le fou, bien sûr que je veux un bracelet, mais ces dragons-là veulent me dévorer!

« — Ils ne te dévoreront plus lorsque tu auras le bracelet d'or! Donne-moi tes poignets!

« Le fou vint docilement, les deux bras tendus. Aurell lui tressa avec douceur de solides menottes et lui dit à la fin :

« — Maintenant nous fuirons ces dragons. Viens avec moi. J'ai ma voiture qui nous attend dehors... Allons vite!

« Ce fut fait en un clin d'œil.

« Après cet étonnant coup d'audace, je demandai à Aurell :

« — Et si le fou t'avait assommé avec sa barre?

« — Il m'aurait peut-être rendu service, me répondit le pauvre garçon.

« Cette réponse m'avait beaucoup peinée. Je compris qu'au fond il n'était pas si gai qu'il en avait l'air. Et c'est depuis que j'ai aimé Aurell comme un frère et que je me suis attachée à lui. Nous ouvrîmes nos cœurs l'un à l'autre, nous nous racontâmes nos enfances. La sienne avait été aussi grise, aussi désolée que la mienne. Comme moi, il n'avait plus de parents, ni personne au monde qui l'aimât sincèrement.

« — C'est dans cet hôpital, ou dans d'autres, que je passerai ma vie désormais! s'exclama-t-il un jour.

« Ah! que de larmes nous avons versées ensemble, loin de tout regard, et combien l'idée de nous séparer bientôt nous rendait malheureux!

« Alors nous convînmes de quitter l'hôpital, une nuit, et de " fuir dans le monde ".

« — Je mendierai... Nous ne mourrons pas de faim, disait-il.

« — Et moi j'ai quelques sous de côté, et des bras pour tout faire, ajoutai-je.

« — Nous vivrons comme frère et sœur, n'est-ce pas, *Sœurette?*

« — Oui, Aurell!

« Il m'appelait " Sœurette " et m'appelle encore ainsi aujourd'hui, car à l'hôpital, comme partout à Braïla, personne n'a jamais su qui j'étais, n'ayant point de papiers.

« Et un soir, tous feux éteints, nous glissâmes comme deux ombres le long des murs, nous passâmes par la brèche de la vieille palissade qui entoure le dos de l'hôpital et nous sortîmes inaperçus.

« Je vous fuyais à grand regret, quoique convaincue que l'amour d'Aurell était plus beau que le vôtre, amour fraternel, nullement intéressé à la femme, et pur comme il l'est resté jusqu'aujourd'hui. Je vous connaissais violents, prêts à vous entretuer à cause de moi. Il m'eût été pénible de choisir entre vous deux. Je choisis Aurell, enfant doux, infirme, sans appui, condamné à une perpétuelle vie d'hôpital. Et croyant vous rendre un service en mettant fin à une chose impossible, je disparus avec Aurell, " dans le monde ".

« Le monde... Il fut bon pour moi, pourquoi ne pas l'avouer? Ou bien, si vous voulez, il fut comme nous le voyons, comme il ne peut pas ne pas être, si tout dépend de ce que nous demandons à la vie. Et Dieu sait combien l'envie de mettre les bouchées doubles me dévorait à ce moment! On doit dire aussi que l'occasion s'était présentée et qu'elle fut pour quelque chose dans mon envie.

« Cela se passait à Galatz, ma ville natale, où nous nous étions réfugiés. Une amie de ma mère, bonne couturière, nous hébergea et m'offrit de gagner mon pain en l'aidant. Elle était seule, un brin avare, trop souvent triste, mais bon cœur somme toute. Aurell devint son joyeux partenaire de domino. Léou, que j'amenai, l'amusa beaucoup. Et tous les trois nous contribuâmes pendant quelque temps à rendre un peu plus gaie la vie de ce foyer de vieille fille aigrie.

« Mais qu'il est pénible d'être fabricant de gaieté pour un ami qui s'attriste à tout bout de champ! Dans la pauvreté comme dans l'aisance, rien ne vous donne un plus grand dégoût de vivre que le compagnon qui s'affaisse dès que vous le lâchez un instant pour vous essuyer le front.

« Le bon Aurell, si inépuisable cependant à divertir qui que ce soit, me disait, au bout d'une année d'existence chez Mlle Catherine :

« — A l'hôpital au moins, les malades restent dans le lit. Hors de l'hôpital il faut les tenir dans les bras. Ce n'est pas un passe-temps bien réjouissant!

« A la fin de ma seconde année de couture je savais conduire seul le petit atelier de Mlle Catherine, qui ne faisait maintenant que pousser des *ah* et des *oh* sur tous les tons et dans tous les coins de l'appartement. Cela commençait à nous devenir insupportable; Aurell perdait sa bonne humeur. Nous avions tous les deux nos dix-sept ans passés et le vaillant ami luttait avec acharnement pour se créer une occupation lucrative qui lui permît de gagner sa vie. Il y parvint dans ce qui fut toujours sa passion : le dessin, la peinture. Ses portraits, ses aquarelles, trouvèrent des acheteurs :

— Par pitié pour un infirme! raillait-il. Je pourrais tout aussi bien leur " coller " n'importe quoi : du cirage, des lacets, des pantins...

« Je ne connaissais point Galatz, l'ayant quitté pour suivre ma mère alors que j'avais à peine six ans; mais Aurell, intelligent, affectueux et doué, arriva rapidement à se faire aimer et encourager par quelques notabilités locales. Et nous songions déjà à plaquer notre moulin à tristesse et à nous frayer un chemin ailleurs, " tout seuls ", quand, soudain, un tourbillon de joie fit irruption dans la maison de Mlle Catherine et nous emporta, tous, pêle-mêle.

« Ce tourbillon, c'était le *monde!* Le monde avec son beau et son vilain côté, le monde avec son bien et son mal, le monde tel qu'il est.

« Il se présenta un jour dans la personne d'une cliente riche et " bien recommandée "; une dame élégante, d'un certain âge, lourde de bijoux et généreuse à vous faire pleurer. Le temps de boire son sorbet, elle fit une commande de quatre robes, ne marchanda point et paya le tout à l'avance sans même qu'on eût exigé d'elle les arrhes habituelles, mais...

« — Qui est cette belle enfant? demanda-t-elle à Mademoiselle en me montrant.

« — Ah! chère madame! C'est une pauvre orpheline, une nièce à moi...

— Comment s'appelle-t-elle?

« — Anicoutsa.

« En me faisant passer pour sa nièce, Mlle Catherine mentait sciemment, mais pour ce qui était du nom d'Anicoutsa sa bonne foi se trouvait victime d'une plaisante confusion, car, à dix ans de distance, me rappelant à son souvenir rien que par le nom de ma mère, elle s'était frappée le front et s'était exclamée :

« — Ah! Seigneur! C'est toi! *Anicoutsa!*

Maîtrisant mon rire, je fus contente de ce nouveau sobriquet et me laissai appeler ainsi.

« — Eh bien, mademoiselle Anicoutsa, reprit la généreuse cliente, si vous réussissez mes robes, je vous remercierai comme il faut.

« Et se tournant vers Aurell et ses dessins :

« — Comme il a du talent, ce jeune homme! s'écria-t-elle. C'est encore un parent à vous, mademoiselle Katti?

« — Oui-i-i, madame, le pauvret : un neveu lui aussi, orphelin pareillement, pour ne plus parler de son infirmité!

« — C'est incurable?

« — Hélas!

« — On n'en est jamais sûr... Il faudrait essayer avec de grands médecins, à Bucarest.

« Et la bonne dame, choisissant nonchalamment quelques cartons et toiles, offrit à Aurell une somme dont la rondeur me fit pendant un bon moment piquer à la machine à tort et à travers.

« — Quel cœur!... quel cœur!... s'exclamait sans cesse Mlle Catherine après le départ de l'étonnante dame. Ça, mes enfants, c'est votre chance! C'est à vous que je dois ce miracle, car moi, je n'ai jamais connu de tels coups de veine!... Et j'ai le pressentiment que cette Mme Pavlik changera notre vie!

« — Pourvu que ce soit en bien, *tante!* s'écria Aurell en lui ouvrant ses bras. Peut-être que nous finirons chacun par un beau mariage et que nous danserons la *Kindia!*

« — Ma foi, cela ne me déplairait guère : je pourrais encore rendre un homme heureux, et, pour ce faire, je rabattrais volontiers de ma fierté d'antan!

. . . .

« Pauvre Mlle Catherine! Je songeais à ses paroles, plus tard, quand notre dégringolade fut un fait accompli... On n'est pas impunément fier dans la vie; et on ne rend plus personne heureux le jour où on n'a plus rien à *donner :* la figue qui se tient fière sur le faîte de l'arbre, où aucune main n'arrive pour la cueillir, où aucune bouche ne peut la manger alors qu'elle est mûre, se dessèche, se pétrifie, et meurt en contemplant le ciel.

« *Donner, donner,* c'est le grand bonheur de l'existence! Donner surtout à temps, chaque chose à son temps. Donner le rire et donner les larmes... Vivre ses élans, vivre sa douleur... Happer au passage le rayon de joie qui file, montrer sa belle dentition dans le rire que des yeux humides quémandent, et puis, et puis, pleurer éperdument avec tout son cœur rassasié de joie! Pleurer un temps... Puis rire. »

. . . .

Nerrantsoula s'interrompit brusquement, les yeux fixés sur Epaminonda. Alors je m'aperçus que celui-ci avait un regard de fou et qu'il serrait ses mâchoires à les faire craquer.

Il était tard... Toute la maison dormait, et le silence me glaça les os.

— Continue, amie! dis-je.

— Non! répondit-elle doucement, Epaminonda me fait peur!

L'autre esquissa un sourire qui me fit peur à moi-même.

— C'est rien... *moré* Nerrantsaki... Va jusqu'au bout maintenant!

— Il n'y a plus aucun « bout »! murmura-t-elle.

« Ce qui suit, c'est une histoire rapide et bête comme celles de toutes les filles.

« Mme Pavlik revint accompagnée de deux hommes qui connaissaient l'art de tourner la tête aux jeunes comme aux vieilles demoiselles. Il n'y eut peut-être pas tout à fait de la fourberie, car nous les avons vus souffrir, ces beaux ravisseurs, et gaspiller l'argent comme on ne le fait pas lorsqu'on est entièrement faux.

« Ce fut un micmac totalement incompréhensible pour moi. Je n'en aimais aucun, Mlle Catherine les aimait tous les deux, et Mme Pavlik aimait tout le monde! Aurell, lui, pouvait produire des dessins et des aquarelles autant qu'on était prêt à lui en acheter. Et nous voilà toute la bande, Léou compris, partant pour Bucarest où ces gens-là se faisaient fort de guérir Aurell. Il fut en effet reçu dans un grand hôpital. Trois mois durant, on le tourna sur tous les côtés, pour qu'à la fin on le laissât sortir sans autre amélioration que deux béquilles neuves à la place des vieilles.

« Pendant ce temps, à nous, dehors, on nous promettait monts et merveilles et on nous fit tout voir, tout visiter, tout goûter. Je fermai les yeux sur la tromperie qui commençait à devenir visible, je bus de mes deux mains le nectar de la coupe qui passait, et, les paupières closes, je me dis : Ainsi, du moins, j'aurai tout connu, rien à envier et je ne deviendrai jamais laide et triste comme Mlle Catherine.

« Mlle Catherine, elle, ne ferma point les yeux et les ouvrit bien inutilement pour chercher un mari dans l'un ou l'autre des deux noceurs, calcula, escompta, grimaça, pour se trouver à la fin toute seule dans une chambre d'hôtel.

« Quant à moi, j'ai continué de plus belle, car, entre la couture et ce que j'avais, il ne se trouva personne pour donner une prime d'encouragement au travail honnête et me pousser à reprendre mon aiguille.

« Maintenant encore je fais ce qui me plaît et rien de ce qui me dégoûte. On continue à me donner, et je donne comme si j'étais à mes premiers élans.

« Ce sera ainsi jusqu'au jour où j'aurai tout donné et ma vie avec! »

. . . .

Dans l'envahissante lueur de l'aube estivale qui commençait à blanchir les carreaux, Epaminonda nous montra une face de spectre. Sa bouche, desséchée, s'était entrouverte. Les yeux, immobiles comme tout son corps, semblaient morts. Les narines s'étaient collées. La barbe et la chevelure elles-mêmes, pourtant si éclatantes habituellement, avaient quelque chose de ramolli.

Nerrantsoula lui sauta au cou et l'embrassa :

— Allons... ami... oublions tout cela!... Voici le jour. Nous dormirons un peu; vous, sur les divans; moi, dans le lit, avec Léou, mon ami d'enfance dont vous ne serez pas jaloux! Puis, comme de juste, ce sera mon tour de vous écouter et le vôtre de me dire vos joies et vos peines! Allons!

Secoué par notre amie, Epaminonda, rigide, oscilla comme un mannequin assis sur son séant. Elle n'y fit point attention, vint me prodiguer les mêmes caresses, puis, joyeusement, soulevant jusqu'aux genoux ses jupes, se mit à sauter entre les deux divans et à nous distribuer des baisers à chaque saut :

Nerrantsoula foundoti!
Nerrantsoula foundoti!

Mais à la quatrième enjambée, alors qu'elle tournait le dos à Epaminonda et s'élançait vers mon divan, un cri horrible retentit dans toute la maison, et j'eus juste le temps de saisir dans mes bras notre belle Nerrantsoula, poignardée par celui qui était sa destinée, par le pauvre Epaminonda.

Troisième partie

Huit ans passèrent... Huit années lourdes de toute ma fortune sentimentale...

Et comme je voudrais qu'il me fût permis, maintenant, de me lamenter moi aussi un peu!... Me lamenter, oui. Pleurnicher. Dire ce que je suis : *un pauvre homme alourdi de cette pesante richesse dont personne ne veut!*

Trésor inépuisable et accablant... Mine d'amour qui languit après la pioche vigoureuse du franc mineur qui tarde à l'éventrer, tarde à la faire s'épanouir au soleil et vivre de toute cette vie inondée de lumière.

Eh! misérables bonshommes! Mollusques, qui n'avez de sens que pour déguster votre croupissant bonheur; qui ne vous doutez guère de l'immensité de l'Océan, ni de la grandeur de la vie; que le soleil ne blesse point et que la tempête n'émeut pas... Si Dieu vous a donné un cœur et un cerveau, ce fut tout juste pour mieux prouver que cela ne veut rien dire, sinon qu'il est salutaire de sentir la brûlure de sa divine ironie à côté du baume de son éclatante magnanimité.

Mollusques! Pitoyables bonshommes! Un rien qui vous effleure vous fait rétracter le rien que vous êtes... Chez vous tout est appréhension, la joie comme la souffrance... Pas un cri de plaisir qui soit entendu dans les cieux... Pas un mugissement qui retentisse dans les abîmes... Dépourvus du moindre visage qui parle et aveugles au point de ne pas vous reconnaître, soyez heureux, mollusques, mais je me demande si votre prudence est une infirmité du cœur plus qu'une plaie du cerveau. Pauvres de vous, bonshommes!

*

Deux ans après le drame de la Fosse, j'enterrais, ici, à Alexandrie d'Egypte, la carcasse misérable dans laquelle avait battu le grand cœur de l'ami et de l'artiste ignoré que fut Aurell le béquillard.

Car le coup de poignard donné à Nerrantsoula, c'est le cœur d'Aurell qui le reçut. C'est lui qui tomba pour ne plus se relever. Elle, après avoir basculé entre la vie et la mort, prit le dessus, oublia le mal et se déclara entièrement responsable devant les juges d'Epaminonda qui vinrent l'interroger à son lit de souffrance :

— C'est moi qui l'ai exaspéré; demandez à Marco! On ne raconte pas ses aventures d'amour à ceux qui vous adorent, et on ne doit jamais embrasser deux amoureux à la fois. Mais, que voulez-vous! Si j'étais à ce point sage, je ne serai plus *moi!* Et je me trouve très bien comme je suis... tant pis!

Confrontée avec Epaminonda — qu'on lui avait amené dans les fers à l'hôpital — Nerrantsoula fit mieux encore : elle baisa les mains ligotées de son bourreau et lui dit, en présence de la justice :

— Pardonne-moi... Je ne me doutais pas que tu m'aimais si fort!

Mais le malheureux n'avait presque plus besoin d'être allégé, par sa propre victime, du poids de son forfait : la médecine légale le déclara irresponsable. Et on le vit bien... Muet, insensible jusqu'au moment de cette confrontation, dès qu'il entendit la folle excuse de celle qui était sa tyrannique passion, Epaminonda éclata en larmes, s'agenouilla au pied du lit et entama cette brève plainte qu'il devait ensuite murmurer tout le reste de ses jours :

« *Aman bré! Aman bré! Aman bré!* »

Epaminonda pouvait encore pleurer.

Aurell, lui, ne le pouvait plus. Il était de ceux dont les larmes se déversent sur le cœur, le rongent, l'arrêtent.

Je m'en étais tout de suite aperçu. Et je suivis un vœu de Nerrantsoula, vœu de mon cœur également.

Le jour où, à l'hôpital, on me permit d'aller la voir, sa première pensée fut pour l'infirme :

— Aime Aurell, Marco... Sois son frère, ami... Il est seul au monde... Je te demande de faire pour lui plus que tu as fait pour *mama* Iléana...

Touchante répétition d'une même prière généreuse, faite cinq années auparavant!

Lors de sa chute dans la fosse, où elle s'était brisé le crâne, Nerrantsoula me fit appeler dès qu'elle put parler, et, d'une voix éteinte, m'avait dit :

— Marco... Au numéro 3 de la rue Juive, tout au fond de la cour, se meurt une pauvre femme abandonnée : *mama* Iléana. Les habitants font ce qu'ils peuvent pour elle et lui donnent parfois à manger, mais *mama* Iléana souffre d'une drôle de maladie qui la fait beaucoup manger et boire tout le temps... Elle boit deux seaux d'eau par jour... Va, Marco, donne-lui à manger et surtout porte-lui de l'eau... Je ne sais pas ce que je vais devenir, mais toi, si tu m'aimes, n'oublie jamais *mama* Iléana!

Je m'étais scrupuleusement exécuté, mais la diabétique était morte, hélas! pendant que sa dévouée était encore à l'hôpital.

Maintenant, avec les mêmes lèvres brûlées par la fièvre, c'est pour Aurell qu'elle demandait secours.

Il l'avait déjà, et plus qu'un secours fraternel : nous nous sentions unis, Aurell et moi, pour la vie, pour une vie qui ne pouvait en aucun cas être ni celle de Nerrantsoula ni celle d'Epaminonda, car eux, ne devaient-ils pas suivre dorénavant le chemin que leur traçait la pointe d'un coutelas rougi de sang? Epaminonda avait gagné la partie en perdant sa raison, et Nerrantsoula, qui était femme, prenait le bras du plus fort. Elle le faisait en baisant la main qui l'avait frappée.

Nous comprîmes et nous nous éloignâmes... J'emmenai Aurell en Egypte, pour sa santé, pour la nôtre, et pensant pouvoir ainsi sauver plusieurs âmes.

Il n'en fut rien.

*

Depuis que je voyage dans le monde, j'ai souvent entendu prétendre que, pour l'homme exquis, la femme est une exécration, et que seuls deux hommes-amants seraient capables de réaliser entre eux, intimement, le bonheur complet, eux seuls pourraient créer une humanité exquise. Donc le créateur de la vie a été un imbécile; l'amour charnel de la femme, avec tout ce qu'il offre de passionnant à l'ensemble de nos sens, n'est qu'une aberration, s'il est vrai que, dans l'avenir de l'humanité, la vie devra germer dans la tiédeur des excréments.

Mais il y a peut-être, dans ce puant aboutissement de l'affection masculine, quelque chose de notre désir commun de vouloir réaliser une harmonie entre la passion dévastatrice de la chair et la sublime amitié. Celle-ci grandit dans la constance, dans la durée, et pour elle, l'infidélité est un non-sens : plus on est nombreux, mieux cela vaut. Par contre, la chair, lorsqu'elle aime, est égoïste et n'admet pas de tiers, pour s'ennuyer et languir dès qu'on lui donne trop de la même nourriture.

Comment faire la paix entre l'homme et la femme? Comment créer notre bonheur complet? Une chose est certaine : en fait d'amitié suprême, l'idéal serait réalisé uniquement par les amants-amis, si l'homme et la femme pouvaient rester amis et amants en même temps. Je parle des êtres qui sont dévastés par un *génie* outrancier des sens.

De mon expérience, assez vaste, ce tour de force amical, je n'ai jamais pu le réaliser que pour de très courts instants, qui furent beaux comme des illusions fiévreuses.

La faute en est au *vice* dont souffre ce « génie » même, qui n'est qu'une extraordinaire faculté de sentir et d'aimer violemment et continuellement, mais qui, à cause de cela, pêche par un besoin indomptable, un désir effréné d'inconnu, d'inconnu toujours.

Somme toute, cet idéal de voir l'amitié se souder à notre chair et faire avec elle un ménage parfait, n'est qu'un but béat, que nul ne peut atteindre définitivement sans se dépouiller de ses plus ardentes passions.

Je ne l'ai su que bien plus tard.

Aurell aimait la femme comme moi et comme tout homme qui n'a pas été peloté dans son enfance ni mis au monde dans un égout, mais il était surtout un passionnant ami : devant son amour pour Nerrantsoula, il avait sacrifié promptement l'impossible amant. Et c'est ce sacrifice — joyeusement imposé jusqu'à notre apparition — qui contribua à le terrasser après la sanglante intrusion d'Epaminonda :

— Je n'ai jamais souffert, me disait-il, de voir Anicoutsa faire de sa vie ce qu'elle avait bien le droit d'en faire... Mais je serai tué par l'idée qu'un homme ait pu la réclamer violemment pour lui *tout seul,* qu'il nous l'a arrachée *tout entière,* et qu'elle s'est laissée prendre *toute!* Cela m'apprend que la meilleure des femmes est mieux conquise par la force brutale que par la tendresse.

Bien entendu, le pauvre Aurell divaguait un peu, car si Epaminonda avait en effet réussi à nous l'arracher « tout entière et pour lui seul », il n'était pas moins vrai que du même coup il avait été écrasé par sa propre victoire et que Nerrantsoula lui échappait entièrement.

L'Egypte, Alexandrie, rêves fériques de notre enfance, surgirent avec leur incomparable panorama devant nos yeux ternis par le chagrin, fouettèrent la vitalité crépusculaire d'Aurell et obtinrent de lui ces ultimes flammes qui devaient le précipiter dans la tombe. Mais il eut au moins le bonheur de vivre un mirage réel et de ne pas connaître d'interminable agonie. Bien mieux, c'est sur la terre d'Egypte qu'il nous fut donné à tous deux de goûter pour la première fois à ce plaisir unique dont seule la femme est la généreuse trésorière.

Bénie sois-tu, femme anonyme qui sais te donner pour un rien : pour un rire franc qui t'a plu; pour un mot plaisant qui t'est allé au cœur; pour un regard enflammé qui t'a brûlé les yeux!... Soyez bénies, vous, coureuses d'Alexandrie et du Caire, amoureuses sans façons qui avez oublié l'infirmité d'un jeune homme au cœur meurtri par une des vôtres et l'avez abreuvé de cette joie limpide qu'il croyait ne jamais connaître!... Soyez heureuses, femmes qui ne demandez rien, femmes qui donnez sans cesse! Et que le Seigneur vous ouvre, dans l'autre vie, les portes de son paradis, et qu'il vous assoie gentiment à sa droite, puisque je ne connais rien qui vous dépasse en générosité!

*

Je n'avais pas les moyens de payer une voiture à Aurell, à mon Aurell embrasé qui s'élançait, de toute la vitesse pitoyable de ses béquilles, vers l'espace, vers les palmiers, vers les dunes du désert, vers les silhouettes des minarets, vers les hommes et les animaux sympathiquement curieux, mais j'avais deux bonnes jambes, une carrure solide et un cœur ami : ce fut assez pour soulever Aurell comme un enfant et l'asseoir sur mes épaules chaudement amicales où il accomplit le miracle de ne plus me faire sentir le poids des malheurs qui accablaient chacun de nous.

Ainsi, les yeux écarquillés et les cous tendus, avec de grands rires qui faisaient faire les sanglots, nous oubliâmes Braïla pour vivre avec l'Egypte.

Jamais, peut-être, homme bien portant ne goûta, ne sentit mieux qu'Aurell, le paralytique et le tuberculeux, les beautés d'une nature éblouissante et le charme d'une vie vagabonde. Jamais cœur ne sut mieux que le sien apprécier la générosité d'un peuple hospitalier et vaincu, ni se révolter plus ouvertement, plus franchement, et crier son indignation contre l'oppresseur. Jamais miséricorde — allant jusqu'à partager son morceau de pain — ne fut prodiguée par quelqu'un plus abondamment que par Aurell à ceux qu'il considérait comme plus malheureux que lui.

— Ah! la civilisation!... s'écriait-il souvent. Je vois maintenant : elle est belle! Il eût mieux valu que l'homme restât sauvage!

Cet « homme sauvage », le fellah, quoique misérable à vous crever le cœur, cachait dans sa poitrine le seul gage de civilisation qui compte : la *Bonté*. Il nous le prouva en nous recevant dans sa cabane de boue et en nous offrant ce qu'il avait : sa fève, le *foull* arabe. Et cependant, nous étions deux hommes de cette civilisation qui l'écrasait, de cette civilisation qui réduit les gens à la misère, puis accroche à sa porte cet écriteau : *Dans cette maison, le colportage et la mendicité sont interdits.*

Pendant deux années d'existence vagabonde, nous parcourûmes, Aurell sur mes épaules, le chemin d'Alexandrie au Caire et à Minieh de la Haute-Egypte, où nous nous embarquâmes à bord d'une *dahabieh* et retournâmes à Alexandrie en glissant au fil du fleuve.

On peut dire que ce voyage, impossible pour un tuberculeux, abrégea la vie d'Aurell, mais je sais qu'il le fit mourir sans regret. Nous l'avions entamé à l'improviste et sans itinéraire : nous vivions. Après avoir couvert dans notre journée nos dix kilomètres habituels, je déposais Aurell à l'ombre d'un palmier, où il passait le temps à rêver, à dessiner, et moi, j'allais au Nil me baigner, blanchir notre linge, ou m'amuser à pêcher.

— Ne te noie pas! me criait-il; je ne pourrais pas te suivre!

En effet, une fois à terre, il ne pouvait plus se lever.

Pour tout bagage, nous n'avions que deux couvertures, deux chemises de rechange, et le nécessaire pour le dessin d'Aurell. Ami et équipement, j'avais à peine sur mes épaules quarante-cinq kilos. Le soldat roumain porte un kilo de plus, aux époques des grandes manœuvres, ami et amitié en moins.

D'argent, je ne gardais sur moi que de quoi vivre une semaine, mais jamais personne ne nous a attaqués. Tous les dimanches, le courrier d'Alexandrie nous attendait quelque part sur notre route, avec la ration et les nouvelles.

Nous ne dépensions presque rien, sauf dans les villes. A la campagne, tous les fellahs s'empressaient de nous offrir gîte et nourriture. Aurell les récompensait en leur donnant des croquis représentant leur propre vie : paysages, animaux, scènes et portraits.

Que de dessins parsemés ainsi sur ce long chemin! Quelle belle œuvre à jamais perdue!

— Comment, *perdue?* s'écria-t-il un jour que je lui disais. Ces paysans sont plus heureux d'avoir mes croquis que les bougres de chez nous qui me les achetaient par pitié méprisante! La valeur d'une œuvre réside dans le bonheur qu'elle crée, non dans le prix dont on l'affuble.

Rentré à Alexandrie, où il espérait encore trouver de *meilleures nouvelles d'Anicoutsa,* une lettre lui apprit qu'elle avait disparu de Braïla depuis trois mois, partant avec Epaminonda, devenu idiot.

Ce fut foudroyant. Il s'enferma, se plongea dans la contemplation des portraits de Nerrantsoula, devint mélancolique et, un soir pluvieux, expira dans un accès de terrible hémorragie.

Je fus seul à suivre son cercueil.

. . . .

« Et maintenant, Marco, te voilà seul au monde! »

Je me le disais à moi-même, en rentrant du cimetière orthodoxe, où je venais d'enterrer un homme et un artiste.

Un homme et un artiste! En voit-on souvent dans la vie, de ces animaux-là?

D'abord il est si difficile de rester bon et honnête au milieu d'un monde où tout est corruption. Je le dis sans haine. Je sais que *personne ne peut sauter plus haut que le bord de son chapeau.*

Ensuite, qu'est-ce qu'un artiste? C'est le favorisé du hasard, qui le fit naître doué du pouvoir d'extérioriser ses sentiments, comme le rossignol qui sort du nid pour aller chanter sur la branche. Je ne vois là aucun mérite. Le mérite, ce serait de faire, de ses propres mains et sans en avoir jamais vu faire, une paire de bottines aussi parfaites que celles qui sortent des mains d'un bon bottier après trente ans d'expérience.

Non; nous sommes tous de pauvres diables plus ou moins vains.

Mais là où nous commençons à être des *hommes* et des *artistes,* c'est quand nous souffrons de toute la souffrance humaine, quand nous l'exprimons selon nos moyens et combattons le mal causé au monde par notre égoïsme : l'Art, c'est une guerre à notre imperfection.

Et il y a là, pour notre cœur, un baume qui dépasse toutes les joies terrestres, car rien ne fait mieux supporter la vie que la générosité.

Hélas! Là encore, il faut être venu au monde ainsi, car nos capacités nous permettant aujourd'hui d'accaparer la terre, seule la *Bonté* peut refréner notre violence, jusqu'au jour où la *Justice* la refrénera, elle, mieux et définitivement.

*

Maintenant, seul, j'étais plus malheureux qu'au temps où, à côté d'Epaminonda, je vendais des oranges et des citrons.

Des êtres humains, autour de moi, il y en avait, oui, des masses, mais que faire avec ces semblables qui te regardent comme des veaux, qui te suivent même, parfois, puis te laissent tomber quand ta fortune sentimentale s'apprête à s'épanouir?

J'avais affaire à toutes les classes de la société. Spécialisé dans la connaissance des pierres précieuses, j'étais appelé partout pour toutes sortes d'affaires : expertises, achats, ventes, échanges. Au café de la place Méhémet-Ali où je me tenais d'habitude, j'entrais en contact familier avec le plus riche comme avec le plus pauvre, avec le plus doué comme avec le plus simple. Et j'ouvrais des yeux! Et j'écoutais un homme pendant des heures! Et je lui parlais à mon tour! Si je m'étais jamais mis à chauffer une pierre avec la flamme que j'ai gaspillée à vouloir chauffer des humains, j'aurais obtenu un meilleur résultat.

Rien. Pas d'Aurell! Pas même d'Epaminonda! Des *fragments d'hommes*. Des « fragments » tout court, comme ensuite je les appelais.

Et dégoûté de brûler vainement mon huile sainte, je rentrais le soir chez moi et recommençais à feuilleter l'œuvre d'Aurell, de ses débuts à l'hôpital de Braïla jusqu'aux dernières scènes qu'il croqua, mélancoliquement, de sa fenêtre, en contemplant le mouvement de la rue Hamanil.

Ainsi, je passai à Alexandrie encore six années après sa mort.

*

Mais un jour — un jour que je ne tenais plus sur mes jambes — je fis tout doucement ma valise et je pris le chemin de la Roumanie...

« Allons, Marco..., m'étais-je dit, allons revivre un peu sur les traces du passé! Allons rafraîchir nos songes! »

Depuis la nouvelle qui avait annoncé à Aurell leur fuite de Braïla, je ne savais plus rien de Nerrantsoula et d'Epaminonda. Je n'ai d'ailleurs jamais cherché à rien en savoir. A quoi bon? Morts, deux fois morts, sont ceux qui disparaissent!

Je pris le bateau à Alexandrie et j'allai tout droit jusqu'à Constantinople, où je décidai de m'arrêter pendant une semaine pour affaires.

Et voilà... Comme un garçon... Je rôdai un peu, tantôt

par-ci, tantôt par-là, car j'aime Constantinople. C'est une des rares villes du monde qui n'ennuie jamais l'homme sensible : c'est un poème joyeux et triste, sincère dans les deux cas. Il n'y a que le Bosphore qui sache gonfler d'élan héroïque une médiocre chanson; et c'est à Constantinople qu'on entend à chaque pas le plus beau, le plus complet, le plus inexprimable soupir qu'une âme meurtrie puisse exhaler : le fameux *aman bré!* du Turc et de tous les Orientaux qui parlent sa langue.

Oui, ce soupir, on l'entend à chaque pas, et cela vous fait toujours tressaillir car c'est toujours sincère, comme la chanson médiocre qu'un batelier heureux débite passionnément sur le Bosphore. C'est ainsi : c'est la Turquie. *Aman bré!* Stamboul et son âme...

On voit par exemple deux hommes à fez et à vêtements européens se promener silencieux sur un quai flambé par le crépuscule :

— *Aman bré,* lâche l'un, sachant peut-être pourquoi.

Et l'autre, lui montrant immédiatement de la main le joyeux batelier :

— Comme il chante bien! Tu ne trouves pas?

J'aime beaucoup Constantinople.

Et comme je restais, ce soir-là, assis à déguster mon café et mon narguilé, j'entends tout à coup derrière moi :

— *Aman bré!*

Vous croyez que j'ai tressailli? Non, mais mes cheveux se sont dressés, car c'était Epaminonda qui avait ainsi soupiré!

Il se tenait debout, une épaule appuyée contre l'embrasure d'une porte ouverte. Un Epaminonda rasé, ridé, vieux, chiffonné comme un malandrin qui couche sous les ponts. Tête nue, une main dans la poche, l'autre égrenant un rosaire, il regardait droit devant lui dans le vague et de nouveau :

Aman bré!

— Epaminonda! m'écriai-je, lâchant ma chibouque.

Il tourna lentement la tête, me reconnut et dit, comme si nous nous étions séparés tranquillement la veille :

— Ah!... C'est toi... Marco...

Je me précipitai sur lui :

— Nerrantsoula, où est-elle, Nerrantsoula?

— Oh! fit-il avec un sourire bête : tu lui dis encore *Nerrantsoula!* Elle est là-dedans, mais on ne lui dit plus qu' « Anicoutsa »... *maintenant.*

Ce *maintenant!*... Il pesait plus lourd que mille gibets.

— Avec qui parles-tu, Epaminonda? résonna une voix trop connue pour que mes jambes puissent me tenir debout, et trop abîmée par le *maintenant* d'Epaminonda pour que je n'eusse pas l'envie de fuir, de fuir, de ne plus jamais revoir ce Constantinople que j'aimais tant!

Anicoutsa parut et je m'affaissai sur ma chaise.

Elle avait vécu... C'est tout ce que je pus voir d'un seul coup d'œil, car, en m'apercevant, elle lâcha un cri et disparut à l'intérieur.

J'allai, comme un automate, la trouver là où elle pleurait, le visage dans les mains, tout étendue sur son « lit de travail » de l'arrière-boutique.

— C'est bien vrai qu'*il* est mort? gémit-elle, la tête enfouie dans l'oreiller.

— Mort... Anicoutsa... Une seule fois mort... *Lui.*

*

A l'hôtel, dans ma triste chambre, je ne pus fermer l'œil de toute la nuit. Les mots de Nerrantsoula, me parlant d'Epaminonda, me revenaient sans cesse :

« Il n'a jamais encore couché avec moi et pense toujours me défendre d'aller avec les clients. Mais, comme il n'a plus d'argent pour payer la *tsatsa,* comme à Braïla, je lui en donne. Et c'est *amusant* de le voir payer, avec des 50 centimes, la patronne qui prend au moins une taxe de deux francs. Bien entendu, nous lui faisons toujours croire qu'il m'empêche quand même de « faire le mal », comme il dit, mais je peux faire tout ce que je veux, car il ne voit plus rien, *tant il est devenu bête* avec son éternel *aman bré!* »

. . . .

Epaminonda *était devenu bête,* disait notre belle Nerrantsoula...

— *Aman bré!* je le dis à mon tour...

Constantinople... Constantinople...

*

Je lui avais promis, sur sa demande, de revenir le lendemain vers midi quoique ma décision de déguerpir sans plus les revoir fût prise en nous séparant. Mais le matin, je ne sais par quelle terrible et démoniaque volonté, je m'endormis comme une marmotte et ne me réveillai que sous les coups violents qu'on frappait à ma porte. Il était cinq heures du soir. J'ouvris : Anicoutsa et Epaminonda! Comment avait-elle fait pour me dénicher, je n'en sais rien. Ce n'était d'ailleurs pas très difficile, car je logeais tout près d'eux dans Galata.

— C'est comme ça, hé! cria-t-elle, pour que tout le couloir entende : tu as donc vadrouillé toute la nuit!

Je m'habillai et quittai l'hôtel. Dehors, Anicoutsa voulut à tout prix me faire visiter Constantinople. Je me laissai traîner comme un mouton qu'on mène à l'abattoir, sans rien entendre, sans rien voir, que cet Epaminonda endimanché qui attirait tous les regards avec son air de pensionnaire d'hospice, son mutisme, ses sourires *bêtes*. Une seule fois, pendant le dîner, il ouvrit la bouche pour citer comme un âne :

— Marco! N'est-ce pas qu'elle est gentille, Anicoutsa?

— Oui, mon vieux, elle est gentille, mais tais-toi!

— Pourquoi lui fais-tu cette remarque? me reprocha-t-elle. Il m'aime bien, le pauvre!

— Je le vois : c'est pourquoi je lui dis de ne pas crier trop fort. Cela pourrait étonner les gens.

*

Et nous voici, enfin, sur le bord de la tombe, là où devait s'accomplir la volonté du destin.

— Viens, Marco! me dit-elle : nous allons faire une promenade en barque sur le Bosphore... C'est si beau le soir!

J'acceptai vivement, tant j'avais peur d'être invité à aller au spectacle, et nous montâmes, sans batelier. Je ramai.

Le Bosphore était calme comme un cimetière. Sur la Corne d'Or, de petites lumières brillaient, semblables à des âmes ratatinées. Peu de cris... Pas de chants... Point de lamentations...

Nous allâmes très loin, silencieux. Ils se tenaient assis à la poupe, serrés comme des amoureux. Epaminonda surtout la serrait fortement par la taille.

Je distinguais à peine leurs visages.

— Marco! fit-elle, te souviens-tu de cette chanson :

Au bord de la mer sur la grève,
Nerrantsoula foundoti!
Une vierge rinçait sa jupe,
Nerrantsoula foundoti!

— *Aman bré!* hurlai-je, au secours!

Mais autour de nous, pas âme qui vive : goudron immense et lumières lointaines.

— Pourquoi *au secours,* Marco! s'étonna-t-elle.

Et elle se leva, j'en suis sûr, pour venir m'embrasser.

Elle ne fit qu'un pas dans la barque. D'un coup de bras pareil au mouvement du faucheur, Epaminonda lui enlaça la taille et disparut avec elle dans la masse noire.

Il se garda bien de remonter et de se faire ravir l'élue de son cœur.

Tsatsa-Minnka

L'Embouchure

Peu avant que le Sereth n'arrive à l'endroit où il fait don de sa vie au Danube glouton, son lit devient une grande campagne fertile qui s'étend entre Braïla et Galatz. Pour la traverser en toute sa largeur, ses habitants, qu'on nommme « ceux de l'Embouchure », ne peuvent mettre moins de deux heures de chariot, tellement elle est vaste.

Les dimensions inaccoutumées de ce lit, aussi bien que sa générosité, les vieux du pays les expliquent à leur façon. Ils disent que le Sereth avait à l'origine une âme, à l'exemple de nous autres hommes, une âme ambitieuse. Après son départ de Bukovine, ayant en cours de route séduit une belle jeune fille dont il était amoureux, l'orgueilleux Sereth décida de la conduire, par ses propres moyens, jusqu'à la mer Noire et au-delà, afin de lui montrer des pays où poussent des oranges et des grenades qui sont tout ce qu'il y a de plus beau sur la terre, mais qui, néanmoins, pâliraient de jalousie devant la splendeur de sa bien-aimée, dont le nom est *Bistritsa.*

Bistritsa, rivière impétueuse, étourdie, acquiesça au projet de son amant, se joignit à lui, et, ensemble, ils dévalèrent jusque dans nos parages quand, tout à coup, le Danube leur cria : « *Holà! Seules les routes peuvent se croiser, jamais les eaux. Encore moins une rivière oserait-elle couper le corps d'un grand fleuve!* »

Et le Danube leur barra le chemin, comme on le voit.

C'est alors que le Sereth, furieux, se mit en devoir d'élargir son lit. Il égala celui du Danube, le dépassa même, dans son désir de porter sa maîtresse droit vers cette mer qui baigne des rivages aux fruits d'or.

Mais la lutte était trop inégale, trop géante la taille du vieux fleuve. Sereth et Bistritsa, bien qu'ils formassent un seul corps, furent vaincus. Le Danube les engloutit tous deux.

N'empêche, c'est grâce à leurs ébats passionnés que nous, « ceux de l'Embouchure », jouissons aujourd'hui d'une terre comme il en est peu, parce que c'est ici qu'ils se sont aimés le plus, avant de livrer leur jeune âme à ce grognon de Danube qui rafle tout ce qu'il rencontre sur son chemin.

Il est vrai : parfois nous payons cher l'abondance qu'ils nous ont léguée. Les deux amants ne se sont pas résignés à un renoncement définitif. Et une fois par décade, ils se souviennent de leur rêve de jadis, se déchaînent indomptables, à une allure que rien ne peut contenir. Alors nous sommes balayés, comme des vauriens, avec nos frusques, notre bétail, nos poulaillers, chiens, chats, pourceaux et misère. De nos récoltes, plus trace. De nos chaumières, seuls les toits émergent. Notre Embouchure disparaît sous une nappe d'eau qui va du plateau de Braïla à celui de Galatz, au-dessus desquels nous allons construire nos huttes et attendre que s'apaise la colère de nos amoureux.

Puis, quand tout est rentré dans l'ordre, tout n'est que ruine, mais aussi, tout est plus neuf, bien plus neuf qu'auparavant, car la colère de l'amour est toujours féconde.

*

Du plateau de Braïla à celui de Galatz, la vallée du Sereth vous emplit l'âme de désirs. C'est un ventre de terre, que des éléments passionnés ont labouré et fécondé d'envies. Ils ont tout promis à l'homme et rien assuré, sauf le désir, cette force qui permet à notre cœur de tenir tête à l'existence, amoindrissant la satisfaction et combattant l'adversité.

Quand le rapide « Bucarest-Danube » s'engage sur l'immense digue qui relie ces deux plateaux, surplombant l'Embouchure, un vague pressentiment d'éternité méconnue gonfle votre poitrine. C'est comme un rappel à quelque amour, longtemps déconsidéré.

Une lumière diffuse qui comble un grand vide vous réveille de l'indifférence meurtrière. Il n'y a rien à voir par la fenêtre, sinon, longeant le convoi, quelque superbe oiseau des marécages dont le regard curieux inspecte l'intérieur des compartiments; ou bien, lors d'un passage à niveau, certain vieux paysan qui ôte son bonnet pour saluer tout le train, par crainte des pouvoirs publics. De loin en loin, des agglomérations de chaumières arbitrairement parsemées, surgissent comme autant de défis lancés au bonheur facile. On y voit aussi, selon la saison, des hommes et des bêtes qui se confondent avec la glèbe. C'est tout. Point de nature éblouissante. Point de civilisation.

Dans l'Embouchure, la terre n'a d'autre but que de forcer l'homme à se mesurer avec Dieu. Elle s'offre à lui, riche de sève, l'engage à y miser toute sa sueur, mais, quant à récolter, une main invisible soupèse le résultat d'une manière aussi prometteuse que menaçante. Ici, Dieu sourit à l'homme avec une gueule d'ogre : « Voici, lui dit-il, une terre généreuse que tu n'as qu'à gratter légèrement pour vivre dans l'abondance. C'est pourquoi je te livre au bon plaisir de deux titans, le Sereth et le Danube, afin que les flots de l'un, de l'autre ou des deux ensemble te foudroient juste au moment où, ne redoutant plus la sécheresse, tu commences à trop engraisser.

Ainsi tu te souviendras de moi par la force que j'aime le plus : le *Désir*. »

Le Désir, pour les gens de l'Embouchure, est un besoin constant de croire au meilleur, en dépit de l'incertitude dont les comble la fosse marécageuse où ils vivent. Ils éprouvent de la joie à se rendre compte que leur sol est volé au Sereth. Printemps et automne, l'oreille tendue vers la rivière qui mugit, on les dirait heureux à voir la volupté qu'ils mettent à se demander si les flots ne dévaleront pas d'un moment à l'autre sur leurs pauvres chaumières. C'est comme si cela ne leur faisait rien.

Sachant de père en fils que leur glèbe est bénie par le ciel, que « ça donne bien quand ça donne », ils ensemencent le plus possible, poussant la charrue jusqu'à la barbe du Sereth, mais c'est pour lui abandonner plus de la moitié de leur récolte. A moins qu'ils ne la lui abandonnent toute et leurs foyers avec, pour prendre la poudre d'escampette et aller construire des cabanes sur les plateaux.

Il en est de même de leur bétail et de leur basse-cour. On élève à tour de bras, parce que, disent-ils, « la prairie et l'eau sont là, on n'a qu'à s'en servir ». Cela est vrai. Seulement, une bonne moitié de cet élevage, c'est encore pour faire la part du feu, car, à une portée de fusil de leurs ménages s'étendent des milliers d'hectares de marais qui abritent le voleur, le loup, le renard, l'épervier, lesquels en usent comme de leur propre bien.

C'est égal : « L'Homme est fait pour les tourments », dit le paysan de l'Embouchure. A ses yeux, la certitude d'un rendement étant inconcevable, le peu qu'il récolte est considéré comme une faveur du ciel. Il est convaincu que rien ne lui est dû, depuis la terre dont le Sereth est le maître, jusqu'à ses pauvres bêtes qui sont toute sa fortune, mais qu'il ne confie pas moins à ce pâturage dangereux d'où elles ne rentrent souvent plus.

Livrer combat à la terre, lui demander le maximum et l'espérer, mais n'en obtenir que juste le nécessaire, souvent même moins que le nécessaire, et parfois rien, voilà qui humanise l'homme de la vallée du Sereth, cette contrée de la Roumanie où la clôture des ménages ne protège que l'incursion du bétail; où les portes n'ont de cadenas que pour avertir le visiteur de l'absence du maître; où la jeune fille incruste mille heures de son ardente solitude hivernale, dans une chemise de nuit qu'elle brode pour l'offrir le jour de son mariage au plus aimé des commensaux.

Là-bas, l'horizon est plus près de l'homme; la coupole céleste, plus haute et plus ballonnée. Et de quelque côté qu'on tourne le regard, partout la promesse coudoie le danger. C'est ce qui justifie l'expression, commune aux paysans de l'Embouchure : « Quand je ne sais plus où donner de la tête, je lève les bras au ciel et je pense à autre chose. »

Ce n'est pas là du désespoir. C'est le prompt réveil du désir, qui vient crier à l'homme : *Tout est pour toi. Nulle part il n'est écrit que quelque chose te puisse être refusé.*

Ainsi comprend-il que la possession n'est pas dans le rassasiement; qu'elle est un peu dans la vibrante satisfaction pour laquelle on a durement bataillé, mais qu'elle est toute, toute dans le plein désir, ce grand appel de la vie.

Le matin d'avril, quand le soleil se lève et baigne son visage d'une lumière neuve, les labours duvetés de poils verts et drus gonflent la poitrine de l'homme d'une joie illimitée. Debout, dans son chariot, il contemple sa campagne et s'écrie, bien haut :

— Dieu, qu'elle est belle!

C'est à ce moment-là, pas plus tard, qu'il est payé de toute sa peine. Et même, des semaines durant, il avale joyeusement et digère bien sa mauvaise bouillie à la farine d'orge ou de maïs.

Pour l'habitant de l'Embouchure, la suite de ses heures de désir est banalement heureuse ou passionnément héroïque.

Le premier cas, c'est quand il lui « tombe du ciel une année abondante ». Alors, il s'achète un pourceau, l'engraisse et le mange à Noël, ripaille qui alourdit son corps et endort son esprit, mais cela ne dure que cinq ou six semaines; il en profite aussi pour marier un de ses enfants, événement qui le pousse à des hardiesses baroques et lui fait dire plus d'inepties qu'il n'en est ordinairement capable. Alors, il n'a plus aucun désir, il est bête.

Le second cas, c'est celui-là même qui remplit les trois quarts de sa vie : la détresse, partielle ou totale; la nage vaillante contre les flots menaçants de la perdition. Et plus durement il se voit évincer, plus il perd pied, et plus son désir se dresse, géant, et l'ameute contre l'adversité.

Rentrant de ses labours inondés ou cuits, il s'arrête au milieu des siens, pareil à une locomotive dont la chaudière serait prête à sauter. Il crie :

— Plus une goutte de lait aux enfants. Tout pour le marché.

Ce « tout », c'est à peine trois litres. Quant à la « goutte » dont il veut dorénavant priver les petites bouches, il divague, le brave homme, car, depuis longtemps, seul le benjamin en avalait quelques gorgées, le soir, après la traite, et non pour s'en nourrir, mais pour calmer ses pleurs et lui faire lâcher des « griffes » les jupes de sa mère.

— Tout pour le marché... Et que Rada n'achète plus de pain : qu'elle rapporte tout l'argent du lait!

Ce « pain »... question de gourmandise. Rada, allant tous les matins porter le lait au marché de Braïla, sacrifiait un litre de lait à un kilo de bon pain noir, dont elle distribuait les précieuses tranches à toute la marmaille. Vraie brioche.

On n'en goûtera plus.

Et, du coup, tous les regards se porteront au loin, droit devant la chaumière, vers cette vaste ligne verdoyante qui bouche tout l'horizon du Nord. Là-bas, c'est le salut : là-bas sont les marais, avec leurs milliers d'hectares de *papoura,* cette généreuse plante qui n'est pas tout à fait de la massette et què notre Seigneur le Sereth fait croître sans l'aide de l'homme. Elle est bonne à confectionner de belles nattes, qu'on appelle *rogogina,* et de beaux paniers, qu'on nomme *cochnitsa.* On la vend aussi, telle quelle, par fagots ou par charretée, ainsi que le *stouff,* ce frère de la papoura qui, lui, n'est que du roseau et n'est bon qu'aux toits et aux clôtures.

Les marais, il vaut mieux les appeler par leur nom de là-bas, qui est juste et beau : c'est la *balta.* Et la balta n'est rien de moins que la mère nourricière du paysan de l'Embouchure. Voilà pourquoi, aux heures de détresse, tous les regards se dirigent vers elle. C'est également à sa balta que l'homme du pays pense lorsqu'il proclame la générosité de son Embouchure.

La balta n'est à personne. Nul ne la cultive. Nul n'a le droit de se réclamer d'elle, sinon le Sereth, son créateur. Elle n'exige aucune surveillance, aucun ménagement; elle ne craint ni l'homme ni le ciel. Quand on la dévaste, elle est pareille au chêne qui perd une feuille.

De là vient le mot roumain, appliqué aux débats sans issue : « laissons les choses *balta.* » C'est-à-dire : « n'en parlons plus, qu'il n'en soit plus question ».

Car, la balta, c'est l'inconnu, l'impénétrable, l'infini.

On y accède tout naturellement, par où l'on veut, comme fait l'oiseau quand il prend son vol. Et dès qu'on y est, faire deux cents pas ou deux cent mille, cela revient au même. La papoura, le stouff et cet hermaphrodite de *pipirig,* bon à rien, enlacent l'homme à bras le corps, le doublent en hauteur.

Ils l'enlacent à bras le corps, fraternellement. Ils savent que si leur frère est là, c'est qu'il doit être bien malheureux; c'est que, dans ces villages d'où il vient, les affaires doivent aller bien mal.

Au reste, on n'a qu'à regarder la tenue de ce frère, pour être fixés de la tête aux pieds, il est comme si toute sa vie se fût passée dans une poubelle, à le voir affublé de cette *caciula* criblée, qui laisse passer les mèches coléreuses de son abondante chevelure; de cet *ibirbok* en lambeaux, qui tient à peine sur son buste; de ces *nadragi* aux multiples pièces, aux trous nombreux, offrant le spectacle de ses cuisses poilues, de ses genoux osseux et de son derrière peu convenable; de ces *obiélé* qui lui font des jambes pareilles à des troncs d'arbre; de ces *opinci,* enfin, qui ne lui protègent plus les pieds, parce qu'ils sont en loques.

Il faut le juger à cet équipement. Il ne faut pas se fier à ses allures gaillardes, à son air badin. Car, le drôle, brûlé par ses désirs, trouve encore le moyen de se narguer lui-même. Se contemplant comme un paon, il se tord de rire, pirouette, claque des doigts, fait des cabrioles et chantonne la célèbre raillerie populaire :

Il s'agit d'un pope du village, qui a une fille à marier. Bien dotée, le pope aspire naturellement à un gendre « digne » : un notaire, pour le moins. Or, voici que le plus vaurien des voyous de la commune vient lui demander la main de sa fille. C'est un gars tout en loques, qui est convaincu de la réputation dont il jouit, mais n'en est pas moins gai et prêt à se narguer tout seul, en narguant le pope avec sa demande en mariage, qu'il chante comiquement :

Tu me donneras, à moi, ta fille, père Ikime.
Et tes études aux cochons, père Ikime.

Le pope est furieux. Le village s'en amuse. Et le vaurien loqueteux gagne ainsi un titre de plus à l'humaine sympathie des hommes, dont il a tant besoin.

C'est le même besoin qu'éprouve le cœur lourd de désirs qui pénètre dans l'immuable balta, afin de lui demander ce que la terre et le ciel lui refusent violemment. Et se mesurant, du poing, avec son propre destin, l'homme aborde sa dernière ressource de vie, en gambadant un petit peu :

Mais, là, dans la balta infinie, il n'y a pas d'œil humain qui puisse voir cet homme, ni d'oreille humaine qui puisse entendre son joyeux gémissement. C'est l'empire de la naturelle Indifférence. La fraternité de la papoura, celle du stouff te saisissent de terreur : c'est froid, gluant, et leurs embrassements te scarifient les mains et le visage.

Tout est glacial, humide, hostile. On ne sait pas ce qui se passe à une longueur de fourche. Tu abats, tu avances, tu fais des vides et des fagots, pendant que ta semelle craque, en s'enfonçant dans la vase riche de sang terrestre; pendant que mille lianes, serpents plats et visqueux, t'entourent le cou, se glissent entre la peau et l'*iberbok*.

Puis, tu t'égares. Si le ciel est couvert, tu ne sais plus de quel côté se trouve le village. Car la terre tourne surtout autour de l'homme; de l'homme seul au monde, plus particulièrement, pour qu'il se rende mieux compte de sa solitude. Mais l'homme est plus fort que la terre et que la solitude. Il tient plus loin, de plus haut. Et il en a le souvenir, qui s'exprime par un sursaut, semblable à celui de l'immensité végétale qui l'entoure et qui bondit sous le choc de sa sève.

Seul, assis sur un fagot, il roule alors une cigarette et pense à son foyer, où les siens l'attendent pour le débarrasser de ses guenilles, pour laver ses pieds et lui dire que la vache a mis bas un mignon petit veau. Cela lui fait tout de suite retrouver la direction du village.

Non, on n'est pas perdu sur la terre. On l'est encore moins dans l'embouchure du Sereth, où il y a des gens qui aiment le désir et une balta pleine d'histoires, qui l'entretient pour eux.

La disparition du *noaten*

Quoique l'automne fût avancé, une nuit tiède baignait la campagne, au moment où le petit Zamfir rentra tout en nage, dire à son père que leur *noaten* était bel et bien perdu.

On appelle, chez nous, « noaten », un poulain bon pour l'attelage. Celui qui venait de disparaître était un beau noaten, dont Zamfir avait la garde. Mais, avoir la garde d'une bête, lorsqu'on doit le jour entier couper du jonc, isolé du monde, dans le fourré marécageux, n'est-ce pas une injustice?

Zamfir se le demandait, plein d'espoir, le regard fixé sur les yeux trompeusement calmes de son père : « Peut-être qu'il comprendra que je ne peux pas abattre tant de massette et savoir en même temps ce que fait le noaten dans la prairie. »

Non, le père ne voulait rien comprendre. Cloué au milieu de la cour, la bouche dure, les mains lourdement enfoncées dans les poches de sa culotte, le visage à peine éclairé par la lumière borgne d'une lanterne, il répéta :

— Ainsi, tu me fais perdre le plus beau noaten que j'aie jamais élevé.

Le garçon soufflait péniblement, rompu de fatigue et muet de désespoir. Il était encore tout gluant des baves végétales dont sont riches les plantes des marais. Pour faire diversion, sa mère vint à lui, une cuvette d'eau chaude entre les mains :

— Ote tes nippes, salaud, que je te lave.

Et elle voulut poser la cuvette aux pieds de l'enfant, mais le père, d'un coup de poing, les fit trois fois rouler par terre, sa cuvette et elle :

— En voilà des manières.

Zamfir se mit à trembler de tout son corps frêle. Du doigt, son père lui montra la porte :

— Repars après le noaten. Et, avant de savoir ce qu'il est devenu, ne rentre plus. Cours.

Le hameau s'endormait dans le clabaudage, faible comme un soupir, de petits chiens qui se résignaient à rejoindre leur couchette, cette nuit-là encore, sans comprendre pourquoi ils devaient avoir tant et toujours faim. Leurs aînés, graves comme est grave tout être abandonné à son sort, étaient déjà couchés dans les meules, une poignée de maïs dans le ventre. Ils comprenaient bien les soupirs des petits, mais ils ne pouvaient pas leur dire : « Allez voler un épi de maïs et trompez votre faim. » Et puis, on doit avoir des dents assez fortes pour pouvoir broyer du maïs sec. Cette sagesse, aussi bien que les dents fortes, ne devait venir qu'après de longs mois de douleur dans le ventre.

Zamfir, courant à toutes jambes, pensait à ces petits chiens. Comme eux, il avait faim; il avait en plus la responsabilité du noaten. La brise desséchait, sur ses mains et son visage, la colle qu'il avait ramassée pendant la coupe de jonc et de massette. Pour s'en débarrasser, il crachait souvent dans ses mains, et se frottait le visage, qui durcissait. Alors il s'arrêtait et se demandait : « Où vais-je? » Ne trouvant pas de réponse, il s'empressait d'obéir à l'ordre de son père : « Cours. »

Il courut dans la nuit, encore et encore.

Le vaste rectangle de l'Embouchure, avec ses quatre hameaux, ses marais, ses terres, ses prairies, était maintenant dans le petit corps de Zamfir, mais le noaten n'était nulle part. Il se jeta sur un tas de regain, face au ciel, et vit la lune, belle comme il ne l'avait jamais vue. La regardant, il crut n'être plus Zamfir : il était devenu l'Embouchure. Son corps était empli du chant des grenouilles, des soupirs des petits chiens affamés, de longues routes et de palissades qui tournaient en rond, de chaumières qui éteignaient leurs feux une à une, de puits qui levaient leurs bras au ciel. Et tel qu'il était là, allongé sur le foin, il croyait être traversé par la voie ferrée qui va de Braïla à Galatz. Pour toute âme, plus qu'une odeur : l'haleine du noaten, qui lui était familière pour avoir tant embrassé le museau de la bête.

Zamfir continua de regarder le disque lunaire. Il y vit se dessiner lentement une tête aux moustaches et aux cheveux touffus, aux sourcils riches, aux yeux limpides, grands ouverts, à la bouche charnue, prête à lancer la foudre; au nez gros et un peu ridicule. C'était l'image de son père. — « Cours. »

Il voulut se lever et reprendre sa course, mais son corps ne broncha pas, semblable à l'Embouchure. Il n'en fut guère peiné. Il ferma les yeux, et, soudain, tout son être fut réchauffé par l'apparition d'une belle et forte jeune fille qui lui souriait joyeusement, l'air plaisant. Elle avait les cheveux défaits, les joues en feu, les vêtements en désordre, et semblait fatiguée, comme après une course folle à cache-cache. Zamfir tendit vers elle ses bras et gémit doucement :

— Tsatsa... Tsatsika... Tsatsa-Minnka... Aide-moi à retrouver le noaten.

C'était l'image de sa sœur, l'aînée de la famille. Elle s'appelait Minnka. Mais, dans l'Embouchure, les cadets ne peuvent pas appeler les femmes simplement par leur prénom. Aussi, nous leur disons : *tsatsa.* Et, quand nous voulons les caresser :

tsatsika. (Aux hommes : *néné,* ou : *nénika.*) Là-bas, ces termes sont pleins de tendresse.

Un nuage masquait à moitié la belle lune, tandis que Zamfir, tel un fantôme, rôdait le long des fossés circulaires dont toute propriété est pourvue. Il se disait que peut-être le noaten était tombé dans un de ces fossés et ne pouvait en sortir.

Vain espoir. Il avait fait le tour de toutes les propriétés du hameau : rien. Abattu, il se laissa choir sur un tronc d'arbre, la pensée distraite par le bruit des premières voitures qui partaient, chargées de raisin, vers le marché de Braïla. Tous les coqs annonçaient la fin de la nuit. Des paysans, dont Zamfir reconnaissait les voix, injuriaient leurs femmes et leurs bêtes, qui n'allaient pas assez vite. Puis, des pas lourds firent craquer des branches tout près de lui. Il voulut se sauver, mais la voix sympathique d'un habitant dont il était le petit ami, l'arrêta :

— Qui est là?

— Moi, Zamfir.

— Ah, c'est toi, mon pauvre! Tu es toujours à rechercher votre noaten? C'est malheureux... Ton père savait bien qu'ici ce n'est pas un pays pour l'élevage. Il faut se débarrasser de la petite bête dès qu'elle vient au monde. C'est ce que je vais faire, moi, tout de suite. Regarde!

Sous les yeux, nullement émus, de Zamfir, le paysan fixa une corde à la branche d'un cerisier, fit un nœud coulant et, par terre ramassant un petit poulain, tout fumant encore du sang de sa mère, il lui passa le nœud autour du cou. La tendre bête ne se débattit même pas. Elle resta suspendue, molle, avec ses pattes informes, aux sabots gélatineux, et sa tête un peu trop grosse. Son bourreau cacha tout de même le spectacle, se plaça entre Zamfir et l'exécuté, essuya ses mains sur son pantalon, alluma une cigarette et dit, comme pour lui-même :

— C'est ainsi, chez nous. On ne peut pas perdre son temps à élever des chevaux. Ce n'est pas seulement parce que les loups les mangent, ou qu'on vous les vole. C'est qu'un poulain immobilise sa mère et vous embarrasse. Comme cela arrive souvent au moment des grands travaux, il n'y a rien d'autre à faire : il faut le tuer, ou le jeter à l'orée du marais, pour que les loups en fassent leur pâture. — Aussi, ton père aurait dû faire comme presque tout le monde.

— C'est Tsatsa-Minnka et moi qui l'en avons empêché, murmura Zamfir. Il était si grand, si beau, ce poulain, dès le premier jour!

L'express de quatre heures du matin passa, secoua la terre du hameau. Zamfir le regarda, hébété, ébloui par ses feux. La lune s'était maintenant complètement cachée dans les nuages, la nuit était noire. L'enfant se sentit plonger comme dans un abîme. Une fièvre froide lui fourmillait dans tout le corps. Il se mit à marcher courageusement le long de la voie ferrée, en gémissant :

— Tsatsika... Tsatsa-Minnka...

Il ne pensait plus au poulain. Il pensait à sa sœur, qu'il adorait et qui l'adorait : se jeter à sa poitrine, lui abandonner ce corps de plomb qu'il traînait dans le noir et la détresse. Mais où était-elle, Tsatsa-Minnka?

Quelques jours auparavant, son père l'avait affreusement battue, puis, chassée de la maison. Elle devait être réfugiée chez l'une de leurs deux tantes, à Kiscani ou à Cazassou. Ou, peut-être, est-elle tout simplement chez Minnkou, leur ami, à elle et à lui?

Un train de marchandises le rejoignit, ralentissant sa marche à la dure montée de la côte braïloise. Zamfir s'arrêta halluciné. La longue chenille des wagons noirs bougeait à peine. La locomotive, pareille à un être humain, avançait en crachant ses poumons. L'enfant la prit tout de suite en pitié et voulut lui venir en aide, mais comment aider une locomotive?

Il concentra tout son amour sur les deux machinistes qui, les visages rouges, fouillaient ensemble les entrailles de la chaudière au moyen d'un long fer. Zamfir marcha aux côtés de la locomotive, avec, dans le cœur, un besoin irrésistible de la toucher, la caresser. Le mécanicien l'apostropha :

— Eloigne-toi! Tu seras brûlé par la vapeur!

Il ne s'éloigna pas, et vit les deux hommes arracher et tirer hors du foyer d'énormes morceaux de scories incandescentes.

A l'instant même, pendant que les machinistes jetaient du charbon dans le foyer, un puissant tirage de la cheminée lui fit cracher feu et vapeur, en des hurlements déchirants. Et le train stoppa.

Zamfir s'élança alors à travers la campagne, en rugissant comme une bête égorgée :

— Au secours! Au secours!

Il courut ainsi, en criant, jusqu'au bord du plus sauvage des marais, où il tomba évanoui.

Dans l'embouchure du Sereth, nous connaissons des automnes dont les aubes sont de braise. Une telle aube se leva sur le petit Zamfir, évanoui, et sur les myriades d'épis floconneux des joncs et des massettes. Un vent de l'ouest inclinait vers le soleil levant tout ces millions et millions de quenouilles brunes, que le feu céleste dorait. D'innombrables vols de canards et d'oies sauvages surgissaient en masses compactes du fourré marécageux et remplissaient le ciel flamboyant.

Zamfir ouvrit les yeux, se retourna sur le dos et, aspirant une grosse bouffée d'air, pensa : « Il n'y a pas de pays plus beau au monde que notre Embouchure. » Il avait le cœur tranquille comme si rien ne se fût passé. Toutefois devant la belle solitude qui l'entourait, les larmes l'envahirent, et il gémit à nouveau :

— Tsatsika... Tsatsa-Minnka... Où es-tu?

Alors, la miraculeuse Embouchure donna sa sœur au petit frère. Elle la lui donna même aux côtés de Minnkou, leur bon ami Minnkou. Précédant le cheval qui traînait péniblement la voiture chargée de joncs, ils surgirent brusquement, semblables à deux oiseaux sauvages, en bordure des fourrés.

Ils ne virent pas l'enfant, parce qu'ils étaient trop heureux. Les visages embrasés par l'aurore, ils se tenaient par la taille; les corps un peu renversés en arrière, et chantaient joyeusement :

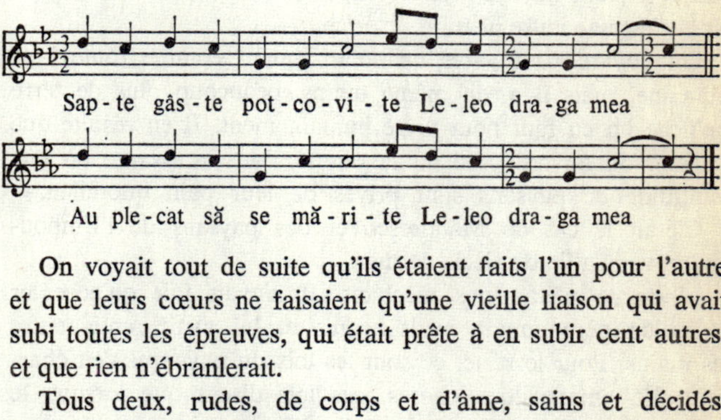

On voyait tout de suite qu'ils étaient faits l'un pour l'autre et que leurs cœurs ne faisaient qu'une vieille liaison qui avait subi toutes les épreuves, qui était prête à en subir cent autres, et que rien n'ébranlerait.

Tous deux, rudes, de corps et d'âme, sains et décidés. Lui, dans les vingt-cinq ans, fort, assez grand, comme elle, visage sans beauté, sans caractère, mais bien mâle et très ouvert. Elle, dans les vingt-deux ans, tout aussi fortement charpentée, tout aussi paysanne de corps. Néanmoins, son beau visage reflétait une âme riche de songes.

— Tsatsika! Nénika!

Ces cris, lâchés par l'enfant, arrachèrent Minnka à son ami et la précipitèrent, les bras ouverts, vers Zamfir, qui se laissa emporter en sanglotant :

— Notre noaten a disparu depuis hier soir et je le cherche encore! Le père m'a dit de ne plus rentrer sans lui!

La jeune fille réchauffa son petit frère, le serrant dans ses bras, alors que son regard se croisait, anxieux, avec celui du jeune homme :

— Vois-tu où il est le noaten?

Minnkou le voyait aussi bien qu'elle et répondit, abattu :

— *A la cour.*

« A la cour », c'était chez le seigneur terrien de l'Embouchure, le jeune boyard Mândresco, qui, lui aussi, aimait Minnka. Et là c'est une autre histoire.

Un boyard peut avoir un cœur aimant comme toute bête humaine, mais il a, en même temps, beaucoup plus de terre qu'il ne lui en faut pour vivre humainement. Il en résulte que le cœur du boyard perd de sa pureté, dans la mesure où une multitude de paysans sont privés de leur pain quotidien.

C'était le cas de Mândresco et des paysans de l'Embouchure, vers la fin du siècle dernier.

L'homme n'était pas méchant. Il n'avait fait qu'accepter ce qu'un père cupide avait acquis et lui avait remis entre les mains. Pour le reste, ce sont les lois du pays qui s'en chargent. Et, entre autres choses, ces lois disent que lorsque le bétail des paysans entre dans les récoltes du boyard et y fait des dégâts, l'animal doit être conduit « à la cour » et rester confisqué jusqu'au paiement d'une amende proportionnelle aux dommages.

Mândresco n'abusait pas de ce droit que lui conférait la législation. Souvent, il « pardonnait ». D'autres fois, il était très sévère, notamment quand il s'agissait de la confiscation, parfois mystérieuse, du bétail des paysans les plus incapables de payer l'amende. Il ne restait alors comme ressource à ces misérables que d'envoyer un enfant prier la belle Tsatsa-Minnka d'intervenir auprès du seigneur et d'implorer son pardon, qui toujours était accordé. On savait dans l'Embouchure que la jeune fille avait un cœur d'or pour les paysans pauvres, dont sa famille faisait elle-même partie.

Cette fois, Mândresco l'a frappée directement. Il lui a enlevé le noaten qu'elle aime tant. Il n'y avait pas de doute en effet : le poulain se trouvait « à la cour ».

Dominant sa peine, le jeune homme dit à son amie :

— Tu vas donc encore aller chez ce chien...

Elle lui caressa le visage, le regard enflammé :

— Il le faut bien, mon ami.

— Ça ne te fait rien, Minnka? Tu ne souffres pas?

— Je te l'ai dit depuis longtemps : inutile d'aller contre le vent. Acceptons ce qui est. Tu sais que je suis à toi pour toujours, mais notre sort est dans les mains des autres.

Le soleil était bien haut quand Minnka et ses deux poulains regagnèrent la maison paternelle.

La faute de Tsatsa-Minnka

Une semaine après l'histoire du noaten, il y eut conseil de famille chez les parents de Minnka, qui s'appelaient Vadinoï.

Très nombreux dans l'Embouchure, les Vadinoï brillaient tous, par l'orgueil et la pauvreté. Ils admettaient d'être pauvres, comme tous les paysans de la région, que la structure oligarchique du pays tenait dans un semi-esclavage. Ils n'admettaient pas que leur pauvreté fût marquée d'une « honte ».

— Je veux en finir avec cette honte! répétait, sourdement, Alexe Vadinoï, père de Minnka et de Zamfir, en s'adressant à sa sœur Catherine. Elle l'écoutait depuis une demi-heure et se tenait comme un mur.

Son silence était explicable.

Catherine, de trente ans plus jeune que son frère Alexe, avait elle-même commis une « honte », bien plus « grave » que celle de Minnka. Ayant quitté le village, à l'aube de l'adolescence, elle était allée à Bucarest, était devenue couturière, puis, à ses vingt-neuf ans, mère d'un enfant « illégitime », qu'elle adorait. Si, malgré cet enfant, et ses vingt-neuf ans, elle faisait autorité dans la famille, c'est à la fermeté de son caractère, à son indépendance qu'elle le devait. Quand même, Catherine comprenait mal l'appel que père Alexe faisait à son jugment.

Il comprit son embarras et tâcha de trouver une excuse :

— Oui, Catherine, je le sais : tu as « fauté » aussi, mais

pas chez nous! Là-bas, dans les grandes villes, tu as fait de ta vie ce qu'il t'a plu. Ici, personne ne s'est occupé de ton existence, personne n'a rien su. Tu n'existes plus pour notre Embouchure.

La jeune femme se dressa, forte et calme :

— Donc, ce que tu appelles une « honte » n'en est une que parce que l'Embouchure en a eu connaissance? Est-ce pour me faire entendre ces niaiseries villageoises que tu m'as fait venir de Braïla? — Allons, néné Alexe... Laisse Minnka vivre avec l'élu de son cœur, et même être aimable avec le boyard si cela lui plaît. A Bucarest ou ici, nous sommes ce que nous sommes.

La mère Vadinoï hocha la tête, n'osant dire ni oui ni non. Son mari frappa du poing :

— Jamais! Elle épousera Sima ou je la chasse de ma maison!

— Sima? Qui est-ce? demanda Catherine.

— Un veuf. Tu le verras cet après-midi. Pas très bien de sa personne, mais brave homme et « avec situation », à Braïla. Il me demande Minnka depuis une année et la veut *telle qu'elle est*. Elle l'épousera, ou elle partira d'ici!

*

Toudorel, fils de Catherine, était heureux d'être venu avec sa mère, passer vingt-quatre heures à la campagne. Il détestait la ville et aimait passionnément l'Embouchure, qu'il connaissait bien pour y avoir, chaque année, passé deux mois, pendant les grandes vacances. Il était du même âge que Zamfir. Les deux enfants avaient, l'un pour l'autre, une tendre amitié. Ils en profitèrent, cette fois encore, allant à leur amusement préféré : la chasse aux araignées de terre.

Allongés sur le ventre, leurs têtes se touchant parfois, ils plongeaient dans le trou la petite boule de cire suspendue à un fil blanc. Puis, c'était la longue attente. Souvent, l'araignée leur échappait juste au moment de la tirer hors de son trou. On recommençait, patiemment, le dos au soleil, le nez flairant la terre.

Autour d'eux, désert automnal. Plus de cigogne, plus d'hirondelle. Le sol, vidé par l'homme et par son bétail, n'exprimait plus que fatigue, besoin de dormir. Quelques rares brebis, broutant çà et là, semblaient le marquer de meurtrissures. Le soleil le laissait indifférent.

Toudorel demanda :

— Et chez vous? Ça va-t-il? Tsatsa-Minnka doit être mariée, maintenant, pas?

Zamfir eut un haut-le-corps, comme si une cravache lui eût cinglé les reins. Un instant, il manqua de souffle. Reprenant sa chasse, il murmura, le visage collé au sol :

— Tsatsika a *fauté*.

A son tour, Toudorel eut un haut-le-corps. Ce mot-là, appliqué à une jeune fille, signifiait quelque chose de laid.

— Tsatsa-Minnka a *fauté!* s'écria-t-il.

— A ce qu'il paraît...

— On n'en est donc pas certain. Elle n'a pas avoué?

— Le père la bat souvent, pour la faire avouer, mais que veux-tu qu'elle avoue?

En effet. Toudorel réfléchit et se rendit compte qu'il n'aurait pas su dire de quoi pourraient être faits ces aveux.

— Et toi : sais-tu quelle est sa faute?

Zamfir abandonna sa chasse, se retourna sur le dos, et se couvrit le visage avec les mains :

— Rien de rien! gémit-il, oppressé. Je sais que Tsatsika aime Minnkou, le fils du père Andréï, et qu'il l'aime, c'est-à-dire : je vois comme tout le monde qu'ils s'arrangent pour couper du jonc, toujours ensemble. Est-ce cela, *fauter?*

Que ce fût « cela » ou autre chose, le mal était le même : un autre lui avait ravi le cœur de Tsatsa-Minnka.

— Elle ne t'amène donc plus à la « coupe »? Elle ne t'aime plus?

— Si! Elle m'aime et m'y amène, mais tu t'apercevras que ce n'est plus la même chose. *Elle est changée!*

Disant cela, Zamfir partit en sanglots, le visage toujours couvert de ses mains. Pour le consoler, Toudorel dit :

— Que veux-tu, les jeunes filles doivent se marier...

— Mais, *fauter,* ce n'est pas *se marier!* ragea Zamfir.

— Et Minnkou, ne l'a-t-il pas demandée en mariage?

Zamfir regarda son ami, les yeux mouillés :

— Pourquoi dis-tu des bêtises? Tu sais bien que Minnkou ne « demande » rien. Il *prend.* Il a *pris* Tsatsika.

— Alors, tu le hais!

Cette question fit sourire l'autre tristement :

— Tu as oublié les choses de notre Embouchure. Comment haïr Minnkou? Ne te souviens-tu plus de lui?

— Je m'en souviens, mais voilà : il nous fait du mal!

— Le Sereth aussi fait du mal, quand il inonde : peut-on le haïr?

Les deux gamins restèrent longtemps silencieux, puis, Zamfir reprit :

— D'ailleurs, les choses ont bien empiré, dans notre Embouchure.

— Quelles « choses »? Le Sereth?

— Non, le Sereth est resté le même. Il vient; il s'en va, il fait du mal et du bien. Seulement, pour « couper » maintenant, il faut avoir un *premis.*

— Un premis? Depuis quand?

— Depuis ces deux dernières années.

— Qui a inventé une pareille affaire? Les marais ne sont à personne!

Zamfir se replia sur lui-même, comme un vieil homme accablé. Sa main décrivit en l'air le geste qui indique que vous n'y êtes plus :

— Les marais ne sont à personne! Ça, c'était autrefois. Aujourd'hui les marais sont à celui qui peut payer 12 francs pour le *premis*. Donc, plus de marais, pour nous autres. Et tu sais que sans les marais, personne ne peut vivre dans l'Embouchure.

— Est-ce beaucoup, 12 francs? demanda Toudorel.

— C'est une paire de bottes! chuchota Zamfir, les yeux pleins de haine. Mais qui porte des bottes, chez nous, qui? Et où prendre les 12 francs? Si tu fouilles les trois quarts du village, tu ne les trouveras pas.

— Comment avez-vous fait, alors?

— Comment nous avons fait? Eh bien : tout d'abord, chacun a coupé son jonc et sa massette, comme auparavant. Puis, le garde a surgi. (Il y a maintenant, pour les marais comme pour les récoltes, un garde turc avec un fusil.) Et le Turc a conduit tout le monde à la « cour ». Là le boyard nous a dit :

— Pourquoi avez-vous coupé sans *premis?*

Personne n'avait rien compris. Les nôtres restaient là, plus bêtes que de coutume. Ils se regardaient les uns les autres, le bonnet à la main. Alors le boyard a frappé du pied :

— Etes-vous sourds? Je vous demande : pourquoi avez-vous coupé mon jonc, ma massette, sans *premis?*

— *Son* jonc! *Sa* massette! C'est tout ce qu'ont pu dire les nôtres. Ils l'ont dit tout bas, mais le *ciocoï* l'a entendu, et il s'est jeté sur nous, avec son fouet :

— Oui : *mon* jonc, oui : *ma* massette!

C'est ainsi qu'il nous a chassés, tous. Voitures et bêtes sont restées là :

— Vous enlèverez votre fouillis quand vous aurez payé les 12 francs! a-t-il dit encore.

Zamfir soupira profondément.

Personne, à part une dizaine de laitiers aisés, ne pouvait payer. Tu sais que chez nous l'argent est aussi rare que le pain. Nous vivons sans argent comme nous vivons de *mamaliga.* Tout notre travail, c'est pour nos bouches, et celles de nos bêtes. Et quand il nous arrive de ramasser, pour une chose ou pour une autre, une pièce de 100 sous, on ne sait pas s'il faut l'employer à se nipper, un peu, à faire réparer la voiture, à acheter des outils ou plutôt à payer des dettes, ou les impôts, ou la mettre de côté afin de pouvoir s'acheter un jour une vache, un cheval, ou un porc.

« Aussi, devant ces 12 francs pour le *premis,* les nôtres croisèrent les bras et regardèrent le ciel. Le village devint une foire : tous les paysans s'y tenaient en tas, parlaient et juraient. On n'en revenait pas : « *son* jonc; *sa* massette! mais, bon Dieu, a-t-il labouré les marais? Les a-t-il semés? Comment, peut-il dire, que c'est *son* jonc, *sa* massette? »

« Au bout de trois jours, un brave homme de la « cour » vint en cachette nous apprendre que nos bêtes crevaient de faim et de soif.

— Qu'elles crèvent, répondirent les nôtres, nous crèverons aussi!

Cette nouvelle de nos bêtes qui n'étaient ni nourries ni abreuvées, fendit le cœur de Tsatsa-Minnka. Elle s'isola et pleura comme si quelqu'un de nous venait de mourir. Le quatrième jour, sans rien dire à personne, elle s'habilla comme pour la fête et partit à la « cour », d'où elle rentra le soir même, amenant la file des vingt-sept voitures séquestrées.

« Comment avait-elle fait? On ne l'a jamais su. Cela s'est passé il y a deux ans.

« Bien qu'heureux de l'avoir échappé belle, cette fois-là, les paysans n'en ont pas moins jacassé depuis, sur le compte de Tsatsika, les femmes surtout et les gars. Une commère lui a même dit un jour :

— Tu sais, Minnka : tu es trop belle pour aller couper du jonc! Si tu voulais rester près du boyard, nous n'aurions plus besoin de *premis,* ni crainte du Turc, et nous couperions ta part de jonc.

« Tsatsika n'a rien répondu, mais elle a encore beaucoup pleuré. Et chaque jour elle devenait plus triste, quand, tout à coup, elle s'est engaillardie. Ce fut au moment où Minnkou lui écrivit qu'il allait revenir de l'armée. Il en revint, après trois ans de service. Il fut bon pour nous. Pour les autres aussi. Car il alla dire au garde turc qu'il savait ce qu'était un fusil et qu'il n'en avait pas peur. Il le lui dit, en vidant avec le Turc, dans les marais, une bouteille de *tsouïca.* Le garde avait compris et fut moins dur.

« N'empêche, ce n'est plus comme avant. Les marais ne sont plus à tout le monde et à personne. Maintenant, si l'on veut avoir du jonc ou de la massette, il faut les chiper. Et pour les chiper, on doit faire un détour de trois heures de voiture, tuer les bêtes et se tuer soi-même, alors que les marais sont là, à notre nez, ainsi que les bons chemins qui y mènent. Mais tous les chemins de nos marais sont aujourd'hui gardés par un fusil, qui se tient on ne sait pas où et surgit au bon moment.

« Si tu savais comme cela paraît drôle. C'est comme si on gardait le ciel avec un fusil, afin que nul ne lève la tête pour le regarder.

Sima, négociant de céréales et gros tavernier, à Braïla, arriva cet après-midi-là, dans un dog-car pompeux et mesquin.

Un tout petit homme de trente-cinq ans. Maigre. Ratatiné. Mais vif comme un écureuil et loquace comme une pie. Il était vêtu d'un costume soyeux et chaussé de bottes vernies. Sur la tête, un long bonnet pointu, de vraie fourrure d'Astrakhan, noire.

Stoppant avec bravade au milieu de la cour, il sauta gaillardement du dog-car et perdit son bonnet. Personne n'osa rire. Il se baissa pour le ramasser, et alors tout son être devint aussi petit que celui de Zamfir. La même impression, ses hôtes l'eurent encore lorsqu'il alla, par crânerie, caresser la tête de son magnifique cheval : il n'y parvint que du bout des doigts.

— Bonjour tout le monde! fit-il s'inclinant de loin, comme un rat debout, et souriant de toutes ses rides, assez sympathiques.

« Tout le monde », — qui l'attendait sur le seuil de la maison, — c'étaient : les époux Vadinoï, la sœur Catherine, Minnka et les deux enfants Zamfir et Toudorel.

On le fit entrer, avec les égards dus à sa fortune et à son intention, cependant que Minnka s'effaçait, selon la coutume et pour aller à la cuisine préparer les boissons traditionnelles. La maison, fraîchement blanchie à la chaux, était parée pour la circonstance : tapis, couvertures, draps, essuie-mains, nappes — beaux ouvrages rustiques, sortis de la main de Minnka — étaient étalés un peu partout, dans les deux grandes pièces. Sima ne manqua pas de les admirer, l'air supérieur, et dit :

— De tout cela, *elle* en trouvera chez moi dix fois autant, pour ne pas parler *du reste!*

Les Vadinoï le considéraient avec déférence; Catherine, avec une stupéfaction adroitement dissimulée. Les enfants étaient, par ordre, à la cuisine, où, devant leur chère Tsatsa-Minnka, Zamfir apprenait à Toudorel qui était « cet » homme :

— Tu sais, *il* s'appelle *Sima,* mais tout le monde lui dit, dans le dos : *Fessaterre* et *Pètenbotte,* parce qu'il a son derrière tout près de ses bottes et de la terre.

Minnka apporta, sur un grand plateau, les cuillerées de fruits confits, les verres de liqueur et les cafés turcs. Elle servit d'abord son prétendant, puis les autres. Rien pour elle, par coutume. A la fin, par coutume également, elle dut prendre modestement place, près de sa mère, d'où son visage resplendissait de colère retenue. Elle ne devait rester là que le temps de *se faire voir,* puis se retirer.

Sima en profita :

— Eh bien, chère mademoiselle, tout ce que je puis vous dire c'est qu'un riche foyer et un cœur tendre vous attendent, pour que vous soyez leur maîtresse!

Minnka le regarda droit dans les yeux :

— Parlez à mes parents, monsieur, dit-elle, ramassant le service et sortant.

Sima parla, bien entendu :

— Oui, je comprends sa gêne : elle *a fauté.* Eh bien, je n'en fais pas cas et je vous la demande telle qu'elle est. Je vous prie même de décider le jour des fiançailles. Vous comprenez mon empressement : j'ai une grosse maison qui manque de maîtresse; j'en suis toujours absent, à cause de mes affaires de céréales; on me pille sans vergogne, depuis le caissier jusqu'au dernier garçon. Je veux en finir!

« Inutile de vous dire qu'elle sera plus qu'heureuse, car, le bonheur, ce n'est pas l'amour, mais le bien-être. Et de ce bien-être, vous goûterez, vous aussi.

« Allons, père Alexe, donnez-moi votre main, et promettez-moi que Minnka sera bientôt ma femme! »

Père Alexe prit la main de Sima et la serra fortement :

— Je te la promets, Sima!

Catherine, à la dérobée, foudroya du regard son frère et courut à la cuisine :

— Minnka! Fuis! Fuis cette nuit même! Va-t'en de par le monde!

Minnka tomba dans les bras de sa jeune tante et l'écrasa sur sa poitrine.

A Japsha Rouge

A *Japsha Rouge,* les marais sont, à la fois, généreux et impitoyables pour l'existence humaine, à l'exemple de tout ce qui est force inconsciente sur la terre.

Ici, le Sereth gronde, menace, détruit et crée, sans répit : c'est ici qu'il frappe de tout son amour et toute sa colère. Japsha Rouge, c'est le temple où il continue de brûler la meilleure huile de sa passion contrariée. Qui veut lui violer ce refuge est à l'avance voué à une mort certaine.

Ici, le fourré de jonc est dense comme une brosse et haut de cinq mètres. Le ciel est traître; le voisinage, plus que dangereux. La voiture, la bête n'y pénètrent pas. L'homme, cette bête qui passe partout, y pénètre, mais non sans en sortir avec, au moins, une écorchure dont il gardera toute sa vie le poison.

Le loup y est toujours présent et prêt à vous déchiqueter. La piqûre de moustique met le corps en flamme. La sangsue même, si bienfaisante dans la médecine, vous saute au visage et vous aveugle. Moustiques et sangsues forment, en l'air et dans l'eau, une pâte épaisse. Les loups, par troupeaux, s'y fraient chemin en souffrant autant que l'homme.

C'est le côté mortel de la Japsha Rouge. Il en est un autre, qui est affolant.

Vous n'êtes pas depuis une demi-heure dans le fourré à

abattre le superbe jonc avec votre *târpan,* qu'une humidité brûlante, tout d'abord, vous enlève le souffle, vous dévaste le cerveau et vous pousse à arracher vos nippes, à vous mettre nu. Des serpents d'eau, inoffensifs, vous grimpent au cou, s'y enroulent un instant, espiègles, pour s'élancer ensuite de tous côtés, comme des jets d'eau noire. Leur contact est plus douloureux qu'un fort courant électrique. Pendant ce temps, et dès le début, des filaments visqueux, fins et denses comme un tissu, vous immobilisent la peau des mains et du visage. En moins d'une heure, ils vous ferment les yeux. Si vous attendez ce moment-là, vous ne savez plus par quel côté vous sauver, ni retrouver votre charrette à la maison.

C'est, pourtant, à Japsha Rouge, que le vieil Andreï Ortopan, père de Minnkou, a jugé bon de se retirer, de construire une belle chaumière, de créer un travail lucratif et d'en vivre.

Père Andreï avait été, dans sa première jeunesse, prêtre. Par ardente vocation : il aimait Dieu et voulait servir les hommes. Hélas, il n'aimait pas que Dieu, mais *toute la vie* dont le Seigneur bourre parfois certaines de ses créatures humaines. Et alors, il ne fut plus possible au prêtre Andreï de servir les hommes ni d'aimer le Dieu de son évêque, qui l'expulsa de sa maison.

La faute du père Andreï Ortopan fut grave dès le commencement de son apostolat : marié et devenu prêtre, il ne fut l'homme de sa femme qu'une nuit, la première de leur courte existence commune. Puis, beau mâle, il ravagea sa paroisse et le département. Il fut le dieu de chair de toutes les déesses de la passion charnelle. On le maudit et on le bénit avec une égale ferveur. A la fin, on lui enleva la soutane et on le livra à son démon.

Il avait à ce moment trente ans, une puissante vie à dépenser et pas un sou dans la poche. Il disparut. On l'oublia.

Au bout de trente-cinq années, de vieilles gens de l'Embouchure identifièrent l'ancien prêtre Andreï Ortopan, dans la personne d'un beau vieillard, aux aspects de mendiant, mais tout guilleret, tout content, riche de forces physiques et prêt à secourir les vaincus. Il n'était pas seul. Un jeune homme, dans les dix-sept ans, l'accompagnait constamment : c'était Minnkou, son fils. On ne voyait jamais l'un sans l'autre.

Cela se passait pendant un été. Le père et le fils, toujours sans abri, couchaient là où la nuit les surprenait, bricolaient par toute la région, vivaient uniquement de légumes et ne faisaient de mal à personne, au contraire. On essaya de les faire parler. On n'en tira que des banalités, le fils étant trop jeune pour savoir quelque chose, et le père, malgré son air ouvert, sachant toujours opposer le mur de son silence à la curiosité villageoise. On finit par n'en plus faire aucun cas.

Mais un jour de l'année suivante, les paysans s'aperçurent que les plus belles nattes, les plus beaux paniers sortaient de la Japsha Rouge, sur le dos de Minnkou, qui les portait au marché de Braïla. Etait-ce possible? Car, vivre à Japsha Rouge, c'était habiter l'enfer même!

Et pourtant...

*

Sur un tertre, émergeant légèrement du niveau moyen des eaux, père Andreï avait accumulé quelques milliers de fagots de jonc, qu'il scella de son mieux avec de la glaise. Ainsi, le sol de sa chaumière et de sa petite cour fut élevé de plus d'un mètre, mais cela ne suffisait pas à le mettre à l'abri de l'inondation. C'est pourquoi il l'entoura d'un parapet très large et haut de deux mètres, vraie muraille de forteresse, faite de terre et de deux rangées de branchages de saules. Le saule, se trouvant dans son élément, poussa de partout et cimenta, de ses racines, le parapet.

— Maintenant, mon frère le Sereth, vas-y!

Le Sereth y alla, naturellement, mais il ne put rien sans doute contre père Andreï Ortopan, puisque nous le voyons toujours solidement ancré dans sa forteresse, à Japsha Rouge.

A part son fils, qui le seconde en tout, père Andreï n'a, près de lui, d'autres êtres qu'un chien et deux chèvres. Ni volaille, ni porc, ni vache ni cheval, comme dans tout ménage paysan. La chaumière, — deux pièces exiguës, — est toute de boue et de jonc. Dans l'une se dresse, imposant comme son maître, un fort métier vertical pour le tissage des nattes et des corbeilles. Dans l'autre, un lit de planches nues et un fourneau de terre, ou poêle, que nous appelons *soba.* Ordre et propreté irréprochables. Tout est rude, rêche, ascétique. Les murs sont badigeonnés à la chaux. On n'y voit que peu de meubles et d'objets : une table, deux chaises, trois tabourets, un petit fût à eau potable, quelques assiettes, cuillers de bois et deux marmites, l'une pour la polenta, l'autre pour la soupe. Une *plosca* et un fusil à deux canons sont suspendus à un clou. Dans un coin, une caisse fermée contient la farine de maïs, et, à côté d'elle, une autre caisse renferme les vêtements et le linge de l'ermite.

Dans l'atelier, de belles gerbes de soie de massette pendent au mur. C'est pour la filer au *cicârâc* et en faire la trame des nattes. Elles brillent d'un beau jaune paille. Les toucher, c'est un plaisir. Les filer, c'est l'engourdissement des mains. Elles répandent une agréable odeur de foin frais.

Par une ouverture pratiquée au plafond, on monte au grenier, qui est plein de nattes, de paniers, de corbeilles, jusqu'au toit.

Cette paisible habitation, occupant une faible surface, est entourée d'une vraie forêt de saules en rangée épaisse, impénétrable. Poussant dans le parapet même, elle constitue une inexpugnable défense naturelle contre les flots. Œuvre de titan.

On y pénètre, en grimpant une pente rapide qui s'arrête au niveau du sol de l'habitation, au-dessus duquel se dresse la muraille vivante. Une entaille, pas plus large que le corps d'un homme et facile à obstruer, ouvre dans cette muraille un passage peu commode, et dépourvu de porte. Une tête de patriarche remplit le cadre intérieur d'une petite fenêtre donnant sur la cour; un visage bronzé, gercé, poilu, encadré d'une grande barbe poivre et sel; deux yeux au regard fort et doux vous fixent, comme pour vous dire : *la paix soit avec vous!*

Père Andreï est très grand, et droit comme les joncs qui le cachent aux yeux du monde. Sa chevelure est toute ramassée en un chignon derrière la tête, ainsi que la portaient nos vieux prêtres orthodoxes d'autrefois. Son corps, qu'on devine, à ses mouvements, souple et fort, est du cou à la cheville enveloppé dans un froc de bure grise. Les pieds sont chaussés de sandales de cuir brut. Sa démarche est nonchalante. Sa voix est riche de toutes les gammes que savent chanter les mâles.

*

Il était près de minuit quand, ce jour décisif pour le sort de Minnka, père Andreï vit son fils arriver en trombe et, sans plus, se jeter sur le sol, à ses pieds, où il se mit à souffler péniblement.

Le spectacle qu'offrent les rues d'une ville où le choléra fauche les gens par dizaines à la fois est moins douloureux que celui qu'offre un seul être humain dont les entrailles sont dévastées par la jalousie charnelle. C'est que, à la souffrance des premiers, la mort suffit. A la souffrance du dernier, la mort ne suffit pas, car celui-ci craint d'emporter dans la tombe même le souvenir de l'être aimé qu'il abandonne aux caresses des autres mains.

Andreï Ortopan n'avait jamais connu ce martyre, mais son fils était son propre sang, et il voulut lui venir en aide. Il s'y sentit impuissant. Ses efforts n'aboutirent même pas à lui faire articuler un mot ou lever un bras. Il resta cloué à sa place, sur le tabouret, le regard tendrement posé sur le corps tout en convulsions de Minnkou. Ce n'était pas la première fois qu'il voyait son fils souffrir de ce mal qu'il ignorait : après chaque intervention que Minnka, pour une raison ou pour une autre, faisait auprès du boyard, de longues heures de tristesse ravageaient l'âme de Minnkou. Mais, dans un tel état, il ne l'avait jamais vu.

Le brave garçon ne voulait pas chagriner le vieillard, lui avouer toute l'amertume dont son cœur était lourd. Au reste, n'ayant pas encore osé approfondir l'abîme de sa souffrance, il ne savait pas si les relations de son aimée avec Mândresco étaient coupables ou simplement cordiales. Toutefois, depuis les machinations de Sima, il avait déclaré à son père que si quelqu'un lui ravissait de force l'amie, il ferait « mort d'homme ».

Père Andreï enleva doucement le fusil, qui pendait juste au-dessus de la tête de son fils, et alla le cacher dans un tas de joncs, derrière la maison. Il pensa : « Ainsi, mon ami Alexe veut vendre sa fille à Sima. Il en sera responsable devant Dieu. Et en attendant Dieu, Minnkou est bien capable de leur faire subir, à tous deux, sa justice à lui. »

Dehors, la beauté du ciel calme lui donna envie de faire

quelques pas. Il détacha son chien et alla, en sa joyeuse compagnie, rôder autour de son habitation.

La nuit, la sauvagerie du lieu, sa propre angoisse le saisirent tout de suite à la gorge. Andréï Ortopan fléchit le genou :

— Seigneur! Seigneur! pourquoi as-tu choisi ta créature la plus fragile pour l'accabler de détresse qu'ignorent des êtres plus forts que lui? Ton indigne serviteur te remercie des passions dont tu lui comblas le cœur, mais voici le jour de l'échéance : tu frappes mon fils et endeuilles ma vieillesse! Doit-on toujours payer? Et pourquoi? Quel est le sens de ton œuvre? A quoi bon tant sentir puisque, plus on s'élève au-dessus de l'animalité, et plus on rachète ses joies par d'impitoyables souffrances? Dieu grand! Pardonne à ton pécheur! Soulage mon fils!

Dieu, qui est incompréhensible, pardonna à Andreï Ortopan et soulagea promptement son fils. Il lui envoya sa bien-aimée Minnka.

Elle s'était glissée comme une ombre, un paquet sous le bras, pendant qu'Ortopan priait et que son chien le regardait avec étonnement. Le vieux, pas plus que son compagnon, ne se doutait de rien. Il enferma le chien dans la grande cage à barreaux qui le défendait contre une possible incursion nocturne des loups et lui permettait, en même temps, de veiller sur l'habitation, puis, rentra. Et tout de suite ses yeux cherchèrent le corps de Minnkou, qu'il avait laissé allongé à terre, mais le corps n'y était plus :

— Que le Seigneur soit loué! s'exclama l'ancien prêtre. Il a tout de même pu se lever et monter dans son grenier. C'est un miracle!

Père Andreï éteignit sa lampe et se jeta sur son lit de planches, le cœur plein de gratitude envers Dieu. Mais peu après, des chuchotements qui lui parvinrent du grenier, le firent s'exclamer de nouveau :

— Ah, c'est Minnka qui a fait le miracle. Que le Seigneur soit loué tout de même!

Et le vieillard s'endormit.

Une heure avant l'aube, la lampe pendue au clou, père Andreï était à son métier. Les bras nus jusqu'aux épaules, ses mains d'acier empoignaient avec amour les battants et faisaient tomber lourdement le ros sur le tissu végétal, qui montait à vue d'œil. Toute la maison était secouée. Après chaque coup, comme pour essuyer une inexistante poussière, ses mains envoyaient une large caresse sur toute la surface nouvelle de la natte. Puis, ses doigts couraient fiévreusement entre les cordages, introduisant, des deux côtés à la fois, les fils moelleux de la trame.

Andreï Ortopan venait de terminer sa natte et s'apprêtait à l'ôter du métier quand, l'aube blanchissant les carreaux, un aboiement sec le fit sursauter. Il courut à la porte.

Alexe Vadinoï était là, fusil au dos, blême :

— Andreï! Donne-moi ma fille!

— Alexe! Ta fille est à mon fils! Par la volonté de Dieu et la sienne propre!

— Je ne veux pas d'un gendre, fils de... nattier!

Ortopan croisa ses bras sur la poitrine, les yeux pleins de mépris :

— Tu voudrais peut-être d'un gendre qui soit un Mândresco! Ah, la belle âme paysanne! Il n'en est pas un parmi vous tous, qui ne veuille être à la place de votre boyard et, comme lui, écorcher vif son prochain! « Fils de nattier »! Pauvre Alexe, qui n'as pas de quoi t'acheter une chemise!

— Assez parler! Je veux ma fille!

— Tu ne l'auras qu'en passant par-dessus mon corps!

— Alors, viens!

Les deux hommes descendirent la colline et s'arrêtèrent sur un petit plateau nu, qui surplombait le Sereth.

— Comment veux-tu que nous luttions? demanda Ortopan.

— A notre ancienne manière, je pense : « Lutte droite », jusqu'à ce qu'un de nous deux reste à terre...

— ... ou soit envoyé dans le Sereth! compléta le nattier.

— Si tu veux.

Ils se déshabillèrent, nus jusqu'au ventre, ne gardant que le caleçon. Et aussitôt, les deux corps s'enlacèrent dans un choc sourd.

Malgré la différence d'âge, la partie était parfaitement égale.

La lutte, sans répit, durait depuis une heure quand le soleil, se levant par-dessus la forêt de saules, aspergea de ses flammes les corps, tout en sueur, des deux adversaires.

A cet instant même, deux voix, — l'une mâle, l'autre féminine, — retentirent en bas du plateau. Minnka et Minnkou, enlacés par le cou, chantaient :

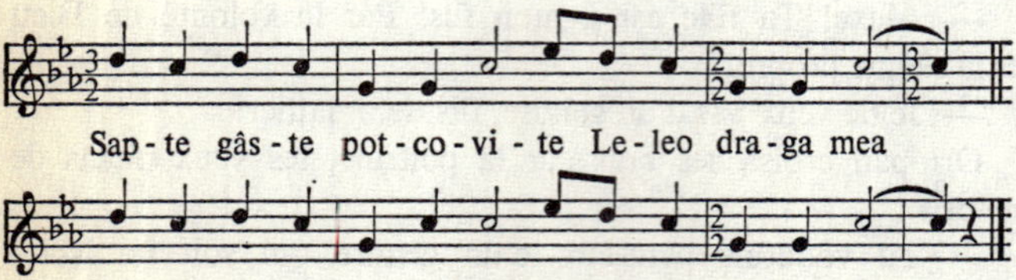

Ortopan et Vadinoï, d'une même volonté, cessèrent le combat et coururent au bord du Sereth. Ils virent leurs enfants longer la rivière, les visages embrasés par le soleil, heureux.

— Tu vois! dit Andréï : Que veux-tu de plus?

— Je veux ma fille.

Leurs paroles furent entendues par les deux amants, qui s'arrêtèrent comme foudroyés, devant le spectacle inattendu que leur offraient leurs pères. Minnkou voulut s'élancer, furieux. Minnka le retint avec fermeté. Et lui mettant les deux mains sur les épaules, lui dit, tout bas :

— Ecoute-moi. Nous ne pouvons rien contre notre destin. Je vais avec mon père et j'épouserai Sima, mais... *je ne serai jamais à lui.* C'est toi qui seras mon *barbatt,* à son nez. Ainsi, il me chassera un jour. Et alors personne n'aura plus rien à dire.

Minnkou laissa sa tête tomber sur sa poitrine. Minnka l'embrassa violemment et prit le chemin de la maison paternelle.

Sima et son bien-être

Sima Caramfil possédait à Braïla de belles *acareturi,* comme on nomme là-bas tout immeuble; mais, *immeuble* ne désigne pas aussi bien que *acareturi* tout ce qu'un Sima possédait à Braïla.

C'est que, d'abord, les Sima eux-mêmes ne viennent au monde que dans ces pays-là. Ils y viennent, toujours, « pauvres *collés à la terre* », bons et circonspects, audacieux et lâches, inventifs et médiocres, généreux et avares, enthousiastes et rigides, malins et bornés. Ils font toujours fortune. Parfois, ils parviennent à des richesses fantastiques. Ils sont incapables de se ruiner par imprudence, mais ils se ruinent par les passions. Car la passion est en Orient une étincelle qui brille dans le ventre de tout humain vermisseau et peut, d'un jour à l'autre, devenir un volcan.

La passion de Sima fut la belle « Tsatsa-Minnka », ainsi que l'appellera, imitant le petit Zamfir, la gaillarde clientèle masculine de sa fameuse taverne.

Sima Caramfil, conformément à la loi orientale de l'héroïque moyen de parvenir avait, après dix-huit années de servitude sournoise, épousé la fille unique de son patron; autrement dit, il n'avait fait, jusqu'à ses vingt-huit ans, que guetter une femme laide et sa belle dot. Il les eut, toutes deux, apprécia la dernière et faillit mourir d'ennui à cause de l'autre.

Mais le dieu de tous les Sima veillait : au bout de trois années d'affreux ménage, l'inutile épouse mourut d'une mort aussi naturelle que sa laideur. C'est alors que Sima se mit en tête d'aimer : « Je chercherai une femme *qui n'ait que sa chemise, mais qui soit la plus belle du département.* »

Il la découvrit dans le voisinage immédiat de Braïla; et tout de suite, se rendant compte de ce qu'il valait à côté d'une belle jeune fille comme Minnka, il décréta que le bonheur ce n'était pas l'amour, mais le bien-être.

Père Alexe le crut sur parole et lui donna sa fille.

*

La noce eut lieu dans le village. Fastueuse. Il y eut à manger et à boire pour deux cents personnes. Six musiciens tziganes, d'un choix royal, avaient délecté les convives. Mais la délectation la plus appréciée, la plus attendue, par les commères du village, — la constatation publique de l'innocence de la mariée, le lendemain de la noce, — Sima la refusa nettement. A minuit juste, il fit monter sa femme dans le dog-car, empoigna les brides et disparut avec elle, par surprise. Il l'avait emportée, en effet, « rien qu'avec sa chemise ».

Très discret, il la conduisit dans le riche appartement qu'il lui avait aménagé et se retira promptement, avec un baiser gauche, mais sincère, sur la main. Ce fut pour Minnka une surprise qui ne manqua pas de l'émouvoir. Elle médita sur elle une partie de la nuit et s'endormit en se disant qu'après tout, le tragique n'était peut-être pas tel qu'elle se l'était imaginé.

Le lendemain à 10 heures, elle était encore dans son lit parfumé, quand Zamfir vint miauler à sa porte :

— Tsatsika... Tu dors? Je suis là et ne sais que faire.

Zamfir était là, comme les deux familles l'avaient décidé : le frérot accompagnera sa sœur, servira dans la taverne et, qui sait, fera peut-être carrière.

Minnka s'enveloppa dans une belle robe de chambre, ouvrit au petit et l'embrassa tendrement. Peu après, une vieille domestique vint, un gros plateau sur les bras, apporter à « madame » son petit déjeuner. Zamfir s'en était déjà gavé. Il regardait sa sœur, la chambre, les meubles, le linge, les vêtements féminins qu'étalait une grosse armoire ouverte, et semblait ne pas en croire ses yeux. Minnka, songeuse, déjeunait, et, de temps en temps, lui souriait, lointaine, puis :

— Où est-*il?* demanda-t-elle à son frère.

— Il est dans la cour, tout plein de poussière! débita Zamfir tout d'un trait.

Le regard vague, elle parut ne pas comprendre. L'enfant expliqua :

— C'est une cour, dix fois plus grande que la nôtre et bondée de chars à céréales. Nénika Sima court d'un char à l'autre, tout le temps, pendant qu'on les décharge. Il enfonce ses mains dans les blés, soupèse, flaire et n'arrête pas de crier aux hommes qui mesurent les grains : il trouve que le boisseau n'est jamais assez plein.

— Et la taverne? Comment est-elle?

— Elle est grande comme une église et pleine de paysans qui attendent d'être réglés et qui mangent et qui boivent.

— Bien. Va, maintenant, t'amuser. Tu n'as rien d'autre à faire aujourd'hui.

Le gamin s'en alla, un peu effaré. Minnka s'habilla sobrement et sortit sur la longue galerie vitrée qui donnait sur la cour, où elle s'installa mollement dans un fauteuil, derrière les rideaux transparents.

Sima n'était plus dans la cour. Les chars, un à un, s'en

allaient. Minnka examinait les visages des paysans qui venaient de vendre leurs grains à son mari et leur trouvait une résignation tantôt gaillarde et tantôt féroce, qu'elle connaissait bien. Mais la plupart étaient saouls et pas trop mécontents.

Elle évalua ensuite le prix des *acareturi* de Sima. Certes, cela représentait une grosse fortune, mais qu'est-ce qu'une grosse fortune?

— « Ça n'a pas de cœur, se disait-elle. C'est pour un homme et sa famille. Et après? En quoi cela intéresse-t-il les autres? »

Minnka partit à la recherche du cœur de son époux, ou plutôt : à la découverte de la physionomie de son bien-être. Elle voulut savoir pourquoi les petites gens disaient tant de bien de lui; en quoi sa fortune pouvait « tenir chaud aux autres ».

Pour apprendre, il lui fallut du temps. Mais au bout d'un mois, — durant lequel elle ne fit que de brèves incursions dans ce domaine inconnu, — elle découvrit facilement ce que tout homme du peuple, en Orient, est avide de découvrir chez leurs légendaires Sima : une largesse bonasse et prudente vivant chétivement à côté d'une ferme avarice.

*

Une architecture d'imagination populaire a fait bâtir la moitié de Braïla d'après un plan unique et sentimental. Les dix rues et boulevards, parfaitement courbes et fort interminables, qui ceignent le noyau de la ville, sont presque entièrement dépourvus de maisons à étage. Rien que des rez-de-chaussée, pendant de longues distances. Chaque propriété est rectangulaire. Chacune a sa cour et son jardin, qui représentent la moitié de la surface totale du lot. L'autre moitié, parallèle à la cour, est occupée par les habitations qui vont toujours à la file et dans l'ordre suivant : une « maison de face », composée de plusieurs pièces, donne sur la rue; c'est toujours la plus belle; les autres appartements, tels les wagons d'un train, vont à la queue-leu-leu jusqu'au fond de la cour, mais en amoindrissant immanquablement leur confort et leur capacité. Ainsi, toutes les bourses en ont pour leur argent, et on peut habiter à Braïla, sur un boulevard, en ne payant qu'un loyer de banlieue.

La propriété de Sima Caramfil, sise justement sur le boulevard Carol, ne faisait pas exception à cette règle. Bien mieux, elle en exagérait le sentimentalisme, ou la coutume, obligeant à vivre, dans une promiscuité inconcevable, des locataires de premier ordre à côté des plus misérables parias.

Possédant deux lots réunis, sa propriété avait une forme carrée, dont un angle droit dressait ses deux rangées de belles bâtisses, l'une vers le boulevard, l'autre vers une rue assez importante. Sima occupait la rangée qui donnait sur la rue, ainsi que le coin, très imposant, constitué par sa grande *taverne-restaurant-épicerie*. Le corps d'appartements faisant face au boulevard était loué à des gens aisés.

Le troisième côté de ce carré formait ses immenses greniers; et le quatrième, c'était l'abominable fouillis de masures infectes, à moitié enfoncées dans le sol, où grouillait, jour et nuit, une véritable vermine humaine : débardeurs turcs et arméniens, des charbonnages du port, toujours sales, noirs, comme leur bât, célibataires couchant par cinq et six dans une seule pièce; scieurs de bois, roumains ou bulgares, pères de familles nombreuses; marchands ambulants de pétrole, manœuvres et autres.

Le grand portail de la cour ne fermait jamais; « chez Sima Caramfil », c'était en effet un *han,* ou ancienne auberge populaire. Un homme de confiance veillait la nuit, recevait tout passant, avec ou sans voiture, qui demandait abri et réconfort, et demeurait toujours prêt à servir gens et bêtes.

La cour, très vaste, était constamment couverte d'une couche épaisse de paille mêlée de grains, crotte et boue formée par les urines des bœufs et des chevaux. De nombreux porcs et des volailles, appartenant à Sima, se nourrissaient et grandissaient rien qu'en fouillant dans ces riches déchets.

Il n'y avait de cabinet d'aisance dans aucun appartement. Tous les locataires, sans exception, devaient traverser cette cour à purin, s'y enfoncer jusqu'à la cheville, pour aboutir aux trois latrines publiques, blanchies à la chaux, qui répandaient une odeur nauséabonde, entre les masures et les greniers.

Souvent, des gens aisés, ses locataires, disaient à Sima :

— Monsieur Caramfil! pourquoi ces nids de punaises et d'infection près de vos beaux immeubles? Vous êtes assez riche pour pouvoir les faire disparaître en un clin d'œil et dresser à leur place de magnifiques appartements.

Sima se mettait alors à tourmenter entre ses doigts la pointe de sa barbiche et répondait :

— Mêlez-vous de ce qui vous regarde.

— Mais, voyons : la plupart de ces misérables-là ne vous paient pas leur loyer depuis des années...

— ... Est-ce vous qui perdez quelque chose?

— ... Et puis, soyons juste : un tel voisinage nous déplaît fortement!

— Eh bien, déménagez!

Il n'y avait rien à comprendre.

*

Minnka comprit.

Tour à tour, passive, fiévreuse, taciturne, et loquace, mais toujours simple, naturelle, elle évoluait au milieu de ce monde divers, comme le poisson dans l'eau. En moins de quinze jours, après son arrivée, il n'y eut plus de taudis crasseux, ni de vespasiennes puantes. Aidée de plusieurs badigeonneuses, elle jeta pêle-mêle dans la cour toute la misère humaine que contenaient les masures, y compris leurs habitants, nettoya, désinfecta, blanchit. Les latrines, elle les fit vider, puis, les noya dans du phénol. La cour fut tout entière raclée et recouverte de gravier.

On l'adora. Sima la regardait faire et lui disait :

— Ce que tu fais là, tout le monde le fait à Pâques. Mais cette propreté ne dure pas, chez nous, car la crasse fait partie de l'existence de ces pauvres gens. Tu t'en convaincras.

Elle ne mit pas dix semaines à donner raison à son mari : la cour, les masures, les latrines avaient repris leur physionomie éternelle : l'ordure. On eût dit que rien n'avait été fait.

Là-dessus, un hiver impitoyable et sauveur vint tout engourdir.

Minnka tomba elle-même dans une sorte d'engourdissement. Pendant un mois, personne ne vit son visage. Elle garda sa chambre, absente, muette, prenant à peine quelque nourriture et maigrissant à vue d'œil. Elle s'ennuyait de son village, de l'Embouchure, de la vie pénible même qu'elle y avait menée. Un jour, elle demanda à son époux de la laisser partir.

Sima fut pris d'une peur mortelle, mais, homme pratique, il tourna le danger. Il alla promptement charger dans deux voitures Catherine — l'amie et la jeune tante de Minnka, — son enfant et tous ses meubles, qu'il installa dans l'appartement même de sa femme. Celle-ci fut folle de joie. Catherine, dont la vie n'était pas non plus bien gaie, en fut aussi heureuse, malgré son caractère indépendant. Les deux garçons,

Zamfir et Toudorel, se retrouvant, contribuèrent par leur bonheur enfantin à créer une atmosphère familiale aux deux femmes qui les chérissaient. Sima en récolta, pour quelque temps, les bénéfices.

*

La *taverne-restaurant-épicerie* de Sima Caramfil était une véritable usine. Jour et nuit comble de monde, elle ne fermait que trois heures sur vingt-quatre, de 1 à 4 heures du matin. Les trois secteurs de cette usine communiquaient entre eux par des arcades béantes. La taverne, telle une reine, en occupait le centre et formait l'angle de la rue et du boulevard. Le restaurant et l'épicerie formaient ses flancs. Du milieu de la taverne, où trônait le comptoir, l'œil embrassait tout.

On pouvait croire que Sima était cet œil.

Non! il l'avait été. Puis, conformément aux lois qui régissent, en Orient, la vie et la fortune de tous nos Sima, il avait passé la main à son *tejghetar,* homme de confiance, tout-puissant, qui devait, à la fois, le servir et le voler, afin de devenir lui-même, un jour, un Sima ou autre chose.

Le maître n'y faisait que de courtes apparitions, sans but et sans utilité. Depuis l'aube jusque tard dans la nuit, il était partout, sauf dans sa fournaise : au marché de céréales, où son nez de rat se fourrait dans tous les chars des paysans; à la bourse des mêmes produits, qui se tenait en plein air ou dans les cafés de la place, et où Sima, modeste, effacé, roublard savait toujours placer sa camelote avantageusement; au grand café du centre, où il flairait les bonnes affaires et les soufflait à ceux-là mêmes qui, ne le craignant pas, les débattaient à haute voix et à sa barbe; aux chargements et aux déchargements de ses grains, quand son œil ne lâchait pas une seconde le racloir et le boisseau; à la douane, où il ne manquait d'être à aucune des réceptions de ses multiples marchandises venues du Levant; l'automne, pendant des semaines, il courait nos *podgori,* achetant ferme ses énormes provisions de vins et d'eaux-de-vie, dont sa cave, vrai labyrinthe, contenait les meilleurs crus, les plus fins *rakis.*

Sa femme ne le voyait que par moments et toujours sale, boueux et poussiéreux, les vêtements en désordre, le visage méconnaissable, pensif, absorbé. Ses repas : debout, un poisson frit dans une main, un morceau de pain dans l'autre, un verre de vin devant lui, à son comptoir, tandis que le *tejghetar* se tenait à un garde-à-vous de circonstance. Sima n'y faisait guère attention. Il savourait longuement sa dégustation, tout en bavardant avec certains de ses clients.

Autour de lui, foire, va-et-vient incessants, cris, jurons, car c'était très populaire. La taverne était celle qui ne désemplissait jamais. Les tables et tabourets de bois dur étaient toujours occupés. Du monde se tenait debout, le verre à la main. Les boissons coulaient à flot. Citadins et paysans aux costumes les plus divers, les faces embrasées par le vin et la passion, parlaient tous à la fois, hurlaient, gesticulaient, tapaient du poing.

L'épicerie, plus calme, débitait ses produits à un monde aussi bariolé. On y vendait tout ce dont on a besoin, sauf les articles pharmaceutiques : « coloniales et délicatesses », où entrait toute l'épicerie, avec ses énormes sacs de café, sucre, riz, farine de froment et de maïs, pommes de terre, noix, caroubes, noisettes, amandes; caisses de thé et de pâtes alimentaires; charcuterie; fûts d'huile et d'olives, de toutes les qualités; grand étalage de cierges et d'encens; section pour le pain et le bois de chauffage; quincaillerie; puis, vaste assortiment de chaussures et de vêtements paysans; cordages, vannerie, balais, sacs, bâches, dames-jeannes.

Au restaurant — où tout était appétissant, propre, mais d'une présentation « sans manières », — la cuisine exposait à la vue de tout le monde ses plats d'un choix très varié, cependant que le gril vomissait des légions de côtelettes et des nuages de fumée aux odeurs stimulantes. On ne donnait des serviettes que sur demande. Chacun suçait ses doigts ou les essuyait sur la mie du pain qu'on mangeait. Point de pourboire. Point de réclamation.

Toute cette vaste affaire était complètement dépourvue de comptabilité et de contrôle. Le *tejghetar* encaissait, sur l'appel du garçon, tout l'argent qui venait de la taverne et du restaurant. L'épicerie avait son surveillant et sa caisse à elle. Le soir, vers minuit, Sima allait, avec un sachet, enlever des deux caisses *ce qui s'y trouvait*. Bonne ou mauvaise journée, il n'avait rien à dire et rien à y faire.

Néanmoins, l'usine marchait à merveille et Sima trouvait toujours son compte, au bout de l'année écoulée. Ses vingt-deux domestiques y trouvaient, eux aussi, le leur.

Seule Tsatsa-Minnka, après avoir beaucoup vu, se demandait :

— Où diable est-il le *bien-être* de cet homme riche?

C'est qu'elle n'avait pas tout vu.

*

Mais voici l'hiver. Il dura jusqu'au début d'avril et fut meurtrier pour les besogneux. Des enfants, des vieillards, des familles entières périrent de froid et de faim. On les trouvait gelés dans leurs taudis. Sur les routes, des transports paysans furent attaqués en plein jour, par des loups en bandes nombreuses comme on n'en avait encore jamais vu. De l'un de ces transports, constitué de quatre chars à deux bœufs et de six paysans ne s'échappa vivant qu'un garçon qui se trouvait hissé sur un grand chargement de foin, d'où il assista au déchirement de toutes les bêtes et de tous les hommes qui les accompagnaient à pied, afin de se réchauffer. Les gendarmes découvrirent l'enfant à demi mort, enfoui dans le foin et couvert d'une fourrure.

L'existence du pauvre avait réduit ses besoins à quatre articles de première nécessité : bois de chauffage, farine de maïs, allumettes et sel. Rarement du tabac, plus rarement encore du savon et du pétrole. Les trois quarts du monde qui entrait *chez Sima,* au plus dur moment de cet hiver, ce n'était que pour demander ces articles. Une bonne moitié de ce monde les demandait à crédit; et un pourcentage respectable de cette clientèle les mendiait, tout simplement.

Il y avait, dans la comptabilité sentimentale et empirique de Sima Caramfil un chapitre à fonds perdus qui prévoyait, bon an mal an, une somme X, destinée « à la misère de tout grand commerce », ainsi que l'appelait Sima, par crainte de passer pour un faible. La présence du maître n'était guère nécessaire pour que ce chapitre fût respecté. Il y avait l'habitude, créée par Sima et devenue loi : *aider* la clientèle besogneuse de la maison et *donner* à ses pauvres. Cela ne se faisait pas sans cris ni protestations, mais on finissait presque toujours par aider les uns et donner aux autres. Ainsi, les hommes de confiance remplaçaient-ils le patron jusqu'à remplir, avec un merveilleux doigté, ce délicat devoir.

L'hiver en question, les limites les plus inflexibles de ce chapitre sautèrent en éclats. Le *tejghetar,* débordé, courait chaque jour dire à Tsatsa-Minnka, ou à son maître, lorsqu'il apparaissait dans la taverne, qu'il ne pouvait, de lui-même, faire face à toute cette vague de détresse. Sima lui recommanda, d'abord, de « continuer avec prudence », puis, devant la débâcle, il alla s'installer dans l'épicerie, où il passa toutes ses journées.

Une foule dense, comme on en voit les jours de grandes fêtes religieuses, à l'église, y faisait queue. Presque point d'homme valide. Des vieux, des vieilles, des enfants surtout, que les parents envoyaient, sachant bien qu'on résiste moins au spectacle de leur souffrance, à leur prière timide, qu'ils avaient stéréotypée :

— Mon père (ou ma mère) vous prie de nous donner encore pour 10 centimes de bois (ou de farine de maïs)...

C'étaient ceux qui avaient un crédit ouvert. D'autres, des vieillards, mendiaient :

— Monsieur Sima, nous mourons de faim et de froid! Soyez miséricordieux! Et que le Seigneur décuple votre aumône dans le ciel!

Sima, assis sur un tabouret, deux gros carnets en mains, examinait la situation de chacun, puis, les visages. Une lutte âpre se livrait alors en lui, entre ses intérêts et son besoin de faire le bien. Le front tout plissé, la bouche contractée, les paupières à peine entrouvertes, il regardait les tourbillons de neige qui balayaient le boulevard et frottait entre ses doigts le bout de sa barbiche. De temps en temps, des soupirs profonds, qu'il réprimait promptement, lui gonflaient la poitrine. Ses yeux s'arrêtaient parfois sur une fillette dont une grosse nippe fourrée, appartenant à sa mère ou à son père, cachait entièrement le corps, ne laissant voir qu'un hâve visage. En ces moments, la foule silencieuse s'agitait, chacun voulant attirer sur soi l'attention du bienfaiteur. Les vieux grimaçaient encore plus, leurs mines tordues par la misère, hochant la tête et miaulant quelques mots incompréhensibles. Des gamins — toujours emmitouflés dans une guenille qui traînait à terre et coiffés d'un bonnet qui leur bouchait la vue, — soulevaient la tête et posaient un regard anxieux, intelligent, sur celui dont dépendait leur vie. Souvent, des yeux qui trahissaient une faim atroce, se mettaient à fixer, éperdus, la montagne de pain frais, la charcuterie, les tas de fromage.

Sima les connaissait tous, la plupart par leur nom même. Les uns, il les avait vus naître; les autres, vieillir. Il n'ignorait ni l'occupation, ni la moralité d'aucun d'eux. Cette misère qu'il avait sous les yeux faisait partie intégrante de son commerce. C'est elle qui l'avait enrichi.

Parfois il disait à une femme :

— Mais ton mari a bien travaillé cette année. N'a-t-il rien mis de côté?

— Il a tout bu, monsieur Sima...

Et Sima savait chez qui l'homme avait « bu » son argent.

Ces séances duraient toujours une bonne demi-heure. Pour pouvoir vaincre son égoïsme, il lui fallait bien remplir ses yeux de l'image de chacun de ces malheureux. A la fin, levant lourdement la main, il faisait signe au tejghetar de commencer la distribution des vivres.

Un frémissement angoissant saisissait alors la pitoyable assistance. Une pensée tenaillait tous les cœurs : « Aurai-je, moi aussi, ma part? »

La bousculade était défendue et sévèrement réprimée. Sima voulait goûter la solennité de son action, car, pour lui, aumône ou crédit douteux, tout allait aux fonds perdus.

Toujours assis sur sa chaise, presque immobile, il décidait du tour de chacun, indiquant du doigt, sans s'occuper de la place qu'il occupait, celui qui devait aller recevoir son bois, sa farine de maïs. Plus d'une fois, on le voyait appeler à lui un enfant englouti dans la foule. Il lui prenait la main :

— Est-ce que ta mère est au moins bien portante?

— Pas tous les jours, monsieur Sima.

Il s'agissait presque toujours d'une veuve, travailleuse et mère de plusieurs enfants :

— Donne, *ici,* trois kilos de pain et une livre de lard.

Ou bien :

— Double, *ici,* la portion de bois et celle de farine.

Devant un enfant, dont il savait le père honnête, assidu et fumeur enragé, il disait :

— Ajoute, *ici,* deux paquets de tabac.

Au retentissement des mots exceptionnels : « pain », « lard », « fromage », « tabac », « olives », de nombreux yeux s'allumaient d'une envie qui faisait plus encore pitié.

Un à un, grands et petits s'en allaient, les bras chargés. Un homme, à côté de Sima, marquait le prix total des vivres emportés par chacun. Souvent, avaient lieu des scènes que Sima appréciait assez : une femme se jetait à ses pieds et les lui embrassait; un vieillard lui empoignait les mains et les inondait de ses larmes.

Seuls les enfants se retiraient sans un mot, les yeux grands ouverts sur ce petit homme qui pouvait nourrir et chauffer tant de monde.

Barbatt à sa mesure

La vie humaine traverse les pires épreuves comme elle traverserait une campagne fleurie.

Dès les premiers jours ensoleillés du mois d'avril, les cerfs-volants firent leur apparition dans les mains d'une foule enfantine chétive, squelettique, loqueteuse, dont les cris avaient un son caverneux. Le vaste boulevard Carol était son théâtre préféré. Devant la plupart des portes, donnant sur la rue, les commères avides de bavardages surgirent en même temps que les nouveaux bourgeons sur les arbres. Les hommes, plus graves, sortirent en détendant leurs membres et se dirigèrent vers leur bistrot habituel, où en vue de la saison de travail qui allait s'ouvrir, ils demandaient courageusement « un verre à crédit ». Les rires, les plaisanteries éclataient de partout.

Il en fut de même « chez Sima ». Une à une, les fenêtres des taudis qui étaient restées hermétiquement fermées durant tout l'hiver, s'ouvrirent en craquant sous la résistance de la colle de pâte dont les jointures avaient été enduites. Il ne faisait pas bon d'avoir son nez là, au moment où ces fenêtres s'ouvraient : l'écurie la plus mal entretenue dégagerait une odeur moins irrespirable.

Suivant l'exemple donné par les enfants, hommes et femmes quittaient leur affreux repaire hivernal, pour aller s'allonger au soleil, le long des murs. Pour toute conversation, on n'entendait que les quolibets les plus banals, comme si rien ne se fût passé. Seuls leurs visages livides témoignaient de la longue souffrance subie et qui était due non seulement à l'insuffisance de nourriture et de chaleur, mais aussi au manque d'air.

Bétail et bêtes — vaches, chevaux, ânes, chiens, chats, — réapparurent eux aussi dans la rue et prirent leur part de soleil, les uns, lâchés par leurs maîtres, les autres d'eux-mêmes vagabondant. C'est l'un des visages printaniers de la banlieue de Braïla, tous ces animaux qui emplissent les rues, déambulent et respirent. L'hiver, ils crèvent de faim plus que l'homme. Pour éviter la perte de tous, on en livre quelques-uns à l'abattoir, à des prix dérisoires. Pour les chiens et les chats, on s'en moque. Il y en aura toujours.

Ce printemps-là le spectacle était plus triste que de coutume. Des vaches et des chevaux étaient si maigres qu'ils ne pouvaient plus se tenir debout. Les jambes engourdies, chancelants, à peine faisaient-ils quelques pas, bougeant leur queue, se frottant contre un arbre. La plupart restaient cloués devant la porte.

Leur tristesse, leur regard mélancolique prouvaient qu'ils étaient supérieurs à l'homme dans la conservation du souvenir de la souffrance vécue.

Minnka n'ignorait rien de cette pénible existence des hommes et des bêtes, mais jamais elle n'avait pu s'y faire. Dans le village, son pouvoir étant insignifiant et la souffrance de la misère moins grande qu'à Braïla, elle payait de sa personne jusqu'à l'épuisement et trouvait une consolation justifiée dans sa propre détresse. Du moment qu'elle souffrait comme tous les autres, la vie lui semblait supportable; parfois joyeusement.

Ce n'était plus la même chose, à Braïla, où elle se savait riche.

Durant ce terrible hiver, plus d'une fois elle était restée muette devant une femme qui lui débitait sa souffrance et celle des siens, pour, à la fin, la laisser partir, un secours mesquin dans les bras : 10 kilos de bois, un bout de savon, un pain. Plus d'une fois, également, elle avait dévasté le dépôt de marchandises, prenant en cachette des masses de vivres et les remettant aux affamés; souvent, allant les leur porter elle-même, aidée par Catherine, Zamfir et Toudorel, — jusqu'au jour, où surprise par Sima, deux gros verrous lui enlevèrent toute chance de récidiver.

— Tu es folle! lui disait-il. De ce train-là, nous serons bientôt nous-mêmes réduits à la mendicité!

« Bientôt! » D'abord, cela ne lui faisait rien, puis, elle savait maintenant que, donnant dix fois plus qu'il ne donnait, son mari n'en serait pas moins resté presque le même homme à la fortune inépuisable.

Vers la fin de l'hiver, c'est-à-dire au comble de la misère qui s'étalait sous ses yeux, elle alla prendre le gouvernail des trois établissements — taverne, épicerie, restaurant, — s'y installant la première et les quittant la dernière. C'était justement à l'époque où Sima reprenait ses courses, ses affaires en ville. Il la laissa faire, l'observa de près et, s'apercevant de ses incontestables aptitudes, donna ordre qu'on lui obéît.

Ce fut une consternation pour tout le personnel, le tejghetar compris. Plus de caisse que dans ses mains à elle. Plus de commande de marchandises, ni d'autre initiative, que partant d'elle. Catherine, aux heures d'affluence, et les deux garçons, constamment, la secondaient avec ferveur.

La face des choses changea brusquement.

Profitant du calme des affaires, elle procéda à un rafraîchissement général de la peinture des locaux. Une grande pièce à débarras, contiguë au restaurant, devint une belle salle à dégustation pour un monde d'élite. La cuisine dut prendre un aspect moins populaire. Les services furent améliorés.

Dans la cour et communiquant avec le restaurant, six beaux kiosques s'alignèrent le long d'une muraille qui fut couverte de panneaux aux scènes allégoriques s'inspirant de Bacchus et conviant à la joie.

On n'avait jamais vu de pareilles transformations « chez Sima ». Les voisins, les flâneurs y assistèrent stupéfaits. Et jusqu'au centre de la ville la nouvelle courut que deux belles femmes, dont une, la maîtresse elle-même, avaient pris la direction de la *Taverne Sima Caramfil* et la remplissaient d'une jovialité encore inconnue.

La jovialité d'une tavernière dans la Roumanie d'autrefois était en rapport direct avec la bonne marche de la taverne et en rapport inverse des intérêts du mari. Mais, cela dépendait beaucoup de la beauté ou de la laideur d'une telle maîtresse car, dit la chanson populaire :

> *Le vin est bon, le litre est gros,*
> (Vinu-i bun, ocaua-i mare),
> *La tavernière est affreusement laide!*
> (Crâsmarita-i sluta tare!)
> *Les gars ne boivent qu'à cheval.*
> (Beau flacaii de-a calare).
> *Le vin est mauvais, le litre est petit,*
> (Vinu-i, ocaua-i mica),
> *La tavernière est bien jolie!*
> (Crâsmarita-i frumusica!)
> *Les gars boivent à s'éreinter.*
> (Beau flacaii de se strica).

Ç'avait été ainsi autrefois : simple et fort. C'était bien différent chez Sima. La jovialité des deux femmes n'avait aucun but. Elle naissait de leur profond besoin d'échapper à une solitude qui les écrasait. Les « gars » pouvaient boire ou ne pas boire, Sima pouvait trouver son compte ou ne pas le trouver du tout, cela leur était parfaitement égal. Entre elles et la taverne il n'y avait point de rapport. Celle-ci n'était qu'un moyen qui leur permettait de se fuir elles-mêmes.

Dans son besoin naturel d'aider les plus faibles qu'elle-même et se sentant maintenant en mesure de le faire sur une grande échelle, Minnka avait employé tout l'hiver à caresser ce rêve mystique, tâchant d'oublier Minnkou et d'adapter aux yeux de son mari les lunettes de sa généreuse vision de l'existence. Elle voyait Sima à la place de Mândresco, maître de l'Embouchure et idole des paysans, qu'il rétablirait dans tous leurs droits. Des magasins de Braïla, il ferait le salut de toute une population miséreuse, en se l'associant. Il n'y avait là rien d'impossible :

— Ne te contenterais-tu que de la centième partie des bénéfices d'aujourd'hui, encore aurais-tu de quoi te considérer riche, sans même t'esquinter, comme tu le fais huit mois sur douze et pour n'arriver qu'à amasser une fortune qui ne te sert vraiment à rien. Alors que, si tu m'écoutes, tout un monde un jour te bénira!

Sima était aussi loin d'une telle pensée que le ciel l'est de la terre, mais, rusé, il garda un silence songeur qui permit à la femme de continuer à chevaucher ses douces illusions. Elle le fit avec un élan dont l'effet immédiat fut qu'elle devint amoureuse de son mari. Celui-ci n'apprécia ce bonheur que vaguement, sa tête tout entière à sa fortune menacée. Minnka redoubla sincèrement de tendresse, l'aimant même, jusqu'au jour où les verrous de sûreté appliqués contre elle au dépôt de marchandises lui ouvrirent brusquement les yeux sur le grave malentendu dont elle était victime.

C'est à ce moment qu'elle s'aperçut du peu de place que sa

jeunesse, sa beauté, sa passion occupaient dans le cœur de Sima : « Son amour pour moi ne va pas au-delà des brides de sa bourse », se dit-elle. Et se jetant dans les bras de Catherine, elle s'écria :

— Voilà ce que c'est que de ne pas avoir *barbatt* à sa mesure [1]!

*

Le jour du Premier Mai, on buvait jadis en Roumanie de nombreux verres de *péline,* vin dans lequel on a fait macérer des feuilles d'absinthe, qui lui donnent un goût amer. Tout le monde en boit. Et on ne croit avoir bien fêté le printemps, que parvenu à son « quarantième verre ». Mais cette vaillance n'est pas à la portée de tout le monde.

Il y eut cependant une foule de jeunes gens qui, la veille de ce jour, dirent à la belle tavernière :

— Tsatsa-Minnka! Si je terrasse demain « les quarante verres », sans aller sous la table, me permettrez-vous de vous embrasser la main?

On aimait tant ses mains! Non pas qu'elles fussent tellement belles, mais si éloquentes dans tout ce qu'elles voulaient exprimer et même quand elles n'exprimaient rien. C'est par ses mains, plus que par tout le reste de sa personne, qu'elle répandait autour d'elle le tumulte de sa généreuse jeunesse. Leur jeu adroit, d'une variété infinie, disait bien plus que sa bouche, qui, par crainte instinctive de trop dire, réduisait ses expressions au minimum de leur intelligence.

Minnka, enfant, aimait à penser à haute voix tout ce qu'elle

1. En roumain, en sus des noms : *mari, mâle, homme,* il y a celui de *barbatt,* qui synthétise tous les trois, avec un sens plus précis de *virilité,* de *vaillance,* d'*héroïsme.*

voyait et sentait. Mais son père, homme bourru, était toujours là pour la frapper sur la bouche du dos de sa main noueuse. Les jours de fête même, à table, alors que tout chrétien doit plus de bonté, plus de tolérance à ses semblables, père Alexe ne pardonnait pas la moindre vivacité de langage. Pour un rien, que ce fût à sa femme ou à ses enfants, un coup du dos de sa main leur ensanglantait la bouche. Il n'accompagnait cette violence d'aucune explication.

Ainsi terrorisée, Minnka prit dès l'enfance l'habitude de rendre sa parole incomplète, lui enlevant tout ce qu'elle pouvait avoir de chaud, de personnel, de passionnant. Mais sa riche nature n'admit pas d'être châtrée de la sorte. Et, inépuisable dans ses moyens de s'affirmer, elle se rabattit, tumultueuse, sur ses bras et ses mains d'enfant, les douant au décuple de la couleur, de la finesse, de la violence même qu'une brutalité impie avait bêtement enlevées à toute manifestation verbale. Tsatsa-Minnka devint une gracieuse mi-muette que tout le monde comprenait à merveille, dès qu'un bout de phrase, une exclamation, une expression des yeux et parfois un pli de son visage, étaient accompagnés du moindre mouvement de ses bras, de ses mains ou de ses doigts.

Elle avait maintes façons d'exprimer le même sentiment. Pour les exprimer tous, c'est-à-dire : pour faire vivre l'ensemble de sa personnalité, ses moyens n'avaient point de limite, car ils se renouvelaient constamment par l'improvisation. Il y en avait cependant qui étaient devenus classiques et qui ne revenaient dans sa conversation que par surprise.

Pour commander à son interlocuteur un silence, douloureux à tous deux, elle se taisait brusquement, mettait son visage de profil et soulevait violemment la main, comme emportée par le vent, pour la laisser aussitôt redescendre lentement, telle une plume. Debout, son bras retombait le long du corps, droit et plein de lourdeur. Assise à une table, la main se posait sur celle-ci et semblait mourir.

Elle accueillait une joyeuse nouvelle qui la concernait intimement en se montrant de face, en baissant les paupières, en esquissant un sourire qui mordait ses lèvres, mais que ses lèvres ne dissimulaient pas et en ouvrant largement ses bras, pour les laisser ensuite enlacer ses propres épaules, dans un tendre serrement. Là, longtemps ses doigts meurtrissaient l'étoffe, comme les griffes d'une chatte. Parfois, elle y ajoutait un léger dandinement de son buste.

Un étonnement passionné lui faisait incliner la tête en arrière et ouvrir grands ses yeux bleus aux longues paupières brunes, alors que la bouche semblait bouder et que les bras, s'allongeant en avant, réunissaient les mains comme pour une prière, donnaient au poignet un mouvement oscillatoire de pièce mécanique qui se visse et se dévisse.

Dans une discussion, qu'elle fût animée ou paisible, le jeu de ses premiers instruments d'expression précédait toujours sa parole, l'accompagnait tout au long jusqu'à la supprimer enfin et en caractériser, seule, les nuances.

Tout cela était naturel, instinctif.

Les intimes et les habitués de Tsatsa-Minnka arrivèrent ainsi à ne plus prêter attention à ce qui venait de ses lèvres, mais seulement à ses mains, qu'on aima tendrement ou passionnément.

Il ne se trouva que Sima, le pauvre, pour ne rien voir.

*

La fête du Premier Mai commença dès l'aube, qui s'épanouit comme une rose de feu pâle, pour s'embraser de minute en minute et sombrer sous un flot d'aveuglante lumière.

A la pointe de ce jour, Tsatsa-Minnka et Catherine quittèrent leur appartement, toutes deux en jupe rouge écarlate et camisole blanche aux larges dentelles amidonnées. Les pieds en pantoufles brodées. La tête serrée dans un mouchoir rouge. Se tenant par la main, elles allèrent d'abord respirer l'air frais sur le boulevard Carol, poussant la promenade jusqu'au-dessus du Danube, qu'elles saluèrent :

— A cet après-midi, dans tes saules!

Puis, elles firent demi-tour et vinrent ouvrir la taverne. Zamfir fut le premier à les rejoindre. Tsatsa-Minnka l'envoya aussitôt tirer un litre de vin-*péline* « n° 6 », lui fit allumer le gril et le dépêcha ensuite chez le boucher pour rapporter une livre de bonnes *flêïlkas* [1] :

— Dis que c'est pour moi! lança-t-elle du seuil de la boutique.

Et son bras droit alla décrire en l'air un large geste mol, qui compléta sa pensée : « Tant pis, si le boucher comprend de quoi il s'agit et me juge sévèrement! »

En effet, on l'avait compris :

— Nénéa Laké — dit Zamfir, rentrant essoufflé, — a levé les bras au ciel et s'est écrié : « Alors! Tsatsa-Minnka amorce déjà son Premier Mai? Bravo! »

— Oui, Zamfirika! fit-elle, mélancolique. Nous l'amorçons... Nous irons même passer l'après-midi dans les saules, pour nous venger de l'hiver.

Une odeur endiablée, dégagée par les *fléilkas* en train de griller, piqua les narines et mit l'appétit au galop. Minnka les servit fumantes, sur deux rondelles de bois dur, qu'on appelle *foundd*.

Les deux femmes, debout, n'en firent qu'une bouchée, Zam-

1. Tranches de viande des plates côtes.

fir et Toudorel les ayant d'ailleurs passablement aidées. Et elles tenaient encore le verre à la main, songeuses, quand Sima, allant à ses affaires, traversa la taverne, l'air préoccupé.

— Ecoute, Simika! lui cria sa femme; je te préviens : aujourd'hui ça va barder!

Sima se retourna, le regard lointain :

— Qu'est-ce qui va barder?

— Je n'en sais rien... Je dis, seulement : c'est Premier Mai; fini l'hiver!

— Eh bien, Minnkoutsa! miaula-t-il; amuse-toi, je ne m'y oppose pas!

Il disparut. Elle le suivit du regard, en murmurant :

— Et si tu t'y opposais, mon pauvre, cela reviendrait au même!

Elle remplit les verres, trinqua avec Catherine et dit, la mine attristée :

— Vivat Premier Mai, chère tante! C'est « notre septième », celui-ci!

Catherine remarqua sa mine et l'apostropha :

— Ne gâte pas ta journée!

— J'en suis bien loin! Mais, tout de même, c'est triste de ne pas avoir *barbatt* à sa mesure!

A 10 heures, la taverne était comble du monde le plus joyeux qui soit. Les garçons ne pouvaient plus s'y frayer un chemin. Carafes, bouteilles, cruches, verres, « dégustations à la fourchette », voyageaient par-dessus la tête des gens, passant de main en main à l'aller et au retour, entre le comptoir et leurs destinataires.

Debout au comptoir, Minnka donnait le plein de sa vie. A elle allaient tous les souhaits. D'elle chacun attendait une réplique qui ne devait être que pour lui. Tout son être était tendu, ouvert à cette masse débordante de vie illimitée. Ses yeux, pareils à deux phares, balayaient tous les visages. Rien ne leur échappait. Parfois elle surprenait loin d'elle deux types qui, retournant leurs poches, constataient amèrement qu'ils n'avaient plus de quoi se payer « un dernier litre » et qui se donnaient l'accolade avec des : « Ah, mon frère, mon frère! » C'est tout ce qu'ils pouvaient se dire. Elle leur envoyait en cachette « un litre de la part de Tsatsa-Minnka ».

Ceux qui se voyaient ainsi « honorés », levaient la tête, et fixaient Tsatsa-Minnka d'un regard fou. Au risque de faire éclater leurs veines, ils lui lançaient :

— Tsatsa-Minnka! Tsatsa-Minnka!

Et vaincus par le brouhaha, muets de joyeux désespoir, ils donnaient à Tsatsa-Minnka la preuve de leur amour en s'appliquant à eux-mêmes une paire de terribles gifles, et la regardaient dans les yeux. Elle inclinait la tête et posait les deux mains sur sa poitrine, comme pour leur dire : « Ne faites pas ça! »

Dans la « salle à dégustations » nouvellement créée, les intimes de la maison buvaient en sourdine, en attendant Sima. Il arriva vers les 11 heures et vit l'entrée obstruée par la foule des clients. Sa femme, l'œil glacé, contempla longtemps la ridicule impuissance qu'il mettait à s'ouvrir un chemin. Soudain, emportée par le dégoût, elle cria d'une voix qui perça le tumulte :

— Faites place à *mon* « barbatt »! Laissez passer *mon* « barbatt »!

Un silence brusque. Tous les regards se dirigèrent vers l'entrée, où un étroit sentier s'ouvrait, s'allongeait, se continuait jusqu'au restaurant et jusqu'à la salle réservée, devant un nain mal ficelé qui saluait, confus, à droite et à gauche. Du comptoir, le regard méprisant, Minnka s'était levée sur la pointe des pieds pour voir, comme au fond d'une tranchée, son « barbatt » suivre ce couloir fait de corps humains.

Alors un rire mâle éclata; puis, dix; puis, toute la taverne éclata d'un seul rire. Minnka quitta le comptoir et alla rejoindre Sima et ses amis.

Ils étaient une douzaine, tous fort avancés dans la « quarantaine de verres » réglementaires, dévorant des tranches de pis de vache et de « virilité de mouton », grillées. Parmi eux, Minnkou que son amie avait invité à cette fête. Sima ne le connaissait pas. Les autres non plus.

Les deux anciens amants se revoyaient pour la première fois, depuis la nuit mouvementée de Japsha Rouge. Ils se serrèrent simplement les mains, défaillants, puis, Minnka alla s'asseoir entre son mari et Catherine, dont l'ami, un jeune pêcheur, était là lui aussi.

Minnkou avait maigri. Son visage portait les traces d'une souffrance qui n'était pas près de finir. Elle adoucissait l'uniformité banale de ses traits, et les ennoblissait. Son air gauche, au milieu de tous ces citadins, sa gêne causée par des vêtements raides qu'il ne mettait qu'à Pâques et à Noël, le trouble qu'il manifestait dès qu'on lui adressait la parole, le rendaient sage, délicat, taciturne, comme Minnka ne l'avait jamais connu. Elle en resta bouleversée au point de quitter sa place et d'aller s'asseoir près de lui. Minnkou roula des yeux effarés. Tsatsa-Minnka lui enlaça le cou et l'embrassa sur une joue.

Sima, tout à sa discussion avec un ami, ne vit rien. Les autres ne furent qu'à moitié étonnés. Catherine approuva son amie d'un regard exalté. A son tour, elle embrassa son pêcheur, un gars dont les propos et les histoires de pêche divertissaient tout le monde.

Minnkou était furieux. Dans sa rage, il ne savait que tourmenter sa moustache, alors que le sang lui affluait sous la peau. Il voulut se lever et partir. Minnka le retint. Cela amusait bien les assistants, tous, des gaillards adorant amicalement Tsatsa-Minnka et compatissant à son sort.

Elle sortit un instant, revint accompagnée d'une avalanche de grillades et d'une cruche de *péline* de cinq litres. Tout fut soufflé, le temps de s'essuyer un œil. On répéta le tout.

Vers midi, tous étaient ivres, et Sima plus que tous. Il faisait pitié. Et on ne sut jamais si ce fut par pitié ou pour quelque autre raison que Minnka, se levant, appela son mari, dans un coin de la pièce où elle se tenait debout. Chacun crut qu'on allait assister à une scène d'épanouissement conjugal : embrassades, caresses comiques.

Il n'en fut rien. Elle saisit son mari par le cou et le serra contre elle, — et l'on put voir que la tête de Sima arrivait à peine à l'épaule de sa femme, — puis, elle dit, étranglée.

— Regardez, amis! *Ça,* c'est *mon* « barbatt! »

Et comme elle ajoutait : « C'est mon père qui me l'a donné », elle lui fit un croc-en-jambe, le jetant sur le sol, comme une planche. Là-dessus, elle se précipita sur son dos et lui tapota durement les fesses, répétant :

Mon « barbatt »! *Mon* « barbatt »!

Tout le monde se sauva, épouvanté.

Quelques minutes plus tard, Minnka et Catherine, accompagnées de Zamfir et de Toudorel, sortaient par le portail de la cour. Elles étaient enveloppées dans des *scourteïka* [1] vertes. D'un pas rapide, le groupe prit le chemin du port.

Au débarcadère des pêcheries, tout était préparé pour une balade joyeuse dans les saules du Danube. Une *lotka* [2] fluette, appartenant à l'ami de Catherine, regorgeait de friandises,

1. Manteau féminin populaire.
2. Barque de pêcheur.

de vins, et d'eau-de-vie. Minnkou n'était pas encore là et de cette absence Minnka se fit du mauvais sang. Il vint cependant, peu après, tout ragaillardi. L'embarcation prit le large, décente. Les femmes s'étaient couchées l'une contre l'autre, couvertes d'un tapis rustique, cependant que les gamins s'amusaient avec l'eau.

Ce n'était pas la seule *lotka* en fête qui traversait le Danube. Une multitude d'autres barques sillonnaient la vaste étendue du fleuve, certaines emportant même des musiciens. La plupart semblaient voguer à la dérive, heureuses du soleil, de la bonne chaleur où elles s'attardaient comme si elles craignaient de s'engager dans un fourré engourdi par l'hiver.

On tournoyait sur place et on buvait au son des violons et des *tsambales.* Parfois, des chants mélodieux de femmes retentissaient, clairs dans l'espace, pour de longs moments. On entendait des échanges de souhaits et des apostrophes plaisantes, des rires, des cris apeurés. Notre *lotka* les écouta, longtemps, silencieuse, puis, elle mit le cap sur l'autre rive et disparut comme une anguille.

Avant que le défilé de *Korotichka* les eût englouties, les deux femmes levèrent la tête pour contempler les innombrables navires, leur forêt de mâts et la vaste ceinture éblouissante du Danube.

Minnkou chantait, la mine navrante. Tsatsa-Minnka l'enveloppa d'un regard tendre et pensa : « Pourquoi t'ai-je sacrifié? »

A *Korotichka,* centre pêcheur, Matéï, l'ami de Catherine, avait sa *coliba* pour la pêche. C'était un homme qui aimait la solitude, son dur métier de l'indépendance. C'est par là qu'il avait plu à Catherine. Ils ne se voyaient que bien rarement, mais cela aussi était plus conforme à leur goût commun de totale liberté.

Dès qu'ils arrivèrent, le pêcheur alluma un feu infernal, pendit au-dessus de lui la marmite à polenta, éventra une carpe de 10 kilos et la mit à la broche. Dans une autre marmite, il prépara une « soupe sauvage » ou *borche,* à l'esturgeon. Minnkou l'aidait. Mateï avait dit aux femmes de ne pas se mêler du ménage des hommes, pour que ce ménage n'eût point l'air d'être « de l'abâtardi ».

Elles en furent bien aises. Ce ménage de célibataire ne rappelait rien à Catherine, qui le voyait pour la première fois, mais à Minnka il rappelait Japsha Rouge. Même nature dangereuse qui obligeait l'homme à se tenir sur le qui-vive. Presque la même vie dure. Et tout était simple, et sain.

Quatre pêcheurs, compagnons de Mateï, bricolaient autour de la *coliba,* une grande hutte qui ne servait qu'à abriter les cinq hommes les jours de tempête. Chacun y avait son petit lit de planches, au-dessus duquel pendaient quelques effets. Objets de ménage et instruments de pêche étaient partout répandus, accrochés dans de vieux saules, fourrés dans leurs troncs creux ou protégés sous une *lotka* hors d'usage, renversée. On voyait même du linge étendu, dont l'aspect n'était que trop... célibataire.

Ce poste de pêcheurs perdu dans la forêt de saules, parla aux deux femmes un langage viril qui leur jeta du calme dans le cœur. Sa sauvagerie les effrayait bien un peu, alors que chez elles, ou plutôt chez Sima, une nervosité permanente, malsaine, leur donnait un profond dégoût de la vie. Minnka surtout vit clairement l'abîme qui la séparait de Sima et de ses entreprises. Elle ne se sentait faite, ni pour un homme si peu *barbatt,* ni pour collaborer à des affaires dont le but,

— l'enrichissement pour l'enrichissement, — lui semblait insensé.

Ici, toute chose avait sa valeur humaine, sa raison d'être, depuis la *coliba* jusqu'à cette cuillère de bois, ébréchée, que Matéï s'était réservée, faute d'une meilleure. Rien n'était de trop. Et, sûrement, si on fouillait ces cinq pêcheurs, on n'aurait pas trouvé chez eux l'argent qui pût les faire vivre un mois sans travailler. En étaient-ils, pour cela, moins dignes que Sima, qui possédait un coffre-fort plein d'or?

Hélas, Minnka savait qu'à part Catherine, personne à sa connaissance ne pensait comme elle.

Ce gros repas, servi à 4 heures de l'après-midi, fut un fameux « dîner pêcheur », *prânz pescaresc,* comme on dit là-bas. Les compagnons de Mateï le partagèrent. Avec les enfants, ils étaient dix. Tous, assis à l'orientale, sur une grande bâche étendue à terre, savourèrent deux heures durant le repas et ne laissèrent comme restes que juste de quoi satisfaire l'envie de deux beaux chiens qui contemplaient sagement les convives. Les gourmandises et les boissons apportées de la ville y passèrent aussi au milieu d'une joie guère débordante, mais sincère.

A la fin Zamfir et Toudorel déguerpirent dans la forêt. Les quatre pêcheurs retournèrent à leur besogne. Minnka et Catherine devaient, sous peu, être reconduites à la maison.

En attendant le départ, les deux couples passèrent une demi-heure de songeries, dans une clairière voisine. Les deux hommes restaient assis, chacun gardant sur ses genoux la tête de son amie, qui sommeillait, allongée, face au soleil couchant.

C'est une scène qui fait partie des plus aimables mœurs orientales. Elle consiste à se caresser réciproquement les cheveux, l'un prenant à tour de rôle la place de l'autre.

Ce n'est d'ailleurs pas une caresse qu'on fait à la chevelure. C'est une recherche minutieuse, attentive, passionnée, qui peut durer des heures. Des doigts fiévreux écartent sans cesse les cheveux, en y faisant de nombreuses raies. Des mains brûlantes retournent la tête de tous côtés, recommençant inlassablement.

Qu'est-ce qu'on y fait? Que veut-on de cette tête qui se laisse faire, sous le charme d'une volupté partagée?

On ne le sait pas. Mais la chanson dit :

> *Sur ses genoux, elle est couchée,*
> *Tandis qu'il lui fouille dans la tête :*
> *Qu'il la lui fouille, ce n'est pas un péché,*
> *Car il en est bien amoureux!*

L'inondation

Un vieux pêcheur d'écrevisses, au regard doux, à la moustache épaisse, allant à sa besogne, passait tous les matins « chez Sima ». C'était le premier client de la taverne, celui qui y pénétrait en même temps que l'air frais de l'aube, au moment de l'ouverture. On l'aimait, non seulement parce qu'il avait la « main bonne », mais aussi pour son calme.

Sac au dos, un bâton sous le bras, il franchissait le seuil avec un « bonjour » paternel qui allait droit au cœur du garçon de peine dont les yeux étaient encore pleins de sommeil et l'âme assez triste. Le temps d'avaler son petit verre de *tsouïca,* appuyé au comptoir, et il repartait :

— Bonne santé, mon fils!

Souvent, Tsatsa-Minnka et Sima se trouvaient dans la taverne à l'arrivée du pêcheur d'écrevisses. Ils étaient là, également, chacun sur sa chaise, et taciturnes, ce matin de juillet quand le vieux entra, salua, but son verre et dit, en partant :

— Le Danube monte.

Pour banale que fût cette nouvelle, elle fit sursauter les deux époux sur leurs chaises. Sima se leva et partit en coup de vent, sans un mot pour sa femme. Celle-ci, le front tout plissé, les yeux méchants, s'empara d'un crayon et se mit à établir une liste de marchandises qu'il fallait commander ce jour-là.

Les époux Caramfil avaient, pour des raisons différentes, l'âme bien malade, depuis ce Premier Mai révélateur. Chaque jour, tel le Danube, leurs cœurs gonflaient sous l'assaut des vagues passionnelles. Lui savait que sa femme n'était plus là que par miracle, et l'idée de la perdre lui devenait journellement plus pénible que la mort. Elle, tout barrage conventionnel abattu, se laissait entièrement emporter par son amour pour Minnkou, pour sa vie saine.

A Japsha Rouge, l'âme de Minnkou n'en était pas moins malade. Et ces mêmes jours de juillet, regardant la montée du Sereth, c'était son propre cœur qu'il sentait gonfler. Mais chez lui, cela allait loin :

— Je tuerai Sima!

Ainsi que le pêcheur d'écrevisses le faisait sur la rive du Danube, soucieux uniquement de son gagne-pain, Minnkou enfonçait tous les soirs un bâton dans la glaise du Sereth, pour marquer la limite de la crue du jour. Le matin suivant, le cœur toujours plus gros que la veille, il allait revoir son bâton que l'eau, pendant la nuit, avait de beaucoup dépassé. Et il trouvait dans la crue de la rivière la confirmation de la croissance de sa passion pour Minnka.

Les Caramfil, eux, ne pouvaient pas enfoncer leur propre bâton, pour marquer la crue, mais le pêcheur d'écrevisses, calmement, se chargeait de leur enfoncer le sien dans le cœur, tous les matins :

— Le Danube monte, monte...

Ils en devinrent gourmands. Maintenant, ils ne manquaient pas un matin de se trouver dans la taverne à l'arrivée du pêcheur. Et lorsque celui-ci, craignant de les lasser, voulait parfois repartir sans plus parler du fleuve, les deux époux l'arrêtaient d'une seule voix :

— Et le Danube?

Le vieux se retournait, paisible :

— Il monte toujours... Si ça continue, ce sera, avant peu, l'inondation.

*

Elle vint, sur la terre, en même temps que dans les âmes en détresse.

On était au début d'août. Depuis deux jours, des conciliabules fréquents avaient lieu entre Minnka et Catherine. Sima, abandonnant toutes ses courses et toutes ses affaires, les observait de près, avec beaucoup de prudence. Si bien que les femmes ne s'aperçurent de rien et crurent pouvoir tranquillement annoncer à Sima leur séparation de logement : Catherine déménageait.

Il ne manifesta aucune surprise, fit venir deux voitures et aida Catherine à déménager.

Mais celle-ci n'était pas la seule qui s'en allait : Minnka s'y apprêtait aussi. Certes, elle n'avait à emporter qu'un baluchon, qu'elle prépara un soir en grand secret. Sima ne l'en sut pas moins. Et aussitôt il s'enferma dans sa chambre, tirant le verrou.

Un jour et une nuit, on ne le vit point. Cela désappointa Minnka. Elle alla coller l'oreille à sa porte et entendit un bruit de paperasse qu'on triait. Qu'est-ce qu'il faisait? Allait-il se tuer? A cette supposition elle ne ressentit aucune pitié, mais de la curiosité, qui fut assez forte pour lui faire renvoyer au lendemain sa fuite décidée pour le jour même.

Le lendemain, il ne reparut toujours pas, et Minnka en fut très contrariée. Elle alla se renseigner auprès du *tejghetar* qui, glacial, lui répondit que « M. Caramfil avait donné ordre qu'on ne le dérangeât pas ». Elle retourna épier à la porte de

Sima. Il écrivait. Il écrivit tout ce jour et une partie de la nuit, mettant de l'ordre dans ses affaires et prenant des dispositions testamentaires, puisque, en effet, il était disposé au suicide. Mais, Sima jusque dans la mort, il voulait tirer d'elle tout le parti possible, se promettant de ne se jeter dans l'abîme que le jour où tous les moyens de regagner le cœur de Minnka auraient été épuisés. Il préparait ces moyens, parmi lesquels, d'abord, une liberté totale.

Bizarrerie du destin humain : les quarante-huit heures que Sima passa à songer à une mort *probable*, le sauvèrent d'une *certaine* que Minnkou lui préparait, guettant jour et nuit sur le boulevard, la sortie de son rival pour l'abattre d'un coup du fusil à bout portant. Le personnel des magasins avait bien remarqué la silhouette d'un homme aux allures étranges qui, vêtu d'une *ghéba* si longue qu'elle lui descendait jusqu'à la cheville, rôdait dans les environs de la taverne, mais, vu la consigne de Sima, personne n'osa le prévenir.

Le surlendemain à l'aube, quand «mort d'homme» allait s'ensuivre, Minnka réveilla Zamfir, le chargea de son paquet et lui fit prendre le chemin de la maison paternelle, mais en lui disant de l'attendre à l'entrée du village. Puis, vêtue comme de coutume, elle descendit dans la taverne. Sima la rejoignit aussitôt. Elle n'en fut pas autrement surprise : « Il n'est pas si fou, pour se tuer », pensa-t-elle.

Et voici le pêcheur d'écrevisses :

— Depuis hier, c'est l'inondation! fit-il.

« Le Danube a tout couvert. Il est même monté au-dessus du niveau du Sereth. Ainsi, nous serons pris de tous les côtés, car, sûrement, le Sereth rompra, cette fois, ses pauvres digues de terre. »

Le vieux ajouta, en sortant :

— Malheur à ceux de l'Embouchure!

Minnka se leva. Sima la regarda à la dérobée, la vit habillée comme chaque jour et ne pressentit rien. Elle alla s'appuyer contre l'embrasure de la porte, où elle s'attarda un instant, contemplant le boulevard; fit un pas dehors; puis encore deux, trois; se donna un air de promeneuse matinale qui longe sa propriété, la dépassa et, après un coup d'œil qu'elle jeta en arrière, disparut à jamais de la maison de Sima Caramfil.

Au principal passage à niveau de la gare de Braïla, il y avait autrefois un vieux moulin à vent. C'est là que Minnka rattrapa Zamfir qui justement ne savait plus que répondre à mille questions brûlantes que Minnkou lui posait. Celui-ci avait surpris le gamin au moment où il sortait furtivement de la cour de Sima, l'avait suivi et appris de lui que Minnka allait bientôt le rejoindre. Ils avaient continué le chemin ensemble.

C'est à ce hasard que Sima dut d'échapper à une mort certaine, Minnkou au bagne, et son amie à une situation imprévue de veuve richissime.

La jeune femme fut étonnée de l'affublement de son aimé : une *ghéba* par de telles chaleurs! Le rejoignant, elle le toisa et lui manifesta sa surprise.

— J'ai fait la garde, ces dernières nuits, expliqua-t-il confus.

— Ce n'est pas vrai! Qu'est-ce que tu caches sous la *ghéba*?

Et elle le saisit à bras-le-corps, toucha le fusil et maîtrisa promptement son émotion, à cause de Zamfir. Ils cheminèrent dans le silence.

Du moulin à vent à la maison du cantonnier qui surplombe l'Embouchure, la distance est de quatre kilomètres. Ils la couvrirent sans échanger un mot. Ici, une taverne rustique invite le passant à une petite halte. Ils y entrèrent, et tout de suite Minnka fut saisie d'un bonheur enfantin. Intimant au garçon de les laisser un moment seuls, elle chuchota à Minnkou, dès qu'ils eurent pris place à une table :

— C'est une *cârciuma* comme celle-ci, pas plus belle, que je veux avoir avec toi, dans l'Embouchure. Et nous l'aurons! J'ai mes économies.

— Tu as donc quitté Sima pour toujours?

— ...Et pour toi!

— Ça n'ira pas tout seul, comme tu le penses.

— Morte seulement on m'y ferait retourner! gémit-elle, jetant ses bras en avant, comme deux planches de cercueil.

Il baissa la tête, heureux et malheureux, puis :

— Où vas-tu, maintenant?

— Chez toi, à Japsha Rouge.

Minnkou sourit amèrement :

— Tu n'y penses pas : il y a deux jours et deux nuits que je ne sais plus ce qui se passe sur la terre, mais je crois bien que, cette fois, Japsha Rouge viendra toute seule rejoindre la maison du cantonnier que voici.

— Ah, l'inondation! s'écria-t-elle. Tu as raison. Dépêchons-nous!

Ils rappelèrent Zamfir, cassèrent la croûte et sortirent, mais il ne leur fallut faire qu'une centaine de pas pour se convaincre qu'ils arrivaient trop tard : du bord du plateau, avant de s'engager dans la descente, le coup d'œil qu'ils jetèrent sur la vallée de l'Embouchure, ne leur fit voir qu'une seule nappe d'eau qui allait du Danube à Cotulung et de Vadeni à proximité de Baldovinesti.

Japsha Rouge, le Lac de l'Allemand, Ialou, Zacra, Yézercan, la Fosse du Berger étaient sous l'eau. A la place de tout un pays, plus que ciel et eau. Seuls, Piétroï, Baldovinesti et le Village Allemand, qu'on voyait aux pieds du plateau, se maintenaient encore, mais le déluge les cernait déjà de trois côtés. Il ne leur restait qu'une issue : le chemin de Braïla.

Longtemps, Minnka, Minnkou et Zamfir, transis d'horreur, ne purent articuler un mot. Puis, le jeune homme dit :

— Allons, tâchons de sauver au moins tes parents et d'aider les gens du village. Pour mon père, je ne puis plus rien, d'ici. Quel est son sort? Est-il noyé? Est-il réfugié sur le toit? Où est-il parvenu à se bâcler un radeau?

Ils descendirent la pente en courant.

Les premiers ménages paysans leur révélèrent l'état désespéré de la région : c'était l'exode. Les enfants poussaient vers le plateau de Braïla des troupeaux de vaches, de veaux, de bœufs et de brebis. Des attelages chargés n'attendaient que le signal du départ au milieu de cris, de pleurs et de jurons.

Ce signal fut donné, sous les yeux de nos héros, par un cavalier qui venait au galop, claquant de son gros fouet de corde appelé *gârbaci*. La pétarade assourdissante, ainsi que sa voix métallique, faisaient se précipiter les gens dans la rue. Le cavalier, le visage en feu, les yeux hors de la tête, ne s'arrêtait pas. Il continuait son chemin en claquant du fouet et en criant :

— Fuyez, bonnes gens! Le Sereth vient de rompre les digues de Vaméshou et de Cotolung. Ce soir, l'eau sera en bas du plateau!

Il traversa tout le village, jusqu'à son autre extrémité, répétant sa sinistre nouvelle, puis, s'arrêtant net devant une assemblée de paysans, il essuya son front et ajouta, badin.

— C'est encore cette sacrée garce de Bistritsa qui a mis notre prince le Sereth dans ses états! Ah, les femmes! Ne m'en parlez pas!

Et il se jeta comme une flèche vers Piétroï.

*

Entrés par le Danube dans l'Embouchure, les pontonniers du génie arrivèrent avant midi au secours des biens du boyard Mândresco, entièrement enfouis sous l'eau, tandis que dans le village, des équipes de soldats déchargeaient du train un grand matériel de sauvetage : bois pour la construction de radeaux, sacs pour le chargement des grains et même des barques.

Une armée de gaillards, soldats et civils, en chemise et caleçon, se démenait au milieu d'un tapage qui affolait les vieilles femmes. Tout ménage manquant de voiture construisait son radeau. D'autres, qui n'en manquaient pas, mais dont l'inutile fouillis débordait la capacité de plusieurs carrioles en construisaient également un. Et on y jetait dessus, pêle-mêle, tout ce qui tombait sous la main d'un homme pris de panique : vieux outils agricoles, objets de cuisine hors d'usage, roues de char disloquées, fagots de jonc, portes et fenêtres de la chaumière, bois de charpente, fourrage, sacs de farine de maïs et d'autres céréales. Sur le faîte de ce tas on asseyait la cage à volaille, souvent, le pourceau, le chien et le chat, tous ensemble attachés.

On voyait quelque soldat se précipiter vers une *baba* :

— Que veux-tu faire encore de ce métier tout pourri? Jette-le au diable!

— Laisse-le moi! Je l'ai depuis cinquante ans! c'est mon pauvre mari qui me l'a fait de ses mains!

— Et ces poutres, ces planches vermoulues?

— On ne sait pas à quoi ça peut encore servir : on en aura peut-être besoin pour nos huttes. Laisse-les là!

— Et ce tas de ferraille?

— On le vendra au Juif qui achète du vieux fer au kilo.

C'est ainsi qu'à l'arrivée du déluge, bien des radeaux ne flottaient plus ou se renversaient.

Parfois, des sous-officiers passaient en inspection. Remarquant la tenue peu réglementaire des soldats, ils criaient :

— Comment? en caleçon?

— Que vous viviez, monsieur le sergent! C'est la canicule!

— Vite, le pantalon! Ne vois-tu pas les jeunes filles qui te regardent?

— Si ça leur fait plaisir, monsieur le sergent!

Chassés par le père Alexe, dès leur arrivée à la maison, — (« Allez-vous-en, voyous! c'est la prison qui vous attend tous deux! »), — Minnka et Minnkou se jetèrent frénétiquement au secours de tous ceux qui voulaient de leurs bras. De bouche en bouche, les enfants remplirent le village du cri :

— Tsatsa-Minnka est ici! et Nénika Minnkou est avec elle!

On les appelait dans dix ménages à la fois. Partout ils montrèrent le plus de sang-froid, de vaillance et de promptitude.

Vers 3 heures de l'après-midi, le tapage des constructeurs de radeaux s'apaisa. Alors on vit toute la jeunesse mâle, soldats et civils, prendre d'assaut les tavernes du village. Les flûtes surgirent. Le vin coula. Flûtes et vin embrasèrent les têtes. Des danses folles s'engagèrent devant les bistrots, où l'on put voir des gars en caleçons, parfois nus jusqu'au ventre, faire trembler la terre en des *batouta* effrénées.

Timides, honteuses, mais ne pouvant plus résister à l'envie de danser, les jeunes filles s'approchaient tout doucement. Les soldats les conviaient :

— Allez-y! Ça ne fait rien!

Tsatsa-Minnka les empoignait par la taille et les précipitait, une à une, dans les bras des danseurs :

— Mais oui! Mais oui! C'est l'inondation!

*

Le soir n'était pas là, que l'eau y fut. Ses tentacules qui serpentaient en tous sens, devançaient les flots de quelques centaines de mètres, comblant les fossés, les puits et envahissant les chaumières dont le sol est toujours plus bas que celui de la cour.

On avait envoyé des patrouilleurs marins au secours des hameaux inondés depuis la veille. Ils en rentrèrent, chaque barque remorquant toute une file de petits radeaux de fortune, dans lesquels on voyait beaucoup de monde et peu de bagages. A leur arrivée, Minnka et Minnkou accoururent. Père Andreï Ortopan n'y était pas; et les marins rapportèrent qu'on ne voyait plus trace de ménage à Japsha Rouge. Même le merveilleux parapet de saules avait été emporté par le Sereth.

Cette implacable nouvelle eut sur Minnkou un effet inattendu; il refusa de croire à la mort du vieillard :

— Ce n'est pas possible. Mon père est un homme trop éprouvé pour se laisser si bêtement surprendre. Il doit errer quelque part.

Et, nullement peiné, il courut sur le plateau choisir un bon emplacement pour y construire leurs huttes, avant la nuit. Minnka devait le suivre un peu plus tard. Elle attendait une voiture qui allait charger tout un fouillis domestique, lui appartenant, et que son père avait jeté sur le chemin : couvertures, vêtements, linge. C'était sa dot, dont Sima n'avait pas voulu.

Vers les 6 heures du soir, l'eau était aux pieds du plateau de Braïla, alors que dans le village elle montait déjà au niveau des fenêtres.

Plus âme qui vive dans toute l'Embouchure. Une grande

partie des inondés s'était réfugiée en ville, chez des parents. Les autres, à défaut d'une parenté qui les acceptât, ou, tout bonnement par un féroce esprit d'indépendance à la père Alexe, avaient campé sur la vaste terre en friche qui bordait le plateau dans toute sa longueur. Derrière cette bande de sol aride, des cultures de maïs s'étendaient à perte de vue, jusqu'à la banlieue de Braïla.

Ce fut comme une nuée de sauterelles que, le premier soir du campement, les inondés s'abattirent sur cette forêt de maïs vert : elle s'offrait comme l'unique alimentation improvisée, ce soir-là, de générale fatigue. Les enfants, toujours prompts à se débrouiller, découvrirent aussitôt l'aubaine et sur elle se précipitèrent. Les gamins, remplissant leur seins, les fillettes, leurs tabliers, chacun rapporta la quantité d'épis de maïs nécessaire à la famille.

A la tombée de la nuit, les grillades de maïs vert emplissaient de leur agréable odeur toute la région. Chaque ménage avait allumé son feu, autour duquel on distinguait de vieux visages peinés, au milieu d'un lamentable fatras. Il en était tout autrement de la jeunesse, qui profitait de la désorganisation momentanée de sa vie habituelle pour se donner un brin de liberté d'autant plus chère qu'on savait combien elle était défendue. Des couples amoureux, oubliant l'éreintement, s'en allaient, fuyant la famille. Les routes en étaient pleines. La forêt de maïs en dissimulait la plupart.

Des cris de mère furieuse retentissaient dans le calme nocturne :

— Ma-ri-i-i-tsa! Que le diable t'emporte!

Le beuglement du bétail dépaysé, le jappement des chiens fous de joie, couvraient souvent la voix coléreuse.

Minnka et Minnkou, blottis à l'entrée de leur hutte et croquant du maïs grillé, guettaient malicieusement ces appels désespérés et, après chaque : « *Lénou-tsa-a-a!* que fais-tu? » ils répondaient, doucement, se regardant dans les yeux :

— C'est l'inondatio-o-on!

Cette première nuit fut inoubliable pour ceux qui la vécurent.

Une pleine lune tardive, hissant son immense disque sur l'horizon, jeta une cascade de mercure sur une Embouchure transformée en mer. Dès son apparition, le joyeux *bœuf des marais,* — gros cafard espiègle dont le cri gravement nuancé est à lui seul une vraie symphonie, — s'empara de l'espace, le dominant de son concert qui retentit dans l'âme, à la fois comme une imprécation et une promesse de vie nouvelle : *Bou-ou-ou! Bou-ou-ou!*

Il y a dans ce long *ou,* une gamme de sentiments qui soude l'humain à l'inhumain, surtout lorsqu'on entend un cri isolé. Dans la même durée, d'une seconde, il contient un début qui vous rappelle au plus profond de vous-même, un milieu qui vous immobilise la pensée et une fin qui vous précipite dans l'inconnu. On sent tout cela, en un même temps qui commence par un choc, le seul qui soit réel. Le reste est fait d'une traînée de vibrations qui disloquent l'âme. Quand tout est fini et qu'on revient à la banale réalité, on éprouve quelque peine à s'y retrouver.

Le jour, les cris du « bœuf des marais » sont très rares, mais d'autant plus puissants, si l'on veut revivre et vérifier ce bref passage du réel à l'irréel et de l'irréel au réel. Cela n'est possible qu'à une condition : c'est de s'oublier soi-même, entre deux cris de l'étrange bête. Se tenant dans l'attente, ou frappé par des cris fréquents, l'effet diminue jusqu'à ne plus avoir de sens. Le concert des milliers de cris est alors préférable.

Il n'a lieu que par les belles nuits, et provoque des sentiments bien différents. Il n'y a plus de long *ou* à la forme de comète, mais une vague de mélodies dépourvues de mesure et variées à l'infini, car, la nuit, ce concert est fait de toutes les voix, allant des plus jeunes aux plus vieilles, tandis que le jour, seules les dernières se font entendre, et irrégulièrement.

L'état d'âme dans lequel vous jette ce tumulte harmonieux, est une balançoire qui oscille très lentement entre la frayeur et la joie, avec un long milieu transitoire fait d'une multitude de sentiments imprécis. Les phases et le rythme du concert ne jouent aucun rôle dans la détermination des sentiments. C'est son ensemble qui crée l'état d'âme et le varie.

Phases et rythme sont d'une construction capricieuse que seule égale sa beauté. Les cris s'unissent parfois en un mugissement d'une même note et d'une même longue mesure, pour continuer ensuite en saccades et finir en roulements de tambour. Il y a alors une régularité qui surprend. Elle est de courte durée et peut ne pas se répéter pendant toute une nuit. Quelquefois aussi, quoique encore général, le beuglement est entremêlé de notes différentes et haché de silences inattendus, dont la longueur n'est jamais la même.

Mais il arrive que le mugissement général d'une seule note épouse l'autre, aux notes variées. C'est la phase la plus belle du concert. Sur le rythme de deux masses qui s'abattent successivement sur l'enclume, les concertistes changent d'instruments pour se répondre à eux-mêmes. L'unité de la symphonie est alors comprise entre les notes moyennes du hautbois et les plus graves du basson. Et dès la première réplique, les musiciens se fâchent. Le dialogue se poursuit sur des tons qui sont une suite de grognements. Il y a des vaincus; des voix qu'on ramène au silence.

A la fin, tout sombre dans la criaillerie universelle qui est semblable à la surface d'une mer houleuse, avec ses sommets et ses abîmes, et qui constitue la phase la plus longue du concert. Elle est aussi variée, mais point si belle que les trois autres, qu'un seul élan domine.

L'arrivée de l'aube brise, net, tous les instruments. Notre cœur s'arrête aussi.

Le « bœuf des marais » — *booul baltsi,* — est un insecte noir, de forme ovale et de la grosseur d'une noix moyenne. Il n'a pas d'antennes.

On ne le connaît bien que pendant les inondations, quand il arrive en masse compacte et vit intensément.

Le matin qui suivit cette nuit, trouva tous les inondés au bord du plateau. L'eau avait deux mètres de haut. On ne voyait plus que le toit des chaumières et les branchages supérieurs des arbres. Les poteaux de télégraphe se distinguaient à peine. C'est tout ce qu'on pouvait relever sur l'immensité aquatique, à part la digue de la voie ferrée qui la coupait en deux.

Entre le firmament d'en haut et celui d'en bas, seul un silence étouffant. On eût cru qu'un coup de tonnerre allait d'un moment à l'autre se produire.

L'eau montait toujours, à vue d'œil. Vers les 10 heures, des meules de foin, des cadavres de bétail et des arbres déchiquetés vinrent lentement s'aligner en bas du plateau. Parmi ces arbres, Minnkou reconnut quelques gros saules de la Japsha Rouge. Il alla sur un radeau explorer les épaves venues pendant la nuit et y découvrit de nombreuses liasses de nattes qu'il ramena à terre.

Un peu plus tard, ce fut le beau métier d'Andreï Ortopan qui flotta sous les yeux des deux amants et, dans l'après-midi, on vit surgir le père Ortopan lui-même, sur son radeau.

La poussée catastrophique du Sereth avait dirigé toute Japsha

Rouge dans la direction naturelle du cours de la rivière : celle du Danube. Mais le Danube ne pouvait plus rien recevoir, ayant monté plus haut que son affluent. Ainsi s'expliquait l'arrivée des épaves.

Père Andreï en était une, encore assez vaillante. Balançant froc et barbe, le dos tourné aux spectateurs qui le saluaient de *hourras* frénétiques, il gouvernait courageusement, rejetant sa longue silhouette de droite et de gauche, les bras bien haut à son gouvernail.

La vengeance de Sima

Au bout d'une semaine, eaux et humanité purent enfin souffler, également lasses de la bousculade subie et s'accommodant chacune de la place imprévue que le ciel leur avait temporairement imposée.

La place qu'occupaient les eaux était un cul-de-sac vaste de cent kilomètres carrés environ, c'est-à-dire tout le lit millénaire du Sereth, qui forme son embouchure. Mais, dans ce lit béant, encombrant, l'existence des eaux était précaire : trop d'obstacles humains et point de mouvement. Elles n'y pouvaient que croupir, à la longue, ce que les eaux n'aiment pas. Elles aiment la vivante glissade entre deux berges toujours nouvelles et sous des cieux toujours frais. Or, ici, elles se trouvaient dans une fosse pleine de maisons, d'écuries et de latrines, qui leur restaient dans la gorge.

Aussi, la mortelle tristesse aquatique les gagna, dès qu'elles ne se sentirent plus poussées en avant. Elles bâillaient au ciel et au soleil, avec une gueule large de cent kilomètres carrés. Elles ne pouvaient plus digérer ce qu'on leur avait fourré dans le ventre et commençaient à avoir des renvois qui s'exprimaient par des millions de bulles blanchâtres dont leur surface se couvrait chaque jour davantage.

L'humanité, plus débrouillarde, fit bonne figure à mauvaise fortune. Pendant une semaine, elle se lamenta, acariâtre, de ne pas savoir où caser son fourbi. Les mères manquaient d'espace propre à abriter la précieuse dot de leurs filles. Les hommes manquaient de planches et de clous pour leur créer cet espace, toujours insuffisant. Les femmes ne trouvaient le calme qu'après avoir bien frappé leurs filles, les hommes, qu'en cognant dans le tas. La jeunesse battue prenait sa revanche, en se livrant aux délices des promenades nocturnes sur des routes solitaires.

Mais, à l'expiration de la semaine qui suivit l'inondation, le campement finit par prendre sa physionomie définitive. Elle était, topographiquement, celle du village : les huttes des ménages se rapprochaient entre elles ou s'écartaient selon la sympathie ou l'antipathie réciproque des gens. Il n'y eut que le ménage Vadinoï qui jugea sensé de se choisir un emplacement tout à fait isolé du parc commun. Père Ortopan, plus humain, s'établit dans le voisinage de ses enfants, dont la hutte se trouvait au milieu du campement général.

Ce n'était pas par hasard qu'elle occupait cette place.

Minnka savait que l'inondation allait durer au moins deux mois, avant que le retour au village fût pratiquement possible. Pendant ce temps, l'existence devait reprendre son cours. Les ménages allaient avoir besoin d'une taverne-épicerie qui leur fournisse le nécessaire.

Elle leur en donna une, généreuse ainsi qu'elle l'entendait et la mit au centre de tous les foyers.

Une grande cabane, faite de planches et couverte de roseau, se dressa trois jours après, à côté de leur hutte. Elle était achalandée de marchandises variées, telles qu'en ville même on n'en rencontrait que rarement. Un large avant-toit de jonc, formant terrasse, invitait à son ombre tout un monde brûlé par la canicule et avide de rafraîchissements.

De ceux-ci, il s'en trouvait pour tous les goûts, tous les âges et toutes les bourses : vin, eau-de-vie, liqueurs, pour les hommes; limonades, pastèques, melons, pour les femmes et les enfants, le tout enfoui dans le sol, d'où chaque article sortait froid comme s'il avait été à la glace.

Certes, la vente se faisait la plupart du temps à crédit, les gens manquant d'argent; mais Tsatsa-Minnka, tavernière passionnée et maîtresse cette fois de son destin, n'y faisait guère attention. Elle donnait, donnait sa vie en même temps que sa marchandise.

Voir le bonheur que pouvait provoquer sur des visages épanouis, un kilo de pain noir, ou un morceau de fromage, ou une pastèque emportée par un enfant friand, parfois une simple bougie d'un sou, c'était pour Tsatsa-Minnka plus que si on lui avait offert une couronne de reine. Elle en jouissait plus que le possesseur de l'article pris à crédit ou donné.

A l'égard des boissons alcooliques, elle avait une attitude différente. Pas d'ivrognerie froide, pas d'abus insensé, que ce fût à crédit ou en payant comptant :

— Le vin, c'est une passion, disait-elle, une passion qui doit toujours être belle, autrement, ce n'est que dépravation. Et sans une telle passion, l'homme peut boire de l'eau, mais il ne peut pas manger des pierres.

Elle ne marquait rien de tout ce qu'elle vendait à crédit. Ce sont ses débiteurs qui venaient lui dire combien ils devaient et payer ce qu'ils pouvaient, le tout ou une partie.

Pendant les trois semaines que la crue demeura stationnaire, les recettes de la taverne furent assez mauvaises, et Tsatsa-Minnka dut puiser dans ses économies pour regarnir les rayons qui se vidaient. Puis, commença la baisse, l'eau n'arrivait plus qu'à la poitrine de l'homme.

Alors ce fut la ruée au poisson, tant qu'on vit de l'argent

dans toutes les mains. On pêchait par tous les moyens : au filet, à l'épervier, à la fourche de fer, au panier défoncé et même à la main. Le poisson, gros et petit, était vendu aux banlieusards de Braïla, à des prix qui permirent aux plus misérables de s'en payer tous les jours.

Aussitôt, la taverne connut une prospérité qui effraya Tsatsa-Minnka. Remboursement de dettes et vente quotidienne gonflèrent la caisse à craquer, malgré la modicité d'un bénéfice plus que raisonnable. Elle vit alors comment se font les fortunes et jusqu'à quel point Sima n'était au fond qu'un faux généreux, ne sacrifiant qu'un surplus de bénéfice qui était presque une volerie.

Le campement des inondés prit une physionomie journalière que le village n'avait jamais connue : le matin, c'était la pêche; jusqu'au soir, la vente du poisson à Braïla; et la nuit, une noce à tout casser. Les taverniers qui ne pouvaient auparavant tenir tête à la concurrence de Minnka, reçurent à bras ouverts tous les ivrognes et firent de brillantes affaires.

Les paysans commencèrent d'abord par se vêtir, puis, comme le poisson se vendait bien, ils passèrent vite à la joie. Une partie de l'argent était laissée, tout de suite, dans les bistrots de la ville, d'où ils rentraient souvent en voiture de luxe, et accompagnés de musiciens tziganes. Leur plus grand plaisir était de narguer tel ou tel « ennemi », promenant sous son nez voiture, tziganes, et leur propre personne, bien épanouie. Tard dans la nuit, c'étaient les disputes en famille et les coups.

Effrayées de la débauche des hommes, mères et jeunes filles durent aller elles-mêmes pêcher le poisson, le vendre et faire des provisions de l'article qui leur tenait le plus à cœur : le coton nécessaire aux futurs ourdissages. La trame étant toujours de laine, elles la prenaient au dos de leurs propres brebis. Ainsi, le prochain tissage hivernal des vêtements, des draps, des couvertures et des tapis était assuré.

Mais cette mine d'argent que constituait le poisson ouvrit aux femmes des perspectives inattendues. La retraite totale des eaux dans les régions élevées, voisines de la côte, mirent à nu de larges cavités, peu profondes, où il y avait plus de poisson que d'eau. Les ménagères, se pourvoyant de voitures, allèrent le charger à la pelle, en firent des salaisons et le vendirent au détail dans les villages où les rivières et le poisson étaient également inconnus.

Elles en rapportèrent des mouchoirs pleins de beaux sous, qu'elles confièrent à Tsatsa-Minnka. Et l'on put voir tout de suite combien la femme est plus morale que l'homme. Chacune s'empressa d'améliorer la vie du ménage, achetant des outils, réparant la charrette, habillant les enfants et les nourrissant mieux. Tout le campement fut égayé par l'apparition d'une foule féminine en vêtements de fête, dont la multitude de couleurs vives faisait la joie du soleil.

Tsatsa-Minnka en fut la première heureuse. Elle devint la confidente de toutes les ménagères et leur caisse d'épargne.

Mais ce charme allait être brusquement rompu.

On ne savait plus rien de Sima. On croyait qu'il était résigné à une séparation tacite, en attendant le divorce, quand, une nuit, très tard, des coups violents dans la porte de leur cabane réveillèrent les deux amants :

— Qui est-ce?

— Au nom de la loi, ouvrez! répondit une voix morose.

— Permettez-nous de nous habiller, répliqua Minnka.

— Ouvrez à l'instant, ou nous faisons sauter la porte!

Minnka ouvrit, offrant à la loi le spectacle d'un jeune couple en chemise de nuit. Un homme, grand et maigre, y pénétra le premier. Derrière lui, se tenaient deux agents de police, en uniforme, et Sima. Le grand maigre frotta une allumette. Minnka lui présenta la lampe à pétrole qu'il alluma. On vit alors qu'il était ceint de l'écharpe tricolore.

Le commissaire prit place sur une chaise et interrogea :

— C'est bien vous Minnka, épouse de M. Sima Caramfil?

— Oui.

— Et vous couchez donc ici, avec ce jeune homme?

— Comme vous voyez.

— C'est le *flagrant* délit d'adultère! Je vous déclare tous deux arrêtés!

On leur passa des menottes sans même leur permettre de se vêtir. Minnka protesta :

— Vous n'allez pas nous conduire en ville dans cet état! La loi ne doit pas admettre une chose pareille. D'abord, j'ai froid.

Le commissaire répondit, mollement :

— La loi, c'est moi! Et vous sortirez un moment dehors, *dans cet état!* Puis, vous vous habillerez.

On les fit sortir, et le commissaire procéda à un simulacre de perquisition, fouillant çà et là, dans la hutte, sans rien emporter. Pendant ce temps, de nombreux paysans, réveillés par le bruit des deux voitures dans lesquelles étaient venus ces visiteurs nocturnes, accoururent à la taverne de Minnka, sommairement vêtus. Certains portaient des lanternes.

Apercevant Minnka et Minnkou en chemise ils s'arrêtèrent tous à distance. Ils n'eurent pas un mot, pas un murmure. La plupart des hommes firent aussitôt demi-tour. Les femmes, muettes, s'attardèrent. Elles se couvraient de leurs mains la bouche ou tout le visage et hochaient la tête, quelques-unes en pleurant.

Les deux « coupables » semblaient ne rien éprouver. Ils se

tenaient droits, regardant l'Embouchure et grelottant. On leur permit de s'habiller.

A ce moment arriva père Ortopan, en courant. Minnka le reçut dans la hutte, un doigt sur les lèvres, lui remit les clefs de la taverne et l'embrassa. Le vieux était très ému.

Peu après, les deux voitures prenaient le chemin de Braïla, dirigeant vers la prison ce que le campement avait de plus sain : un homme et une femme qui s'aimaient.

On les condamna, tous deux, à quinze jours de prison correctionnelle. C'est Sima qui l'avait voulu et obtenu, comme on obtient tout ce qu'on veut, dans ces pays-là, lorsqu'on est riche. C'est lui également qui avait exigé du commissaire la mise à la porte, à demi-nus et à la vue de tout le monde, des deux amants.

Contrairement à son attente, la pensée et l'attitude des paysans auxquels il offrit ce spectacle, furent tout en sa défaveur.

Quand même, le malheureux n'avait pas une âme aussi basse. C'est la rage de l'époux se jugeant outragé, qui l'avait poussé à de telles bassesses. Et, une fois sur cette pente, il ne s'arrêta pas. D'ailleurs, un tas de chenapans, dont il s'était entouré, dans sa détresse maladive, lui conseillait les pires ignominies :

— Déshabille-la, en pleine rue et en plein jour, mets-la nue et fouette-la!

— Coupe-lui la chevelure!

— Attire-la dans un lieu sûr et livre-la à une demi-douzaine de tziganes!

Mais Sima aimait sa femme. Il l'aimait maintenant avec un cœur tenaillé par le sentiment d'avoir commis l'irréparable. Et quand ce sentiment s'empare d'un cœur qui aime, ce n'est plus de l'amour : ce sont les affres de la mort. L'âme de Sima se mourait. Pour lui, que Minnka lui revînt ou qu'elle restât à son aimé, le mal était le même. Il l'avait perdue.

Vieilli, amaigri plus encore, ne dormant et ne se nourrissant qu'aux heures où ses forces ne lui permettaient plus de se tenir debout, il passait ses nuits à maudire sa vie et sa fortune. Il ne s'intéressait plus à rien, indifférent aux vols, à ceux même qu'on commettait presque sous ses yeux. Une nuit qu'il se trouvait à sa fenêtre, à contempler la cour éclairée par la lune, il vit le tejghetar sortir du dépôt, et charger dans une voiture des sacs et des caisses de marchandises, dont il évalua froidement la valeur, sans broncher : « C'est pour 1 000 francs de café vert et 400 francs de sucre. »

Un venin, encore inconnu, lui empoisonnait le sang : une haine qui embrassait tout ce qui existait. La mort lui semblait insuffisante, et la vie lui était insupportable. Il aurait donné toute sa fortune pour ne plus avoir de mémoire. Oui : pauvre, mendiant, mais ne plus avoir le souvenir de cette atrocité qui lui poignardait le cœur et le rendait fou.

Il était dans cet état d'âme quand, la veille de l'expiration de la peine infligée à Minnka et à Minnkou, une idée lui vint qui lui apporta un grand soulagement :

— Je vais placer des voyous sur leur passage, pour les huer.

Il en embaucha toute une bande. Le lendemain, à l'heure de la levée d'écrou, ils étaient à leur place. Sima se tenait un peu à l'écart, une joie malsaine dans le cœur : « Je vais les écraser de honte ! Tout le boulevard rigolera d'eux! »

La prison faisait face à l'une des extrémités du boulevard Carol. On sortait de la prison pour mettre le pied sur le boulevard. C'est là que guettaient les vauriens de Sima, un ramassis de désœuvrés vivant des moyens les plus louches.

Minnka et Minnkou parurent. Une lumière aveuglante les

arrêta un instant devant la porte de la prison. Puis, d'un pas incertain, un peu défaillant, ils s'engagèrent sur le boulevard plein de passants qui s'en allaient au port.

Soudain, deux longues huées, en chœur retentirent :

— Houo-o-o! Houo-o-o!

Conspués et passants s'arrêtèrent, cloués sur place. Minnka se cabra, blême, vit Sima, comprit et, au moment où une nouvelle huée éclatait, elle enroula du bras droit le cou de son amant. Celui-ci la prit par la taille. Et tous deux, les corps serrés l'un contre l'autre, les visages crevant de joie profondément sentie, ils avancèrent d'un pas lent, compassé, une démarche fière, en chantant leur passionnante rengaine :

Sima fut atterré. En chantant à tue-tête, Minnka le fixait droit dans les yeux, dandinant son corps et riant de toutes ses belles dents.

Les huées expirèrent sur les lèvres de la bande. L'un des chenapans cria, se tapant la cuisse et s'adressant à Sima :

— Eh bien, mon vieux, elle en a du culot, ta garce!

La retraite des eaux

Quand elles affluent sur l'Embouchure, les eaux sont pareilles à un amour intempestif qui envahit un cœur paisible, l'effraye de tout l'inconnu qu'une telle visite peut comporter. Quand elles s'en retirent, leur adieu vide les âmes, dans un mélange égal de regrets et de reproches, semblable à celui que nous ressentons le jour où une passion violente nous abandonne, après nous avoir fécondés de tout son bien et de tout son mal.

Sous le soleil tiède d'un début d'octobre plutôt frais, les innombrables mares que le déluge avait laissées derrière lui, croupissaient à l'infini, rendaient impossible la réintégration des foyers, tandis qu'au loin, la ligne argentée des eaux en retraite semblait sourire malignement à l'œuvre de destruction que son recul révélait aux paysans : maisons ruinées ou effondrées; récoltes de maïs ensevelies sous la vase; arbrisseaux et vignes desséchés; parcs de fourrage disparus; puits bouchés; clôtures renversées et enfouies dans leurs fossés, presque nivelés.

Silence. Solitude. La vie des inondés s'en allait avec les eaux, car la vie était plus douce pendant qu'elles étaient là : on y pêchait. On avait même connu une abondance qui faisait à bien des gens bénir l'inondation. Elle aurait pu se stabiliser. Maintenant, au seuil de l'hiver, un pays mort et aucun moyen de vivre, voilà ce qui restait à chacun.

Pieds et jambes nus jusqu'au-dessus des genoux, les paysans pataugeaient du matin au soir dans la boue molle, vaquant au plus pressé de la besogne : débouchage des rigoles, desséchage des maisons, remplacement du matériel pourri. On quittait sa hutte à l'aube et on y rentrait la nuit, fourbu, affamé. Nulle aide administrative. Que chacun se débrouille, la faute étant à Dieu.

Aussi fut-ce encore Tsatsa-Minnka qui dut venir au secours des plus malheureux. Elle leur distribua toutes ses économies, ne gardant pour elle que le strict nécessaire à son installation définitive dans la commune. Et tout suite, sa largesse changea l'humeur de Minnkou. Il désapprouva sa compagne, lui dit brutalement qu'il n'avait aucune envie de travailler pour les autres.

Minnka lui prit la tête dans les mains, le regarda longuement dans les yeux, et ne répondit rien, mais son cœur alla promptement à la dérive.

*

On était vers le milieu d'octobre. Le temps se maintenant sec, chacun put, tant bien que mal, rafistoler son foyer et le réintégrer. Alors commença une misère noire, que les maladies rendirent plus atroce encore.

Maisons humides. Aucun moyen de chauffer ni d'activer le desséchage. Le roseau, cet unique matériel de combustion, étant toujours inondé, personne ne pouvait se le procurer. On brûla arbrisseaux, vigne, palissades, dégoulinant d'eau. On n'en obtint que de la fumée.

Point de ménage qui n'eut son malade. Et certains étaient devenus de vrais hôpitaux, tous les membres de la famille gisant à terre. Pneumonie, pleurésie, malaria, tuberculose. En plus, la faim.

— Tsatsa-Minnka! Sauve-nous!

C'était le cri de tous les enfants en détresse.

Chez Tsatsa-Minnka, la discorde battait son plein. Elle s'était fait construire une modeste maisonnette de trois pièces. L'une des trois, la plus grande, contenait l'épicerie et les boissons, amoureusement rangées ainsi qu'elle l'avait rêvé. La seconde, contiguë au magasin, constituait tout l'appartement du jeune ménage. La troisième était occupée par le vieil Ortopan, que les rhumatismes et la mélancolie immobilisaient. Le pauvre père souffrait de voir son fils devenir toujours plus grossier avec celle qu'il considérait comme sa bru. Sachant quel avait été son amour pour elle, il ne comprenait plus rien à l'âme de son enfant.

Minnka comprenait et baissait la tête devant son destin. Elle voyait naître dans cette âme le besoin de parvenir. Sourdement, sans l'avouer, sans la moindre franchise, Minnkou nourrissait l'ambition de s'enrichir. Elle l'avait souvent vu prendre ces attitudes de tavernier égoïste, qu'obsède seul le désir du lucre : flatteur avec le client qui boit sec et paie comptant; glacial avec celui qui n'a pas d'argent, quel qu'il soit. Elle l'avait même quelquefois surpris en train de mouiller du vin et de l'eau-de-vie, de charger la note d'un consommateur ivre, opérations malhonnêtes qu'elle avait en horreur par-dessus tout. Les tendres reproches qu'elle lui en fit, n'eurent d'autre résultat que de le rendre sournoisement circonspect.

Néanmoins, son amour l'emporta sur la tristesse de ces révélations : « Je le corrigerai. » Mais voilà que Minnkou s'érigeait en maître absolu, lui interdisait de « dissiper le bien commun ». Dissiper! Ce qu'elle considérait comme la joie suprême de sa vie, — secourir les vaincus, — son idole l'appelait dissipation. Mais, c'était là, du pire Sima, car l'autre avait tout de même ses libéralités; il avait de plus l'excuse de n'être né que pour faire fortune et de posséder toutes les vertus nécessaires à ce but, alors que Minnkou ne pouvait distinguer du vin bon le mauvais, ni laver convenablement un verre.

Pourtant, cet homme la tenait par toutes ses fibres. Il vivait dans sa chair. C'était son *barbatt.* Elle ne concevait plus sa vie sans lui.

Déchirée entre sa passion charnelle et sa générosité, Minnka ne voyait plus de salut que dans un prompt retour à la sainte indigence d'autrefois. « Ouvre à l'homme la perspective de l'enrichissement, et son âme est perdue! » se disait-elle. Que restait-il de son Minnkou de la Japsha Rouge, le vaillant garçon qui portait une montagne de nattes sur ses épaules, jusqu'au marché de Braïla, pour n'en tirer que de quoi vivre, lui et son père?

Elle en avait fait un vil tavernier, dont les mains et les joues commençaient à s'amollir, dont le regard devenait chaque jour plus faux, et qui n'aimait plus sortir qu'en gilet et en escarpins brodés. Quant à la peine que leur commerce exigeait constamment de tous deux, il en abandonnait le plus dur à sa compagne, ne s'occupant que des futilités et s'adonnant toujours plus aux plaisirs de la table, de la sieste et de la promenade. Ce penchant à la luxure, pratiqué sous les yeux d'une générale souffrance, finit par agacer Minnka. Et comme un jour elle le lui faisait remarquer, il répondit en lui flanquant une gifle.

C'était le *barbatt,* à n'en pas douter. L'héroïsme en moins.

Minnka encaissa le soufflet sans piper mot, leva les bras au ciel, comme pour dire : « Je me rends! » et alla montrer sa joue en feu aux eaux en retraite :

— Tout vient avec vous... Tout s'en va avec vous...

Par le temps couvert de cet après-midi-là, la nappe grisâtre se confondait avec l'horizon, dans une immobilité oppressante.

Elle n'avait plus d'âme. Elle était morte. L'océan vivant des jours de l'inondation était devenu une masse de plomb. Le Sereth et le Danube lui avaient tourné le dos, lui avaient retiré la vie.

A quelque distance d'elle, Minnka vit des enfants qui fouillaient dans les mares. Elle alla vers eux. Ils ramassaient du fretin à demi-asphyxié et qui puait la vase. Finis, les beaux brochets, les belles carpes, la délicieuse tanche, qu'on chargeait par voitures, du temps des huttes, sur le plateau!

Zamfir était là.

— Comment ça va, à la maison? lui demanda-t-elle.

— Pas mal... Nénika Sima nous envoie tout ce qu'il nous faut. Nous ne manquons de rien.

— Et le père, que dit-il?

— Il dit que c'est très bien que tu sois malheureuse.

— Et toi... Qu'en penses-tu, Zamfirika?

Le petit se jeta dans les bras de sa sœur et pleura.

Minnka rentra chez elle en monologuant dans sa tête : « Ainsi, mon Minnkou n'était un vaillant que parce qu'il vivait dans la pauvreté. Maintenant qu'il goûte de l'aisance, le voilà défiguré. Eh bien, d'ici à une semaine, nous n'aurons plus que nos murs et peu de choses pour nos bouches. »

Père Andreï l'attendait sur le pas de la porte. Il l'embrassa et lui dit, l'air navré :

— Ma fille, je te quitte! Minnkou est parti à Braïla, vendre la voiture et le cheval que tu lui as achetés. Je ne reconnais plus mon fils! Je m'en vais de par le monde!

Elle eut beau faire pour le retenir. Le vieillard s'en alla, le sac au dos.

Minnka fit aussitôt venir deux voitures du village, qu'elle chargea de presque toute l'épicerie et des boissons que contenait la boutique. Puis, allant de chaumière en chaumière, elle distribua le tout :

— De toute façon, expliquait-elle, il n'y a plus chez nous de clients à qui je pourrais vendre cette marchandise. Aussi, je la partage entre vous. Profitez-en, une dernière fois. Je ne tiendrai plus boutique. Je suis malade.

Les gens savaient quelle était sa maladie, mais ils n'osaient y faire allusion. D'ailleurs, ils étaient pour la plupart à moitié crevés. Ils se contentaient de recevoir et de remercier. Seuls les enfants s'écriaient :

— Tu ne seras plus épicière, Tsatsa-Minnka?

A la nuit tombante, la malheureuse Tsatsa-Minnka rentrait chez elle, les bras ballants. Elle n'eut pas de larmes devant les rayons béants de son magasin; elle n'eut que le cœur vide.

Ce cœur semblait se vider plus encore, à mesure que les heures passaient, longues, hurlantes, sans qu'elles amenassent Minnkou. Il lui était encore et toujours cher, malgré l'espoir qu'elle avait à jamais perdu de retrouver son amour.

Jetée, toute vêtue, sur le lit, elle ne ferma pas l'œil de la nuit, le cœur glacé, la tête bouillante. Le moindre bruit la faisait sursauter et courir à la fenêtre. Vers l'aube, un sommeil qui dura une demi-heure, l'engourdit.

Elle se réveilla, épouvantée de s'être endormie, malgré elle. Et tout de suite, un ronflement, venant de la chambre du père Ortopan, la frappa comme un poignard. Elle y entra, doucement, pour voir son Minnkou dans un état qui, d'horreur, lui fit se couvrir le visage.

Il dormait, tout habillé, dans le lit de son père, les vêtements inondés de vin rouge vomi, la figure congestionnée, la gueule ouverte, répugnante. De la poche supérieure de son gilet, un petit mouchoir de cocotte, à dentelle et à monogramme, pendait, à moitié tiré. Et c'est ce qui fit à Minnka le plus de peine.

Elle sortit. Machinalement, son âme la dirigea vers la Japsha Rouge, espérant peut-être y trouver le vieux nattier en train de reconstruire sa cabane. Elle mit presque une demi-journée pour y parvenir et ne trouva que l'emplacement solitaire de l'ancien nid du bonheur. Regardant le Sereth, elle lui dit :

— C'est à toi que je dois Minnkou, c'est toi qui me le reprends. Et mon âme avec.

Au retour, ses pieds furent encore lents à la reconduire à sa triste demeure, où une grosse surprise l'attendait : Minnkou avait disparu, en emportant tous ses effets, et avec eux, le peu d'argent qui se trouvait dans la maison.

Tsatsa-Minnka ferma les volets et se coucha.

« Milostivul Satului »

(Le miséricordieux du village)

Il pleuvait depuis quelques jours sur toute l'Embouchure, la vilaine « pluie du berger » qui vous passe à travers l'âme. C'était la bruine. Matin et soir, pendant de longues heures, un brouillard irrespirable la rendait encore plus insinuante. Tout le village toussait, hommes et bêtes. Parfois, la brume était si épaisse qu'on ne découvrait le village qu'au chœur assourdissant des toux, qui montait de mille poitrines, comme d'une fosse, et qu'on entendait surtout lorsqu'on abordait l'Embouchure par la haute digue de la voie ferrée, en marchant à côté du rail.

Par un temps pareil, ce chemin était le plus sûr, car il vous y menait tout droit.

C'est celui qu'avait pris, un soir de ce même octobre un homme de toute petite taille, chaussé de bottes grossières, coiffé d'une *caciula* de fourrure d'agneau et enveloppé jusqu'aux yeux dans une *ghéba* commune aux paysans de la région. Il allait d'un pas hésitant, l'oreille au train et touchant le rail de sa canne, comme le font les aveugles. Souvent, une quinte de toux secouait douloureusement son corps maigre. Alors il s'arrêtait et lâchait un « ouf », s'essuyait les yeux, donnait un inutile coup d'œil à la ronde, dans la pâte laiteuse qui l'empêchait de voir, et repartait.

Il alla ainsi jusqu'à un passage à niveau, où il se heurta à une fillette.

— A qui es-tu? demanda-t-il à la petite, en lui prenant la main.

— A Iléana et à Vassili le Long, répondit-elle, craintive, la voix éteinte.

L'inconnu frotta une allumette et vit deux yeux clairs, surmontés d'un front tout plissé.

— Ne saurais-tu me dire comment va Tsatsa-Minnka?

— Elle est toujours malade et toujours seule.

— Qui la soigne?

— Tout le monde, sauf ses parents. On lui porte des soupes chaudes et on lui fait le ménage. Hier, c'était notre tour de la soigner.

— Bien. Mais les gens, ont-ils les moyens de le faire?

— On le fait quand même, « *d'où il y a, d'où il n'y a pas* ». Elle est maintenant la plus malheureuse de tout le village.

L'étranger tira d'une poche de son manteau un cornet et le mit entre les mains de la petite.

— Porte ça à ton père. Il y a, dedans, 20 francs et un *bon* de vivres. Dis-lui de prendre un sac et d'aller tout de suite, avec ce *bon,* à la maison du cantonnier. Là, il verra une grande voiture à bâche gardée par un homme. Qu'il présente le *bon* au gardien et qu'il charge les vivres qui y sont marqués. Bonsoir, mon enfant! Je reviendrai.

— Mais, qui êtes-vous, *néné*?

— Un homme malheureux, comme Tsatsa-Minnka.

C'était Sima, qu'on aurait difficilement reconnu, même s'il eût fait jour. Une phtisie galopante avait fondu son corps, l'avait rendu hideux. Sa barbe qu'il n'avait pas coupée depuis deux mois, poussait, sauvage, jusque sous ses yeux, dont le regard étrange ne rappelait plus Sima, mais le hibou.

Il quitta la voie ferrée et prit le chemin du village, trébuchant à chaque pas. Une vingtaine de cornets, pareils à celui qu'il venait de remettre à la fillette, alourdissait sa *ghéba* de tout le poids métallique qu'ils contenaient. Sima allait promptement en faire la distribution, en commençant par les familles les plus éprouvées.

De ce côté de la commune, les chaumières étaient alignées en bordure de la route, face au pâturage. Mais il n'y avait pas moyen de rien distinguer, tant le brouillard était opaque et la nuit noire.

Sima avançait à grand-peine, haletant, épuisé, pataugeant dans les mares et évitant les cadavres des bêtes dont l'horrible odeur trahissait la présence dans les fossés du chemin. Il passa près d'un puits et s'y arrêta, triste. Le bras du levier gisait à terre. Les margelles n'existaient plus. C'était un trou béant dans lequel gens et animaux pouvaient facilement tomber. Cela lui disait long sur l'état du pays.

Il fut mieux fixé, dès qu'il eut rendu visite aux premiers ménages. Visite de mendiant : il entrait dans la cour, s'approchait des fenêtres, épiait, puis, frappait timidement à la porte. Quelqu'un ouvrait et reculait aussitôt devant sa tête suspecte, emmitouflée jusqu'aux yeux. Il en profitait pour jeter un coup d'œil furtif à l'intérieur, mais ne s'attardait pas. Offrant un cornet, deux, parfois trois, il répétait d'une voix chuchotante les mêmes instructions qu'il avait données à la gamine et disparaissait dans la brume et le noir.

Partout, la même promiscuité, la même misère sinistre. De cinq jusqu'à douze membres de la même famille, entassés les uns sur les autres dans la seule pièce chauffée, ou plutôt fumante. Pour toute nourriture : une marmite de *terci,* bouillie claire à la farine de maïs. Des malades enveloppés dans des hardes. Des faces maigres et fiévreuses; des cous amincis; des voix éteintes.

C'était l'épidémie de typhus unie à la famine.

Epouvanté, Sima se crut responsable de toute cette souffrance, lui, qui possédait des tas d'or inutile, d'immenses stocks de vivres, de vêtements et de bois de chauffage. Les paroles de Minnka, l'invitant à prendre en main l'économie d'un pays en détresse et de l'administrer humainement, lui retentirent dans le cœur, comme un terrible commandement biblique.

Maintenant, c'était trop tard. Il se sentait mourant. Sa femme l'était aussi, peut-être. Deux vies brisées; un tendre ménage anéanti; un pays livré à toutes les calamités. Par sa faute, à lui, Sima, qui ne voulait que gagner de l'argent, encore et encore.

Il fonça sur les chaumières et y vida ses poches, puis, défaillant, il prit le chemin du retour, vers la maison du cantonnier, où la voiture aux provisions était garée. En route, il croisa les premiers secourus. Hommes et femmes, à cheval et à pied, rentraient, chargés de vivres.

Dans son désir évangélique de garder l'anonymat, il tâcha d'éviter les pauvres gens, mais une vieille le reconnut. Elle laissa tomber son sac, lui attrapa une main et la couvrit de ses larmes, en gémissant :

— *Milostive... Milostive...* Qui es-tu? « Articule » ton nom, pour que nous puissions le rappeler dans nos prières!

— Un homme malheureux! répondit Sima, s'arrachant à elle.

Le lendemain à midi, une file ininterrompue de voitures à un cheval, transportant un wagon de bois de chauffage, arrivait dans le hameau. La distribution en fut faite, sous la surveillance d'un ami intime de Sima, qui se refusa à toute réponse aux brûlantes questions que lui posèrent les sinistrés sur la personne du *Mislotive*.

Et le soir, par un temps identique à celui de la veille, Sima fit de nouveau son apparition. Mais, cette fois, chaque ménage montant la garde, dans l'attente du bienfaiteur, celui-ci dut changer de tactique. Il se contenta de passer rapidement devant les portes et de lancer son aide — argent et *bon,* — dans la cour, sans plus voir les gens.

Cet émoi du village, bien qu'il l'eût prévu, contraria Sima, car ce second secours était différent du premier et exigeait des explications. Il n'y avait plus de voiture à vivres arrêtée dans le voisinage de la commune. Maintenant, c'était son magasin même qu'il mettait à la disposition des sinistrés. Des enveloppes, remplaçant les cornets, contenaient peu de métal et pour 100 francs de billets de banque, plus le *bon,* dont la quantité de vivres était quintuplée.

Sima voulut prévenir les ménages que c'étaient là des aides collectives que les familles moins nombreuses devaient partager entre elles. Il n'y parvint pas; il n'arriva pas non plus à les avertir que les provisions, il fallait les chercher à son épicerie, dans la ville. L'alerte du village lui fit comprendre qu'il était identifié.

Peu après, il en eut la cruelle certitude. Comme il lançait par-dessus les palissades les dernières enveloppes, un homme lui prit le bras. C'était son beau-père, Alexe Vadinoï, qui lui dit, furieux :

— Que fais-tu là, fou!

Sima éprouva un écœurement et une colère qui lui coupèrent le souffle. Il répondit :

— Ne me touche pas, saloperie!

Et rassemblant le reste de ses forces physiques, il s'enfuit. Mais, au lieu de se diriger vers sa voiture, qui l'attendait à la barrière de la côte, il fonça inconsciemment dans la direction opposée à la ville et s'égara dans un champ. Une déchirure aiguë, dans les poumons, lui fit serrer sa poitrine entre les mains. Aussitôt, sa bouche s'ouvrit toute seule, sous la poussée d'un flot de sang.

Il gémit faiblement :

— Minnka!

Et tomba, face au sol, pour ne plus se relever.

Décomposition

Une bande de crêpe noir, longue de 30 mètres, couvrait de deuil les deux grandes enseignes « SIMA CARAMFIL » formant l'un des angles du boulevard Carol et de la rue de la Victoire.

C'était un deuil qui ne suscitait que l'étonnement. Un autre, plein de sincère tristesse, s'étalait à l'intérieur, derrière les sept portes verrouillées de la belle entreprise : *Taverne-Restaurant-Epicerie.*

Le dernier mois, le défunt n'y avait plus mis le pied. Et à qui mieux mieux de chaparder ce qu'il avait sous la main. On le faisait tout naturellement, par accord tacite, chacun prévoyant ce dénouement fatal et n'ayant rien à craindre.

Maintenant, que les scellés y étaient apposés, un repos total plongeait les trois locaux dans un silence éloquent.

Dans le restaurant, la cuisine était veuve de sa belle batterie de cuivre. Plus une seule pièce. Tout avait été emporté le dernier jour du drame. Des tas de vaisselle et de services, non lavés, gisaient partout, au milieu de restes de viande et de légumes, qui commençaient à pourrir.

La taverne présentait un aspect moins lamentable, malgré le désordre de ses verres, de ses carafes et de ses bouteilles de liqueur. Ici, c'était au fond de la terre ou dans le dépôt des eaux-de-vie qu'il fallait chercher la preuve du passage des vandales : les meilleurs vins, les plus fins *rakis,* avaient presque tous disparu. Depuis deux mois, chaque soir, d'énormes dames-jeannes partaient pour une destination connue du seul *tejghetar*.

Mais c'était l'épicerie qui montrait la plus cruelle dévastation.

A l'exemple d'une grande charcuterie, d'un beau magasin de primeurs ou d'un restaurant oriental qui étale à la vue de chacun son appétissante cuisine, une épicerie, abondamment achalandée, n'est rien de moins que notre désir de vivre, aperçu à travers l'estomac.

Ce désir, que des milliers d'yeux avaient tant reflété *chez Sima,* n'était plus maintenant qu'une poubelle. Caisses et sacs bouleversés, répandant leur contenu sur la terre. La charcuterie moisissait. Les tiroirs bayaient aux corneilles. Les rayons, autrefois richement garnis de boîtes de conserves, de paquets de chocolat et de toutes sortes de flacons, ressemblaient à une vieille bouche édentée. Le parquet était couvert d'olives, de noix, de noisettes, d'amandes, de raisins secs.

Dans l'ombre de ce cimetière, le soleil projetait, par les fentes des volets, ses faisceaux de lumière bleuâtre.

*

L'avalanche des dons en nature de Sima avait beaucoup contribué à cette dévastation, surtout le matin où le village apprit la mort du donateur. Les paysans, tout en le pleurant à chaudes larmes, se ruèrent vers la ville, pour toucher les provisions avant qu'il ne soit trop tard.

Alors on ne sut plus distinguer entre les dons et le pillage. On chargeait dans dix voitures à la fois, sans plus de contrôle. Les stocks mêmes du dépôt de marchandises furent en grande partie enlevés, on ne savait par qui. A midi l'arrivée du juge et l'apposition des scellés brisèrent l'élan des pillards.

Ce jour-là justement il faisait beau après une semaine de pluie. Et c'était une joie pour tout le monde, si le soleil n'avait pas brillé sur une Embouchure qui commençait à enterrer ses premières victimes, celles que les épidémies et la famine avaient faites depuis la retraite des eaux.

Les voitures des paysans apportant des vivres, croisaient celles qu'un cercueil avait transformées en corbillard. Le chemin était le même, pour rentrer à la maison ou pour aller, en sens contraire, au cimetière. Ni l'un ni d'ailleurs l'autre convoi ne faisaient alors attention à ce que transportait celui qui venait à sa rencontre. A peine, si les moins tristes s'arrêtaient un instant pour saluer le mort, ôtant leurs bonnets et se signant. A peine, également, si quelques yeux humides de pleurs se retournaient pour lancer un regard inconsciemment envieux sur celui qui rentrait chargé de provisions.

On était las, et de la longue maladie, et de la santé inébranlable. La lutte était tout aussi dure pour combattre l'une que pour supporter l'autre. Chacun désirait ardemment la fin de cette lutte, au prix même d'un cataclysme : incendie général, nouvelle inondation ou mort collective.

On se voyait lentement envahir par la mort et la pourriture. Tout mourait autour de soi et tout pourrissait. Dans les ménages, la putréfaction commençait avant la mort et continuait après l'enterrement du cadavre, certains vivants étaient eux-mêmes à moitié pourris.

La mortalité parmi les bestiaux et les volailles allait de pair avec celle des humains. Le hameau était plein de brebis, de pourceaux, de dindes, de poules, parfois de chiens et de chats crevés, dont la charogne, souvent introuvable, empestait les alentours de la maison. Dans les mares, dans les fossés des chemins en rase campagne, du gros bétail noyé ailleurs et entraîné par les eaux surgissait, de la boue qui les couvrait et rendait l'air du pays chaque jour un peu plus irrespirable.

Les végétaux mêmes, des cultures surprises par les flots, formaient d'immenses cloaques qui exhalaient des miasmes fétides, presque aussi insupportables que ceux des cadavres. Les vieux habitants de l'Embouchure ne se souvenaient pas d'avoir vécu pareille calamité.

On voyait parfois des gens qui couraient à travers champs, à la recherche d'une bouffée d'air pur. On souffrait moins de la faim que de la puanteur, et il était plus facile de calmer la première que de remédier à la seconde.

Cela dura pendant tout l'automne qui fut doux. Des cieux de plomb alternaient avec des journées ensoleillées. A la fin, les paysans parvinrent à avoir raison des épidémies qui s'en allèrent, satisfaites. Alors on ramassa les charognes, que chiens et chats dévoraient, et on les enterra.

Vers le début de décembre, un gel sec purifia tout.

Redressement

C'était le mois de mai de l'année suivante qu'on appela plus tard : « *Le mois des géraniums et des bébés de la forêt de maïs* ».

Le géranium est une fleur qu'on aime beaucoup chez nous. Jeunes filles et jeunes femmes la portent au-dessus de l'oreille. Elle ne fleurit que rarement, dans les jardins au mois de mai.

Quant aux « enfants de la forêt de maïs », ils ne pouvaient fleurir que ce mois-là, car ils avaient été tous conçus à l'époque des huttes, pendant que l'inondation battait son plein et que les couples amoureux se promenaient un peu trop au clair de lune, sur le plateau couvert de haut maïs.

Maintenant, géraniums et bébés s'épanouissaient au soleil. Aux premiers, personne n'avait rien à reprocher. Au contraire, l'explosion précoce de leur rouge écarlate et de leur parfum plaisait à tout le monde, même aux gens qui ont toujours et contre tout quelque chose à redire. Hélas, c'était différent pour les bébés et surtout pour leurs jeunes mamans.

On prétendait qu'une « chose pareille » ne devait pas arriver. On le dit et on le répéta bien avant que la chose ne se produisît, puis, lorsqu'elle fut là on le cria bien plus haut, comme si elle fût venue autrement que de coutume.

Mais, il faisait si beau; l'alouette chantait si éperdument au-dessus des labours noirs comme le goudron; et, au loin, le jonc des marais braquait vers le ciel une telle forêt de baïonnettes vert foncé, qu'on finit par comprendre que cette malencontreuse floraison de bébés « coupables » devait tout de même être acceptée.

Heureusement, les mœurs roumaines facilitaient cette acceptation : on appela d'une main le pope; de l'autre le père « éhonté »; et, à genoux devant le pope, l'étole sur la tête, les couples amoureux du temps des huttes reçurent la bénédiction divine.

Aussi, ce mois de mai, y eut-il beaucoup de travail pour les popes, qui couraient de maison en maison, apporter aux parents la paix et à leurs enfants le droit de vivre.

Il n'y eut que Tsatsa-Minnka pour n'avoir point besoin de pope, bien qu'elle eût, comme tant d'autres, son « bébé de la forêt de maïs ». C'est que Minnkou, le père de son Mitroutsa, était parti de par le monde et ne devait plus jamais revenir.

Tant pis pour le pope et pour Minnkou. La jeune mère n'en était pas moins heureuse. Père Alexe était mort pendant l'hiver; Minnka avait fait venir chez elle sa bonne mère et leur petit Zamfirica, monté un métier pareil à celui qu'avait Ortopan à Japsha Rouge et gagné le pain quotidien en fabriquant à l'exemple de la plupart des paysans, de belles nattes et de beaux paniers.

Tsatsa-Minnka, veuve et héritière unique de Sima Caramfil, aurait pu faire autrement. Elle ne le fit pas. Elle céda tout le legs à la nombreuse et avide parenté de feu son mari, contre une voiture, un cheval et la somme de 500 francs.

Avec sa maisonnette et son enfant, c'était tout ce qu'il lui fallait pour être heureuse, elle qui avait goûté à la fortune et savait ce que celle-ci lui avait coûté.

Certes; souvent, quand elle attelait pour partir à la coupe

de jonc, ses yeux s'emplissaient de larmes. Elle les essuyait bien vite, car dix autres voitures passaient au galop devant sa maison bordée de géraniums et dix jeunes voix lui criaient :

— Tsatsa-Minnka! Dépêche-toi! La « coupe » sera belle aujourd'hui!

PANAÏT ISTRATI et JOSUÉ JEHOUDA

La famille Perlmutter

Les vieux Perlmutter

Constanza est un petit Stamboul roumain, mollement couché sur cet antique promontoire de la mer Noire qui est sanctifié par l'exil d'Ovide, le poète malheureux, dont la statue songeuse orne la place qui porte son nom, et fait battre dans les cœurs des Roumains tout l'orgueil de la race latine. Turcs, Juifs, Bulgares, Arméniens, Grecs, Tartares se coudoient ici dans une pittoresque promiscuité, débattent les affaires les plus variées et font entendre aux Roumains tous les dialectes du Proche-Orient. Ici, le voyageur cosmopolite se sent chez lui : il y trouve les mets préparés à son goût, la compagnie qu'il aime et les habitudes qui lui vont.

Depuis 1906, Constanza est devenu le port balkanique le plus important. Cette année-là, le Gouvernement roumain inaugura, à son propre compte et, reconnaissons-le, au prix de gros sacrifices matériels, le service régulier des quatre paquebots rapides qui faisaient le trajet Constanza-Constantinople-Pirée-Smyrne-Alexandrie d'Egypte. Ainsi, en une seule semaine, le voyageur qui prenait à Paris l'Orient-Express pouvait atteindre la terre des Pharaons de la façon la plus confortable et en se dérangeant uniquement à Constanza pour sauter du rapide dans le paquebot. Celui-ci, blanc comme un cygne, et chauffant ses chaudières avec du pétrole brut, faisait dix-sept nœuds à l'heure et donnait, dans les conditions les plus favorables, un déficit de quelques dizaines de mille de lei-or par voyage. Le peuple roumain, qui n'y montait jamais, payait crânement et pensait à ses nobles origines, — mais ça, c'est une autre question...

Ce matin-là de fin octobre, le paquebot *Dacia* venait de rentrer à Constanza par un temps particulièrement mauvais. Il était à son troisième voyage. Moroses et hâves, les quelques passagers qui en descendirent s'éclipsèrent rapidement, emportés, presque tous, par la voiture d'un grand hôtel. Après quoi, le bateau semblait respirer avec soulagement, bijou à la blancheur immaculée se profilant le long du quai noir et désert qu'une sentinelle soucieuse mesurait à pas fatigués.

Et les voilà, surgissant un à un, comme des rats, employés, cuisiniers, matelots dont le service permet le déguerpissement presque en accostant. D'aucuns se séparent aussitôt avec des poignées de mains rapides, avec un mot bref. Ce sont les « garçons mariés ». D'autres, les « bons enfants », vont par petits groupes boire une gorgée de « vin roumain » et déguster un morceau de « pastrama » d'oie dans les tavernes, que seuls les Juifs, en Orient, savent achalander avec toute la science du gourmet.

A son tour, apparaît Sotir. C'est le scrupuleux cambusier du *Dacia,* l'homme qui n'est jamais pressé, ou qui ne le laisse jamais voir. Il est l'aîné des navigateurs roumains de son époque, fort respecté par tout le monde, supérieurs et inférieurs, pour ses nombreux stages sur des navires étrangers, sa vaste expérience et les langues qu'il parle sans fatuité. D'humeur un brin mélancolique et l'air toujours distrait, Sotir est ponctuel « comme tout homme qui n'aime pas recevoir des chiquenaudes sur le nez. » Et quoique trop solitaire pour un matelot, il est néanmoins aimé par ses camarades qui l'appellent entre eux : « le barbu ». C'est que Sotir est le seul dans la marine roumaine à porter une si belle barbe, toute frisée et idéalement grise, mais sauvage, prête à la bataille, comme le vrai tempérament du cambusier. Au fond, personne ne connaît sa vie autrement que par ouï-dire. Il n'aime pas se confesser.

Un paquet de friandises exotiques sous le bras — dattes, ananas, noix de coco —, Sotir, en mettant le pied sur le quai, fait son premier geste : il offre à la sentinelle une boîte de cigarettes égyptiennes. Le soldat remercie :

— Il n'y a que vous, monsieur Sotir, qui pensez à nous, les pauvres sentinelles.

— Deh, mon garçon, fait Sotir, peut-être que les autres ont plus de soucis que moi.

Du port, le cambusier se dirige droit vers la rue Mangalia, le misérable faubourg de Constanza, populeux, impraticable depuis septembre jusqu'en avril. Mais Sotir est un homme solide, de jambes et de cœur. Il sait surtout ce qu'il veut :

— Allons d'abord dire bonjour aux vieux Perlmutter.

Et il s'engage dans cette cour défoncée qu'il aime bien revoir. Juste en ce moment surgit Hanele, une mignonne petite fille, de dix ans, une miniature d'Esther, brune et maigriotte, la dernière enfant de Perlmutter. Elle est proprement vêtue ce matin d'une robe écarlate. Et ses yeux ronds, aux prunelles déjà ardentes, grandement ouverts, semblent planer avec dédain au-dessus de la boue environnante.

— Vous venez chez nous, s'écrie à la vue de Sotir, la fillette dans un bon roumain, mais il n'y a personne à la maison! Hi, hi, c'est « Chabbes » et jour de « Kippour! » Mes parents sont déjà à la synagogue, pour prier et jeûner toute la journée.

— C'est pour cela que toutes les boutiques juives sont

fermées ce matin, deh, deh, c'est le grand jour où ils implorent leur pardon annuel! Avroum Perlmutter passera la journée avec l'Eternel, à côté de son mentor, reb Zalmen, donc laissons-les, pense Sotir cependant que la fillette continue son babil trop sérieux pour son âge :

— Et moi aussi, je jeûnerai jusqu'au soir, pour la première fois cette année, j'ai déjà onze ans! Et cet ananas, est-ce pour nous comme la dernière fois?

— Naturellement, répond Sotir un peu bourru, c'est pour toi et tes vieux parents de la part de ton frère Isaac. Veux-tu le manger maintenant?

— Oh non, qu'en pensez-vous? Que dira reb Zalmen!

Et la fillette, confuse, jette un regard circulaire afin de s'assurer si cette proposition prosaïque n'a pas été entendue par une oreille indiscrète. Mais, rassurée, elle tend ses mains vers le paquet :

— Je veux le déposer à la maison.

— Oh non, plaisante Sotir, je ne veux pas te tenter; tu le mangerais encore en cachette. Ces deux paquets sont pour vous, je vous les rapporterai demain!

Et le matelot s'en va lentement, impassible et tout entier à ses pensées :

— Quelle race mystérieuse. Ces Juifs font tout avec frénésie. Pas un peuple ne demeure avec autant de passion violente attaché à son passé; et avec la même passion violente, il s'en détache. Ils s'affirment et ils se renient avec une égale folie... Mystère!...

*

Le lendemain, il faisait presque nuit quand Sotir pénétra dans la cour sordide de la rue Mangalia, au fond de laquelle il frappa timidement à une porte délabrée. Rivke, vieillie et courbée, ouvrit tout juste pour pouvoir glisser la tête dehors, mais en reconnaissant l'ami, elle recula, ouvrit complètement, s'embrouilla :

— C'est vous, pani Sotir! Entrez... Longue vie sur vous, notre bon messager! Entrez; quelle joie, ah, quelle joie!

Puis, criant à son mari :

— Avroum! Avroum! pani Sotir est là.

Le matelot se retrouva dans la grande pièce du pauvre tailleur. Odeur de thé, d'étoffes et de charbon de bois qui brûlait dans le fer à repasser. Chaud comme dans une salle de bains. Air vicié. Désordre ou plutôt indifférence envers tout ce qui n'était pas vivant...

Le nez contre l'abat-jour d'une lampe à pétrole, Avroum faisait trembler le sol avec sa machine à coudre et mit du temps pour entendre les appels de sa femme. Enfin, il arrêta son terrible tambourin, regarda par-dessus ses lunettes et se leva, pauvre vieillard ratatiné, tout blanc, mais aux prunelles encore éclatantes et à la démarche ferme :

— Je suis heureux de pouvoir vous serrer la main, pani Sotir, dit-il dans un roumain correct. Prenez donc place par ici, à côté de reb Zalmen.

Dans une encoignure fort éclairée par une seconde lampe, se tenait assis, dans une auréole de quiétude sereine, reb Zalmen, un vieillard à grosse barbe grise et aux longues papillottes. Il buvait du thé et épongeait avec componction son large front perlant de sueur. Sur la tête, une calotte noire qui ne le quittait jamais.

Lorsque Sotir fut près de lui, il se leva, la tasse à la main et, tendant l'autre au matelot, les doigts ouverts selon la coutume juive, il prononça, écorchant les mots roumains :

— Soyez le bienvenu, ami Sotir. Et ce voyage, s'est-il bien passé?

— Pas mal, reb Zalmen.

— Que Dieu vous protège toujours, intervint Rivke, sur terre comme dans vos voyages sur les mers, car vous avez de la pitié pour les pauvres Juifs que nous sommes!

— Grâce à vous, pani Sotir, ajouta Avroum, nous pouvons savoir encore quelque chose sur le sort de notre bien malheureux Isaac, qui dépérit, loin de nous, là-bas en Egypte.

— Aie pitié de nous, Eternel notre Seigneur, soupira Rivke, tournant vers le plafond son visage douloureusement épanoui. Et, après avoir marmonné quelques mots incompréhensibles en yiddish, en se couvrant la face avec ses petites mains grasses, elle porta le coin de son tablier à ses yeux rougis et, rassérénée, elle expliqua à Sotir :

— Mon Avroum, vous ai-je toujours dit, n'a pas été assez sévère avec nos enfants. Aussi, nous sommes cruellement punis. Et j'implore la miséricorde divine. Malheur à moi!...

Puis, elle s'empressa d'apporter du thé aux trois hommes assis autour de la lampe.

— Votre école, reb Zalmen, marche-t-elle toujours? demanda Sotir avec intérêt. Les enfants continuent certainement à vous faire des misères et les parents à ne rien vous payer! Venez donc avec moi en Egypte, il leur manque là-bas, paraît-il, des « rebbes » pour enseigner le Talmud, vous y trouverez des enfants dociles auxquels vous inculquerez le respect de l'Eternel!

— Eh non, je ne bougerai plus d'ici. Je suis un sédentaire, Sotir, et je n'ai aucune envie de voyager. Partout, n'est-ce pas le même monde et les mêmes hommes, vous me le répétez souvent, vous qui courez les continents depuis vingt ans. Quant à moi, Dieu m'a mis à Constanza voilà plus de quarante ans, et quoiqu'ici il n'y ait que peu de Juifs et que je n'aie point d'autres amis que les Perlmutter depuis que ma pauvre femme est morte et repose en paix au cimetière de Constanza, je resterai attaché à mon passé toute ma vie. Je n'aime pas les changements comme les jeunes et comme vous, Sotir. La stabilité me convient; car, seulement dans la continuité réside la croyance.

— Vous êtes modeste, reb Zalmen, vous vous enfermez dans une vie effacée et humble malgré votre grand savoir! Vous ignorez l'enivrement des espaces libres et des changements brusques!

— Et vous Sotir, vous ignorez l'enivrement d'une vie juive sédentaire qui emplit l'âme et le cœur! Dans l'humilité vraie devant l'Eternel, le cœur trouve son apaisement. Mais c'est l'orgueil qui fait dévier les enfants de la trace de leurs parents...

— C'est logique, parbleu, s'écria Sotir, l'enfance foule aux pieds le passé! Le passé ne doit pas se prolonger dans l'avenir, si nous sommes les amis du progrès humain! Les enfants ont droit à la révolte!

— Oui, Sotir, vous avez raison; cependant vous oubliez que l'avenir tire sa sève du passé, il doit donc le ménager, car il lui doit son expérience.

— Heureusement, fit Rivke presque joyeusement, nous avons reb Zalmen avec nous. Qu'aurions-nous fait sans son soutien! Ni Avroum, ni moi ne serions encore en vie sans notre meilleur ami et confident.

— Et sans pani Sotir, compléta Avroum, qui ne manque jamais de venir nous rendre visite avant de repartir pour les pays lointains, que saurions-nous sur le sort de nos enfants? Oui, pani Sotir, vous faites entrer un peu de joie dans cette maison triste...

— C'est vrai, approuva Rivke, dommage que vous êtes un

« goï », pani Sotir. Savez-vous que reb Zalmen est un peu notre parent? Lui aussi est un Perlmutter. C'est... comment vous expliquer? Son grand-père était cousin germain avec le père de mon mari, hé, Avroum, c'est bien cela?

— Laisse ça, Rivke. Voyons mieux ce que nous dit pani Sotir.

— Tu as raison, Avroum! Eh bien, pani Sotir : comment va notre Isaac? Est-ce vrai qu'il se porte bien ainsi qu'il nous l'écrit dans ses lettres?

Hanele, qui venait de défaire le paquet apporté par Sotir, lut les quelques mots griffonnés en yiddish et, bouche bée, assista à toute la conversation de laquelle aucun mot ne lui échappa.

— Très bien, il va très bien! répondit Sotir avec une vivacité que reb Zalmen trouva forcée.

Les Perlmutter scrutèrent anxieusement le matelot; la mère insista :

— N'est-il pas trop maigre?

— Pas du tout!

— Gagne-t-il bien?

— Beaucoup... quand il travaille.

— *Quand il travaille?* Ne travaille-t-il donc pas toujours?

— Non, certes. Parfois, il chôme, comme cela arrive à tout ouvrier.

— Ah! Je comprends maintenant pourquoi il nous demande souvent de l'argent. Cependant, Isaac est un ouvrier chapelier comme il n'y en avait pas beaucoup à Bucarest. Il devrait avoir toujours du travail.

— Oui, approuva Sotir, Isaac est un excellent chapelier; seulement, voilà : en Egypte on porte plutôt des fez!

— Que le diable emporte les fez, blasphéma Rivke, en se levant pour aller verser du thé.

Reb Zalmen regarda sévèrement Rivke, mais il garda le silence.

Avroum intervint, avec son parler d'asthmatique :

— Les lettres de notre fils Isaac deviennent de plus en plus incompréhensibles, de plus en plus courtes, pani Sotir. Sa raison me semble bien troublée. Je ne reconnais plus le garçon intelligent qu'il était : est-ce qu'il boit peut-être?

— Hum! fit Sotir embarrassé, cela lui arrive aussi, comme à nous tous, par trop d'amertume. Etant seul et obligé de vivre loin des siens, deh! un verre, de temps en temps, ce n'est pas un crime...

— Crime, pani Sotir, crime! se lamenta le tailleur, la respiration entrecoupée. Avoir un buveur dans la famille, mais c'est monstrueux! Les Juifs ne boivent pas... Nous peinons, pauvres vieillards, depuis l'aube jusqu'au milieu de la nuit, pour un morceau de pain. Cinq... enfants... nous les avons nourris, dorlotés, élevés, pour eux nous avons tout sacrifié et maintenant nous n'existons plus pour eux. A part Hanele, tous les cinq peuvent depuis longtemps nous venir en aide, et aucun ne le fait. Nous n'existons plus. Nos enfants sont comme morts pour nous. Et nous sommes comme morts pour eux. Tous se sont éparpillés au gré du vent. Vous le savez... Hanele nous reste, elle est enfant encore, bien mignonne, mais que peut-elle pour adoucir notre sort? Et voilà quarante années de peine, de soucis, de dépenses pour une bonne éducation, le tout tombé à l'eau. Quel crime avons-nous commis devant Dieu pour qu'il soit si cruellement injuste avec nous?

Avroum courait par toute la chambre, droit comme un bâton, conspuant et crachant son indignation; puis, suffoqué il se laissa choir sur le vieux fauteuil.

Sa femme accourut lui donner à boire, gronda à son tour, se lamenta :

— Ah, pani Sotir, l'homme pauvre pèche plus souvent devant Dieu que celui qui est riche. Si dans le ciel, on doit tenir compte de tout ce qu'il a prononcé dans les moments de colère, alors c'en est fait du salut de son âme! Oh, malheur à moi : peine dans ce monde et peine dans l'autre, à quoi bon donc naître!

— Ne blasphémez pas, Rivke, dit avec douceur reb Zalmen. Vraiment, Dieu n'est pour rien là-dedans.

— A force de se voir si malheureux, continuait Rivke, mon pauvre mari s'en prend aux choses sacrées. Même les prières, il ne les fait plus que du bout des lèvres. Que voulez-vous, toute patience a sa fin. Il peine depuis l'âge de dix ans!

— Maintenant, se lamentait Avroum, nous sommes frappés dans notre dernier espoir, Isaac, le meilleur, le plus doux de nos enfants. Vraiment, c'est trop...

— Dieu nous a donné un cerveau pour nous guider, consola reb Zalmen.

— Et un cœur pour embrouiller le cerveau, coupa mollement Sotir.

— Dans l'œuvre du Créateur, pani Sotir, rien n'est fait pour « embrouiller »!

— Peut-être, à condition d'être mort...

Se levant pour partir, Sotir serra chaudement les mains des trois Perlmutter, embrassa Hanele et dit aux parents d'Isaac :

— Vous n'êtes pas fautifs, pas plus que vos enfants et que... Dieu... Le coupable est ailleurs, mais vous êtes déjà trop vieux pour vous mettre aujourd'hui à sa recherche. Allons, je vous quitte, bonne santé! Que je vous retrouve aussi bien portants!

— Vous voulez bien venir demain, supplia Rivke, prendre un petit paquet pour Isaac.

— C'est entendu, je passerai...

*

Le jour de son rembarquement, Sotir revint chez les Perlmutter. Il retrouva reb Zalmen à sa place accoutumée, buvant du thé, son front perlant de sueur. Dans l'air surchauffé de la chambre en désordre, Avroum se courbait, comme toujours, sur sa machine à coudre. Rivke et Hanele, affairées, préparaient à la cuisine le paquet pour leur cher Isaac. De nouveau, Avroum mit plusieurs minutes avant de faire taire sa machine. Pendant ce temps, reb Zalmen, dans son coin préféré, s'entretint à voix basse avec Sotir :

— N'est-ce pas, pani Sotir que vous leur avez menti un peu hier soir! Le pauvre Isaac doit bien être tombé dans les griffes de l'alcoolisme! Je crains beaucoup qu'on ne le revoie plus!

— Je le crains aussi. Mais toutes les vérités ne sont pas bonnes à dire, répondit Sotir à l'oreille de reb Zalmen.

Celui-ci, fermant les yeux, se mit aussitôt à remuer ses lèvres charnues pour réciter la prière d'usage qu'on dit en faveur d'un malade :

« O Maître souverain, tu es un Dieu de bonté et de clémence, tu as créé le monde avec amour, et c'est avec amour que tu juges tes créatures! Puisses-tu avoir pitié, Seigneur, de nous, de ton peuple Israël, de tous les enfants qui souffrent et parmi eux du malheureux Isaac fils d'Avroum. »

Sotir, habitué à ces sortes de monologues, continua à lui parler à l'oreille :

— Les malheureux parents seraient foudroyés s'ils savaient dans quel état d'ivrognerie se trouve leur garçon le plus aimé. Après Jossel, après Esther, après Aïm après Schiméon, voici

Isaac, leur dernier espoir qui sombre. En vérité, c'est navrant pour nos vieux Perlmutter!

— Oui, oui, acquiesça reb Zalmen, chez notre Avroum tout marche de travers. Ni parents, ni enfants, rien que de l'insolence. Mais est-ce que le monde va mieux?

Avroum, l'air content d'un homme ayant accompli la peine de la journée, oubliant passagèrement son asthme et les récriminations de la veille, vint s'asseoir auprès de ses deux amis. Rivke apporta le paquet, avec mille recommandations :

— J'ai mis aussi une bouteille de *tsouïca* puisque vous arriverez (que Dieu bénisse votre voyage) juste pour la Fête de la Thorah! Isaac aimait tant nos fêtes; qu'il se rappelle donc nos jouissances passées! Dieu nous a donné la Thorah dans la joie et en ce jour de l'année, il est permis à un Juif même de s'enivrer.

Sotir échangea un coup d'œil significatif avec reb Zalmen, puis ajouta :

— Je lui apporterai également de vieux journaux roumains; il les avale comme un affamé.

Rivke servit une modeste dégustation : de la sandre marinée, des olives, des concombres salés; tout cela accompagné du thé inévitable, mais aux aromes fins qui délient les langues. A la grande satisfaction de Rivke, les trois hommes firent honneur à ses efforts culinaires. Et toute la chambre s'emplissait de vibrations ailées à mesure que les voix, tantôt graves, tantôt joyeuses, résonnaient jusque dans la cour.

— Votre faute à vous autres, Juifs, plaisanta Sotir, c'est d'avoir trop de vie, à une époque où vivre pleinement est un crime! Comme chacun qui est trop riche en sève vitale, vous aussi, vous payez une terrible rançon à l'envie des médiocres. Vous êtes bons ou mauvais, mais jamais médiocres.

— Que voulez-vous, dit reb Zalmen, un Juif n'a pas le droit

d'être médiocre. Voyez un « goï », que lui manque-t-il? Il travaille la semaine et il s'enivre le dimanche; les jours coulent doucement pour lui, car il trouve du plaisir dans les joies même grossières! Mais nos joies, aussi intenses que celles du chrétien, sont pourtant d'une tout autre nature.

— Ah bah, taquina Sotir, vous voilà avec votre mysticisme sentimental. Soyez donc réaliste, reb Zalmen, ne vous confinez pas dans votre vie étroite.

— Je suis réaliste à notre manière, Sotir, et pour saisir toute l'universalité de notre vie étroite, il ne faut pas la juger de l'extérieur. Il faut vivre « la vie juive ». Hélas, même nos enfants l'ignorent. Qu'en savent-ils maintenant, de cette vie juive si absorbante, mais qui nous fait fondre le cœur d'humilité et qui nous emplit l'âme de béatitudes!

Reb Zalmen s'épongea le front et continua :

— Voyez notre Iom-Kippour que nous venons de fêter avant-hier, — c'est notre plus grande fête de l'année, — et notre fête suprême s'exprime dans le jeûne et les prières pendant vingt-quatre heures, consécutivement. Car pour nous, c'est toujours fête lorsque l'esprit triomphe sur la matière « en nous ».

— Chaque année, remarqua Avroum, reb Zalmen officie en ce jour de fête; et sa voix de chantre, si enveloppante, me remue jusqu'aux entrailles! Ses mélodies me poursuivent encore pendant des mois, pourtant je ne suis guère plus l'homme croyant.

— Oui, poursuivit reb Zalmen, les jouissances d'un Juif sont spirituelles, quoique un peu voilées de tristesse, car comment peut-il oublier le passé glorieux et la déchéance de son peuple? Après trois mille ans, il pense encore au neuvième Ab, jour fatal de la destruction des deux Temples. Aussi, le Juif vit-il dans le passé et dans l'avenir plus que dans le présent; il est dans l'attente, il attend avec confiance les temps meilleurs, les temps du Messie. Et alors nos mesquines misères personnelles disparaîtront avec sa venue...

— En attendant la venue du Messie, gémit doucement Avroum, je voudrais revoir Isaac!

— Qui sait, consolait Rivke, peut-être le reverrons-nous encore, avec l'aide de Dieu.

— Ah! s'exclama reb Zalmen, s'il pouvait revenir dans son pays, auprès de ses vieux parents!

Sotir, relevant la tête, jeta sa barbe en l'air :

— Deh, vous oubliez, mes amis, qu'Isaac est déserteur de l'armée de S.M. le roi de Roumanie, à l'exemple de tant d'autres Isaac ou Nicolaï. Mais notre Isaac n'est pas un déserteur quelconque : il est le rejeton « d'Avroum Perlmutter ». Et Avroum Perlmutter paie aujourd'hui le péché héréditaire avec ce qu'il lui arrive par ses enfants. Son péché est de ne pas avoir dans ses veines un sang de qualité médiocre. Je sais bien : il n'est nul besoin d'avoir un sang trop noble pour déserter l'armée d'un roi, même à la manière d'Isaac qui jette le fusil alors qu'il ne lui restait plus qu'un mois à faire sur *trois ans* de caserne.

— La révolte contre le destin se venge, rectifia reb Zalmen avec son calme habituel.

Attendri et presque serein, Avroum balbutia :

— Comme il a souffert, ce pauvre Isaac, pendant ces trois ans, personne ne le saura.

— Celui qui vit en dehors de Dieu, souffre, dit reb Zalmen en poussant un long soupir.

— L'histoire d'Isaac, plaida Sotir, est au fond l'histoire de chaque homme trop riche en sève vitale. Il y a deux sortes d'hommes. Le vermisseau humain, nullement troublé dans son engourdissement millénaire, poursuit sa petite existence sans trop de peine. *Ses douleurs :* l'aventure qui arrive à la queue du lézard, qu'un rien fait tomber, qu'un rien fait repousser, et dont le prix est quelques gouttes de sang froid! *Ses joies :* des chatouillements du gosier et de certains autres organes. C'est tout et voici *l'homme,* l'homme content d'exister. Il lui a suffi d'un coup de doigt pour le mettre en branle. Depuis, la bestiole piétine... Heureusement, poursuivit Sotir, dans un silence absolu, pour la gloire de la Vie, il y a un autre homme : c'est celui qui n'est jamais et nulle part tout à fait content! Il n'aime plus faire ce qu'il a trop fait, ni être là où il a trop vécu. Reculer plutôt que de croupir. Et mieux hurler que de ne rien sentir. Cet homme ne peut persister, ni dans le rire, ni dans le gémissement, comme il ne le peut ni dans la fortune, ni dans le désarroi. Tout lui convient pour un temps, même la prison, mais rien indéfiniment, pas même la liberté. C'est l'homme qui a découvert la brouette et qui ne s'est pas arrêté à elle. C'est également celui qui bouscule sans cesse la vie et la pousse vers tous les extrêmes, bons ou mauvais. Cette espèce d'homme paraît être très intéressé, égoïstement intéressé, mais il ne l'est point, car si on lui enlève tout, il se trouve encore mieux! Coupez-lui les bras, il travaillera avec les pieds.

Sotir avala une gorgée de thé et reprit :

— Toutes les races possèdent des types variés de cet homme-là, mais une seule en est riche à crever; c'est la race juive! Voilà ce qui explique son impossibilité de suivre la loi de toutes les autres races, qui est celle d'atteindre son apogée, puis, l'arrêt et la culbute. Et si, une fois par an, vous faites pénitence en vous envolant dans les nuages, toute l'année durant votre peuple est bien réaliste! Et c'est cela que j'aime en vous! Le peuple juif vit avec la terre. Aussi tout juif vaut deux hommes de sa taille. Aimer le Juif ou le haïr, cela revient au même, car il échappe à l'amour autant qu'à la haine. Le Juif, c'est la Vie en marche...

— Oh, que vous parlez bien, s'écria Avroum, j'aime beaucoup vous voir dans vos « grands jours »!

— Vous jugez sainement les choses, pani Sotir, approuva reb Zalmen. Seulement, j'ajouterai encore qu'il y a un troisième type d'homme : c'est celui qui est arrivé, après de pénibles recherches à la certitude, et qui est également content dans le malheur comme dans le bonheur!

— Et ce type-là, se trouve aussi rarement parmi tous les peuples, remarqua Sotir.

— Pleinement d'accord avec vous!

— Que je suis heureuse de vous voir d'accord, bien que vous soyez si différents l'un de l'autre! proféra Rivke qui ne perdait pas un mot.

Elle voulut continuer, mais aussitôt s'embrouilla et se tut, intimidée d'avoir osé interrompre par son bavardage de femme la conversation abstraite des hommes. Elle avait le respect instinctif de la femme juive pour toute parole théorique : « Je ne suis qu'une pauvre vieille femme, pensait-elle, bien insignifiante à côté de ces trois vastes intelligences. Pourvu qu'ils continuent... Je vois que mon Avroum brûle d'envie de parler! C'est sa seule distraction! »

Et, pour masquer son malaise, elle apostropha Hanele :

— Va donc dehors jouer avec tes camarades! Tu es là à nous manger de tes yeux!

Hanele, confuse, mécontente d'avoir attiré l'attention sur elle, s'en alla après quelques hésitations, coupées net par une courte remontrance d'Avroum.

— Puisque nous sommes de bonne humeur, reb Zalmen, chantez-nous quelque chose, pria Sotir.

— Cela vous ennuiera!

— Pas du tout, reb Zalmen, ne soyez pas exclusif; partagez vos joies aussi avec le « goï ». Isaac m'a souvent parlé de votre belle voix!

— Laissez d'abord Avroum nous raconter une histoire. Il aime bien parler!

— A mon âge, — soixante ans bien passés, — dit Avroum modestement, le souvenir est le seul plaisir qui me reste. Mais vous connaissez mes histoires et je ne sais pas inventer.

— Cela n'a aucune importance, dit reb Zalmen.

— Racontez-nous votre vie, ordonna Sotir.

Avroum, ravi, se mit aussitôt à parler :

— Eh bien! oui, si je suis pauvre et délaissé aujourd'hui, je suis bien riche en souvenirs, car j'ai laissé derrière moi une vie mouvementée! Je descends d'une famille de sacrificateurs. En remontant jusqu'à mon arrière-grand-père, les Perlmutter n'ont jamais rien fait d'autre que de saigner rituellement les poules, les oies et le gros bétail. Aussi, pour rompre avec la tradition que mon père voulait naturellement me voir continuer, j'ai décampé un jour de la maison paternelle de Botoshani, à l'âge de dix ans, et je suis venu à Bucarest où je me suis engagé apprenti-tailleur. Les beaux habits m'attiraient irrésistiblement...

« " J'aime mieux manger des oies que d'en zigouiller pour les autres ", me disais-je alors.

« Et, en effet, j'ai prouvé que je suis un de ceux qui méritent de se nourrir avec des oies : à vingt ans, je suis un coupeur de premier ordre. J'épouse l'unique fille de mon patron — la voici, — longue vie sur elle (Rivke hocha la tête), et je deviens copropriétaire de la " maison Silberman ". Jusque-là, rien d'étonnant : le commerce, l'industrie, les affaires d'argent sont dans les mains des hommes à l'intelligence médiocre. On pourrait même créer un proverbe approprié : " Dites-moi quel est votre magot et je vous dirai quelles sont vos lumières. ” Car, s'il fallait juger de la valeur des gens selon leurs capacités de faire fortune, il y aurait de quoi se suicider. Ainsi, à vingt ans, moi, Avroum Perlmutter, je suis un homme presque riche, aimé de ma femme et estimé par les hommes. Je ne regrette nullement d'avoir brisé la chaîne traditionnelle : être sacrificateur, c'est être dans la misère! En ce moment, j'ai déjà cinq ouvriers à conduire, un beau-père à dorloter; et Rivkele — ma jeune épouse, — est déjà enceinte, tandis que moi, je suis encore imberbe! Malgré mon “ affaire ” qui me met en rapport avec tous les “ richards ”, je suis resté un naïf, étriqué dans la petite vie juive, et ignorant le grand monde. Je m'ennuie...

« Mais le malheur nous guette pour couper la monotonie du bonheur. Je désirais connaître la vie. La grande ville, comme autrefois les beaux habits, m'attirait maintenant. Le destin m'en offrit bientôt l'occasion. A la conscription, le tirage au sort m'avait bombardé à Galatz, dans le régiment d'infanterie n° 11. Et un beau matin, je m'étais réveillé, les cheveux coupés au ras du cuir et vêtu comme un larron, tout grand tailleur que j'étais. Je quittai la grosse affaire, ma femme enceinte, tout, et muni d'une somme rondelette, me voilà au régiment avec les conscrits. J'avais de l'argent, mais je n'en disais rien, je ne crânais point, je faisais l'imbécile, suivant les sages instructions de mon beau-père. Et puis, je m'étais tôt aperçu du danger que couraient les “ poires ”, surtout les soldats juifs : “ Plus tu donnes, plus on te demande, et si un jour tu regimbes, il n'y a pas de pire traitement qui ne te soit infligé. ” Pour la même raison, je cachais mon état de coupeur.

« Et quand on me demanda : “ Perlmutter Avroum, que faisais-tu dans le civil? — Que vous viviez, monsieur l'adjudant (formule stéréotype), je suis couvreur, répondis-je sans hésitation. " Car, l'idée seule de reprendre pour trois ans ma place devant une machine à coudre pour me faire des durillons, m'affolait au point de tout préférer au métier de tailleur. Je n'avais jamais tenu une tôle dans mes pattes, mais comme je savais qu'il fallait travailler pour mes supérieurs, je m'étais dit : " Corvée pour corvée, autant monter sur les toits, cela change un peu. " On est moins surveillé; on voit, de loin, ses chefs s'approcher. On voit également des belles amoureuses qui passent. Que voulez-vous, j'étais jeune! »

Et il jeta un regard malicieux à Rivke, ridée, mais épanouie par le bel entrain de son époux.

— Et puis, continua Avroum avec ardeur, mon culot me porta chance. Le maître couvreur duquel je dépendais était un soldat juif, un type épatant. Celui-là m'avait ouvert des larges horizons sur la vie, les hommes et les femmes. Il va de soi, plus rien de juif en lui : il mangeait du porc, buvait sec et courait après toutes les filles. Bien des fois, je me laissais entraîner à sa suite, pour oublier les misères du service. Et, pendant la durée du service, je m'initiais à la vie facile et insouciante des chrétiens qui est aussi celle des Juifs, car, ma foi, je ne comprends pas autrement la vie! Quant au service, j'acceptais tout ce qui m'arrivait avec la même quiétude et le temps s'écoulait lentement en passant d'un supérieur à un autre avec les pelotons de soldats maçons, menuisiers, peintres et autres artisans qui servent la patrie en construisant des maisons aux officiers, en travaillant leurs champs, en élevant leurs enfants. Et, si on a la chance de ne pas tomber trop souvent sur des brutes qui vous frappent pour un rien, il faut s'estimer heureux de faire ainsi le service militaire, car on arrive au terme sans avoir jamais touché le fusil, ni connu les duretés de la caserne!

« " Et ton atelier, Avroum, et ta maison? " me disais-je

pendant ce temps, pendant les longues années du service.

« Hélas! l'atelier, la maison, quand je revins enfin, n'étaient pour moi que des souvenirs « d'avant le service ». Je ne voulais plus me séparer de mon ami Jankel, le couvreur. Nous nous établissons à Bucarest, en fondant ensemble la maison Blumenfeld-Perlmutter couvreurs, puis, ensemble, nous nous faisons adjuger les travaux du toit monumental de la Chambre des députés, alors en construction. Pour écraser nos concurrents et ceux qui nous prédisaient un échec complet dans cette audacieuse entreprise, nous partons tous deux pour Berlin, d'où nous rentrons un jour, complètement saouls, mais avec un wagon rempli de machines perfectionnées et accompagnés de quatre ouvriers spécialistes! Tout Bucarest ferblantier assiste à mes prouesses de tailleur improvisé couvreur. Et quand le toit est prêt, chacun reconnaît que c'est un chef-d'œuvre. Nous sommes assaillis par des commandes des plus alléchantes. En plus, mon associé est devenu un monsieur important. Je ne regrette aucunement d'avoir fait tomber l'atelier, puisque je suis en train de faire fortune avec mon associé, M. Jacques Blumenfeld, qui, devenu « homme de confiance », se grise auprès des hommes « illustres ». Il ne travaille plus du tout et passe son temps dehors et dans les cabarets, sous de multiples prétextes... Qu'importe, puisque me voilà de nouveau à un doigt d'être riche. Maintes grasses affaires nous passent devant le nez, je n'ai qu'à tendre la main pour les avoir. Cependant de nouveau, ça marche trop bien. Je m'en méfie et je m'ennuie! Il me manque quelque chose, je ne sais pas quoi!

« C'est alors que je me rappelle qu'on m'a fait boire à Berlin toutes sortes de limonades gazeuses à goût de fruits et diversement colorées :

« Une bonne affaire, me dis-je, ça ne coûte que deux sous,

prix populaire. Cette boisson n'existe pas en Roumanie. Je vais l'introduire. Je deviendrai un homme aussi considéré que Jacques Blumenfeld.

« Et je pars à l'insu de mon associé avec lequel je venais de me brouiller pour un rien. Un mois plus tard, je descends en gare du Nord d'une voiture de première classe, en compagnie d'un chimiste allemand, mon nouvel associé, un vrai Allemand celui-ci. Un wagon chargé de machines nous suit et arrive en bon état. Et cette fois, c'est mon nom qui prend la tête de la raison sociale : " Perlmutter-Keller, fabrique de limonades gazeuses à jus de fruits. "

« Mais je m'aperçois, un peu plus tard il est vrai, qu'il n'y a pas une goutte de " jus ", pas une miette de fruit dans nos limonades. Ce sacré " schwob " va m'envoyer au bagne avec sa chimie et ses poisons!

« Et je ne me suis pas trompé. Notre affaire, après avoir connu un rapide succès et failli d'un coup ruiner les produits similaires, échoue tristement. Le " schwob ", acheté par des fabricants grecs et roumains, m'occasionne quelques empoisonnements, assez graves, et il disparaît, me laissant me démêler avec la justice. On m'arrête comme un voleur. Notre honte est grande. Rivke tombe gravement malade de désespoir. Mais, tout de même, mon innocence est prouvée, on me libère sous une forte caution et finalement on m'acquitte après une fameuse plaidoirie d'un célèbre avocat, ancien ministre.

« Il va de soi que je perds toute envie de recommencer avec le " jus de fruits " que j'ai pourtant " introduit " dans le pays. Je suis très content de pouvoir abandonner à vil prix mes machines aux concurrents, en me promettant de ne jamais plus retourner à Berlin chercher des " machines ". " Qu'ils se cassent la tête avec leurs inventions et leurs machines! "

« En ce moment, j'ai trente-six ans, je suis père de trois

enfants et aussi pauvre que le jour de mon arrivée à Bucarest. Mon beau-père — de pieuse mémoire — est mort depuis cinq ans. De son atelier, nulle trace, comme si notre entreprise n'avait jamais existé. Mais je ne me décourage point. Pourvu que Rivkele se remette de sa maladie. Quant à moi, je me remets à la couture, en la consolant :

« Tu connais, Rivke, lui dis-je, l'histoire du bonhomme, dont tout le monde a pu lire un jour l'enseigne : " J'ai abandonné la philosophie et m'occupe maintenant de pharmacie ", puis, quelques années après, il change l'enseigne et fait lire aux passants : " J'ai abandonné la pharmacie et suis revenu à la philosophie. " Eh bien, Rivke, j'ai fait comme ce bonhomme-là...

« Depuis ce temps, ajouta avec un léger soupir Avroum, les misères ne m'ont jamais abandonné! Les enfants, notre joie, qui nous consolaient de mes échecs successifs, devinrent, en grandissant, la cause de nos malheurs véritables qui nous conduisit progressivement à la misère actuelle, à la misère la plus noire! Les histoires de nos enfants, vous les connaissez aussi bien que moi. Inutile de raviver nos plaies saignantes. Mais qu'importe, quant à nous, nous voilà au terme. Que les jeunes fassent mieux, mais leur sort est encore plus terrible que le nôtre.

« Au moins, j'ai connu des jours fastes! Et puis, la roue a tourné; c'est aussi bon. Car, que sommes-nous, sinon un brin de poussière balayé par le souffle du vent qui passe? Le malheur est que les enfants nous ont délaissés à nos vieux jours. Eh quoi! c'est aussi bon. Pourvu que je n'aie rien à me reprocher! Comme tous les autres, j'ai fait ce que j'ai pu. Quant au reste, — est-ce que je suis le Tout-Puissant? Ecrasé ou écraseur, je suis également reconnaissant à la Vie. La vie est belle dans la misère et dans la joie! Dites-leur, Sotir, à mes fils et à ma fille, que je supporte, Dieu merci, allègrement ma misère.

— C'est entendu, Avroum, vous méritez notre admiration, car après toutes vos misères, vous n'êtes pas un vaincu, mais un fier!

— Pour Avroum, comme pour tout bon Juif, dit reb Zalmen, les misères sont supportables, puisqu'il peut soulager son cœur en exaltant l'Eternel!

Puis reb Zalmen se mit à chantonner de sa voix de baryton tendre un passage de la liturgie du Nouvel-An, la fête importante qui précède le Iom-Kippour de huit jours :

— O Eternel! au jour de Rosch-Haschana, tu inscris, et au jour de Kippour tu arrêtes d'une manière irrévocable combien d'hommes seront créés et combien d'hommes disparaîtront pendant l'année. Tu désignes ceux qui doivent vivre et ceux qui doivent mourir, ceux qui arriveront au terme de leur existence et ceux qui n'arriveront pas. Celui-ci jouira d'une existence calme et heureuse et amassera honneurs et richesses, celui-là aura des jours tourmentés et recevra en partage l'humiliation et la misère.

« Mais la pénitence, la prière et la charité annulent la pire des sentences. Car ta bonté est infinie; tu es lent à t'irriter et prompt à pardonner. Tu ne demandes pas la mort du pécheur, tu veux, au contraire, qu'il revienne au bien et qu'il vive.

« C'est Toi qui as créé l'homme; aussi tu connais ses faiblesses et ses passions. C'est un être chétif qui vient de la poussière et retourne à la poussière. Il passe comme l'ombre, se dissipe comme la fumée, s'envole comme la poussière et s'évanouit comme un songe. Et l'homme sacrifie son âme pour gagner son pain... Mais toi, Seigneur, tu es un Roi tout-puissant et éternel... »

Ici, reb Zalmen arrêta son chant mélodieux. Il se leva, et,

se tournant contre le mur, il récita à voix basse sa prière du soir, se balançant dans l'extase d'avant en arrière.

Peu après, Sotir se leva, brusquement. N'ayant plus une seule minute à perdre, il s'en alla avec assurance après de solides poignées de mains :

— Revenez bientôt, sain et sauf, lui souhaitaient les vieux Perlmutter, en l'accompagnant jusqu'à la porte...

A minuit juste, l'Orient-Express ayant stoppé devant le quai de l'embarcadère, le paquebot *Dacia* avala les voyageurs qu'il attendait et leva l'ancre. Peu après, le phare de Touzla lui envoyait les dernières lueurs. La mer Noire l'engloutissait dans ses ténèbres. Et, à travers les ténèbres, le paquebot se frayait, avec l'aisance de celui qui connaît son chemin, la route vers le pays de l'éternelle limpidité, vers l'Egypte via Constantinople, première escale.

I

Isaac Perlmutter

I

Bien longtemps avant 1906, père Binder, Juif enthousiaste, avait dû quitter son pays d'origine, Galatz, et s'établir à Alexandrie d'Egypte. C'est que les enthousiastes, qu'ils soient Juifs ou autres, sont toujours des hommes encombrants sur cette terre. Père Binder le fut deux fois, trois fois, dix fois : pour les Roumains (pas pour le peuple, qui n'est guère antisémite, mais pour ses *hooligans*); pour les Juifs, qui ne savent pas aimer les meilleurs des leurs; et enfin, pour tous ceux qui détestent l'homme libre, franc, bon, généreux, mais aussi, violent avec quiconque use le premier de violence.

Sans être un pratiquant, Juif avec simplicité et sans crâner, Binder le disait tout haut. « Tous ne peuvent pas être des saints », répétait-il souvent. C'était une attitude qui irritait au même degré les Juifs pauvres que les Juifs riches. Patriote roumain, au point de s'engager volontairement et faire, avec entrain, trois ans de service militaire dans l'infanterie. Cela déplaisait terriblement aux Roumains (aux Roumains stupides, bien entendu). Quant à son enthousiasme, quant à sa générosité, Dieu bon! où est le monde qui sache apprécier ces articles-là comme ils le méritent?

A Galatz — où père Binder tenait un de ces cabarets que les Moldaves appellent si délicieusement « *doughéana* » ou bien « *crâsma* », — il passait tantôt pour une « poire » et tantôt pour un homme dangereux, selon la tête qui le jugeait. Parfois, c'était la même tête qui se montrait mécontente, car, dès que le père Binder cessait d'être « poire », il passait infailliblement pour dangereux. On lui criait, alors :

— Tu veux faire chez nous du socialisme? Va-t'en en Palestine, sale Juif!

Oui, sale Juif : père Binder osait demander le règlement de certains comptes que certains clients voulaient bien oublier. Cela n'était pas permis au Juif, qui devenait immédiatement « sale ». Et en un clin d'œil, on lui cassait ses bouteilles et on l'envoyait en Palestine :

— *Jidane,* qui veux faire du socialisme chez nous!

Ce n'est pas là de l'antisémitisme, c'est du *hooliganisme.* Et c'est triste... Triste, pour l'espèce humaine. Triste, surtout, pour les professeurs universitaires qui se mettent à la tête des *hooligans,* comme c'est le cas en Roumanie. Et combien plus triste cela devrait être pour les gros Juifs qui commanditent les professeurs-politiciens, comme c'est encore le cas et toujours en Roumanie.

Mais, de cela, ailleurs.

Aussi longtemps que les violences ne furent que celles du langage, père Binder resta calme. On sait que le Juif a la peau bien tannée, malheureusement pour le progrès humain et heureusement pour la crapule. Même les ravages qui se produisaient périodiquement parmi les bouteilles de son comptoir, il les supporta tranquillement.

— Puisque je suis un *jidane,* disait-il, allez carrément : « Dans le village sans chiens, chacun se promène sans bâton! »

Cependant un jour, insultes et bris de bouteilles furent les faits intolérables d'un de ces « sous-commissaires » de police aux salaires de famine et aux familles nombreuses, un de ces « tapeurs » exaspérants (toujours en quête d'un procès-verbal de contravention) qui portent le képi sur une oreille, font sonner le sabre sur le pavé, boivent à l'œil dans tous les bistrots et — entre midi et une heure, — raflent sur les marchés en débâcle toutes sortes de vivres à moitié inutilisables : un brochet, quelques tomates, une poignée de mirabelles.

Père Binder — trapu, costaud, ancien fantassin loué pour son endurance, — empoigna le sous-commissaire délinquant par les épaules et le buta contre l'orme devant son cabaret :

— Ça, lui dit-il, c'est de la part d'un *jidane!* Va maintenant te plaindre!

Le policier s'en alla et, naturellement, eut gain de cause : Binder paya gros et fit connaissance avec la prison.

Bon. C'est la justice du « pays de Hübsch », comme on dit là-bas. Le Juif sait tout comprendre et beaucoup supporter, sinon tout pardonner. Père Binder vaqua à ses affaires.

Mais un peu plus tard, lors d'une campagne électorale, un fils à papa, qui faisait office de *hooligan,* frappa le cabaretier d'un coup de « boxe américaine » et lui enfonça le nez. Binder resta infirme. Le coupable eut vingt-cinq francs d'amende.

— Le nez d'un Juif qui a fait tout son devoir envers sa patrie, ne vaut-il pas plus de vingt-cinq francs à Galatz? se demanda alors Binder.

Et comme il n'avait que quarante-trois ans :

— Sais-tu quelque chose, Léa? fit-il un jour, s'adressant à sa femme; nous allons partir en Egypte... Et pour toujours! Là-bas, à l'abri de lois plus justes, je me forgerai la Roumanie qui me plaît...

*

Il se la forgea, grâce à cette ténacité des âmes tendres qui savent ne pas confondre une patrie innocente avec ses maîtres lâches.

Et ainsi, le voyageur qui s'intéresse aux choses roumaines, a pu voir, rue Khandak, à Alexandrie d'avant la Grande Guerre, une enseigne intitulée : *Au Fantassin roumain,* café-restaurant. On y trouvait les plus spécifiquement nationales des boissons et la plupart des mets roumains et juifs-roumains, parmi lesquels trônaient les *fleïlkas,* les fameux *mititeï,* le brochet farci à la juive et les indispensables piments. Le gril de père Binder ne cédait en rien aux meilleurs de Roumanie, et c'est là le plus juste orgueil des Roumains. La délicieuse *tsouïca* et le généreux vin d'Odobesti, quoique rares, on pouvait les obtenir, non pas contre des pièces d'or, mais simplement si la tête du client plaisait au tenancier, car celui-ci les vendait à perte, même en les faisant payer avec de l'or.

Des journaux roumains, — chèrement procurés, et que père Binder surveillait comme ses propres yeux, — ainsi que les portraits des familles royale et princière, complétaient cet intérieur de *crâsma* moldave. Aux jours de fêtes nationales, on y voyait flotter dehors le drapeau tricolore [1].

Mais, une *crâsma* roumaine, que vaut-elle sans le typique et joyeux violoniste tzigane? Binder y pensait gravement durant l'installation, quand, le jour de l'ouverture, quel ne fut son étonnement en entendant, dans la rue, une mélodie bien connue

1. *Hermann Binder* et son cabaret *La Dorobantzoul Român,* sont historiques, quoique incroyables et inadmissibles pour les mentalités antisémites. Deux écrivains roumains, cependant, en ont parlé à l'époque : MM. R. Rosetti, avec bienveillance, dans son *In Egipt,* et feu Dr. C. I. Istrati, avec quelque malice, dans son *Bucuresti-Cairo.*

et ces vers gaillards chantés par une voix tout ce qu'il y a de plus pur tzigane roumain :

Où es-tu parti, mon petit Georges?
A Craïova, pour me marier,
Car ici les filles ne veulent plus de moi!
Elles prétendent que je suis redevable
D'une centaine de ducats,
Plus mille et trois baisers
Que j'ai pris à trois fillettes!

— Ça, c'est un des nôtres! s'écria père Binder, accourant dehors, les yeux humides. Mais qui est-il?

Qui pouvait-il bien être sinon le célèbre Motrogan, tzigane de Ploësti, insurpassable dans le répertoire de sa faculté d'improvisation, fameux dans toute l'Egypte depuis le jour où, émerveillée par son art, la princesse de Chimay — célèbre elle aussi par son amour pour le tzigane Rigo, — avait tiré de son auguste doigt une alliance portant gravé son nom et l'avait introduite elle-même à l'annulaire de Motrogan? Le pauvre chansonnier faillit alors s'évanouir et fut récompensé de tout le mépris essuyé dans son pays natal. Car, tout comme le Juif, le tzigane violoniste, quoique aimé et recherché, n'est pas moins la risée des brutes nationales qui le malmènent et poussent l'outrage jusqu'aux violences corporelles, ainsi que ce fut le cas de Motrogan, qui eut un jour le bout de l'oreille gauche tranchée par un ivrogne. Et ce fut encore par ce côté dramatique, autant que par sa qualité de violoniste arrivé à point, qu'il devint chaudement sympathique à Binder.

Le tenancier lui sauta au cou et l'embrassa, puis l'assit à sa table, le nourrit de mets exquis, l'abreuva des meilleurs vins roumains et le déclara son pensionnaire à vie et gracieusement.

Le jour d'ouverture, ce fut une orgie. Père Binder, fort modéré de coutume, but sec et se saoula bravement. L'archet et la voix de Motrogan firent des merveilles. Une clientèle triée sur le volet — Roumains, Juifs et Grecs, honnêtes et travailleurs, — jeta les livres sterling sans compter. Et pour que ce fût dans la tradition, Binder invita au festin des déracinés aux bouches envieuses qui ne pouvaient pas payer, mais qui savaient apprécier.

— Voilà la Roumanie que j'aime! s'écria le cabaretier, au comble du bonheur. Maintenant, gardez votre argent! Jusqu'à l'aube, lorsque Motrogan nous jouera « L'Alouette », c'est moi qui offre tout ce que vous pourrez manger et boire!...

Il était minuit. A l'aube, le violoniste ne pouvait plus soulever le bras avec l'archet, mais il joua quand même « l'Alouette ». Les convives s'en allèrent en trébuchant. Alors, à eux seuls, les volets fermés, le Juif et le tzigane se racontèrent réciproquement leurs vies, se montrèrent du doigt, l'un son nez enfoncé, l'autre le bout de l'oreille emporté, pleurèrent longuement, puis, se jetant de plus belle sur le nectar roumain, commencèrent à s'invectiver en parodiant les *hooligans* de leur patrie lointaine :

— *Moï jidane!*

— *Moï tzigane!*

— En Palestine, avec ton phylactère!

— Crr... corneille! moricaud!

II

C'est dans ce milieu, romantique et bohémien, que débarqua un jour le tendre et sentimental Isaac, le dernier espoir de ses vieux parents Avroum et Rivke Perlmutter de Constanza, et déserteur silencieux de l'armée roumaine au bout de deux ans et onze mois de service!

De déserteurs, roumains ou autres, l'Egypte en était pleine. Mais, jeter le fusil, alors qu'on n'a plus qu'un mois de service à faire, et partir dans le monde, cela, non, personne ne pouvait le comprendre, pas même les pires adversaires du militarisme. Encore moins le comprenait père Binder, qui, l'accueillant en père et le réchauffant de toute son affection, ne pouvait s'empêcher de lui dire, souvent :

— Voyons, Isaac! Enfant sans raison! Comment as-tu pu faire une pareille gaffe? Dis-moi : qu'est-ce qu'il y a eu?

Isaac répondait invariablement :

— Il n'y a rien eu... Laissez au diable cette histoire!

— Cependant... Un seul mois! Allons, Isaac: si tu retournais de ton propre gré, on ne te punirait pas, tu prendrais ton congé et serais un homme...

— Plus jamais je ne serai un *homme!*

Petit, chétif, blondasse, l'air timide, la parole embrouillée, Isaac, toujours debout et toujours un coude appuyé sur le comptoir, buvait lentement son « raki » de quarante degrés, tout en mâchonnant ces grains de pois chiches grillés qu'on offre gratuitement en Orient à côté de n'importe quelle consommation. Il buvait et regardait le sol, sans aucune expression sur son visage d'enfant, moitié taciturne, moitié songeur, presque indifférent à ce qui se passait autour de lui. Néanmoins, poli et obligeant avec quiconque lui adressant la parole, évitait de l'interroger sur son « histoire », qu'il voulait « laisser au diable ». Mais, peu nombreux étaient les gens discrets, car peu nombreux sont ceux qui ont du bon sens. La plupart des habitués de Binder avaient remarqué son embarras, et prenaient même goût à le faire souffrir par leurs questions embarrassantes. Isaac sortait, alors, immédiatement, sans prononcer un mot.

Au début, présentant une douleur trop vive dans l'âme du déserteur, Binder et ses intimes cessèrent complètement de le questionner et grondèrent ceux qui manquaient de tact à l'égard du mélancolique Isaac.

Mais de longs mois s'écoulèrent. L'apaisement espéré ne vint point. Paisible, Isaac l'était comme on ne le peut pas plus, mais quelle paix navrante! On lui eût préféré des hurlements.

Rien, sur son masque, de ce que nous appelons tristesse; de la gaieté non plus. Ni sourire, ni amertume : humeur égale. Et cependant, chacun se demandait :

Qu'est-ce qu'il peut bien avoir ce garçon? — Amour? Cela passe, tout de même... Alors nostalgie du pays? Allons donc!... »

Isaac entendait parfois ces chuchotements et passait, tranquille, avec ses yeux gris clair qui ne trahissaient rien.

Excellent chapelier, correctement vêtu sans coquetterie, Isaac fut d'une ponctualité exemplaire pendant toute l'année qui suivit son arrivée à Alexandrie. Les jours de travail, on ne le voyait que le soir, vers les 10 heures; le dimanche, par contre, il le passait presque entièrement chez Binder, si personne ne l'agaçait. Il était aimable, sympathique dès le premier abord, sans qu'il fît le moindre effort pour l'être.

Les bienveillants aux intentions matrimoniales disaient de lui :

— Dommage qu'il ne soit pas d'un tempérament plus expansif; il ferait un parti épatant, car il gagne bien!

Motrogan, lui, y allait tout droit :

— Dis donc, Isaac! J'aimerais bien savoir quelle est la

petite juive dont tu manges les yeux jusqu'à 10 heures du soir!

Et prenant son violon :

— Moi, je suis prêt pour la noce. Ecoute ça :

Hat a id a babélé!
Hat a babé a idélé!

C'est seulement à force de bonne volonté que les Juifs comprenaient quelque chose de son yiddish, mais ils riaient toujours de bon cœur. Isaac, qui aimait cependant Motrogan, ne riait pas. On avait même remarqué que les allusions du violoniste l'assombrissaient parfois malgré son air aimable. Il repoussait avec bonhomie de telles suppositions et s'en allait promptement.

Motrogan hochait la tête, après le départ d'Isaac :

— C'est là son mal! Il aime, le pauvre garçon!

*

Binder et sa femme adoraient Isaac comme s'il eût été leur propre enfant, et ils le couvaient sous leur constante vigilance. Pendant plusieurs semaines de suite, le cabaretier poussa le dévouement jusqu'à faire le détective aux trousses du solitaire, pour voir si l'amour était bien la cause de sa mélancolie. Ce fut du temps perdu! Chaque soir, imperturbablement, Isaac faisait le tour de la place Méhémet-Ali, rôdait dans deux rues latérales, toujours les mêmes, et rentrait chez lui. On n'était pas plus avancé. La vie intime d'Isaac restait impénétrable. Binder renonça à ses investigations. Il y fut obligé par deux causes totalement différentes, dont une : le cancer, qui terrassait sa femme, lui faisait passer des nuits blanches au chevet de la souffrante.

L'autre cause, heureuse celle-là, était la prospérité de son commerce, qui touchait à cette époque à l'apogée de son développement. Depuis l'ouverture, à huit heures du matin, et jusqu'à minuit, quand on fermait, la boutique et ses deux pièces attenantes ne désemplissaient guère, pas même le temps de fumer une cigarette. Binder et les quatre garçons qui l'aidaient se débattaient comme des fous au milieu d'un monde ressemblant à celui d'une foire.

On ne savait plus qui payait sa consommation, à qui on exigeait deux fois le paiement, et qui déguerpissait sans payer du tout.

Le violon et la voix grave de Motrogan mettaient le comble au tumulte. A minuit Binder en était aphone.

On ne demandait plus du vin roumain, mais du vin tout court. Quant aux grillades, c'était un charnier informe qui emplissait toute la rue Khandak d'une fumée appétissante et inconnue ailleurs. On en commandait des *fleïkas,* à toutes les heures de la journée, comme à la foire.

C'était si nouveau, si original le cabaret du « Fantassin roumain », que sa renommée fit le tour d'Alexandrie :

— Chez Binder on mange des grillades servies sur des rondelles en bois! Le vin, — et quel vin roumain! — on le boit dans des pots de terre! Et c'est tellement bon! Dommage qu'on n'y trouve plus des places assises!

Parfois, le flot de va-et-vient immobilisait le service, ou renversait les garçons. Dans cette masse humaine, les plus hardis n'étaient pas les clients, mais la peste bien connue des marchands de loteries, des cireurs de bottines, des crieurs de journaux et des vendeurs ambulants avec toutes sortes d'articles, en majorité Arabes, des vieux au regard roublard, ou des gamins audacieux et familiarisés avec les coups de pied reçus dans le derrière depuis que l'Egypte est devenue européenne. Leurs cris dominaient toujours le brouhaha :

— *Lotria frantsaoui, roumi, Hélouan!*

— *Tachydromos! Ephyméris! Les Nouvelles égyptiennes!*

— *Loustr, haouaga, loustr!* insistaient les cireurs, en avançant leur boîte.

Pendant cette époque d'affaires tourbillonnantes, qui dura trois mois d'hiver, Isaac ne se montrait que très rarement, au début, puis, plus du tout. Quand, avec le retour de l'état normal, Binder revint de son vertige, c'est avec angoisse qu'il constata la disparition du déserteur. Et, en effet, la vie d'Isaac avait été trop régulière, trop monotone, pour que ce brusque changement ne devînt inquiétant.

Binder accourut à l'atelier où Isaac travaillait et était nourri par affectueuse exception. Le chapelier déclara que le malheureux l'avait quitté depuis deux semaines, sans donner aucune raison et cela en dépit de toutes ses offres, les plus avantageuses. Le cabaretier le chercha à son logement : il n'y était plus.

Consterné, père Binder fouilla dans le gros courrier que tous les misérables, dont il était le soutien, faisaient venir à son adresse, et dans lequel Isaac trouvait, au début, hebdomadairement, une lettre de ses parents. Il n'y avait rien pour son protégé, ce qui lui parut étrange.

— J'ai vu Yousouf tripoter dans le tas de lettres! cria alors Motrogan.

— Yousouf? En effet : je me souviens l'avoir aperçu, moi aussi, dit Binder. C'est lui qui doit connaître la cachette d'Isaac!

*

Dans la masse crasseuse des marchands de loteries qui pullulent à Alexandrie, comme partout en Egypte, Yousouf, le vieux juif espagnol, était la figure la plus originale.

D'abord, il était polyglotte et le seul parmi ses coreligionnaires « Séphardim » à connaître le yiddish, parlé par la majeure partie des Juifs « Achkenazim ».

Vif comme un écureuil, sale comme tous les Arabes pauvres, malin et intelligent comme seuls les Juifs peuvent l'être à la fois. Bon et humain à l'occasion, comme tous ceux qui souffrent généreusement, Yousouf promenait, en même temps que la liasse de ses billets de loterie, le physique et les manières les plus drôles : imberbe; borgne de l'œil droit; maigre à ne pas pouvoir deviner son corps dans sa large robe presque répugnante, et cependant, il se rendait sympathique dès qu'il ouvrait la bouche pour vous recommander, dans huit langues, ses billets de loterie, lesquels, disait-il, étaient « tous chanceux ».

Quoique tout le monde en Egypte joue à ces ruineuses et multiples loteries à une piastre et à tirage hebdomadaire, chacun commence toujours par envoyer le marchand se balader, parfois assez brutalement. On sait qu' « on ne gagne jamais », ou presque, surtout le gros lot, tant envié, de cent livres sterling.

Jamais, cependant, on n'a vu quelqu'un être grossier avec Yousouf, et rarement lui refuser la piastre pour le billet, toujours un seul, qu'il vous offre. Gracieux, en dépit de sa laideur, Yousouf murmure aimablement :

— Essayez celui-ci... Non? Eh bien! prenons cet enfant qui va tirer un autre billet.

Ou bien :

— Attendez; je crois qu'il me reste un dernier billet de

« l'égyptienne ». Puisque personne n'a voulu le prendre, sûrement il doit gagner.

Et Yousouf fouille dans son énorme poche, d'où il se garde bien de tirer deux billets, mais lorsque cela lui arrive :

— Ah! s'écrie-t-il, joyeux; j'en avais deux! Ne choisissez pas, je vous en supplie! Prenez-les tous les deux!

Si le client n'en prend qu'un seul, il lui abandonne le second sur la table et s'en va :

— *Malèche!* (ça ne fait rien). Je vous le laisse à mon risque... Vous me le paierez demain!

Le lendemain, bien entendu, on le gronde et, parfois, on ne veut pas lui payer le billet donné de force. Mais Yousouf, qui connaît la bêtise humaine, répond promptement :

— Oh! un homme *comme vous* ne peut pas regarder à une piastre! Et puis, qu'est-ce que je gagne dessus? Vingt paras!

L'homme paie. Yousouf part, solennel, droit comme une canne à sucre. En présence des clients qui ont été déjà « brossés », il n'aime pas reprendre ses « trucs ».

Mais il faut reconnaître que, de tous les marchands, c'est bien Yousouf qui a fourni le plus grand nombre de billets gagnants.

Il le dit, d'ailleurs, en faisant son « article » :

— Quatre gros lots ont passé cette année par mes mains! Tenez, Binder peut l'avouer, car il connaît deux des heureux acheteurs, ses clients, n'est-ce pas, Hermann?

Hermann tourne le dos et rit :

— Ce sacré « Azoï! »

Les Juifs appelaient Yousouf le plus souvent *Azoï* à cause de la fréquence de ce mot yiddish dans sa bouche.

Ce marchand était le seul compagnon qu'on avait vu aux côtés d'Isaac, les derniers temps. Et Binder l'attendait impatiemment pour l'interroger quand le voilà! Mais Yousouf a déjà compris la situation; il crie de loin :

— Ah! il n'y a pas de monde aujourd'hui : je m'en vais! Binder fait un saut et l'attrape par le bras :

— Attends, Yousouf! Sais-tu quelque chose?

— Quoi donc?

— Isaac a disparu!

— *Azoï?...*

— *Azoï,* mon vieux, et je suis certain que tu sais ce qu'il est devenu...

— Comment est-ce que tu peux être *certain?*

— Parce que je t'ai vu fouiller dans le courrier.

— Fouiller! fouiller! Tu vas fort, Binder, j'ai cherché une fois, pour voir si j'avais des lettres.

— Toi, des lettres? De qui donc?

— De qui, de qui... Peut-être que moi aussi, j'ai un correspondant, pourquoi pas, pourquoi pas?

— Et puis, ajoute Binder, tu es le seul qui as été vu accompagnant Isaac...

— *Azoï?* je ne le savais pas, mais que puis-je, si je suis un homme si honnête!

Binder se fâche et lui met la main au cou, l'injuriant :

— Ecoute, « Peh Zadic! » Veux-tu me dire où se cache Isaac?

— Pourquoi m'appelles-tu maintenant : « Peh Zadic », proteste Yousouf; est-ce que j'ai dit que tu n'étais pas, toi aussi, un homme honnête? Et d'où veux-tu que je te sorte Isaac? Isaac n'est pas un billet de loterie, pour que je le cache dans ma poche! Peut-être qu'il est parti en Roumanie!

Binder recule et réfléchit :

— Comment! S'en aller, sans nous dire bonjour? Ou, c'est encore toi qui lui as conseillé de filer ainsi à l'anglaise?

car, soudainement devenu inquiet, il commença à tituber au grand amusement des Arabes qui allaient déjà l'entourer pour s'offrir un spectacle aussi imprévu que gratuit. Alors, survint Yousouf et, malgré les horions des badauds, il s'empara avec autorité du bras d'Isaac, lui disant doucement :

— Viens-tu, frère, avec moi? je me dirige justement de ton côté!

Avec docilité, l'autre acquiesça de la tête. Et les deux hommes s'en allèrent ensemble. Devant le logement du chapelier, Yousouf voulut s'éclipser, cependant l'autre le retint :

— Ne me quitte pas, Yousouf, implora d'une voix faible Isaac, je souffre trop. Je ne veux pas monter...

— C'est bon, je te conduis donc chez moi?

— Oui, où tu veux, tout m'est égal.

Yousouf occupait, rue Attarine, aux confins du quartier arabe, une vaste chambre, sous le grenier, quelque peu puante et miséreuse, dont le plancher servait à la fois de table et de chaises. Des hardes, de vieilles couvertures, amoncelées dans un coin sur des nattes usées, tenaient lieu de lits. Et sur un tas de ces loques bigarrées, prestement aménagées par l'infatigable Yousouf, le déserteur, sans proférer un mot, s'abîma dans un bienfaisant sommeil de plomb.

Au petit matin, Isaac se réveilla, soudainement dégrisé, fait fréquent chez les buveurs. En un éclair de parfaite lucidité, il saisit tout le tragique de sa situation qui lui semblait sans issue : « Je suis tombé bien bas! Jamais plus je ne me relèverai! Existence gâchée... Si je pouvais recommencer sans " elle ", la bonne vie, — mais non, je suis déjà trop faible... J'ai commencé à boire au régiment par désœuvrement et maintenant cela est devenu une obsession. Puisqu' " elle " ne se décide pas, — inutile de s'arrêter... Je veux mourir... »

Son regard fouillait la mansarde encore enveloppée dans

la lumière grisâtre. Yousouf, debout, la face au Levant comme s'il voulait attirer le soleil qui devait surgir d'un moment à l'autre, s'immobilisait dans une attitude humble et grave. Il ne s'était pas aperçu que son hôte ne dormait plus; aussi il murmurait très bas, pour ne pas le réveiller, quelque chose avec la monotonie nasillarde de l'Arabe. Isaac l'écoutait, mais il n'arrivait pas à comprendre ce qu'il marmonnait. Il ne reconnaissait plus les mots rituels appris jadis, dès l'âge de six ans, chez reb Zalmen. Déjà le soleil inondait la pièce, et le marchand continuait toujours.

— Que récites-tu, Yousouf, si longtemps? Assez de prières!

Yousouf, étonné, se retourna promptement, accourut et s'assit à terre à côté d'Isaac.

— Tu es déjà réveillé! As-tu bien dormi? Bon, bon. N'est-ce pas que ton cœur est soulagé? Toute la nuit, j'ai répété des psaumes pour le salut de ton âme! Et maintenant, « chalom »! Paix à ton cœur, mon grand et cher garçon!

— C'est vrai, Yousouf, tu as dit des prières pour moi? Est-ce que je suis malade?

— Non, mais désespéré parce que sans croyance et cela est aussi une maladie!

— Tu le crois, Yousouf?

— J'en suis sûr!

— Et tu crois que la prière peut me sauver?

— La prière comme l'obéissance aux lois de la Thorah et au « Haham » nous assure la vie éternelle.

— Je veux aussi la vie éternelle, Yousouf, mais je ne veux plus obéir. Je ne suis plus à la caserne. Et toi, tu es un enfant, puisque tu obéis et tu crois tout ce qu'on te dit...

— Oui, je suis un enfant comme toi et comme tous les humains, un enfant de notre Dieu, père de tous les hommes!

Aussi, je ne souffre pas. Je suis toujours content, car je suis toujours d'accord avec ce que l'Eternel me donne dans sa bonté miséricordieuse. Et toi, tu souffres, par manque de confiance en notre Dieu! Mais il est écrit : « Dieu ne veut pas la mort du pécheur, mais qu'il vive. » Et puis il est écrit : « Détourne-toi du mal et fais le bien! » Donc, si tu veux la vie éternelle, Isaac, c'est simple, cesse de boire comme un « goï » et commence à vivre comme un « id » : mange « kascher », ne travaille pas le jour saint de Chabbes et dis le « Chema-Israël » chaque jour.

— Tu es donc savant, Yousouf! Tu sais bien plus de choses que tu n'en dis quand on te voit avec tes billets de loterie.

— Moi, je ne sais rien et je ne dis rien. Le « Haham » sait beaucoup et reb Jacob, le kabbaliste qui te donnera un jour sa bénédiction, sait encore plus; mais Dieu seul sait tout. Car il est écrit : « Et Dieu pourvoit de nourriture toutes ses créatures. » Aussi, c'est Dieu qui pense pour moi, pour toi, pour tous nos frères et pour tous les hommes. Pour notre Dieu, tous les hommes sont bons, même s'ils sont égarés par les mauvais esprits ou aveuglés par l'éclat trompeur de l'argent... Dieu est bon et la vie en Dieu est belle; elle est faite de béatitudes. Et si tu souffres, Isaac, c'est preuve que tu ne vis pas en Dieu! Quelle que soit ta souffrance, sache qu'il y a un remède. Ce remède, c'est la foi en l'Eternel! Car il n'y a qu'un seul remède à toute souffrance comme il n'y a qu'un seul chemin pour tous les hommes, le seul vrai, le seul bon, c'est celui de l'Eternel sur lequel tous les hommes se rencontrent pour ne former qu'un seul grand homme; tous n'en formant qu'un seul devant l'Eternel unique!

Isaac n'écoutait qu'avec distraction depuis un moment. Yousouf s'arrêta à temps. Il bondit avec la légèreté d'une gazelle, et, quelques minutes plus tard, servit devant Isaac, accroupi à l'orientale, un plat de « foul » (fève cuite, à l'huile et au citron), du pain plat et de l'eau.

— Mange et restaure-toi. Et chacun ira à son travail : toi chez ton chapelier et moi, je dois chercher les billets. Lorsque j'étais tresseur, je restais ici pour fabriquer mes paniers à salade. Depuis que je suis marchand, mon gagne-pain est dehors et non pas dedans.

Lorsque les deux hommes descendirent dans la rue, Isaac, tout entier à ses hantises, ne remarqua pas le sourire de triomphe sur les lèvres de Yousouf pendant qu'il lui disait :

— Au revoir, ami, et surtout ne dis à personne que tu as couché chez moi, on se moquera de toi...

*

Une semaine plus tard, Yousouf, remontant chez lui à la tombée du jour, se trouve soudainement devant Isaac, assis dans l'obscurité, à la porte de sa mansarde. A peine le marchand domine-t-il son émotion; la surprise dépasse tous ses espoirs. Et son vieux cœur tressaille d'allégresse : « Puisqu'il revient, mon devoir est de le sauver; je ne l'abandonnerai plus jamais. »

Yousouf se dit tout cela, tandis qu'il ouvre la porte, et, cérémonieux, il laisse d'abord passer son hôte :

— Azoï! Azoï! flatté, humblement flatté de l'honneur que tu me rends! Entre le premier, mon âme préférée, consolation de mes vieux jours!

Sans répondre, Isaac pénètre dans la mansarde et, brusquement, à la consternation de Yousouf, il se jette à ses genoux, criant d'une voix gutturale qui n'est pas la sienne :

— Sauve-moi, sauve-moi, Yousouf! *Elle* m'a dit : « Déserteur! »

Un frisson d'effroi comme un éclair traverse le corps squelettique de Yousouf! Mais il se ressaisit et, paternel :

— Oui, calme-toi, mon enfant, je te sauverai! Je sauverai ton âme pour l'éternité! Que Dieu t'assiste dans tes épreuves! Dis vite le « Chema Israël »! pour chasser les mauvais esprits, tes ennemis et les ennemis de l'homme...

— *Elle* m'a dit : « Déserteur », te dis-je; me comprends-tu? J'en ai assez de la vie... Je ne suis plus rien; bafoué, trahi, sans travail, sans parents et sans espoir. Mourir!...

— Non, vivre, te dis-je, vivre et jouir pour attester Sa Gloire! s'écrie avec une autorité insoupçonnée, Yousouf, en le poussant dans le coin le plus éloigné de la porte.

« Il perd la raison »? le vieux Yousouf s'interroge, néanmoins, au même instant, il s'oppose de toutes ses forces à cette terrible pensée, car il ne veut pas donner un moule à la force destructive. Vite, il sort son amulette et l'applique au front du désespéré, marmonnant plusieurs fois de suite le même verset des psaumes :

« Il relève l'humble de la poussière comme le pauvre de l'avilissement et il les place à côté des grands et des princes de son peuple. »

Au bout de quelques minutes, Isaac reprend le sentiment de la réalité; il voit enfin en regardant autour de lui, reconnaît Yousouf, décrit quelques gestes avec ses bras comme pour chasser un cauchemar et, d'un sourire vaincu, il s'affaisse sur les couvertures :

— C'est bon, dit-il, je veux la vie éternelle, Yousouf. Que faire?

— Cesser de boire!

— Pourquoi?

— Parce que Dieu veut ta joie et non pas ta souffrance. Et le « raki » te donne la souffrance!

— Alors, c'est bon, je ne prendrai plus de « raki »!

— Sauvé, tu es sauvé! s'écrie dans une joie fulgurante le vieux Juif.

Et, levant son œil unique au plafond, Yousouf récite avec une reconnaissance émue : « Béni sois-tu, l'Eternel mon Dieu, d'avoir fait de ton humble serviteur le témoin d'un pareil miracle! »

— Veux-tu, Isaac, mon trésor, réciter le « Chema Israël »?

— Oui, Yousouf, dis-le comme tu le prononces, et je répéterai!

— Bon, mon enfant, commence donc :

« Ecoute, Israël, l'Eternel est notre Dieu, l'Eternel est Un. Béni soit à jamais le nom de son règne glorieux. Tu aimeras l'Eternel, ton Dieu, de tout ton cœur, de toute ton âme et de tous tes moyens. Que les préceptes que je te donne aujourd'hui restent gravés dans ton cœur. Tu les inculqueras à tes enfants et tu leur en parleras dans ta maison et en voyage, en te levant et en te couchant. »

C'était de ce soir-là que datait la disparition d'Isaac... Il ne descendait plus de la mansarde pour s'éviter la tentation de prendre le terrible « raki ». Le bon Yousouf lui apportait tout de la ville, dépensant son argent pour le nourrir et même pour le gâter.

— Tu es mon maître, Isaac, commande et je t'obéirai, lui disait le marchand.

— Apprends-moi ton ancien métier. Je veux devenir camelot.

— Excellent, ton projet! approuva Azoï dans une joie délirante. Aujourd'hui même, on commencera. Je cours acheter du fil de fer et je te montrerai comment il faut tresser. Tu verras, c'est un jeu d'enfant.

Dès lors, Isaac passait ses journées à confectionner tout ce qui peut se fabriquer en fil de fer : paniers à salade, porte-manteaux, souricières, grils et encore tant d'autres menus objets.

En même temps qu'il lui apprenait le nouveau métier, Yousouf lui inculquait les préceptes de la Loi, comme s'il était son propre fils. Et Isaac, adroit et point sot, s'assimilait l'un et l'autre avec une égale rapidité. Chaque jour, plus émerveillé, Yousouf songeait avec délice au jour béni entre tous les jours où il amènerait son « trésor » devant le regard pénétrant du kabbaliste vénéré. Le marchand voyait d'ailleurs reb Jacob chaque « Chabbes » à la petite synagogue de la rue Selah el Dine. Et il voulait amener Isaac à la synagogue pour lui montrer le saint homme, ne fût-ce que de loin. Mais Isaac s'entêtait toujours à ne pas vouloir descendre, même le jour de « Chabbes », pour aller à la synagogue.

« Il faut lui laisser le temps d'oublier son malheur », ainsi se consolait Yousouf, cependant que des semaines s'ajoutaient aux semaines... « Pourvu qu'Isaac demeure introuvable », pensait-il. Quant au reste, il savait bien attendre. Et il exultait de savoir que personne ne parvenait à le découvrir.

Si, pourtant. Un matin, on gratta discrètement à la porte en l'absence de Yousouf. Isaac vint ouvrir, Devant lui, un garçonnet grec, le visage rusé, lui tendant une bouteille d'un quart, se tordait dans un rire diabolique :

— Bon « raki » pour vous, de la part du cafedji d'en bas! *A vérésié!* (à crédit). Demain encore...

Cette perfide vengeance d'un voisin grec, qui en voulait à Yousouf depuis de nombreuses années, fut le début de la nouvelle déchéance d'Isaac. Le malheureux avait eu l'imprudence de descendre, en bas de sa maison, une ou deux fois en cachette, chez le vilain Grec, boire un « raki » à la dérobée. Et maintenant, brisant les digues de la parole donnée, il continuait à boire, chaque jour un peu davantage. Yousouf s'en aperçut, mais il se taisait par trop de tendresse, n'osant plus lutter contre la fatalité si accablante. Ce coup imprévu désarma toute l'ardeur du vieux marchand. Il courut chez reb Jacob et lui raconta au long cette lamentable aventure, implorant son intervention.

— Est-ce par vice ou par désespoir que cet homme boit? se contenta de demander le kabbaliste.

— Par désespoir, rabbi.

— Alors, il faut connaître l'étendue de son désespoir.

— Mais il ne m'en dit rien.

— Il te le dira.

Et, sur ces mots, reb Jacob congédia Yousouf éploré. Il interpréta la réponse du kabbaliste dans le sens qu'il fallait abandonner son cher Isaac à son sort.

IV

— Notre Loi ne te défend pas de boire, mon bon enfant, puisqu'il est écrit que le vin chasse l'amertume, ainsi répondit Yousouf à Isaac aux aveux de sa rechute qu'il lui fit un soir, inopinément...

— Tu m'acceptes donc, même buveur?

— Même buveur!

— Entièrement, tel que je suis?

— Entièrement, tel que tu es!

Depuis cette soirée de leur tendre communion amicale, Isaac buvait son « raki » sans se gêner, — même en présence de Yousouf. Soulagé de se savoir approuvé « en entier » par son guide, le buveur eut un regain d'expansivité; il parlait maintenant de lui, de ses préoccupations, de ses projets. Chaque jour, il répétait :

— Encore quelques semaines et je serai comme toi, un marchand ambulant! Je descendrai dans les rues pour écouler ma camelote. Alors, je pourrai enfin m'acquitter envers toi, Yousouf, mon bienfaiteur!

Et il passait ses journées à travailler continuellement, acharné à confectionner une quantité toujours plus grande d'ustensiles en fil de fer. Avec le temps, toute la mansarde s'était remplie de sa camelote. Il en accumula un stock formidable, mais il remettait d'un jour à l'autre sa première sortie.

A part cela, d'humeur égale et docile, Isaac suivait en tout « l'enseignement » de Yousouf. Matin et soir, les deux hommes faisaient la prière, chacun dans un coin. Et chaque matin, Isaac mettait avec un plus visible empressement le « taless » et les phylactères que Yousouf lui avait achetés. Ils se lavaient les mains avant chaque repas, qu'ils terminaient en bénissant l'Eternel qui « nourrit tous les êtres ».

Le soir, ils s'entretenaient de choses de ce monde et de l'autre monde; et parfois ils parlaient avec une sublime ignorance naïve. Ces deux incompris, rebutés même par leurs propres destins, savaient tirer de leurs misères une joie continuelle, grâce à quelque livre composé en judéo-espagnol, prometteur de vie éternelle que Yousouf, maladroit à lire les textes, expliquait en suant devant son tendre ami. Ou bien, la mine roublarde, il lui racontait ses observations sur les hommes et leurs bêtises, en contrefaisant, avec un rare sens comique, tous ceux dont il se moquait.

Et, cachés dans leur paisible masure ignorée de tous, les deux fidèles se transfusaient leur vie intense. Dans leurs cœurs unis, gonflés de gratitude, résonnaient les immortelles paroles du roi David dont ils se considéraient comme les héritiers légitimes :

« Les cieux sont restés son domaine, mais la terre, il l'a donnée aux fils de l'homme. L'Eternel ne peut pas être loué par les morts, mais par les vivants. C'est nous qui glorifions Dieu maintenant et à jamais. *Alleluia...* »

Dans la sombre mansarde, les deux fidèles amis s'attardaient parfois en causant à voix basse, jusque fort tard dans la nuit. Cette fois-ci, Isaac commença :

— Yousouf, dit-il, est-ce que tu sais pourquoi j'ai quitté mes parents?

— Non, mon trésor!

— Sais-tu pour quelle raison je suis venu à Alexandrie?

— Non, mon trésor!

— Sais-tu qui est la cause de mon malheur?

— Non, mon trésor!

— Alors, écoute, Yousouf, ce soir je te dirai « tout » et tu me diras si j'ai tort ou si j'ai raison de boire? Tu le veux, dis-le-moi?

— Oui, je le veux, mon ami!

Isaac, fermant les yeux, poursuivit :

— Voici pourquoi je bois : parce qu'un seul mot d'une femme *qu'on aime* peut changer la destinée de toute une famille. N'est-ce pas terrible?

— Oui, Isaac, continue, je t'écoute!

— Mais par où veux-tu que je commence? C'est si difficile de « tout » dire, aussi je préfère attendre... J'ai honte devant moi-même; mais, pourtant, je ne peux plus remettre...

Les joues écarlates, les mains tremblantes, le buveur commença avec un visible effort pour surmonter sa pudeur :

— Ecoute! Ma mère Rivke m'a mis au monde à une époque où mon père Avroum était en prison, injustement accusé d'avoir mis du poison dans ses limonades. Cette malheureuse expérience coûta toute notre fortune à mon père, et, en même temps que moi, la pauvreté entra dans la maison! Cependant ma mère, femme au cœur d'or, m'aimait comme ses prunelles, car j'étais son dernier-né. A peine commençai-je à juger, je vis que le *monde est féroce pour ceux qui sont dans l'adversité et ne soutient que ceux qui sont dans la prospérité!* Cette plaie est d'autant plus navrante si ce sont les enfants qui abandonnent leurs parents accablés par une pauvreté soudaine. Mon enfance fut empoisonnée par les honteux départs successifs de mes trois frères et de ma sœur. Tous les quatre, plus âgés que moi, élevés dans la richesse, instruits, diplômés, connaissant les langues, quittèrent l'un après l'autre, après des scènes pénibles, la maison paternelle appauvrie, où ils se sentaient dès lors à l'étroit. Le désespoir de mes parents s'est pour toujours gravé dans mon cœur et je me suis juré — à dix ans — de rester avec eux, ma vie durant!

« A cette époque, après le mariage de ma sœur Esther à Bucarest, mes parents vinrent cacher leur honte, c'est-à-dire leur pauvreté, à Constanza, où vivait notre parent éloigné, reb Zalmen, maître d'école et homme de bien qui déteignit le premier sur mon âme sensible. Car, si je ne voulais pas apprendre chez lui le « Talmud » qu'il tenait tant à m'enseigner, pressé que j'étais de commencer le plus tôt possible à gagner quelque chose pour notre foyer appauvri, je ne me lassais point d'entendre ses histoires merveilleuses sur l'origine de notre famille, si considérée, là-bas, à Holochitz, en Galicie, d'où, en 1847, vint mon grand-père, reb Scholem, fameux par son savoir, pieux Hassid et disciple préféré du célèbre rabbin miraculeux de Belz, reb Jéchiélé! Je te raconte tout cela, Yousouf, pour pouvoir te rapporter ce que reb Zalmen me disait : " Ton grand-père, me racontait-il, est venu en Roumanie avec sa famille s'installer comme sacrificateur à Botoshani, *sans la bénédiction du rabbin miraculeux?* " Et c'est de là que datent nos malheurs...

« Juge par toi-même, Yousouf, mon grand-père s'installe à peine à Botoshani que son fils Avroum, — mon père, — s'enfuit un jour à Bucarest pour devenir... tailleur! Mon grand-père n'avait jamais pu se consoler de ce coup terrible! Et en vain fit-il venir de son pays d'origine un jeune orphelin, un parent éloigné de lui, le garçon Zalmen qui devint par la suite son plus fidèle adepte et, après sa mort, le consolateur de toute notre famille... C'était sur le conseil avisé de reb Zalmen que j'avais appris le métier de chapelier et ce travail me plaisait fort. Et, somme toute, la vie était supportable pour nous tous jusqu'au jour fatal de mon entrée au service militaire.

« Avant ce jour-là, je vivais à l'écart du monde, me méfiant de tous, travaillant durement pour donner tout mon argent à la maison. Je ne connaissais mes frères que par ouï-dire. Petit à petit, ils cessèrent même de nous écrire. Je n'avais point d'ami, excepté reb Zalmen dans mon enfance et, plus tard, juste une année avant mon départ pour le service, je me suis lié avec un nommé Sotir, ami de notre famille, et surtout de ma sœur Esther, du temps où elle fut richement mariée à un bijoutier de Bucarest.

« Esther, je ne la connaissais presque pas, mais on parlait toujours d'elle à la maison, et Sotir me disait qu'elle était une digne et excellente femme. De mon frère aîné Jossel, par contre, on ne parlait jamais. Il nous quitta avant même que je fusse né et, avec les années, ses traces se perdirent pour nous. Il fut à jamais radié de notre famille à la suite de sa conversion en Amérique. Son nom ne se prononça jamais en présence de reb Zalmen. Un " mechumed ", c'est pire qu'un mort! Mon deuxième frère Haïm, devenu " Constantin " pour le journalisme, et le plus intelligent de nous tous, quoique un grand insolent, vivait bien à Bucarest, mais la brouille entre mon père et lui était définitive; le seuil de notre porte lui était défendu à tout jamais.

« Le seul qui faisait de courtes apparitions chez nous, c'était Schimke, que tu connais bien! Mais ses visites nous occasionnaient plus d'inquiétude que de joie! Ma mère tremblait sans cesse, car avec son tempérament violent et sa force d'athlète, il était toujours prêt à accepter les défis des *hooligans* et à batailler à tort et à travers. Nous avons eu tous un soupir de soulagement quand nous avons appris qu'il était parti à l'étranger. Ainsi, l'un après l'autre, mes aînés se répandirent à travers le monde, bouillonnant tous d'une vie excessive, mais mystérieuse pour moi et sans utilité pour notre famille...

« Mais revenons à mon service militaire. Chose bizarre... Je fus incorporé dans le 11e régiment d'infanterie à Galatz, là même où mon père avait subi les plus malheureuses expériences. Cependant, j'ai supporté avec patience mon joug. On m'a même distingué pour ma bonne conduite. Un soir de la Pâque, je fus invité chez un commerçant juif, Berl Goldstein, dont la fille aînée Rosa, ardente et belle, m'a fait, par la suite, quelques avances. La jeune fille m'a plu, nous nous aimions tendrement, et il fut décidé entre nous que nous nous marierions le jour de ma libération du service. Tout est donc pour le mieux. Mais non! Un jour éclate à Galatz une manifestation socialiste, d'ailleurs assez insignifiante. Mais nous sommes mobilisés — deux compagnies de mon régiment — pour rétablir l'ordre. Je me trouve parmi les soldats. Une bagarre se produit instantanément et " l'ordre " se rétablit sans aucune effusion de sang, pas même de blessés. Mais les fameux " wagonneurs " du port du quartier " Badalan " profitent de l'occasion pour piller les magasins juifs, et le commerce de mercerie de mon futur beau-père est saccagé honteusement à mon nez. Ce qui est pis, la soldatesque frappe pendant ce temps furieusement ma fiancée et ses parents, inculpés de socialisme. En ce jour, j'ai éprouvé les tortures d'un homme à qui on arrache les entrailles... La révolte contre les hommes et contre Dieu grondait dans ma poitrine, cependant je me taisais, je n'avais que trois mois encore, et c'était la liberté...

« Les Goldstein, dégoûtés, mortifiés, s'embarquèrent aussitôt après cet événement, sur un bateau en partance pour l'Egypte. Et ma désolation était sans bornes. C'était avec la plus grande impatience que je reçus la première lettre de ma fiancée, m'enjoignant de me tenir tranquille. Et je passai la plus épouvantable des nuits de ma vie, partagé entre mille sentiments contradictoires, brûlant d'un amour passionné, affolé par une affreuse jalousie, et, d'autre part, ayant la conscience aiguë du devoir envers mes vieux parents qui attendaient mon retour prochain, — tout cela me fit perdre la tête... Le matin, je demande un congé pour commissions en ville, je troque tout de suite mes habits de soldat et me glisse inaperçu sur un cargo qui part dans la même journée.

« Et j'arrive enfin à Alexandrie! Exténué, mourant de faim, après une humiliante traversée. Hélas! je remarque aussitôt que ma Rosa n'est plus la même! Oh! que te dire, Yousouf, toujours l'homme probe, honnête, se fera éclipser auprès d'une femme par celui dont l'extérieur est plus brillant. Les femmes sont aveugles! Elles ne voient pas le fond, rien que la façade! Elles se laissent prendre par les belles paroles creuses! Rosa ne m'aime plus! Elle s'est amourachée d'un nommé Naoum Kagan, Juif de Pologne, mais d'une mentalité levantine, beau parleur, grand blagueur, qui sait l'amuser... Et moi, je n'en suis pas capable. Je lui ai sacrifié mes vieux parents abandonnés à Constanza et elle me méprise parce que le Levantin, commis de banque, est plus entreprenant que moi. En vain, j'attends une année dans l'espoir qu'elle reviendra à la raison! Non! Elle se moque de moi pendant toute une année pour me jeter à la face, ce jour terrible où je suis venu chez toi, le mot : " déserteur "! Cela, ô jamais, comment tolérer une insulte pareille? Je me suis enfui chez toi et pour toujours. Car avec Schimke, je ne peux plus m'entendre; sa force le rend grossier! Finis mes projets de me créer un foyer et de faire venir chez moi mes vieux parents! Tout est fini... Dis, Yousouf, ai-je tort ou ai-je raison de boire? »

Yousouf chercha longtemps dans une bible avec traduction en judéo-espagnol. Enfin, il trouva dans le Livre des Proverbes le verset suivant qu'il lut devant son ami exténué :

Donnez des liqueurs fortes à celui qui se sent perdu
Et du vin à celui qui a l'amertume dans l'âme.
Qu'il boive et oublie sa misère de cœur
Et qu'il ne se souvienne plus de ses peines.

V

Un jour enfin, Isaac apparut au *Fantassin roumain*. Tranquillement. En plein midi grouillant de foule bigarrée. Le visage serein, sans faux col, barbe de trois mois, vêtements râpés et malpropres, — et tout chargé d'ustensiles en fil de fer : cintres, porte-manteaux, souricières, corbeilles à salade, grils et autres menus objets.

Il marchait à pas d'homme heureux, ballotté en tous les sens par les Arabes pressés. Mais il n'y faisait guère attention. Ses yeux, trop ouverts, et son cou raidi, lui donnaient un peu cette allure navrante qu'ont les aveugles.

Naturellement, personne ne le reconnut de loin, mais lorsqu'il s'arrêta devant la terrasse bondée du restaurant, ce fut un cri d'horreur général :

— C'est toi, Isaac? s'écria Binder.

— Bonjour... C'est moi..., donnez-moi un « raki ».

Le garçon lui versa l'eau-de-vie. Isaac posa son fourbi dans un coin, s'accouda contre le comptoir et se mit à déguster son « raki » en grignotant des pois chiches.

Binder, les bras croisés sur la poitrine, le regardait avec une douloureuse stupéfaction.

— Comment ça va, monsieur Binder? fit l'autre d'un air dégagé.

Le cabaretier le considéra longuement, puis :

— Ça va très mal, mon pauvre Isaac, puisque tu nous reviens dans un tel état. Qui t'a arrangé ainsi? Yousouf? Il peut en être fier!

— Pourquoi? Est-ce que je suis un voleur?

Etonné, il semblait chercher une réponse dans les yeux de Binder, mais son regard allait au-delà de son interlocuteur, vers le vague.

Plusieurs anciens amis entourèrent le restaurateur et, comme lui, dévisagèrent, muets, le triste spectacle de cet Isaac nouveau. On avait tant aimé l'autre, qu'ils ne voulaient pas croire à celui-ci.

— Mais qu'est-ce qui s'est passé? dit père Binder.

Le tresseur de fil de fer protesta :

— Qu'est-ce qui s'est passé... Pour vous autres, il y a toujours quelque chose qui se passe... Il ne s'est rien passé. Est-ce que je vous fais honte?

— Honte, non, mais pitié! répliqua Binder.

Isaac haussa les épaules, les yeux à ses babouches arabes :

— La pitié... C'est très bien... J'en avais peut-être besoin..., depuis longtemps. Donnez-moi encore un « raki ».

— Je ne te vends plus de « raki », moi! dit Binder, suffoqué. Tu es devenu un ivrogne, cela se voit!

— Et un ivrogne n'est plus un homme, monsieur Hermann?

— Pour moi, non, il n'est plus un homme! Peut-être pour Yousouf, qui tue l'être tout entier au nom de l'Eternel!

— Qui a-t-il tué?

— Toi!

— Ce n'est pas vrai, monsieur Binder, vous êtes injuste. Yousouf m'a donné la paix : je n'étais pas si « entier » que vous le croyez. Donnez-moi un « raki »!

— Plus de « raki »!

— Bien, monsieur Binder... Je voulais boire du vôtre, qui est bon. J'irai boire ailleurs, du mauvais...

— C'est ton affaire, malheureux! Je veux ton bien, mais je ne puis rien.

Isaac sourit béatement :

— Mon *bien*... Hum! Il est entre les mains de Dieu!

— Ça y est! exclama Binder, en claquant les mains. Je me doutais bien qu'Azoï a fait de ce garçon une triste conquête pour l'Eternel : le voilà pieux, notre Isaac, pieux ivrogne!

— Laissez tranquille Yousouf! murmura Isaac, allant ramasser sa camelote.

Père Binder le saisit par le bras :

— Tu ne veux pas manger?

Le camelot songea un instant, puis :

— Non... Merci... Je n'ai pas faim.

— Tu n'as pas faim! Avoue que tu ne manges plus que des mets « kascher », maintenant!

— Peut-être, ça aussi...

Et il s'en alla doucement, craintivement, le cou raide.

Le bon Binder se couvrit le visage avec les mains et courut vers sa femme.

Aussitôt après le départ d'Isaac, Yousouf fit irruption dans le restaurant. L'œil roublard, l'air naïf, il cria fort, tendant ses billets :

— *Lotria nemtzaouï, griki, Hélouan, Ismaïlia!*

Motrogan sauta de sa place :

— File, Yousouf! Si Binder te trouve ici, il t'arrachera les derniers trois poils de ta barbe! Isaac vient de sortir...

— Azoï? Et quel rapport il y a entre Isaac et ma barbe?... Pourquoi Binder veut-il me l'arracher?

En ce moment, le cabaretier rentra, blême, prit le marchand au collet et hurla :

— Fripouille! C'est toi qui as abruti mon pauvre Isaac! Lèpre bigote! Disparais d'ici et que je ne te voie plus jamais revenir! Criminel!

L'autre se débattait :

— Binder... Binder... Ecoute... Ecoute...

Et quand il se fut arraché des mains du restaurateur, sa voix roula comme un tambour :

— Pourquoi je suis un criminel? Pourquoi lèpre? Pourquoi fripouille? J'ai sauvé une âme, je l'ai fait entrer dans notre Loi! A un désespéré qui voulait mourir, j'ai donné un nouveau gagne-pain afin qu'il vive! C'est criminel, ça? C'est pas moi qui vends du « raki », c'est toi! « Fantassin roumain »... « Fantassin roumain »... Binder, tu seras puni un jour! Car tu es un « id », pas un « fantassin »! Et Dieu punit l' « id » qui veut faire le « fantassin »!

— Sors d'ici, imbécile!

— Je m'en vais... Mais tu verras : déjà ta femme est malade!...

*

Ces événements coïncidaient avec le lancement dans la Méditerranée, en automne 1906, des quatre paquebots postaux du gouvernement roumain. Binder, patriote sentimental, alla avec un opérateur les photographier, l'un après l'autre, dès que chaque bateau, avec sa blancheur de neige, surgissait dans le port d'Alexandrie. De cette façon, il put contempler à satiété leurs agrandissements, accrochés aux murs de sa boutique. Et sûrement que le consul roumain, qui débarqua du premier, n'en fut pas plus sincèrement touché ni plus crânement fier que le juif Binder. Comprenne qui pourra.

Pendant quelques mois, le drapeau tricolore de sa patrie lointaine flotta au-dessus de l'enseigne du « Fantassin roumain » presque en permanence. Binder, la barbe prématurément blanche, accueillait, les bras ouverts, tous ceux qui descendaient de « ses » chers bateaux et voulaient bien lui faire l'honneur d'une visite. Il oublia la cicatrice du nez et les blessures du cœur pour devenir un office de renseignements, un asile de nuit, le banquier et la « poire » du bon et du mauvais compatriote.

Parmi ces nouveaux visiteurs, il y en eut un seul qui n'était ni bon ni mauvais compatriote, mais un citoyen de l'univers épris de justice, un camarade qui savait dire rondement ce qu'il aimait et ce qu'il détestait. Binder l'affectionna promptement. Cet homme était Sotir, le vieux navigateur, le cambusier sévère et dévoué du *Dacia,* grand ami de la famille d'Isaac, les pauvres Perlmutter — parents malheureux dont les enfants s'étaient répandus de par le vaste monde.

Sotir, « le barbu » à la démarche nonchalante, n'avait plus revu Isaac depuis son incorporation, il y avait de cela plus de cinq années. Et, de tous les enfants des Perlmutter, c'est Isaac qu'il aimait — après Esther — le plus chaudement, amour que le juvénile mais taciturne garçon partageait d'un sincère élan.

Entre-temps, il y avait eu la désertion et l'effondrement moral du déserteur. La première, le cambusier ne l'ignorait pas, ainsi que sa cause : l'amour du soldat pour sa fiancée qu'il suivit désespérément dans son exil en Egypte. Mais de son revirement mental, il n'en savait rien avant son arrivée à Alexandrie. Cependant il le cachait soigneusement aux vieux Perlmutter quand il venait les voir à Constanza, à chaque retour de son bateau.

... On peut donc se figurer aisément quel coup pénible devait recevoir le cœur de Sotir dans la boutique du père Binder vers laquelle le matelot se dirigea, en allongeant le pas contre son habitude, dès sa première escale à Alexandrie.

De son côté, Isaac, averti par ses parents de l'arrivée du grand ami, rôdait impatiemment dans les environs du « Fantassin roumain », le regard moins vague fouillant la cohue et le cou un peu plus mobile que de coutume. Mais ni l'un ni l'autre ne reconnut son ami, et Sotir pénétra dans le restaurant comme un étranger. Deux heures plus tard, enfermés dans une chambre séparée, le tenancier et le navigateur s'aimaient comme seuls les citoyens de l'univers le savent, buvaient à la fraternelle, et se tutoyaient. Et cependant, la veille de cette rencontre, ils ne se doutaient pas l'un et l'autre de leur existence. Mais là, c'est le grand pouvoir, le grand bonheur des sincères que les vulgaires humains ignorent. C'est le dixième bonheur, après les neuf qui sont inscrits dans l'Evangile, et le premier qui devra figurer dans l'Evangile d'un monde meilleur. On dira alors : *Heureux ceux qui peuvent s'aimer de prime abord et échanger réciproquement toute la joie et toute la souffrance que renferment leurs cœurs palpitants de vie intense, — car ils sont les fils du même Dieu généreux et se reconnaîtront facilement sous tous les aspects de l'invraisemblable Eternité!*

VI

Il est écrit dans le livre invisible de toute destinée tragique que l'amour — qui est une béatitude troublante pour le commun des mortels — doit être un brasier infernal pour les généreux aux cœurs fragiles... C'est cela, la destinée d'Isaac!

— Je l'ai connu, dit Sotir, rejetant en arrière sa tête d'ermite, garçon sage, d'une tendresse timorée et d'une coquetterie timide. Irréprochable dans tous ses actes, comme une jeune fille. Quelle espèce de grain de sable est-il tombé dans son fragile mécanisme pour qu'il se détraque, ainsi que tu viens de me raconter?

« Je pense à ses parents, et je voudrais chercher une explication dans son ascendance! Une famille de sacrificateurs, donc des savants. Mais Avroum a été un actif d'une intrépidité étourdissante et, comme amoureux, un vrai matou — je ne le dis pas tout à fait au figuré —, car, s'ennuyant devant la machine à coudre, il se fit couvreur vers sa vingt-cinquième année et monta sur les toits.

« Tous ses enfants majeurs lui ont ressemblé, chacun à sa manière. Seul, Isaac paraissait modéré, calme, doux, comme sa maman. On attendait sa libération du service, pour le voir à son foyer, suprême idéal de tous les parents, quand tel un coup de foudre : la désertion! Et quelle stupide désertion : il n'avait plus que trente jours de service à faire sur trois longues années.

« Sur ce geste et sa cause, personne ne sait rien de précis. La fille d'un mercier de Galatz, belle à ce qu'il paraît... Schimke vient de me raconter qu'Isaac a eu le malheur de faire partie d'une compagnie de fantassins envoyée pour réprimer des troubles socialistes, et il a vu frapper cruellement sa fiancée! Celle-ci émigrant en Egypte avec sa famille, Isaac se jeta immédiatement dans un cargo et la rejoignit. Voilà tout le drame... »

Que s'est-il passé ensuite, ici?

— C'est ce que nous lui avons demandé continuellement, répondit Binder, mais il a toujours esquivé de nous raconter les causes de sa tristesse. Maintenant, je le crois perdu, grâce à ce fanatique de Yousouf qu'il a choisi pour confident.

— Il y a eu, sûrement, rupture entre les amoureux! conclut Sotir.

— Et après? Il n'y a plus d'autres femmes? s'écria Binder. Doit-on devenir fou parce qu'une femme vous plaque?

— Je suis de ton avis, mais sache que les meilleurs des humains ressemblent au meilleur des aciers : une épreuve un peu plus forte et ils cassent comme du verre. Ce sont les « écorchés » de la vie. Ils n'ont point de peau. Et Dieu a eu tort de les exposer aux mêmes orages dévastateurs que le commun des hommes.

En ce moment, Isaac apparut brusquement dans la chambre des deux amis et, après un instant d'hésitation, il se jeta dans les bras de Sotir, en criant :

— Sotir!... Sauve-moi! sauve-moi! *Elle* m'a appelé « déserteur »!

Ce fut, là, le seul cri de détresse qui soit échappé de la poitrine d'Isaac avec quelque tendance à préciser la cause de sa douleur devant son ami. Mais Sotir, le croyant prêt à la confession, le serra dans ses bras et lui dit avec douceur :

— Bon... bon... Je te sauverai... Dis-moi où est ton mal... Parle.

Isaac le regarda, hébété :

— Je n'ai plus de mal... Ça va... Donnez-moi un « raki ».

Comme Binder voulait protester contre le « raki », Sotir l'arrêta d'un geste et commanda :

— Garçon! Deux « rakis »! Nous allons boire ensemble, mon brave, et nous raconter réciproquement nos maux, car j'en ai, moi aussi.

— Non! non! fit Isaac; ne me raconte rien! Je suis bien comme ça.

Avec une moue aimablement dépitée, Sotir contempla longuement cette loque humaine, délicate de naissance et vaincue par la vie :

— Cependant... Voyons, Isaac... Tu me demandes de te sauver. Il y a donc un mal qui te ronge. Dis-le-moi! Parle! Qu'est-ce qui s'est passé?

Le malheureux portait fréquemment son verre aux lèvres, regardait de côté et se taisait. Mais la dernière question de Sotir le fit tressaillir :

— Ah... Tu m'embêtes, toi aussi... Tout le monde veut savoir ce qui s'est passé! Eh bien : un homme a trouvé la paix, voilà ce qui s'est passé!

Et il se leva et pénétra dans la boutique, où justement on entendait la voix de Yousouf qui se débattait avec le garçon :

— Laisse-moi entrer! Je cherche Isaac!

— Sors d'ici! lui cria Binder, accourant derrière le camelot. Sors! ou je te casse la figure!

Sotir intervint pour le calmer. Yousouf le toisa avec mépris et dit au tenancier :

— Binder! N'insulte pas ta race! Un Juif — même un Juif qui mange « treffé » — reste toujours juif...

— Je me moque de ce que tu entends par juif, dehors, criminel!

Le cambusier s'interposa :

— Ecoutez, Yousouf : ce n'est pas bien, c'est même très mal ce que vous avez fait de ce garçon...

— Azoï? Et moi je vous réponds que ce n'est pas avec un « goï » que je vais discuter le « bien » et le « mal »... Et vous êtes un « goï »; ne me touchez pas!

Tournant le dos à Sotir, le marchand de loteries mit la main sur l'épaule du déserteur :

— Isaac! Ne te laisse pas tourner la tête par un « goï » et un Juif égaré! Tu n'es pas fait pour leurs plaisirs d'ici-bas, mais pour la vie éternelle! Le sais-tu?

Prostré, chargé de ses ferrailles, l'autre acquiesça :

— Oui... Je veux la vie éternelle...

Sotir murmura, hors de lui :

— Il faut lui passer une raclée à ce fanatique!

Un pied déjà dans la rue, Yousouf se retourna et tira la langue :

— Ouais, monsieur le « goï »! Vous pouvez me battre, mais, c'est moi le plus fort! Viens, Isaac!

Le camelot suivit docilement le marchand de loteries et les deux disparurent dans la foule.

*

A partir de ce moment, Isaac ne se montrera plus chez Binder qu'à des intervalles fort éloignés. Quand il apparaît, une ou deux fois par mois, c'est pour demander du seuil de la boutique :

— Voulez-vous me donner un « raki »? Mais sans me faire de la morale!

Le plus souvent, Binder lui refusait l'eau-de-vie, fâché du mépris qu'Isaac avait pour sa « morale ». Toutefois, et afin de pouvoir examiner le degré de sa misère, le tenancier consentait de temps en temps à lui servir un « raki », qu'Isaac n'acceptait jamais, gratuitement, ni de Binder ni de qui que ce fût. Toujours accoudé contre le comptoir, — sa position favorite, — il offrait la petite piastre et se gardait de toucher la boisson avant que la pièce eût disparu dans le trou.

De jour en jour, plus maigre, plus abattu et plus déguenillé, en dépit de la vente de sa marchandise qu'on affirmait régulière, Isaac paraissait crever de faim et de misère. Il était vieux à vingt-cinq ans, le visage blême et tout labouré de rides. Sa chevelure blondasse lui tombait sur les yeux et le long des joues. Mains et pieds sales et crevassés. Le regard toujours plus vague. La respiration haletante.

Parfois, s'apercevant que Binder ne le questionnait plus, ni ne le sermonnait, il se mettait à parler de lui-même, la voix éteinte :

— Il ne faut pas trop me plaindre... Je suis mieux comme ça... J'ai la paix! La vraie misère n'est pas celle du dehors, mais bien celle qui couve dans les entrailles. Et puis, pour mériter la vie éternelle, il faut se débarrasser de la vaine apparence!

Yousouf, que Binder tolérait maintenant chez lui, intervenait et appuyait :

— Et moi, je garantis l'âme d'Isaac!

A cette affirmation passionnée, le camelot sursautait :

— N'est-ce pas, Yousouf, que j'aurai la vie éternelle?

— Oui, mon Isaac chéri : tu l'auras! Continue seulement ton chemin : Dieu aime tous ceux qui vivent pour lui!

Binder, et souvent Sotir, écoutaient cette philosophie, soulevaient les épaules et se résignaient devant le fait accompli.

Mais un jour, tout le monde fut bouleversé par une nouvelle incompréhensible. Un client régulier du restaurant, entra, une pièce d'or dans la main, la montra à Binder et dit :

— Voici une livre sterling que j'ai gagnée d'une façon

bizarre. C'est votre ami, le camelot, qui m'a arrêté tout à l'heure, rue Nubar, et me l'a donnée en me disant : « Tenez, monsieur, ça c'est pour vous. » Et il m'a tourné aussitôt le dos, me laissant bouche bée. Est-ce que votre Isaac est si riche qu'il se permet de telles aumônes et si mal à propos? Je vous laisse la livre. Peut-être que vous pourrez la lui remettre. Pauvre homme... Ça va mal pour lui. Qui sait combien de fois il a déjà fait ce coup, avant de tomber sur moi!

— Je comprends maintenant pourquoi il est si misérable! s'écria Binder, les yeux hagards sur la pièce d'or.

Il était midi, le restaurant, bondé, Yousouf apparut :

— *Lotria Hel...*

— Ecoute, Azoï, sacré imbécile! apostropha le cabaretier, en exhibant la livre.

— Hé quoi! tu ne peux pas parler plus honnêtement?

— Que le diable t'emporte! ça ne vaut pas la peine d'être poli avec un idiot comme toi! Regarde le résultat de ton travail sur Isaac : le malheureux donne son argent à des passants!

— Azoï? C'est bien!

— Comment « c'est bien », abruti! Il ne mange plus, ne s'achète plus une harde, et jette les livres dans la rue! C'est toi qui lui enseignes cela?

— Moi, je n'enseigne rien aux gens. Je ne suis pas un « Haham »! Mais si Isaac méprise l'argent, c'est très bien! Cela prouve qu'il est avec Dieu.

— En fais-tu autant, espèce d'Azoï? Donnes-tu ton argent?

Yousouf tourna le dos, et, de la porte :

— Hermann! Ce que je *fais,* et si je *donne* ou non, tu n'es pas digne de le savoir. Sache seulement qu'un bon Juif n'est jamais un mauvais homme!

VII

Dès le jour où l'on réussit à mettre la main sur Isaac et à le confronter avec le client auquel il avait donné la livre sterling, le camelot rompit ses derniers liens avec ce qui lui restait d'habitude humaine : il cessa subitement de boire, ne parla plus et eut l'air d'ignorer tous ses amis et connaissances, Yousouf compris.

La confrontation fut brève et nette. Isaac traita le client de « fou », disant ne l'avoir jamais vu, ni connu, ce qui était absolument faux. Mais ce jour-là, un autre événement s'était produit.

Motrogan, désœuvré les trois quarts du temps, fut chargé par Binder de suivre Isaac et, l'attrapant sur le fait, de le confondre :

— Empoigne-lui la main au moment où il voudra offrir la pièce et demande-lui ce que cela veut dire! instruisit Binder.

— Ne fais pas cela, Motrogan! s'opposa Yousouf, qui était présent. Tu peux le voir faire, mais ne le touche pas.

— Yousouf a raison, dit un médecin qui soignait la femme de Binder, et avait assisté à la confrontation. Isaac vit dans une espèce de somnambulisme : une commotion violente pourrait le tuer ou le rendre fou. Vous savez qu'il est cardiaque au dernier degré.

Motrogan talonna Isaac pendant tout l'après-midi et ne le vit faire que du commerce, mais, vers la nuit, il fut le témoin unique d'une scène insoupçonnée.

A l'instant où Isaac passait devant un magasin de la rue

des Sœurs, une jeune et belle dame, accompagnée d'un monsieur grassouillet, sortit du magasin et faillit se heurter nez à nez avec le camelot. L'un et l'autre reculèrent interdits, perdant contenance, puis, vivement, la belle et son compagnon sautèrent dans une voiture qui les attendait. Alors Motrogan entendit Isaac crier timidement et très ému :

— Rosa! Moi, je suis toujours « déserteur »!

La voiture décampa au galop. Isaac se laissa choir sur la bordure du chemin, où la nuit le surprit, sa camelote sur le dos, le front appuyé sur les genoux.

Motrogan eut le bon sens d'attendre, et quand le malheureux reprit sa course, il continua à le suivre. Ce ne fut pas en vain, car ce soir-là il dénicha sa demeure.

Isaac marchait en chancelant comme un homme ivre. Par des rues tortueuses et encombrées d'Arabes poussant leurs voitures à bras chargées de cannes à sucre, de dattes, de noix de cocos ou de pâtisseries crasseuses, Isaac se frayait un chemin en encaissant les jurons et les brutalités de tous les passants que sa ferraille accrochait infailliblement. Il ne ripostait point, indifférent à tout. Enfin, dans la rue Attarine, quartier arabe populeux, il disparut sous une porte cochère.

D'un saut, Motrogan le rejoignit et le talonna de près. La maison, une masure délabrée, puante et plongée dans l'obscurité, n'avait qu'un étage surmonté d'un grenier, Là, sous le toit, c'était la chambre de Yousouf...

Le violoniste rebroussa chemin et s'en alla sur la pointe des pieds, en se disant, dans sa sincérité de tzigane amoureux à soixante-dix ans :

— Et tout ça, parce qu'il n'a pas su aimer comme tout le monde!

A la rue Khandak, l'émoi était maintenant au comble. Binder s'attendait à ce qu'Isaac fût frappé de folie d'un moment à l'autre. Sa femme, gravement malade, pleurait jour et nuit. Mais le plus misérable était Sotir :

— Je ne sais plus que dire aux parents! se lamentait-il. Depuis trois mois, ils ne reçoivent plus rien d'Isaac et me pressent de leur « avouer » que leur fils est mort. Comment leur dire qu'il est pire que mort? Aussi, je suis obligé de ne plus aller les voir qu'une fois sur deux voyages, et alors ils m'assaillent avec des supplications si déchirantes que je deviens fou!

Le cambusier tenta à plusieurs reprises de surprendre Isaac dans sa fonction de « généreux absurde », mais les poursuites intentionnées furent rendues impossibles par le camelot, qui, les derniers temps, s'éclipsait systématiquement pendant les trois jours du mois que le *Dacia* restait ancré dans le port d'Alexandrie...

On essaya de persuader Yousouf qu'il devait ramener le vaincu à une meilleure raison. Le bigot s'en défendit avec sarcasme :

— Ramener Isaac « à une meilleure raison »? A laquelle? A la vôtre? Mais, d'abord : en avez-vous une qui tienne debout au moins le temps qu'il vous faut pour digérer votre côtelette de porc? Vous ne savez être, dans ce monde, ni assez malheureux pour qu'il vous soit permis d'aspirer à la vie éternelle, ni assez heureux pour que vous puissiez ne plus songer à elle, car, affamés ou repus, le doute vous ronge également. Et c'est vous qui voudriez ramener Isaac à « une meilleure raison »?... Ha! ha!

Lorsqu'on s'aperçut que Yousouf lui-même devenait un inconnu pour Isaac, on lui demanda si peut-être ils s'étaient « disputés »; le marchand répondit :

— Non; mais il n'a plus besoin de moi : il suit le « chemin » par ses propres jambes.

Hélas, ce « chemin » devait être bien long, car les jambes commençaient à trahir le pauvre assoiffé de vie éternelle.

Les apparitions d'Isaac à la taverne du *Fantassin roumain* n'avaient maintenant qu'un seul but : dormir. Plus de « raki », plus de paroles, plus d'explications... Il arrivait, défaillant, les lèvres brûlées, les yeux mi-clos, en choisissant toujours les moments où la boutique était vide ou presque, et, sans dire un mot, allait tout droit se jeter dans un coin du fond masqué par le buffet. Là, sur la chaise, les bras croisés sur la table de marbre, il laissait doucement tomber son front sur ses bras et ne bougeait plus pendant une heure, deux, parfois trois, et même davantage.

Plus personne qui osât l'agacer ou lui adresser la parole. Et il y en avait qui poussaient le respect jusqu'à parler bas, pour ne pas le réveiller.

Au réveil, la tête se levait aussi doucement qu'elle se posait. Le buste se redressait et le corps se remettait debout presque gracieusement. Les jambes reprenaient leur course. Isaac partait comme il était venu.

Où allait-il? Partout. Mêmes rues, mêmes quartiers, même clientèle, mais la camelote diminuait de jour en jour, en quantité et en variété, en même temps que les forces du camelot. Isaac tressait de moins en moins.

Dans la même mesure diminuait la somme de ses dons à ce monde dont il ne voulait plus. Motrogan, qui le suivait assez fréquemment, le vit comme il restreignait ses persistantes et bizarres donations, d'une livre sterling, à un thaler, puis à un shilling, et enfin à une piastre. Les inconnus, que le cerveau d'Isaac choisissait capricieusement pour leur offrir la pièce, n'étaient pas toujours de la catégorie de ceux qui se dépêchaient de prendre l'argent et de filer. Parfois, l'homme arrêté par la phrase stéréotype d'Isaac : « Tenez, ça c'est pour vous! » se fâchait :

— « Pour qui me prenez-vous? Je ne suis pas un mendiant! »

Isaac — qui faisait un mendiant des pieds à la tête, mais qui donnait au lieu de demander — ne se fâchait pas. Un moment confus, les yeux sur la pièce que tenaient ses doigts crasseux, il balbutiait des mots incompréhensibles et repartait.

Vers la fin de cette dernière phase de sa mélancolie destructive, il ne portait plus, pour toute marchandise, que deux ou trois objets insignifiants : un gril, une souricière, un nettoyeur de bouteilles, que ses mains immobiles offraient vainement à des clients imaginaires...

*

Ainsi, trois ans de vie meurtrière s'écoulèrent. Puis...

Un jour Isaac, entra, comme d'habitude, chez Binder et coucha sa tête sur le marbre.

C'était un après-midi torride du mois de juin. Dans la rue vide, la poussière brûlait les yeux et la gorge. Seul dans sa boutique, Binder lisait un journal et, trop accoutumé avec les apparitions et les disparitions du malheureux Isaac, n'y fit point attention lorsqu'il le vit passer vers son coin de repos.

Le restaurateur attendait impatiemment Sotir, sachant que le *Dacia* venait d'arriver le matin même. Le cambusier apparut, la mine presque réjouie, et dit tout de suite :

— J'ai une bonne nouvelle à t'annoncer, mon brave Hermann; nous allons rapatrier Isaac!

— Comment ça?

— Très bien : j'ai fait des démarches auprès de mon commandant en faveur de notre malheureux. A son tour, le commandant a demandé et obtenu la clémence tacite du ministre de la Guerre, son ami, pour qu'une amnistie officieuse soit accordée au pauvre déserteur. Et voilà; je viens pour l'amener!

Binder, fou de joie, sauta au cou de Sotir, le serra éperdument dans ses bras et lui baisa les deux joues.

En ce moment, Yousouf, surgit sur le seuil du restaurant et, voyant l'embrassade des deux amis, les contempla avec placidité.

— Ça y est, Azoï! Nous rapatrions Isaac! lui cria Binder.

— Azoï? vous le rapatriez? Il faut aussi qu'il le veuille!...

— Il le voudra, sois-en certain! dit le cabaretier, versant à boire. Nous le lui ferons savoir dès qu'il se réveillera.

Binder trinqua avec Sotir.

Yousouf se glissa derrière le buffet où dormait Isaac, prit place à sa table et le considéra longuement avec un large sourire. Puis, il saisit la tête du dormeur et la souleva. Une petite tache écarlate apparut à l'endroit où la bouche d'Isaac avait touché le marbre. Des paupières closes, un visage livide, des lèvres sanglantes...

Yousouf allongea le cou vers la tête qu'il tenait entre ses mains et murmura doucement :

— Ils veulent te rapatrier, Isaac, tu vas bientôt revoir tes vieux parents...

Soudain, lâchant la tête retombée inerte sur le marbre, il poussa un cri déchirant :

— Isaac est mort! Le voilà dans sa vraie patrie, dans le monde de la vie éternelle!

Consternés, Binder et Sotir accoururent et, tous les trois, effarés et défaillants, portèrent le cadavre dans la pièce contiguë pendant que le vieux Yousouf marmonnait sans cesse les versets de circonstance :

« L'Eternel seul est le vrai Dieu. L'Eternel seul est le vrai Dieu. Louanges au Juge équitable... »

II

Schimke Perlmutter

I

De tous les enfants des Perlmutter, Schiméon fut celui que la brutale arrogance des *hooligans* frappa le plus durement, parce qu'étudiant juif, il dut passer par les Fourches caudines de l'enseignement officiel, corrompu par la politique et vicié par l'antisémitisme.

La haine injustifiée du Juif accumulait en lui une révolte d'autant plus grande qu'il se sentait patriote roumain sincère... Ne sachant presque rien de la religion de son peuple, à part quelques souvenirs d'enfance, brillant élève d'un lycée chrétien de Bucarest, il ne s'affirmait pas Juif. Avec raison, car, si virtuellement il en gardait l'empreinte, en réalité, il était un vrai « enfant du pays ». Le mot juif signifiait pour lui un archaïsme touchant, rien de plus.

Et dans son indignation il disait souvent aux siens :

— Je me casse la tête pour comprendre la haine de mes professeurs et mes collègues : en quoi suis-je *Juif* dans le sens d'*étranger hostile à la Roumanie?* Je me sens citoyen né sur terre roumaine, au point d'aimer tout ce qu'un étranger déteste et de souhaiter à ma patrie toutes les faveurs qu'une nation *honnête* désire ardemment. Alors? Où est mon crime? Est-ce peut-être ce superflu dont on m'a débarrassé à ma naissance qui les rend si furieux? Pour cela, je n'y peux rien!

Et, c'est sa générosité — cette coûteuse joie de notre âme — autant que sa noble révolte qui obligèrent Schiméon d'abandonner un jour, famille et études, quitter Bucarest, fuir sa patrie, s'en aller dans le monde...

Stupide aberration d'un nationalisme mal compris. Peut-on être assez mauvais patriote pour éloigner du sol natal des hommes qui ne demandent rien de mieux que la permission d'aimer leur patrie?...

Schimke commença ses études à Jassy, capitale de la Moldavie, où un cousin de sa mère, négociant et sans enfants, l'appela afin de soulager les épaules du pauvre Avroum, écrasé par le soudain revers de la fortune.

Le jeune Bucarestois était doté d'une force peu commune, d'une agilité de panthère et d'un courage qu'on dit introuvable parmi les Juifs. Cependant — particularité à remarquer chez tous les vrais forts —, Schimke n'était jamais arrogant et ne faisait cas de sa force que devant la nécessité absolue. Ni trop grand de taille, ni d'une apparence ostensiblement athlétique — ce qui trompa souvent maints « costauds » de profession, querelleurs par désœuvrement. Sympathique, sans avoir d'autre beauté que celle de son corps souple et ferme à la fois. Des mâchoires fortes. Des yeux au regard ouvert et honnête, mais non sans quelques lueurs de haine prête à éclater à la moindre provocation. Bon, intelligent et appliqué, il se fit immédiatement aimé par tous les éléments sains de Jassy, ville la plus studieuse de la Roumanie, mais aussi, une des plus infestées par l'antisémitisme, grâce à l'activité néfaste du chef *hooligan* Bouza, professeur universitaire, tête creuse, âme sèche, homme nul comme une bulle de savon. Schimke, précisément à cause de son intelligence, eut le malheur d'être jugé par ce reptile comme un « juif dangereux ». Dès lors, les persécutions dont les acolytes de Bouza accablèrent le studieux garçon lui rendirent la vie dure, si dure, qu'un jour l'agression éclata et Schimke dut se défendre.

Il ne le fit que mollement, mais le lion peut tuer des loups rien qu'avec sa queue, ainsi Schimke abîma plusieurs ventres rien qu'avec ses pieds, les mains dans les poches, le sourire de mépris aux lèvres.

Résultat : il fut chassé de l'université, ce qui l'obligea de quitter Jassy, et, renonçant à l'hospitalité de son oncle, d'aller s'inscrire à l'université de Bucarest, sa ville natale. Ici, sa famille n'y était plus, ayant depuis longtemps déménagé à Constanza. Esther habitait l' « Etranger », on ne savait où au juste. Seul, Haïm, devenu « Constantin », était encore là, faisant du reportage pour un grand journal de la capitale. Mais Schimke, dégoûté de la lâcheté habile de son frère aîné qui, pour des raisons « péremptoires », n'osait pas se « compromettre » avec le boxeur dans les rues, l'envoya promener, puis cessa de le voir définitivement. Aussi, réduit à la vie de l'étudiant qui couche dans un taudis, mange dans une gargote et se crée des ressources en donnant des leçons ou en traduisant des œuvres glorieuses pour des prix dérisoires, Schimke lutte âprement avec la misère et veut vaincre à tout prix. Mais, ici comme à Jassy, la pieuvre antisémite lui enlace bras et jambes. Il assiste aux plus criardes injustices, insultes et agressions dont sont journellement victimes les étudiants juifs, serre les dents, cache ses poings au fond des poches, fait le sourd quand le collègue *hooligan* l'invective à l'oreille même.

Rien à faire! On ne tient pas tête à l'ignominie générale et l'on n'évite pas son destin qui veut faire de vous un interprète et non pas un médecin comme vous l'aimeriez!

Un jour, Schimke entend le professeur même qui apostrophe,

du haut de sa chaire, une étudiante juive sans défense, en lui criant :

— « Jidoafca » socialiste, sors d'ici!

Il s'oublie, empoigne son encrier et le lance à la tête du *hooligan*. Plus de la moitié de la classe lui saute dessus. Schimke « amoche » tous ceux qui lui tombent sous la main et s'en tire sans une égratignure.

Mais cette même force physique, qui est un incontestable avantage pour celui qui peut défendre sa dignité par la vigueur de ses biceps, devient pour le Juif une source de calamités sans nombre. On défend au Juif d'avoir des muscles...

Le lendemain, l'expulsion de cette seconde université est décrétée contre l'étudiant Schiméon Perlmutter. Il n'aura donc plus d'accès nulle part en Roumanie. Sa carrière est brisée. Et comme le service le guette avec ses trois ans de caserne et de nouvelles humiliations, un épouvantable désarroi s'empare de son âme outragée. Ne sachant plus que faire de sa peau, il est obsédé par une envie folle de se jeter, la tête en avant, dans l'océan du vaste monde pour se cacher quelque part, afin d'abdiquer pour toujours son nom, son avenir et sa raison d'être sur la terre...

Là, le destin l'aide miraculeusement.

*

Quelle est cette force mystérieuse, cette force centrifuge qui lance impérieusement tout jeune Juif déraciné à travers les océans et les continents?

Constamment à l'affût de son étrange destinée qu'il ne parvient pas à déchiffrer à la maison, le jeune Juif, irrésistiblement attiré vers les mirages de l'inconnu, secoue sans pitié pour ses aïeuls un passé écrasant, sacrifie l'affection des siens et se livre entièrement, avec les élans généreux de la jeunesse, au vaste monde aux horizons illimités, afin d'assouvir son immense désir de vie intense, de vie sincère, de vie généreuse!...

Hélas, il s'aperçoit bientôt — et combien est douloureuse sa consternation — que le vaste monde ne veut pas de lui! Il est l'intrus dont on se méfie partout. Ses plus nobles, ses plus sincères aspirations sont bafouées. On lui refuse le droit d'être noble, généreux et humain!

D'autre part, on ne quitte pas impunément son foyer avec ses traditions fermes et séculaires. Déjà, il est devenu l' « étranger » dans l'étroite maison d'Israël autant que dans le vaste monde... Et le jeune Juif demeure suspendu entre Israël et le monde, dans une cruelle perplexité, errant d'un pays à l'autre à la poursuite de son âme insaisissable...

Ainsi, éparpillés sur la bonne terre du Seigneur que les hommes, ses maîtres, ont rendue insupportable, les jeunes Juifs promènent à travers le monde leur insatiable nostalgie d'un monde meilleur. Et cette nostalgie se donne libre cours soit dans le persiflage inoffensif de l'esthète, soit dans la révolte de l'homme militant. D'autres, pour venger l'affront subi, se lancent avec une ambition effrénée à la conquête des biens matériels par l'argent, en même temps ils narguent la misère de leurs âmes, car nul n'est moins dupe de l'apparence que le Juif!

Schimke n'était ni un esthète, ni un révolté et encore moins un ambitieux. Après tous ses déboires avec les antisémites, « il en avait assez »! C'était à l'époque où la grande vague du « spiritisme » déferlait sur la Roumanie. Schimke s'étourdissait quelque peu en faisant tourner les tables, faute de mieux...

Et voilà qu'un après-midi d'avril morose, alors qu'il promenait son « cafard » sur le quai de la Dâmbovitza, un gentleman d'aspect nordique s'approcha de lui, et, sans trop de cérémonie, lui dit, en yiddish :

— N'est-ce pas que vous êtes juif?

— Hélas, oui! répondit Schimke; et vous aussi, il me semble.

— Parfaitement, Juif de Russie et prestidigitateur professionnel selon la mode!

— Ah! mais je vous reconnais, n'est-ce pas vous qui avez donné l'autre soir une séance de spiritisme à la salle de « l'Eforie »?

— Y étiez-vous?

— Naturellement; je m'intéresse beaucoup à tout ce qui touche aux phénomènes surnaturels!

— Ça va de mieux en mieux, mais nous devons nous entendre, mon ami! Les prodiges que vous m'avez vu faire ne sont pas dus à quelque magie véridiquement divine et cela n'a rien à faire avec les « sciences occultes », ainsi que vous le pensez peut-être, mais tout simplement à une adresse assistée d'une machinerie compliquée.

— Alors vous êtes un charlatan?

— Non! Je suis un idéaliste à ma façon, mais qui n'aime pas vivre rien qu'avec des pommes de terre en robe de chambre et qui se refuse d'être la victime des *hooligans* de ma patrie. Je crois fermement que la meilleure façon de servir Dieu, c'est de jouir pleinement de la vie sans faire du mal à personne. *Ha capito?*

— Capito... Capito..., fit Schimke en baissant la tête. Et je crois que votre philosophie est la bonne, mais, enfin, où voulez-vous en venir?

— A ceci, mais d'abord présentons-nous tout seuls : Leïb Fischer, vieil étudiant empêché de devenir un homme utile à la société, donc « charlatan » malgré lui!

Schimke tressaillit comme sous un coup de fouet, devant cette coïncidence de destinée, serra la main du prestidigitateur au point de le faire hurler et dit :

— Schiméon Perlmutter, étudiant en médecine, empêché comme vous de devenir un médecin, et qui sera peut-être bientôt un « charlatan malgré lui », comme vous encore!

A ces paroles, c'est Fischer qui tressaillit, en dépit de son sang-froid. Et les deux étudiants ratés se donnèrent l'accolade des frères traqués par le même sort.

— Vous êtes, je crois, l'homme que je cherche, s'écria Fischer. Il me faut un compagnon intelligent, débrouillard et costaud pour me seconder dans mes entreprises. Si vous voulez bien être cet homme-là, à partir de ce soir vous vivrez dans les palaces et vous voyagerez à travers les plus belles villes du monde!

— Je ferai n'importe quoi pourvu que je puisse quitter ce pays sous la domination des vandales.

— C'est parfait! Venez dîner ce soir chez moi, au Splendid-Hôtel.

Le surlendemain matin, les deux amis, confortablement installés dans un compartiment de première, partaient pour un cycle de « représentations uniques » qui commençait avec Sofia, passait par Belgrade et aboutissait à Constantinople, d'où ils s'embarquèrent, via Port-Saïd, pour Bombay.

— Nous allons voir le pays des fakirs, dit Fischer, et étudier sur place s'il y a moyen d'enrichir notre répertoire, créer de « nouveaux et sensationnels numéros ».

Mais l'âme de Schimke n'était pas faite pour se complaire longtemps dans « l'illusionnisme », fût-il héroïque et parfaitement justifié par un ordre social absurde. A peine descendu sur le sol de la plus grosse exploitation britannique, Schimke sent son cœur palpiter de la souffrance du noble peuple hindou agenouillé. Partout ses yeux rencontrent les effets de l'abominable commercialisme, étrangleur de liberté. Partout il voit la force écraser le droit. Et, après six mois de périgrinations à travers l'Inde, il plaque un jour Fischer.

Schimke reste deux ans dans l'Inde, y étudie quelques langues, observe les Hindous jugulés, à la merci du plus insatiable des conquérants, marche beaucoup, parcourant le pays. Puis, un jour, s'apercevant qu'il n'a plus que deux mille roupies pour toute fortune, il se jette dans un paquebot et débarque à Anvers. Il veut reprendre ses études de médecine, dans quelque université de Belgique. Il le veut, dût-il travailler comme manœuvre et manger du pain sec!

Il le veut...

Maudite et inévitable destinée. Comme tu te moques de notre volonté vacillante, de nos projets hybrides, de notre avenir insondable!...

Le soir même où, à Anvers, Schimke décide de filer sur Bruxelles et prend son dernier repas dans le port belge, une femme vient s'asseoir à sa table. Elle est jeune, belle, gaillarde, loquace et paraît honnête. C'est Hélène Gouldi, une Italienne de Roumanie. Ils prennent leur repas ensemble et deviennent aussitôt familiers. Schimke pense à son train :

— Tant pis! Je partirai demain...

Diable, qui n'en ferait autant, quand la partie est si joyeuse! Surtout qu'il ne s'agit que d'un retard de vingt-quatre heures.

Mais, voilà : Hélène est une étourdie qui tombe instantanément amoureuse de Schimke, le pauvre garçon s'en aperçoit avant minuit, s'en convainc dans la chambre d'hôtel qu'ils partagent passionnément jusqu'au lendemain à midi et répond à l'amour de l'Italienne par un premier et furieux amour. Toutefois, il pense à sa médecine et interroge la belle :

— Qu'est-ce que tu fais ici?

— Rien. Je suis de passage.

— Mais de quoi vis-tu?

— D'une petite rente qui me vient de Roumanie.

— Et tu ne pourrais pas manger ta « petite rente » ailleurs qu'à Anvers?

— Si. Pourquoi cette question?

— Parce que je dois partir immédiatement pour Bruxelles : je suis étudiant en médecine.

— Ah! Tu es étudiant?

— Cela te surprend?

— Du tout, mais...

Il fallait patienter « une semaine », car la mignonne attendait « son argent », puis, « on irait s'aimer à Bruxelles ».

Très bien. Schimke patienta une semaine qui fut longue de vingt-trois jours, mais qui lui parut courte comme une heure, car elle est toujours trop courte la vie qui vous coule dans les veines avec ce feu encore inconnu. Il attendit sans s'en apercevoir et dépensa sans compter :

— Parbleu! se dit-il un matin; je n'ai plus que 500 francs!

Le soir de ce matin-là, en rentrant à l'hôtel après une courte séparation d'avec son amie, Schimke trouva sur la table une enveloppe contenant un billet de 1 000 francs et cette brève lettre, toute trempée de larmes :

« *Chéri! Je te restitue ce que tu as dépensé avec moi, pour moi, et je te quitte parce que je t'aime sincèrement et que je suis indigne de toi. Quand tu liras ces lignes, je serai en pleine mer, vers Alexandrie d'Egypte, où j'ai mon intérieur. Tâche d'oublier ta passion d'un moment et va suivre ton destin. Moi, je ne t'oublierai jamais. Hélène.* »

— Quel destin dois-je suivre? se demanda Schimke, perplexe. Que le diable emporte la médecine, dans ces conditions! Mieux vaut être un vagabond qui jouit pleinement de son soleil, qu'un médecin grincheux qui rend le monde malade!

Et trois jours plus tard, il prenait le large, aux trousses de sa « passion d'un moment » qui devait faire de lui un interprète sans avenir au service d'un monde sans cœur.

II

Pourquoi est-il écrit que le sentiment le plus voluptueux de la vie doit nous escorter de la plus vive douleur? L'amour charnel n'eût-il pas été tout aussi puissant, tout aussi beau, sans la souffrance qu'il apporte avec lui?

— Misère... Misère..., gémissait Schimke, tous les soirs, en se jetant exténué sur son lit, après chaque journée de fatigantes recherches dans tous les établissements grands et moyens d'Alexandrie.

Et sans cesse il rumine cette pensée :

— Il faut que je l'arrache au vice, il le faut, dussé-je casser des pierres pour subvenir à ses besoins! Si belle! Si aimante! Si honnête, au fond! Et obligée probablement de se vendre à tous les abrutis!

Enfin, au bout d'une semaine, il découvre son Hélène dans un « bar anglais ». Elle buvait du whisky et jasait comme une pie, entourée de soldats de l'armée britannique d'occupation et de civils de tous les acabits. Un beau rastaquouère se penchait justement pour lui embrasser le cou. Hélène se gara et lui jeta son whisky à la figure, mais Schimke fit mieux : il pocha l'œil du « gentleman », l'envoyant, du même coup, écraser un paisible buveur assis à une table.

Pâle, toute tremblante, et néanmoins heureuse, Hélène suivit son amant dans une voiture et ils filèrent ensemble avant que le battu ait eu le temps de se ramasser. C'était un de ces types qui prétendent qu'aucune femme ne peut leur « résister ». Cette fois, la résistance fut si dure qu'il n'eut pas les rieurs de son côté. Et, du coup, Schimke devint sympathique et redouté en même temps.

La voiture déposa les deux amoureux au pied du rez-de-chaussée où Hélène occupait un assez coquet appartement, foyer de ces prêtresses de la joie discrètement récompensée. Schimke constata aussitôt que la maison entière était occupée rien que par des Hélène Gouldi. Et il s'attrista si profondément que tout espoir de vaincre le mal le quitta sur-le-champ. Il comprit qu'Hélène avait sa vie « faite », et que son amour pour lui n'irait jamais jusqu'au sacrifice de cette paresse qui est presque régulièrement la base de toute prostitution devenue professionnelle.

Hélas! cette conviction ne diminua pas de beaucoup sa passion pour elle, surtout que la malheureuse se montra d'une tendresse sincèrement éprouvée, allant jusqu'à s'offrir de l'aider à terminer ses études.

Schimke sortit de chez elle en se disant :

— Je connais tout de même des hommes pour lesquels l'argent a de l'odeur. Plutôt devenir bourreau que souteneur...

Triste, écrasé, broyant les idées les plus noires, il marchait à l'aventure, tête basse, les mains dans les poches du pantalon, selon une habitude familière, et, de temps en temps, recomptant machinalement, au fond de sa poche droite, les 10 livres sterling qui lui restaient « à vie et à mort ». Soudain, levant la tête, son regard tomba sur l'enseigne de Binder :

— Tiens! s'écria-t-il, *Au Fantassin roumain*... Ça, c'est pas mal! Il n'y a qu'un Juif naïf ou bête qui soit capable d'une telle boutade, car, quels fantassins roumains, autres que ceux qui ont fui la « fantassinerie », pourrait-il attirer dans sa taverne en affichant cette enseigne-là?

C'était au mois d'août, vers les trois heures, moment où la chaleur invite les consommateurs à la sieste. Dans le cabaret, il n'y avait que Binder et Motrogan, les deux en bras de chemise et s'abreuvant de rafraîchissements.

Schimke entra, salua et dit, en roumain :

— Pardon, messieurs! Je me trompe, ou bien la Roumanie est maintenant en train de partager le protectorat, en Egypte, avec la Grande-Bretagne!

Le cabaretier et le violoniste partirent d'un grand éclat de rire :

— La Roumanie n'a même pas un consul en Egypte, répondit Binder, mais je comprends votre étonnement. Eh bien! mon enseigne n'a pas une portée commerciale. Je l'ai faite pour ma propre satisfaction : c'est un rappel du temps où je croyais qu'en allant faire son devoir militaire, tout Juif contribuerait à améliorer le sort de sa race sur le sol roumain.

— Vous n'y croyez donc plus?

— Non, certes. Et c'est pourquoi j'ai mis cette enseigne : elle doit être un remords pour les Roumains, j'entends ceux dont la conduite est reprochable.

Schimke se rendit compte que ce Juif n'était pas bête, mais naïf, pour croire que le *hooligan* soit capable de remords, et il le prit aussitôt en estime.

De son côté — Motrogan parti — Binder se jeta, avec son enthousiasme habituel, sur la personne de ce sympathique compatriote, l'accabla de questions et l'obligea à se « déboutonner ». Devant l'accent sincère de cet homme de cœur, Schimke s'ouvrait d'autant plus facilement qu'il était dans un état de démoralisation abrutissante. Il raconta au restaurateur les péripéties de son existence manquée, ses luttes, ses espoirs, ses défaites, et finit par avouer son amour meurtrier pour Hélène :

— Voilà comment je suis arrivé à Alexandrie, conclut-il.

Maintenant, il ne me reste qu'à me plier devant mon destin implacable et chercher un moyen de gagner mon pain honnêtement. Ce moyen, je l'ai d'ailleurs trouvé, et il est à mon goût, car il me permet d'être libre, mais... Là, encore, l'ingratitude du sort me poursuit... Je ne peux pas faire comme je voudrais...

Schimke se tut, douloureusement chagriné. Son regard alla vagabonder dans la rue. Binder, qui buvait avidement les paroles du pauvre garçon, le poussa à continuer :

— Eh bien! parlez. Dites-moi « tout », comme à un bon frère...

Touché et se sentant chaudement soutenu, Schimke reprit :

— J'ai vu qu'ici le métier d'interprète est fort rémunérateur et passablement indépendant. Aussi, je me suis arrêté à lui. Je baragouine quelques langues, autant et peut-être mieux que la plupart des « tardjoumans » d'Alexandrie, mais j'ignore l'arabe ainsi que la topographie des lieux. Il me faudrait vivre quelques mois en rentier, courir le pays jusqu'au Caire, à Louqsor, voir Assouan, prendre connaissance de tout ce qui peut intéresser le touriste et le servir avec compétence. Un interprète doublé d'un guide doit renseigner mieux qu'un « Baedeker », s'il veut se faire respecter par le touriste averti. Et on n'y parvient pas rien qu'en psalmodiant à l'oreille de son client : « Cha ch'est ine pyramide. Voichi lé Sphinkch. Nou jalons mainténant déchendre dan jine gadagompe... »

Schimke se leva pour partir et dit avec fermeté :

— L'idée seule que je pourrais être pris pour un perroquet de cette espèce, me répugne au point d'aimer mieux l'état de plongeur dans un restaurant :

— Attendez! dit Binder.

Et, disparaissant un instant, il revient avec un petit rouleau, qu'il mit dans la main de Schimke :

— Vous avez là, 50 livres sterling. Faites votre affaire

comme vous l'entendrez. Et s'il vous arrive, loin d'ici, de vous trouver à court d'argent, télégraphiez-moi franchement.

*

Six mois plus tard, qui donc passait rue Khandak à la tête des légions de touristes, les promenant par toute la ville et, parfois, disparaissant avec eux pendant des semaines pour les conduire jusqu'au cœur de la Haute-Egypte, sinon Schimke « l'interprète », « le seul guide qui tient dans sa poche l'Egypte et son histoire »?

Et qui — du seuil de sa boutique et avec la fierté légitime de l'homme bon — répondait au salut cordial de Schimke, sinon Binder, le brave Binder, l'humain Binder?

Ce sont là des faits qui honorent le nom d'homme.

Il y en a d'autres.

A Alexandrie, les interprètes cueillent le touriste à l'arrivée des paquebots. Ils y montent les premiers, s'éparpillent par tout le navire et, selon la chance ou le toupet, râflent tout voyageur qui se laisse râfler, mais de préférence les « grosses légumes ». C'est le seul moment où ces gaillards à l'allure flegmatique deviennent vifs comme des écureuils, fiévreux comme des singes énervés. Il s'agit de « faire sa journée ». Et chacun, jusqu'au plus humble, rêve de « tomber sur le groupe à pognon » qui lui demandera de le reconduire « au Caire et même plus loin »... où il n'a jamais mis le pied!

Mais naturellement : les rêves restent des rêves, à défaut du « groupe » rêvé, on se contente de « tomber sur une livre sterling », « sur trois thalers », et, en cas de « guigne », on est bien aise de dénicher le voyageur « qui vous paie deux shillings pour lui montrer où stationne l'express du Caire », lequel stationne à son nez. Puis ce brave « tardjouman » à l'uniforme élimé et au rire facile, se dirige vers son bistrot où il fume et brasse les cartes jusqu'au soir.

« Cha ch'est ine pyramide... »

Ce n'est pas de cette façon-là que s'y prenait notre Schimke, car il savait que sa corporation est considérée par le touriste comme une « vermine », « tas de chenapans qui s'abattent sur le pauvre voyageur, l'estampent et ne lui rendent aucun service ». Aussi, nulle part plus qu'au moment de l'abordage, le touriste n'est décidé à se défendre et à repousser l'offre de l'interprète le plus charmant.

Sérieux, maître de soi et fort de son savoir ainsi que de son honnêteté, Schimke allait à l'arrivée des paquebots uniquement pour faire son devoir. Il ne courait pas, il ne tombait sur personne. Il se glissait, correct et silencieux, dans la foule des voyageurs. Si « ça donnait sur-le-champ », tant mieux, sinon...

Sinon, allant fréquenter les plus luxueux établissements de la ville et devinant d'un coup d'œil son client, il prenait place tout près de lui, entamait une conversation qui était à mille lieues de ce qu'il voulait, et tombait presque régulièrement sur le touriste qui se déclarait « heureux de rencontrer un guide honnête, capable et consciencieux ».

Ce fut ainsi jusqu'au jour où sa réputation de « guide incomparable » le mit au-dessus de tout souci matériel et le dispensa de recourir à des « trucs ». Dès la seconde année, tous les palaces d'Alexandrie et même du Caire, se l'arrachaient.

Mais, là, c'était le Schimke des « grosses légumes ». Il y avait aussi le Schimke de « la racaille », le plus étonnant, le plus rare, l'unique. Et de ce Schimke, « la racaille » qui l'a connu dira de lui comme le Roumain pieux : « Loué soit son nom dans l'éternité des éternités! »

Pourtant, il ne faisait rien d'extraordinaire. Rien. Il pensait, « pensait aussi », à ceux que les navires transportent dans les soutes, à ceux qui n'arrivent pas nantis d'un carnet de chèques et d'un ticket livré par Cook, qui n'ont pas toujours un passeport à montrer à la sortie, ni aucune raison de se méfier d'un interprète.

Pour ceux-là, Schimke avait des yeux, de l'expérience psychologique et de l'empressement. Il épiait le misérable qui se détachait du troupeau, qui se cachait à la manière de l'autruche et attendait, pour sortir, le départ des autorités locales postées au bas de l'escalier. Sa conviction faite — « celui-là est encore des nôtres! » — Schimke allait carrément et, comme s'il avait assisté à sa naissance, disait au bonhomme, dans la langue maternelle de celui-ci :

— D'où viens-tu?

Le pauvre diable roulait des yeux effarés, ne sachant à qui il avait affaire.

— N'aie pas peur! Je ne suis pas un policier. Es-tu déserteur, ou seulement vagabond?

L'homme répondait timidement ce qu'il était et d'où il venait, avouant qu'il n'avait pas « de papiers ».

— Et tu n'as pas eu l'idée de te munir d'une casquette de matelot, l'enfoncer sur les sourcils et passer crânement sous le nez des policiers? Allons... Viens avec moi. Et surtout sois calme!

En arrivant devant les autorités, Schimke sortait la plaque de cuivre portant son numéro, la montrait et passait, avec son « voyou », en disant du bout des lèvres :

— Il est avec moi...

— Très bien, *haouaga* Schiméon! répondaient les cerbères.

C'était « très bien », en effet. Et loués soient ces braves « chaouches » égyptiens eux aussi, car, s'ils fermaient les yeux sur l'infraction commise par le généreux interprète, ils savaient qu'aucun mal n'en découlerait pour la sécurité de leur pays, n'ignorant pas que cette sécurité courait de plus gros risques du côté de ces messieurs à monocle qui voyageaient pourvus de passeports diplomatiques.

Oui : permettre à un brave vagabond, voire à un déserteur, de vivre librement sur cette terre hospitalière qu'était l'Egypte d'avant la Grande Guerre, Schimke, en le sortant du bateau, et les « chaouches » en acquiesçant tacitement, faisaient une bonne œuvre, mais ce n'était pas assez, car on pouvait faire plus. Et Romain Rolland a dit qu' « il n'y a qu'un héroïsme au monde : c'est de faire *tout* ce qu'on peut ».

Schimke ne connaissait pas cette humaine parole de l'auteur de *Jean-Christophe,* mais il était humain avant la lettre et héros jusqu'au bout.

Aussi, — tout en cheminant avec son homme qui portait sous le bras un baluchon contenant deux paires de chaussettes, deux mouchoirs, une chemise et demie et autant de caleçons, — l'interrogeait-il familièrement sur sa vie, sur ce que notre paria comptait faire, enfin sur toute chose que rarement les hommes demandent à un paria. Et, ce faisant, il se dirigeait vers la rue Khandak, entrait chez Binder, commandait « deux bons gueuletons » et disait au tenancier qui s'approchait, curieux de la « nouvelle cueillette » du « guide incomparable » :

— Voilà, Hermann... Je t'en amène encore un!

— Tu ne lui amènes que de ceux-là! s'écriait comiquement Motrogan.

C'était ainsi, et Binder ne les esquivait pas.

On tâchait de « caser » le nouveau débarqué et, en attendant, on lui ouvrait un crédit, on lui cherchait un gîte.

L'homme mangeait, écoutait la conversation dont il était le clou et commençait à croire en Dieu.

Parfois Yousouf assistait lui aussi à ces colloques, et il arriva qu'un jour où on ne trouvait pas de gîte pour un fugitif gréco-roumain de Tulcéa, Azoï s'offrit promptement à le loger :

— Qu'il vienne chez moi. Il y a de la place!

Binder s'écria, exaspéré :

— Mais nom d'un chien! Je ne te comprends plus, mon brave Azoï! Cet homme est un « goï », et tu es un « id » pieux : comment accommodes-tu cela, pour coucher un « goï » sous ton toit?

Yousouf braqua un index et dit, en fermant son œil crevé :

— C'est que Hermann, je te l'avais toujours affirmé : « un bon Juif n'est jamais un mauvais homme! »

Et le « goï » allait coucher sous le toit de ce Juif, en clamant : « Loués soient-ils, dans l'éternité des éternités! »

III

L'apparition inattendue d'Isaac à Alexandrie émut Schimke qui connaissait peu son frère cadet, ne l'ayant pas revu depuis plus de six ans. Entre-temps, Isaac était devenu un homme! Avec une affectueuse curiosité, il fit la « connaissance » de son frérot si débile à côté de sa robustesse. Et l'ayant scruté à sa manière d'interprète, qu'il était fier d'avoir découvert en Isaac un être pondéré et correct, si dissemblable de lui et quand même de son sang! Il était fou de bonheur. Sa famille, oubliée pendant ses années de vagabondage, lui devint tout à coup proche. Et il s'étonnait d'avoir pu les oublier au point de ne pas même leur écrire.

Les deux frères décidèrent même de faire venir leurs parents auprès d'eux à Alexandrie, une fois qu'Isaac serait marié. Et, en attendant, Schimke envoya un mandat à Constanza. Puis, il s'empressa de créer à son frère cadet une situation convenable chez un chapelier de grande renommée. Cette histoire de fiancée suivie par Isaac, abandonnant pour elle patrie et famille, amusait follement Schimke qui retrouvait là un geste familier :

— Lorsque tu auras ton foyer, Isaac, lui disait son frère, nos vieux et Hanele pourront vivre auprès de nous sans soucis!

« Et même reb Zalmen peut venir, quoique cet homme terne exerce une mauvaise influence sur notre père ajoutait Schimke, tapant de son poing sur le marbre de la table, au restaurant de Binder.

« Je méprise, continuait l'interprète dans le feu de la conversation, les hommes rigides, ennuyeux comme une ligne droite, ne s'écartant ni à droite ni à gauche, sans histoires comme les femmes vertueuses, et assassins de « Liberté! » Mais enfin, qu'il vive, ton reb Zalmen! Avant tout, soyons tolérants! »

Et les deux frères communièrent pendant quelques semaines, dans un même élan affectueux. Mais, bientôt, la dissension, due à leurs tempéraments opposés, éclata; leurs relations cessèrent peu à peu d'être intimes, et s'immobilisèrent au bout de quelques mois, dans une indifférence presque totale. Car Schimke, homme sans aucune confiance en soi-même, sans foi, en proie à un invisible ébranlement, ne s'attachait à personne longuement. Cette inquiétude intérieure empêchait toute continuité dans ses affections comme dans ses actions. Il ne pouvait se défaire d'un sentiment insupportable; il voyait son propre ego comme étranger à lui-même, aussi tout lui paraissait également futile! Il considérait son frère comme les autres, comme un étranger. Cela ne l'empêchait pas de se dévouer. Il faisait du bien autour de lui, sans suite et sans discernement, afin de se griser et assourdir l'inquiétude qui grondait en lui. Au fond, l'étranger lui semblait être plus proche de lui que son frère, parce qu'il demeurait un étranger à lui-même.

Comme à son habitude, Isaac se taisait, ne disant pas grand-chose. Furieux de la taciturnité, de plus en plus excessive, du mélancolique, Schimke disait à Binder :

— Il n'y a rien à faire avec ce mufle! Il a toujours été renfermé; mais depuis qu'il pleurniche derrière sa fiancée, je ne peux plus le supporter!

Puis, plus tard, lorsque Yousouf hébergeait le malheureux et que des amis reprochaient à l'interprète son indifférence à l'égard d'Isaac, Schimke répondait :

— Qu'est-ce que vous voulez que je fasse? Il veut maintenant la « vie éternelle! » Je ne peux pas la lui donner! De l'argent, oui; mais il le donne aux passants. C'est un fou!

Et Schimke, pris dans le tourbillon de la vie et ses âpres luttes, oublia l'adepte de Yousouf jusqu'au jour de son entrée dans la « vie éternelle ». Ce jour de l'enterrement, Schimke accourut, bouleversé et hagard. Sur l'insistance de Yousouf, il récita au cimetière le « Kadich », prière qui doit se dire par le plus proche parent pour l'apaisement de l'âme du défunt. En face de la mort, Schimke redevint juif pour quelques instants. Dans la plus grande humilité, il prononça l'éternelle évocation d'Israël :

« Que le grand nom de l'Eternel soit magnifié et sanctifié dans le monde qu'Il a créé selon sa volonté. Que Dieu intronise son règne de votre vivant et du vivant de toute la maison d'Israël, et que ce soit bientôt, dans un temps proche! Dites Amen! »...

Ce jour-là, Schimke distribua, en souvenir de son frère, une somme rondelette pour les différentes caisses de la communauté ainsi qu'aux pauvres. Puis, il fit ériger à ses frais une belle pierre tombale avec une inscription hébraïque, et, en règle avec ses devoirs, il ne pensait plus à l'obstiné et doux Isaac entré silencieusement dans la « vie éternelle »...

Car l'interprète avait d'autres chats à fouetter. C'était d'abord son travail qu'il aimait beaucoup. Cette possibilité de gagner largement et librement sa vie, en fréquentant toutes les couches de la hiérarchie sociale, du « milord » au vaurien, c'était pour l'étudiant en médecine d'hier un vaste champ d'expérience qui lui permettait d'étudier, sans que le sujet s'en aperçût, le bon comme le mauvais côté de tout individu. Et qu'il conduisît devant les merveilles de l'Egypte le touriste d'élite ou le « plat bourgeois », c'était pour lui également intéressant : l'un l'étonnait par sa compréhension, l'autre l'amusait par sa sottise.

— C'est *cela,* toute la « grandeur » de la pyramide de Chéops? lui dit un jour un « touriste », considérant dédaigneusement la plus étourdissante merveille due à l'effort de l'homme.

— C'est *cela,* monsieur : quatre cents pieds environ, répondit Schimke.

— Hum... La Tour Eiffel mesure plus que le double! Où est le merveilleux?

— Je me le demande, monsieur! Et comme vous, j'aime mieux la Tour Eiffel!

Une autre fois, prenant l'apéritif en compagnie d'un fils d'Albion, celui-ci voulut crâner en lui montrant ce texte d'un auteur anglais : « Nous sommes braves, parce que nous mangeons du bifteck et respirons l'air de nos libertés constitutionnelles. »

— Oui dit Schimke, vous êtes braves parce que vous mangez le bifteck des autres et asphyxiez le monde avec l'haleine de vos geôles constitutionnelles!

Batailleur héroïque et toujours fort de son droit, se moquant des couteaux et des pistolets, il méprisait l'adversaire faible et les escarmouches « à l'arabe ».

La même attitude sévère, le même dégoût, il les avait pour la parade banale que font les interprètes de leurs connaissances linguistiques. Lorsqu'on le questionnait à ce sujet, il répondait :

— Je me débrouille comme je peux!

Mais Schimke traitait ses collègues avec générosité. Un jour, un collègue avait commis l'indélicatesse de lui « chiper » un voyageur. L'imprudent, furieux de se voir confondu, jeta le contenu de son verre sur le vêtement de Schimke. C'était un pauvre diable que le boxeur eût pu démolir d'un seul coup de poing, et les spectateurs de cette scène s'attendaient à le voir hurler sur le sol. Il n'en fut rien, au grand étonnement de l'agresseur même. Un instant stupéfait, Schimke regarda son complet arrosé de vin, cracha à terre et s'en alla :

— Ptiou! malheureux!

Et pourtant Schimke était toujours impeccable dans son uniforme au brassard officiel portant l'inscription : « Interprète ». Parfois on le raillait même pour sa manie de se brosser à tout bout de champ, d'avoir mille attentions pour sa belle casquette et de faire briller ses bottines au moyen d'une bande de velours qu'il tirait de sa poche plusieurs fois par jour. Là, Schimke était indulgent, reconnaissait sa faiblesse et tolérait que la plaisanterie allât assez loin...

A côté de cette passion pour son métier, Schimke avait une autre passion stupide et ruineuse, quasi générale en Egypte : le jeu de loteries. Ces nombreuses mystifications philanthropiques qui font miroiter aux yeux du pauvre des lots de quarante, cinquante et cent livres sterling, sont l'espoir désastreux de tous ceux qui gagnent durement la piastre qu'ils arrachent à leur bouche pour la donner contre ces billets prometteurs de lunes. Schimke en achetait journellement pour deux ou trois thalers, souvent même pour une livre; et c'est avec raison que le brave Yousouf, en se refusant de lui en vendre, le sermonnait régulièrement :

— Pourquoi lâches-tu le moineau que tu tiens dans la main contre celui qui est sur la branche? Ça, c'est l'opium des malheureux qui n'ont jamais vu dans leurs mains une somme de cent livres sterling, mais toi, qui la gagnes à chaque voyage que tu fais à Assouan, non, je ne te comprends pas!

Pendant ce temps, Schimke consultait fièvreusement les « listes des tirages » et finissait par déchirer tout son tas de billets, l'un après l'autre, puis il levait la tête, transfiguré, comme un homme qui se réveille d'un beau rêve :

— Allons, Azoï! Fiche-moi la paix avec ta morale et donne ici ton paquet : je veux choisir « mes numéros ».

— Non! Moi, je ne t'en vends plus!

— Tant pis pour toi! J'achèterai ailleurs.

— Voilà, voilà! s'écriait Yousouf, parlant à Binder. Il est bien le frère d'Isaac! L'autre buvait; celui-ci joue! Mais quel crime a-t-il commis leur malheureux grand-père?

Et l'honnête Azoï partait, furieux.

*

Le vendeur de loteries voyait juste : au fond, Schimke ne faisait que se griser, pour jeter le manteau de l'oubli sur sa vie ratée. Il ne pouvait pas pardonner à son destin de l'avoir vaincu, en l'obligeant de renoncer à sa carrière de médecin qui était sa vocation.

Aussi, en dépit des apparences, ne s'attachait-il à rien et à personne; ni à Hélène, qu'il protégeait de loin et fréquentait très rarement; ni à sa sœur Esther, qu'il voyait, parfois, au Caire, en lui amenant des clients pour les antiquités qu'elle y vendait; ni à Binder, qui désirait ardemment faire de lui un ami intime; ni à Sotir, qui lui charriait des vagabonds à chaque voyage et qu'il estimait uniquement pour cela. Depuis la mort d'Isaac, ses parents n'existaient presque plus pour lui. Il leur envoyait parfois de l'argent, sans leur écrire un mot.

— A quoi bon? disait-il. Nous vivons chacun avec nos folies et nos idées.

On connaissait très bien les siennes, qui étaient nobles, mais on comprenait mal sa façon de vivre, qui avait des bizarreries inexplicables.

Des « bombes » retentissantes, des rixes sanglantes mettaient souvent debout, au milieu de la nuit, les paisibles dormeurs d'Alexandrie et, parfois, du Caire aussi. Schimke était toujours de la partie, souvent, l'organisateur. La police, qui l'estimait grandement, ne le trouvait jamais fautif, mais les poings de Schimke n'envoyaient pas moins à l'hôpital un « tas d'amochés ».

— Tu vas te faire un jour trouer la peau! lui disait Binder.

— Ce ne sera pas grand dommage! répondait l'interprète. En attendant, sache que je suis là, pour le jour où tu auras besoin de défendre ton *Fantassin* contre les *hooligans* des paquebots roumains. Je les vois venir. Ils crânent, les gars, avec leur pavillon!

Binder se révoltait :

— Comment! m'attaquer « chez moi? »

— Eh! Mon brave Hermann... Tu es un naïf. Dis plutôt au garçon de jeter sur le gril deux *fleïlkas* et une douzaine de *mititeï*.

Et, broyant le tout entre ses terribles mâchoires, sans manquer d'y introduire autant de piments que de bouchées, il ajoutait :

— Sacrée Roumanie, va! J'aime bien ton sol et ta ripaille, mais tes chenapans, je les attends!

Ce jour-là, Schimke fut prophète.

Cela se passait dix mois après la mort d'Isaac!

On avait remarqué que certains matelots originaires de Galatz, patrie de Binder, manifestaient régulièrement — Dieu savait pourquoi — des sentiments antisémites sournoisement agressifs. Binder n'y fit point attention, mais Schimke attrapa le défi au vol et repéra les têtes :

— On va voir ça, mes amis! Ici, nous sommes en Egypte.

Depuis, Schimke s'arrangeait pour se trouver chez Binder chaque fois qu'arrivait le navire de ces matelots *hooligans*.

Voilà qu'un jour ils apparaissent — six imberbes — bruyants et déjà à moitié saouls. Casquette sur une oreille, cocarde tricolore, cigarette aux lèvres. Ils commandent des grillades, boivent, chantent des âneries nationales et ne lâchent pas de vue le tenancier, qui vaque à son travail et ne voit rien.

Dehors, assis à une table, Schimke voit tout, fume et regarde ses poings. Ils sont en bon état.

Les matelots ne le connaissent que de vue. Ils ignorent le boxeur, et Schimke se fait petit, se replie sur ses genoux, comme un léopard, prêt à bondir. Du coin de l'œil, il épie le mouvement à l'intérieur, entend les types chuchoter entre eux, il voit comment un des plus effrontés sort devant le restaurant et crie, en regardant l'enseigne :

— Comment? *Au Fantassin roumain?* Qui a permis à ce « jidane » de se moquer de notre nation?

Et, ramassant une pierre, il frappe l'enseigne, geste qui déclenche instantanément dans la boutique un vandalisme effroyable, un bombardement, à coup de bouteilles, contre les rayons garnis de liqueurs chères.

Mais aussi, au même instant, le provocateur de dehors

est déjà allongé sur le sol, inanimé, le visage ensanglanté. Ceux de l'intérieur se sont jetés en masse sur Binder, coincé entre le comptoir et le buffet, et tandis que trois *hooligans* le frappent à coup de nerf de bœuf, les deux autres forcent la caisse sans y parvenir, mais le comique est que Binder, tout en se protégeant la figure avec un bras, s'efforce lui aussi d'ouvrir la caisse pour tirer un malheureux revolver qui dort dans le comptoir depuis des années.

Schimke ôte sa veste et se précipite sur le tas, pendant que, clients et garçons, courent chercher la police.

Dix minutes après, celle-ci arrive au galop, mais elle se trouve en présence d'une masse humaine amoncelée au milieu de la rue et noyée dans le sang. Il n'y a aucun mort, les six malheureux hurlent à faire frémir et se tordent dans la poussière, horriblement défigurés, mâchoires, yeux, nez, oreilles, disloqués.

Debout sur le seuil, Schimke, encore pâle, poings et vêtements rouges de sang, ressemble à un bourreau qui aurait poignardé, haché ses victimes.

Les trois agents et leur chef pénètrent dans le restaurant et contemplent, muets, le ravage de l'imbécillité la plus authentiquement nationale : presque plus rien ne reste debout, la dévastation est complète, et les débris des verres, glaces et bouteilles, gisent dans une mare de liquide incolore qui couvre tout le plancher!

Assis sur une chaise, Binder, tient entre ses mains tuméfiées sa tête de vieillard, elle aussi toute bosselée.

Au milieu de cette œuvre qui n'a pas de qualificatif, apparaît Yousouf, blême, tout tremblant, son unique œil excessivement écarquillé. Binder le regarde :

— Oui, Yousouf, tu as eu raison : le Juif n'est nulle part chez lui!

— N'est-ce pas, Hermann? Je te l'avais dit : tu es un « id », tu n'es pas un « fantassin »!

*

Deux mois après cet événement, on pouvait voir Binder en train de lire son journal dans une paisible boutique composée de deux minuscules pièces et située toujours dans la rue Khandak, 100 mètres plus haut que l'ancien restaurant. C'était une « boîte » dont on pouvait toucher le plafond avec la main et un peu enfoncée dans le sol.

Plus d'enseigne, plus de « fantassin », plus de restaurant : café et boissons indigènes, mais, admirable mystère de l'âme humaine : les photographies des paquebots roumains, les portraits de la famille royale et les journaux du pays s'y trouvaient toujours [1]!

Exaspéré, Sotir s'écria un jour :

— Où diable est la fameuse haine du Juif contre tout ce qui est « goï »?

— Je n'ai rien à haïr, répondit Binder; il y a une lutte à mener contre l'esprit *hooligan* et pour l'unification des races dans une communauté de travail, de paix, de progrès. Voilà tout! Cette lutte, je la mène depuis toujours. Je pense de cette façon-là, et il ne faut pas chercher en moi un autre Juif.

Schimke cria fort :

— Surtout, il ne faut pas chercher en Hermann le Juif qui sait faire usage de son « rigolo » au moment opportun! Il l'a bien voulu le jour de l'attaque des matelots, mais son revolver était fermé à clef, heureusement pour nous, car c'eût

1. Ces faits sont historiques et facilement contrôlables.

été les autres qui auraient tiré, aussi bien sur lui que sur moi!

Et dans l'hilarité du petit groupe d'amis qui se trouvaient présents, Schimke continua, à la grande confusion de Binder :

— L'exploit de Hermann me rappelle l'histoire suivante que peut-être vous connaissez :

« Un Juif moldave, qui faisait les foires avec 3 sous de marchandises dans un chariot boiteux, se dit un jour qu'il serait prudent de se pourvoir d'un fusil.

« — Qui sait? En traversant tant de forêts, je pourrais me trouver devant un voleur... C'est bien d'avoir un " fisil ". Et, en effet, un beau jour, comme il hurlait contre sa rosse au milieu d'un bois, un bandit lui saute dessus, fouille dans la charrette, ne trouve rien qui vaille, mais découvre le " fisil " :

« — Qu'est-ce que c'est ça, " jid "?

« — Un " fisil ", monsieur!

« — Pour quoi faire?

« — Pour le voleur!

« — Eh bien : je suis un voleur!

« — Ah! vous êtes un voleur? C'est bien : voici le " fisil "!

« Et il donna le fusil au voleur... comme Hermann eût tiré son pistolet pour les *hooligans*. C'était son " fisil " pour le voleur! »

On s'en souvint longtemps de cette histoire et on se paya la tête de Binder.

Le cabaretier était maintenant un vieil homme, plus vieux que son âge, cheveux et barbe entièrement blancs. Sa clientèle : des ouvriers, des marins paisibles et presque tous les interprètes d'Alexandrie. Schimke était devenu, depuis le vandalisme, un fidèle de Binder. Et le pauvre homme, affaibli et martyrisé par les nuits blanches qu'il passait près de sa femme se mourant du cancer, dont la maladie lui coûtait ses dernières économies, lui en savait gré et le considérait comme son enfant, car il était seul à faire tout le service et Schimke le secondait vaillamment dans tous les travaux de son commerce.

Mais il était écrit que cette dernière satisfaction de sa vieillesse devait lui être arrachée par un coup subit qui envoya Schimke sur Dieu sait quelles routes du grand monde, le laissant, lui, seul, triste et abandonné comme le plus méchant des hommes ne saurait l'être davantage.

Sa femme mourut un matin d'octobre pluvieux et fut enterrée sans que personne en fût trop chagriné, car chacun savait que son existence n'était plus qu'un supplice, mais tout le monde fut bouleversé d'un événement qui se produisit peu après.

Binder venait justement de rouvrir son café — après huit jours de fermeture rituelle, selon la coutume juive, par respect pour sa femme qui était pieuse — quand, vers les 3 heures de cet après-midi néfaste, un grand tapage dans la rue fit vider la boutique. Schimke — qui se trouvait là, par malheur, — sortit le premier, et ce fut à temps pour voir un Arabe, connu pour un débauché, qui courait, en suant, suivi d'une bande de femelles désespérées :

— A l'assassin! à l'assassin! criaient-elles, et apercevant l'interprète : Schimke, Schimke! il a presque tué Hélène! Arrête-le!

Et Schimke l'arrêta à sa manière, car l'Arabe lui tombant dans les bras, il ne fit que le soulever, le basculer un instant, puis, le jeter avec élan contre le sol, devant la porte même de Binder.

L'homme ne bougea plus et succomba sur le coup.

Il y eut un moment de frayeur et de silence. On se regardait dans les yeux. Schimke se pencha sur l'inanimé, le croyant évanoui, et lui tâta le pouls. Se relevant, blême :

— Viens, Hermann, fit-il.

Et dans l'arrière-boutique, il sauta au cou de Binder, l'embrassa furieusement et dit :

— Adieu... Il est mort! Adieu, mon bon Hermann; je vais me jeter dans un bateau autrichien qui part, dans une heure, pour Fiume... C'est ainsi mon destin... Adieu pour toujours, mon cher ami!

Une heure après, un haut fonctionnaire, en uniforme brillant de la police anglaise, arrivait à pas de promeneur, et s'approcha nonchalamment du cadavre, qu'il regarda comme s'il s'agissait d'un spectacle sans importance.

— C'est un Arabe..., murmura-t-il, pour lui-même, en parlant dans la langue du pays.

Et, se levant, il balaya, d'un coup d'œil calme, la foule rassemblée et la rue. Il daigna poser quelques questions au gendarme égyptien. Il répondit évasivement. Ce fut tout.

Une voiture passa. Le policier fouetta l'air avec la cravache qu'il tenait dans sa main gantée et cria au cocher :

— Heup! arakabi! Ramasse-moi ça!

Et, portant noblement un doigt à la visière de sa casquette, il s'éloigna nonchalamment. L'enquête fut terminée.

III

Esther Perlmutter

I

Esther, l'unique fille des Perlmutter, abandonna définitivement ses parents et leur milieu dans des circonstances pénibles pour tous, mais sans que personne fût fautif...

Dès son enfance, elle manifestait des goûts si différents de son entourage qu'elle échappa sans le vouloir à l'ambiance médiocre d'une vie familiale. Rien d'étonnant donc, si à la maison, on ne la suivait pas dans tous ses caprices et ses désirs impossibles. Elle ne s'en plaignait pas, sachant qu'une âme exceptionnelle se meut à une hauteur inaccessible à la moyenne des mortels... Dédaigneuse de tout ce qui était extérieur, elle ne pouvait se complaire que dans des larges envolées et des hautes ambitions. Et dans son âme altière, coulait une inépuisable nostalgie « du Bien, du Beau et du Vrai »!

Aussi, Esther cherchait avec une foi toute juvénile, autre chose que cette vie misérable emplie d'égoïsmes et de haine étouffante, qu'elle voyait autour d'elle. Elle aspirait de toute la force de sa virginité à d'autres rivages, sans savoir au juste ce qu'elle voulait... Musicienne douée, elle tissait ses rêves flous et ineffables aux sons des sonates de Beethoven, qu'elle se jouait sans cesse, rien que pour elle-même. Le reste du temps, elle le passait en des lectures interminables, car la fille d'Avroum était aussi fine lettrée que musicienne. Son instruction, exceptionnelle pour le milieu judéo-roumain aux alentours de 1880, datait de l'époque où le tailleur voguait vers la fortune. Bien entendu, elle parlait le roumain irréprochablement, sans cet accent désagréable du Juif ignorant. Mais elle savait également lire un peu l'hébreu et comprenait le jargon yiddish que tant de Juifs « européens » méprisent, ainsi que les trois langues occidentales, qu'elle souhaitait d'approfondir; et, en effet, par la suite, ces trois langues lui devinrent aussi familières que le roumain.

— Mon Dieu, que puis-je, se lamentait Rivke. Je ne suis qu'une femme : « Jupes longues, raison courte! » Et mon mari est un homme comme tous les hommes! D'où nous vient donc une fille savante? Quelle calamité pour une maison juive!

En effet, une calamité!

Car tout ce qui dépasse la mesure commune, s'adapte si peu à la médiocrité, qui ramène tout au même niveau — au sien — embrouillant la hiérarchie des valeurs et des hommes; si bien que tout ce qui s'en écarte est considéré comme une grave injure, demandant une vengeance de l'humiliation subie! La médiocrité est aussi féroce chez les Juifs que chez les chrétiens. Elle pourchasse impitoyablement tous ceux qui la menacent dans sa plate quiétude d'une vie routinière, intangible grâce à la confusion générale...

Entourée de la médiocrité commune, la famille Perlmutter vivait dans une aisance insouciante, mais pas encore assez émancipée des « préjugés ancestraux » au gré d'Esther. Quoique se croyant profondément juive, s'étant emballée une des premières pour le sionisme qui commençait à se répandre, Esther aspirait à saisir en même temps, « tout ce qui est humain ». Mais la raison profonde des mœurs et des rites de l'éternel Israël lui échappait. Elle découvrait dans le judaïsme beaucoup de laideur dans peu de beauté! Elle s'en alarmait et en souffrait d'autant plus que personne autour d'elle ne se préoccupait de ses « hantises » de jeune fille! Et, se forgeant en secret son idéal, elle se sentait juive « à sa manière »! De pénibles discussions entre les parents et la jeune fille éclataient, de plus en plus fréquentes. Mais tout en maugréant contre ses caprices, ses parents la choyaient comme leur plus beau trésor. Et toujours, elle agissait comme elle entendait...

Esther, aux yeux de diamant noir taillés en amande, au visage d'une distinction antique, à la chevelure d'un noir brillant et frisée naturellement, haute de taille, fière dans sa démarche, Esther à vingt ans, manifesta, outre ses excellentes aptitudes et ses caprices insensés, cette fâcheuse agitation, qui est toujours mal vue dans une famille honorable.

Avroum, enrichi, chercha longtemps un parti convenable, conforme à sa belle situation. Mais personne n'était assez haut placé pour Esther, sa fille, pure comme l'or, qui rendait le choix plus difficile encore...

Finalement, Avroum obtint qu'elle épousât un des bijoutiers-horlogers les plus riches de Bucarest. Jacob Haïmovici avait deux fois l'âge d'Esther, cependant, en consentant à prendre un homme mûr qui avait l'expérience de la vie, elle espérait trouver auprès de lui cette large compréhension qu'elle cherchait vainement auprès des siens, et lorsqu'elle s'aperçut de son erreur, c'était déjà trop tard!

C'était après ce pompeux mariage que commencèrent les malheurs de la famille Perlmutter. Avroum, comme on s'en souvient, perdit sa fortune à la suite de son voyage à Berlin, bien content encore d'avoir pu échapper à la honte d'une condamnation. Appauvri soudainement, Avroum devint pour son riche beau-fils quelque peu gênant. Haïmovici le prenait maintenant de haut et le vexait par ses remarques désobligeantes. Avroum cessa de voir Jacob et son entourage.

De son côté, Esther se débattait dans les souffrances d'une amère désillusion! Elle soutenait le terrible assaut de la parenté de Jacob, laquelle ne la trouvait pas assez « pratiquante ». Comme elle mettait l'esprit juif au-dessus de toute « chinoiserie rituelle », elle devint chrétienne aux yeux des Juifs pieux et grande Juive aux yeux des chrétiens. Ainsi des murailles de haine se dressèrent de toutes parts, menaçantes, contre sa vie riche d'amour et d'universelle bonté. Elle fut décriée comme une novatrice, attaquée par toute une kyrielle de bigots médiocres et hypocrites dont la piété n'était qu'une façade, prétexte à exploiter les naïfs!

En vain, elle criait son mépris à la face de ces hommes influents qui empoisonnent le peuple :

— Crétins, vipères! La haine et la vengeance ne sont pas des armes juives, mais le produit de vos cœurs venimeux! Vous étouffez l'esprit d'Israël sous la lettre de vos préceptes saugrenus! Il vous importe peu de tuer l'esprit, pourvu que vous en tiriez des bénéfices! Cessez de salir la maison de Dieu, bâtie avec les sous du Ghetto, et que vous transformez en un foyer d'intrigues!

Ces incriminations courageuses, si justifiées soient-elles, ne changeaient rien en Israël! Cependant, le nombre de ses diffamateurs augmentait encore. Esther eut même le chagrin de voir figurer parmi ces derniers, sa propre mère, qui, craignant les foudres de la synagogue, se dépêcha de désavouer sa fille! Avroum, lui, se montra homme aux idées larges, et prit la défense de son enfant attaquée. Il guerroya crânement tant que sa position lui procurait une influence prépondérante dans la communauté. Mais, dès ses revers de fortune, personne ne l'écouta plus.

Un jour, Esther vint inopinément trouver ses parents. Elle raconta qu'elle avait un voyage urgent à faire et demanda à Rivke de prendre chez elle son bébé d'une année qu'elle ne voulait pas laisser entre les mains d'une bonne :

— D'ailleurs, fit-elle, je ne suis plus digne d'élever un enfant!

Ses mystérieuses paroles ne furent comprises que quelques mois plus tard, lorsque les Perlmutter, déjà installés à Constanza, apprirent le brusque abandon de sa maison conjugale par leur fille Esther. Ils ressentirent ce coup fatal comme le plus dur de toute leur existence :

— « Oï, weï! » une digne fille juive quitter le toit conjugal! C'est inouï!...

Et, à part reb Zalmen, ils ne confièrent à personne ce nouveau désastre :

— En tout cas, disait reb Zalmen, vous ne pouvez pas lui rendre Hanele, tant que le divorce n'est pas prononcé régulièrement. La loi est la loi. Puis, reb Zalmen consolait le tailleur effondré :

— Tu as mal instruit ta fille, Avroum! Laisse maintenant la fatalité se consommer! Même le mal sert le bien!

Ainsi Rivke et Avroum gardèrent avec une grande joie Hanele, la considérèrent comme leur dernière enfant. Et, au début, ils refusèrent même l'argent qu'Esther leur envoya pour sa fille.

Quelle malédiction plane sur les vieux Perlmutter pour que tous leurs enfants soient si impitoyablement dressés contre eux et les uns contre les autres? Où est donc cette solidarité juive dont on parle si obstinément dans le monde? Est-ce peut-être la vitalité même de cette race qui disloque les Juifs? Est-ce leur propre force qui les affaiblit?... Le mystère enveloppe la destinée d'Israël!...

II

Quelques jours après la fuite de Schimke Perlmutter, le paquebot *Dacia* arriva à Alexandrie, et Sotir, son cambusier, alla, comme de coutume, voir Binder. Le cabaretier solitaire de la rue Khandak raconta au matelot les péripéties du triste événement qui causa la mort de l'Arabe et le malheur de l'interprète, obligé de fuir Alexandrie où il s'était fait une si belle situation.

— Hélas! j'ai une nouvelle plus triste encore, fit le cambusier. Son père, le pauvre Avroum, n'a pas supporté le coup terrible de la mort d'Isaac! Il vient de s'éteindre, subitement. Un anévrisme l'a emporté le jour même de mon départ de Constanza! Quelle épreuve pour sa femme Rivke! En tout cas, leur parent reb Zalmen m'a chargé d'une très délicate mission auprès d'Esther, maintenant qu'Avroum n'est plus vivant!

— Ah! tu connais aussi Esther? demanda Binder. J'ai entendu les rumeurs les plus contradictoires sur son compte! Sais-tu la vérité?

A cette question, le visage de Sotir s'embrasa, enfiévré par des souvenirs lointains. Il secoua sa barbe grisonnante :

— La vérité entière sur Esther, dit-il, je pense que personne ne doit la connaître! Et c'est intentionnellement que je ne t'ai jamais parlé de la plus belle figure issue d'Avroum et Rivke Perlmutter : son souvenir m'écrase! Quant aux rumeurs qui courent sur sa vie, autant en emporte le vent!

Le « barbu » s'en tint à cette réponse, mais père Binder connaissait l'homme. Il savait que Sotir, comme tous les conteurs de race, ne se précipitait jamais. Aussi, alla-t-il tranquillement chercher une de ces anciennes bouteilles de « nectar rouillé » qu'il déboucha avec bonhomie, versa, et dit en levant le verre :

— A la santé de *notre* Esther!

Le cambusier trinqua. Ce brave Binder a dit « notre Esther ». Comment ne pas lui parler un peu :

— Je vais ce soir au Caire pour revoir, après douze ans de séparation complète, ma plus tendre amie, dit Sotir tout bas.

— Ah! Esther est au Caire? Comment se fait-il que ni Isaac, ni Schimke ne m'en ont jamais parlé? Eh bien! raconte-moi quelque chose. Nous sommes seuls!

Sotir n'attendait que cette invitation comme tous les conteurs de race, également.

— Mon amitié pour les Perlmutter date de ma première jeunesse, commença-t-il. Sur la femme d'Avroum, il n'y a pas grand-chose à dire : les femmes simples n'ont point d'histoire! Rivke a mis au monde quatre poulains et une pouliche, et n'a été qu'une belle jument destinée à embraser le sang de l'étalon que fut Avroum. C'est, d'ailleurs, me semble-t-il, la première mission de toute femme : savoir souffler dans la braise; quant au reste, nous nous en chargeons! Et la brave Rivke a soufflé avec toute la passion et toute la dévotion de sa race! D'ailleurs, s'il faut croire que tout homme est polygame naturellement, la seule femme digne d'être épousée, c'est la Juive croyante.

« L'obéissance et la fidélité ne sont pas les premières vertus de l'épouse modèle, autrement, le ménage turc serait à envier. Mais le Turc est tyran : il tue l'amour dans le cœur de ses femmes en les soumettant. Et sans amour rien ne peut subsister, la famille encore moins que toute autre association sentimentale. En ceci, le Juif est un époux civilisé : il n'est pas tyran.

Aussi est-il aimé — aimé en dépit de toutes ses extravagances — par la meilleure des épouses : celle qui assure à l'homme, en cas de défaite, une affection chaude, une retraite réconfortante, l'amour. C'est l'unique garantie du ménage idéal et la première vertu de l'épouse, sans quoi elle n'est qu'une amante, c'est-à-dire une passion entre mille que l'homme peut rencontrer partout. Or, la passion n'est pas l'amour, mais l'amant peut être un époux!

« Quant à notre Avroum, je l'ai connu il y a vingt-cinq ans à Bucarest. Il était déjà un père de famille assagi, qui regardait avec satisfaction l'ensemble de sa nichée intempestive. Josélé, Esther et Haïm étaient venus l'un après l'autre à deux ans de distance; Schimke et Isaac arrivant avec un retard de sept et dix ans, étaient encore en bas âge. Et voilà que — sans crier gare —, Josélé, le fils à papa comme on l'appelait, embrasse le protestantisme en Amérique et jette le deuil sur la famille. Plus tard, Haïm écrit ses premiers articles politiques qui devaient révéler le plus funeste des Juifs : celui qui renie ses origines et se met au service des *hooligans* officiels!

« Et Esther? Halte!... Et buvons un coup, en l'honneur du " mal " qu'elle a fait à ses parents à force d'être une grande âme! Dès sa dix-septième année, Esther montra un tempérament peu commun qui risquait d'amener la " honte " dans la maison.

« — Hé là! s'écria notre brave Avroum, oubliant le matou d'autrefois, si c'est ainsi, je vais te marier!

« Et il la maria, trois ans après, à un riche bijoutier de Bucarest qui aurait pu être son père! Jacob Haïmovici, un artisan fort habile dans son métier, mais qui ignorait totalement les rouages compliqués de sa jeune femme. Dès qu'Esther entra dans la maison, toutes les horloges se mirent à marcher à rebours! Les superbes solitaires pâlirent et les perles devinrent ternes. La crânerie de maître Jacob tourna à sa confusion.

« C'était une des maisons les plus traditionnellement juives. Deux servantes stupides et une vieille mère " maboule ", pourchassaient, du matin au soir, une poussière inexistante, aux sons des innombrables coucous des pendules, cependant que Jacob Haïmovici promenait sa silhouette ratatinée derrière les vitrines somptueusement garnies.

« Esther empoigna les rênes du ménage, bouscula mari et belle-mère, remplaça les domestiques. Un Pleyel de concert expulsa du grand salon un pauvre piano qui servait, depuis trente ans, " comme meuble ". Devant la *mezoura*, vissée obliquement à l'embrasure de l'entrée :

« — Dommage! s'exclama-t-elle. Voilà quelque chose qu'il faudrait garder au fond de son cœur; autrement, cela me fait penser à tous ces crucifix que les chrétiens affichent aux carrefours.

« Puis les portes dorées de la maison Haïmovici s'ouvrirent pour laisser libre entrée à l'élite de l'intelligence et du sentiment de cette époque-là, sans distinction de classe sociale, de nationalité ou de croyance. Ce fut la première maison de la haute bourgeoisie juive qui, rompant avec les préjugés, accueillit amicalement l'étudiant pauvre, la " vedette " de passage, le chef socialiste à lavallière, le sioniste gravement boutonné, l'athée irréfutable, le spirite insinuant!

« Certes, ce ne fut pas sans de terribles récriminations de la part de Mme Haïmovici mère. Quant à Jacob, le pauvre homme — devenu une chiffe entre les mains de sa femme — il fit tout son possible pour accommoder, dans sa passion tardive, un passé agressif qui ne voulait pas mourir avec un présent violent qui voulait vivre, mais cela ne lui réussit point!

« J'avais à peu près l'âge d'Esther. J'étais un beau gaillard sortant du service militaire. L'heureuse mort d'un oncle riche et inutile venait justement de me mettre en possession d'une vingtaine de mille francs, que je croyais inépuisables comme ma soif de vivre! Je jouais passablement bien de la flûte, à ce moment-là. Je lisais aussi avec profit. Bête, je ne l'ai jamais été. Tout cela, uni à mon culte de l'amitié de toujours me donna avec honneur mes entrées dans la maison d'Esther, la plus enviée et la plus honnie à la fois, de la capitale roumaine!

« Nos relations amicales, très affectueuses, dataient, d'ailleurs, de bien des années, alors qu'elle était encore gamine et moi garçon, mais déjà un ami dévoué pour Avroum. Entre temps, j'allais faire mon service, elle se maria et, à ma réapparition à Bucarest, je la trouvai mère d'une mignonne fillette âgée de six mois et hôtesse dans toute la splendeur de son épanouissement.

« Esther ne faisait que peu de cas des avantages physiques de l'individu, quoiqu'elle les possédât à la perfection; ou peut-être, à cause de cela même, elle les mettait sur un plan inférieur. Sa maison était la seule dans laquelle les " beaux garçons " et les " femmes jolies " ne trouvaient pas accès uniquement par ce sauf-conduit mondain. Et lorsqu'il lui arrivait de se méprendre sur les qualités d'un nouveau venu, elle disait : " Encore un chat que j'ai pris pour un tigre! "

« Et toujours Esther nous domina tous, sans nous humilier.

« Il ne manquait à cette femme, pour qu'elle fût heureuse, qu'un époux digne d'elle. La vie le lui refusa. Elle crut pouvoir détourner le destin en s'attribuant, à l'insu de tout le monde, un amant, qu'elle jugea, avec quelque précipitation, un peu trop favorablement.

« C'était un nommé Armand Blum, directeur d'une fabrique

suisse d'horlogerie, qui venait parfois visiter sa clientèle roumaine, en tête de laquelle Jacob Haïmovici figurait avec le plus grand nombre de commandes.

« Il venait parfois... Mais un jour qu'il y vint, ses yeux bleu ciel rencontrèrent ceux d'Esther, Mme Haïmovici, et alors, les horlogers de Bucarest remarquèrent que " le Suisse " multipliait ses visites tel un commis-voyageur, avec cette différence qu'il descendait dans les palaces, n'allait voir que Haïmovici et se trouvait toujours comme par hasard à Sinaïa ou à Calimaneshti, selon le lieu de villégiature qu'Esther choisissait. Pauvre amie... Quelle aventure...

« Cet Armand Blum l'aveugla dans la même mesure qu'il fut aveuglé par elle. On comprit cela. Esther, la femme assoiffée de spiritualisme, trouvait enfin l'écho de ses aspirations idéalistes, car " le Suisse " était le type le plus représentatif de l'Occidental moderne : érudit, esthète, parfait musicien, compositeur. Par-dessus le marché : bel homme dans la quarantaine, portant finement sa tête grisonnante; élégant avec recherche, allures de sportsman. Un brin d'amertume qui lui labourait le coin des lèvres en lui donnant un air sceptique, complétait la physionomie du gentleman. Nous apprîmes également qu'il était un peu poète, puis qu'il sculptait et peignait avec talent.

« Malheureux Jacob! Devant un tel ravisseur, pourrais-tu tenir avec ta face épanouie, ton embonpoint de charcutier et ta simplicité d'esprit?

« Emportée par sa passion charnelle, Esther eut la faiblesse de s'emballer pour Armand Blum en se le figurant pareil à l'image de l'Occidental forgé à sa fantaisie de juive orientale. Elle alla jusqu'à ne pas remarquer que cet " artiste " jouait trop de ses compositions, déclamait trop de ses vers, improvisait trop d'épigrammes, raillait trop les Juifs " bornés ", parlait trop de lui et de ses talents, était trop charmeur, trop spirituel, trop parfait!

« J'ignorais l'Occident autant qu'Esther, mais je me disais, en sortant le soir, fasciné comme tout le monde : " Cet homme a trop *de tête*... Aurait-il, aussi, un peu de *cœur?* "

« Je me disais cela, mais je n'osais pas le demander à notre amie, car elle avait la bouche pleine d'Armand Blum, " l'homme le plus exquis au monde ", affirmait-elle.

« Un jour que nous dînions — Armand était absent —, Esther dut tenir tête à une vraie levée de boucliers, pour son audace d'avoir fait servir une *platchinta* roumaine contenant du fromage et de la viande.

« — C'est une effronterie! crièrent les plus vexés.

« — Non! fit Esther. C'est un délicieux gâteau " goï ". Nos ancêtres, eux-mêmes, le mangeraient, s'ils vivaient aujourd'hui!

« Jacob sauta de sa place :

« — Tu te crois émancipée, Esther, mais nous sommes plus modestes et nous ne voulons pas nous prétendre plus intelligents que nos législateurs.

« Esther railla :

« — *Plus* intelligents? dis-tu! Quelle modestie! Quand vous ne vous donnez pas la peine de les comprendre, comment vous serait-il possible de les dépasser?

« — Il se peut. Tu as eu le temps, toi, de te donner la peine de les étudier, alors que nous travaillions pour te permettre " ce luxe ".

« — Qu'est-ce que tu veux dire, *par cela,* monsieur Haïmovici? Crois-tu, peut-être, m'avoir fait un grand honneur en m'offrant ton nom et ta fortune?

« Et se tournant vers nous, les invités, elle ajouta, en riant :

— Mon mari ne se doute pas que je suis plus *riche* que

lui. Essayez de le convaincre que sa femme est le plus beau joyau de son magasin!

« Puis, se levant de sa place pour passer au piano, elle jeta, au nez de Jacob, ce défi :

« — Ne t'en fais pas, chéri! Si tu ne sais pas apprécier, *il y en a* qui apprécient mieux!

« Quelques boudeurs se levèrent pour partir. C'étaient des parents de Jacob qu'elle appelait : " la crème épaisse du petit lait juif ". Ils voulurent raisonner Esther. Elle les éconduisit en leur lançant :

— Permettez-moi de faire, *dans ce monde,* comme cela me plaît. *Dans l'autre,* je tâcherai d'être à votre goût!

« Mais *ce monde* est terrible... Sans que vous l'ayez jamais prié de vivre à votre manière, il s'évertue à vous imposer la sienne. Vous y refusant, il vous traîne devant le tribunal de la bêtise qui lui donne toujours gain de cause.

« N'ayant jamais cherché en Esther autre chose que l'amie — l'amie pure et incomparable de ma première jeunesse — j'eus le bonheur d'être son unique confident et le seul auquel elle avait avoué son " péché ". Personne d'autre ne connaissait sa liaison avec Armand Blum et personne n'avait le droit de la lui supposer, car leurs relations mondaines étaient irréprochables.

« Par contre, on lui reprochait de ne pas choisir entre juif et chrétien, d'ouvrir sa bourse à tout étudiant pauvre, ainsi que de participer à des fêtes paysannes où elle se montrait prodigue. Un autre grief étaient ses propos " anarchistes " contre " les fortunes tentaculaires » qui sucent le sang généreux de l'humanité.

« Car Esther fouetta de ses sarcasmes impitoyables tous les ignares qui venaient lui apprendre à vivre; elle les obligea à rester chez eux. Mais bientôt les insultes devaient la poursuivre jusque sur le seuil de sa maison.

« — Que me veulent-ils, ces chacals? nous disait-elle; quel est mon crime? Non seulement je ne répudie pas ma race, bien au contraire, je la proclame la seule au monde qui paie la générosité de son esprit pacifique : ne renonce-t-elle pas totalement à son droit biblique de se chauffer aux rayons de son propre soleil, comme le font les autres nations de la terre? Est-ce cela, être mauvaise Juive? Eh quoi! pour être bon Juif, suffit-il de manipuler les phylactères, entasser de l'argent et cracher sur tout ce qui est " goï "?

« Cette courageuse attitude fut néfaste au commerce de Jacob, qui déclara à sa femme qu'elle le menait à la ruine.

« Ce fut, pour Esther, le coup de grâce. Cette coalition hypocrite la cloîtra dans sa chambre, elle ne recevait plus que deux ou trois intimes et se demandait chaque jour que faire. Reculer : ce n'était pas dans sa nature héroïque. Continuer : son mari — dont elle ne voulait pas le malheur — lui intimait que ce serait sa perte. Prendre une attitude moyenne lui semblait encore plus indigne, plus humiliant, car Esther appartenait à cette catégorie qui demande à la vie tout ou rien.

« Caressant la tête de son enfant âgée alors d'une année, elle dit un jour :

« — Je crois que nous allons nous séparer, mon trésor! Ta mère partira dans le monde pour gagner son pain et le tien!

« Nous étions seuls. Je lui demandai :

« — Pourquoi gagner son pain, à elle? Jacob s'en chargerait bien.

« Esther éclata en larmes :

« — Parce que son père n'est pas Jacob, mais Armand!

« Quelques mois plus tard, elle disparaissait, subitement. Je disparus moi-même, quelque temps après. J'allai chausser les bottes du vulgaire marin, courir les mers et les océans sur toutes les latitudes, puis...

« ... Voici qu'un après-midi de juin, alors que je flânais sur les quais de la Tamise, à Londres, Esther surgit devant moi, me croise et ne me reconnaît pas, à cause de ma barbe que j'avais laissé pousser.

« Je saisis, par-derrière, sa petite main gantée. Elle poussa un cri et la retira vivement; mais tout de suite elle me reconnut et nous nous embrassâmes comme seuls peuvent les vrais amis!

« Je ne disposais que d'un répit de deux heures. Et c'est ainsi que — attablés devant un whisky-soda — je pus apprendre son odyssée avec " l'homme le plus exquis au monde ". Tristement, elle me la narra :

« — Oui, je me suis trompée... Armand n'est qu'un infatué, un stérile, un de ces "ratés ", impuissants à vivre et impuissants à créer, dont l'Occident est riche. Je n'avais pas cette expérience. Je l'ai faite. Et aujourd'hui, après une année et demie de vie en commun, il me serait plus facile de vivre avec un Jacob Haïmovici qu'avec un Armand Blum. Jacob était simple, bigot, bougonneur, mais, si j'avais consenti à mon mari les concessions que j'ai faites à l'autre, il aurait fait de moi son dieu! Je sais : ce n'est pas drôle d'être le dieu d'un sot, mais il est tout aussi peu gai de voir un intelligent te traiter, avec une pitié méprisante, d'ignorante parce que tu te refuses à le suivre dans ses élucubrations artistiques. Et surtout, dans quel lieu vit-il! Tous ces Juifs " européens " à l'esprit borné et à l'horizon étroit, ces marchands de casseroles que j'ai appris à connaître autour de lui, ne peuvent se défaire du sentiment que nous sommes *leurs parents pauvres,* même si nous sommes plus riches qu'eux! Cette insolence intérieure qu'ils éprouvent à l'égard de tout ce qui vient de l'Orient, m'a meurtri le cœur. Pour eux, tous les Juifs qui ne sont pas de Paris et qui vibrent d'une vie intense sont inférieurs à eux, les " occidentaux affranchis ". De n'importe où nous venons, nous sommes des " Orientaux! " *pour eux!* Le péché mortel d'Armand, c'est sa prétention d'être un génie. Plus modeste, plus humain et se contentant de ses dons réels, cet homme eût fait pour moi un excellent compagnon de vie, tel que je l'ai rêvé dans mon adolescence. Mais non! Il veut être un génie musical! Il dépense un argent fou à imprimer et à faire jouer ses compositions; il s'aplatit devant la critique pour qu'elle le déclare monumental; il demande des applaudissements à tout l'univers. N'obtenant que des bribes d'éloges et une avalanche de railleries, il se tourne furieux, contre moi, se proclame génie incompris et devient insupportable. Non... Ce n'est pas de cette façon-là que j'aime l'art...

« — Pauvre Esther! lui dis-je alors. L'Armand que tu me décris, je l'ai soupçonné, moi, tel que tu l'as connu au prix de nouvelles déceptions et je regrette de ne t'avoir fait part de mes appréhensions. Dis-moi, maintenant, comment vous êtes-vous séparés?

« — Eh bien : assez amicalement. Je représente, à Londres, sa fabrique d'horlogerie. C'est une sinécure, certes, mais j'en avais besoin. Bientôt je m'ouvrirai un chemin sur lequel je suis décidée de marcher seule, à l'avenir, *toute seule!* »

« — *Toute seule...* Et de cette aimable jeunesse, qu'en feras-tu?

« — Oh! Ça... *c'est une autre vie, dans une autre besace,* comme dit le Roumain!

« Voilà, mon cher Binder, ce que je sais, jusqu'à ce jour sur Esther. Demain, au Caire, je la reverrai non sans une terrible émotion, et je saurai davantage! »

III

Traînant ses pas alourdis par une pesante tendresse, Sotir rôde, dès huit heures du matin, autour du jardin Esbékieh. La rue Kamel, où Esther tient sa boutique d'antiquités, est toute proche, mais le matelot pense que c'est trop tôt pour y aller. Et son cœur bouillonnant d'impatience craintive l'accable; son dos se courbe, ses jambes fléchissent aux souvenirs de tant de rêves vécus, tant d'espoirs qui s'étaient évanouis comme des mirages.

— Une reine devenue boutiquière! se dit-il tout haut.

Lui aussi, en fin de compte, croyait être fait pour autre chose que de servir comme simple cambusier. Oui : avec un cœur et un cerveau comme les siens, la vie lui devait une place bien supérieure.

La vie lui devait...

Sotir s'assoit à la terrasse d'un grand café, commande un narguilé, fume et regarde. Des équipes de touristes, la plupart à califourchon sur des ânes, passent. Ils vont visiter des merveilles. Et leurs cous raides, leurs mines froides, ces visages de chiffon, n'expriment rien, ne manifestent rien. On dirait des ouvriers allant, ce matin comme un autre, accomplir une humble besogne.

Que leur devait-elle, la vie, à ceux-là? Ils se sont fait de la place à coups de poing, voilà tout. Et ce pauvre Arabe loqueteux, qui passe avec sa barbe blanche et son regard de philosophe paisible, est-ce bien dans cet état-là qu'il devait finir ses jours? Non, tout de même! Egalement, cet enfant fellah, presque nu, qui ramasse des mégots entre les tables et porte sa matricule accrochée autour du cou, comme un chien, est-ce ainsi qu'il doit commencer la vie?

La vie... Elle est telle que les hommes la font.

— Allons voir Esther!

Aucune enseigne, à part le mot : *Antiquités,* inscrit sur le mur, au-dessus de la porte.

Sotir contemple la vitrine, mais il ne voit rien. Son cœur frappe fort, et, par-dessous la visière de sa casquette enfoncée sur les yeux, il regarde à l'intérieur; une femme habillée en noir va et vient, en rangeant des objets.

Elle est toute seule.

Ah!... Elle est toujours belle, notre Esther! Ses mains, sa taille, son cou : les mêmes. Le visage, la chevelure, oui! un peu éprouvés. Pas beaucoup. Un premier souffle d'automne voluptueux. De face, on lui donnerait trente-cinq ans (elle doit avoir bien plus). De dos, seulement vingt-cinq, tellement elle est souple, svelte.

« Mon Dieu, se dit Sotir, comment peut-elle vivre parmi ces vases tordus, ces statuettes rouillées, ces perroquets momifiés, toute cette moisissure! »

Et le cambusier entre, ôte sa casquette et dit, pour tout bonjour :

— Comment peux-tu vivre ici, rien qu'avec des Ramsès et des scarabées?

— Sotir! s'écrie Esther, en tendant les deux mains à son meilleur ami.

Pendant que le « barbu » les serre fort, elle sanglote de joie inattendue!

— Pleure, ma belle Esther, cela fait du bien!

— Tout un passé qui ressuscite!

— Oui... tout un passé!

— Et des morts... Pauvre Isaac... tout jeune!

— C'est un coup terrible pour ton vieux père... Il ne l'a pas supporté! Je t'apporte une bien triste nouvelle, hélas...

— Comment? Mon père aussi... mort...

Le matelot baisse la tête. Esther éclate en larmes et cache sa douleur sur l'épaule de l'ami.

— Je ne le verrai plus, se lamente-t-elle! Est-ce possible? Quatorze ans, je les ai vécus sans le voir! Et maintenant, trop tard... M'a-t-il au moins pardonné, Sotir?

— Oui, Esther, je le suppose, car Avroum était un brave homme qui savait tout comprendre!... Mais ne pleure pas, Esther, si ton père n'est plus, tu retrouves ta fille. Ton Hanele a déjà quinze ans! Elle est devenue une belle plante! Voilà, je t'apporte sa photographie!

Esther contemple longuement l'effigie de Hanele et croit revoir sa propre image :

— Je revis en ma fille, s'exclame-t-elle attendrie! Que Dieu lui accorde moins d'épreuves qu'à moi! Et plus de bonheur!

— Elle profitera de ton expérience, Esther! Reb Zalmen, votre parent, m'a chargé de te dire que tu peux reprendre ta fille si tu veux!

— Comment donc, si je veux! Il ne peut m'arriver un plus grand bonheur que celui-ci! Enfin, on me rend ma fille! Ma mère consent donc?

— Ta vieille maman est bien malade; elle ne veut pas que Hanele devienne orpheline tout à fait!

— Oh! je reconnais en cela le cœur de ma mère! Dis-lui, mon bon Sotir, que j'implore son pardon pour tout le mal que je lui ai fait! J'ai durement expié mes erreurs et maintenant je suis redevenue ce que j'étais lorsque j'avais l'âge de Hanele. On s'épure par les fautes commises! Je suis même devenue mystique, presque comme ma mère! Ah! je voudrais les avoir toutes les deux auprès de moi! Je voudrais m'embarquer sur-le-champ et aller les prendre!

— C'est superflu, je peux te les amener avec mon prochain voyage!

— Mon bon Sotir, ami fidèle, mon cœur déborde de gratitude! Embrassons-nous!

Et maintenant ils se regardent face à face, en se tenant par les mains.

— Mais, fait Sotir, roulant des yeux effarés sur ce qu'il appelait de la « moisissure », pourquoi es-tu marchande d'antiquités?

Esther se tait longtemps, puis :

— Je te raconterai pourquoi. Explique-moi d'abord le mystère de ce « plongeon » de douze ans, durant lequel il n'y a pas eu moyen de savoir si tu étais vivant ou mort. Qu'as-tu fait pendant toute cette éternité?

— Des patates au Brésil, des canetons au Mexique, mais j'ai fait surtout de très beaux rêves, partout, et c'est ce qui m'a maintenu. Et toi, as-tu trouvé l'idéal de tes rêves, ou cours-tu encore à leurs trousses? Je t'écouterai pendant les deux jours et une nuit que je resterai au Caire!

— Des rêves, soupira Esther. En fais-tu, encore, mon bon Sotir?

— Et pourquoi pas? Nom de nom! Est-ce peut-être la réalité que tu considères comme la meilleure face de la vie? On se rassasie facilement de réalité. De rêves, jamais! Et malheur à qui ne sait pas rêver les yeux ouverts!

Dans l'arrière-boutique, garnie de souvenirs d'enfance, de livres et d'antiquités d'un art insurpassable aujourd'hui, Esther arrêta avec Sotir la date et les détails du bien long voyage pour Pivke et Hanele, sa fille, devenue sa petite sœur aux yeux du monde. Elle remit ensuite à son vieil ami une somme de 100 livres sterling pour les deux billets et les frais de voyage!

Puis, après avoir restauré Sotir, elle commença ainsi le récit de sa vie depuis leur dernière courte entrevue à Londres :

*

— Non! Après cinq ans de vie à Londres, je ne pouvais plus rester dans cette fournaise de « business » où l'on ne trouve presque jamais un ami dévoué. Je faisais de bonnes affaires, mais j'avais constamment froid au cœur; la courtoisie des Anglais les rend peu gênants pour une femme mais tout aussi froids! Et cette vie dans la fournaise est glaciale!

« Les déceptions d'une femme qui lutte *d'égal à égal* avec l'homme d'affaires pour lequel tout ce dont il ne profite pas est considéré comme perdu, et qui ne connaît que deux sortes d'hommes : des clients ou des concurrents, sont si épouvantables qu'il vaut mieux les passer sous silence. En tout cas, dans la lutte terrible pour l'existence, l'avidité des hommes ne connaît pas de bornes; aussi, il n'y a plus de trêve une fois la lutte engagée! Pour ne pas se laisser écraser, il faut sans cesse être victorieux! Et la victoire se paie!

« En cinq ans de cette vie agitée, j'ai obtenu la victoire; j'ai ramassé une somme rondelette de 5 000 livres sterling et une fatigue cérébrale assez grave! Il fallait me retirer pour quelque temps du moins. Sur le conseil d'un médecin, je m'embarque pour un voyage sur mer! Et comme, dès mon enfance, j'ai rêvé de voir un jour la Palestine, le pays de mes ancêtres, je me dirige sur Jaffa avec l'espoir de trouver dans une colonie juive un repos bien mérité.

« C'est pendant cette traversée que le destin m'envoya, droit dans la poitrine, l'homme pour lequel j'étais faite et qui était fait pour moi! Voilà comment :

« C'était durant l'arrêt du navire à Malte. Un monsieur dans la cinquantaine — mal ficelé, figure de savant et portant avec maladresse une valise ridicule — monte à bord et éclate d'un rire bref au moment où nos regards se croisaient. Je compris que son rire était dû à un réflexe de l'esprit, car rien dans mon extérieur ne prêtait au ridicule. Néanmoins, je me retournai sur place, involontairement, pour voir cet original. Il se retourna en même temps et me salua gravement, un peu confus.

« Un incident de la vie, sans suites, pourrait-on dire. Mais il en fut autrement.

« Au repas de midi, en pleine mer, nous nous trouvâmes voisins de couvert. Il arriva un peu en retard, correctement vêtu et rasé de frais, déplia sa serviette et, à mon grand étonnement, me dit d'une voix sonore, sans aucune gêne :

« — Tout à l'heure, en vous croisant, j'ai pu vous paraître impoli : veuillez m'en excuser, madame.

« — J'ai vu que vous étiez distrait, répondis-je.

« — Non! je n'étais point distrait, protesta-t-il; j'étais avec moi-même. Est *distrait* celui qui vit davantage avec le dehors et pour le dehors.

« Ce paradoxe me plut. La familiarité et la franchise de l'homme me plurent encore davantage! Cela ne se rencontre pas dans le “ beau monde ”, où il faut se taire comme un sage ou bien parler comme un oracle. Et voilà pourquoi, après ce déjeuner, je suis allée rejoindre cet homme sur le pont, où il fumait sa pipe :

« — Vous ne me faites pas l'impression d'être Anglais, monsieur! lui dis-je carrément.

« — Pourtant, je le suis, madame : John Edwards, de Londres.

« — Alors, comment se fait-il que vous n'êtes pas conventionnel?

« — Parce que je suis visionnaire de la “ réalité ” visible comme invisible... Mais, croyez-vous que ceux qui ne sont pas Anglais peuvent plus facilement ne pas être conventionnels?

« — Je le croyais.

« — Il ne faut plus le croire. La sincérité, la franchise, ce sont des prédispositions naturelles de tout être humain, mais qui se laissent étouffer par une éducation mal comprise et par l'âpreté de la vie mal organisée. Nous, les Anglais, subissons le combat pour la vie plus que tout autre peuple : c'est ce qui nous rend conventionnels. Toutefois, n'allez pas déduire que le reste du monde nous dépasse en franchise. On « simule », oui, plus facilement que nous, et c'est encore plus écœurant! Aussi, lorsque la franchise se rencontre chez un Anglais, elle est plus frappante et bien plus appréciable, car nous ne savons pas faire les choses à moitié.

« Voilà, mon cher Sotir, comment j'ai connu Mr. John Edwards, égyptologue modeste autant qu'érudit, un rare initié de l'universelle doctrine ésotérique, basée sur la sagesse éternelle, la même chez tous les peuples de l'Antiquité, ami sincère de l'Inde, de l'Egypte et d'Israël, et publiciste militant pour la liberté des peuples opprimés, ce qui ne lui valut aucun titre d'estime aux yeux du monde officiel de sa patrie. Il était célibataire, fils et héritier unique de parents qui avaient amassé une grosse fortune dans les colonies, mais de cette fortune dépensée en des fouilles ruineuses, il ne lui restait que des miettes!

« Ainsi, avant d'arriver à Alexandrie, nous nous ouvrîmes franchement nos cœurs l'un à l'autre, et j'eus la joie de voir cet homme intègre me deviner sur-le-champ, s'attendrir, avouer ses faiblesses, témoigner d'une flamboyante passion pour sa science et d'une large compréhension à l'égard de tous les arts. Surtout, ce qui me toucha sans restriction, ce fut sa générosité! John Edwards était un ami de l'homme tel que nous le concevons, c'est-à-dire, prêt à sacrifier ses passions intellectuelles pour sauver un homme. Pour lui, la vie passait avant une œuvre d'art!

« — La vie la plus humble, me disait-il, est une chose miraculeuse et bien plus étonnante que l'art le plus réussi. On n'a pas le droit de s'engouer pour ce qui sort de la main de l'homme si on oublie ou si on méprise l'homme, image de Dieu! Car tout homme est créateur de vie et contribue, par sa foi, au triomphe du Bien!... La vie, c'est la seule œuvre qui soit divine. Tout peut se refaire, sauf elle! Et dans l'univers rien n'est petit et rien n'est grand.

« Il savait, comme nous, combien rare est l'amitié parfaite, mais ne souffrait pas trop de son absence, absorbé qu'il était par ses recherches et convaincu qu'on peut vivre toute une vie, sans rencontrer celui qui convienne à votre nature.

« Nous nous liâmes et devînmes immédiatement indispensables l'un à l'autre, et notre union fut solide comme celle de deux êtres qui se soudent après s'être cherchés depuis le commencement de leur existence!

« Je me vis renaître de mes amères déceptions et, arrivés au Caire, je lui déclarai éperdument que je mettais à sa disposition mes 5 000 livres sterling. Comme si je lui avais parlé de deux sous, John Edwards me répondit avec un calme parfait :

« — Vous êtes une femme admirable, mais je vous préviens que vous allez à une ruine certaine : les hiéroglyphes n'ont enrichi personne, pas même Champollion, qui eût mérité au moins un *Petit Trianon*. Veuillez réfléchir encore...

« Je n'eus plus à réfléchir, car je ne concevais plus la vie sans mon John, et je le lui dis.

« — Bien, fit-il. Toutefois, nous devons être un peu pratiques! Vous consentirez à m'accompagner chez mon consul d'où vous sortirez *Mrs. Edwards*. A cette condition, j'accepte! Pensez : je suis bien plus mûr que vous, et d'une santé assez médiocre. Il faut que vous ayez de quoi vivre après ma mort!

« J'ai consenti, je devins Mrs. Edwards, et j'ai commencé il y a sept ans une vie que je considère comme la seule, dans mon existence, digne de mes rêves de jeune fille : vie de deux âmes qui ne font qu'une.

« Aux époques des grandes chaleurs estivales, les fouilles étant impossibles, nous nous réfugiions à Alexandrie, dans une humble maisonnette qu'il possédait sur la ligne de Ramleh. Là, il concrétisait, dans des pensées précises et vivantes comme un beau poème, le résultat de ses investigations effectuées pendant les mois de peine.

« — La foi, me disait-il, c'est le courage de l'esprit et le flambeau de la raison. Et, avec une foi inlassable, il lisait dans les hiéroglyphes les principes, perdus pour l'Occident, de l'antique sagesse de l'Egypte, la même qui se retrouvait, sous d'autres formes, dans les temples de l'Inde! Car la sagesse est une — universelle — et le mensonge est multiple et varie avec le temps et l'espace!

« La pierre parle pour moi, me disait-il encore! Mais John n'était pas seulement égyptologue de mérite; il connaissait aussi la doctrine ésotérique de l'Antiquité, dont le Sphinx et les Pyramides forment le testament et dont Israël, conserve, à son insu peut-être, la tradition vivante!

« Israël, m'enseignait-il, possède la clef du monde antique et il l'ignore; aussi il ne s'en sert pas! C'est dans les sables brûlants de l'Egypte que j'ai trouvé la réponse à l'énigme de ton peuple!

« Il m'expliquait aussi comment nous marchons rapidement vers la conciliation définitive entre la science et la religion; alors, on trouvera la base à l'entente pacifique entre les peuples.

« Quant à la théologie cléricale officielle, qu'elle est enfantine! L'orthodoxie tout comme l'athéisme, par l'étroitesse de ses enseignements, engendre la division des esprits, ce qui est manifestement contraire à toute religion... dont le but est d'*unir*. Et le but de ses vastes travaux était justement de faire revivre l'antique sagesse qui savait *unir* et non *diviser* comme nos civilisations modernes!

« Et, le paradoxe, c'est avec mon tendre Edwards que je pus redevenir entièrement Juive, telle que j'avais toujours désiré l'être! Les Juifs m'avaient éloigné d'Israël et voilà que mon John m'en rapprocha, si bien que je me remis à étudier sous sa direction l'histoire de mon peuple qu'il vénérait et *que j'ai appris à connaître.*

« — L'avenir est à Israël, me disait-il, car il est destiné à servir de trait d'union entre les peuples du monde entier, entre l'Orient et l'Occident, comme entre l'Antiquité et les Temps modernes!

« Nous nous promenions journellement au bord de la Méditerranée et John évoquait devant moi par la magie de ses paroles vibrantes, la splendeur ordonnée des cités antiques, en les comparant à la désorganisation sociale de notre civilisation décadente!

« Le soir, allongés dans nos chaises longues, sous les palmiers immobiles, nous lisions, à haute voix et à tour de rôle, des œuvres d'écrivains choisis en songeant, en riant et en nous attristant avec eux. Ou bien, aux heures de musique — maîtresse du piano et du cœur de l'ami qui m'écoutait —, nous vivions la joie et la tourmente de toute la vie, en remplissant notre chambre de Beethoven, notre préféré entre tous!

« — Voilà des amis de l'homme! s'exclamait Edwards. Vouloir, à tout prix, leur trouver des pareils, dans notre pauvre vie quotidienne, et les introduire dans notre intimité, ce serait une profanation. Tâchons de les égaler en spiritualisant nos sentiments, rendons-nous sains. Le monde a besoin de santé!

« Telle était notre vie entre avril et septembre. Les autres mois de l'année, il les consacrait à des travaux fort exténuants.

« John Edwards appartenait à cette légion d'égyptologues obscurs qui vouent leur existence aux fouilles d'un sol riche en souvenirs impérissables. Il possédait des concessions importantes, au début, et qui auraient pu lui assurer des revenus appréciables. Mais sa générosité le poussa à offrir au musée de Boulaq les plus beaux objets de ses trouvailles, sachant que, " les Français d'abord, les Anglais ensuite, avaient pillé l'Egypte de ses meilleurs vestiges et souvenirs ".

« Il était d'une largesse sans bornes. Lorsqu'on prononce aujourd'hui son nom, partout où il a mis le pied entre Le Caire et Assouan, les fellahs portent la main au cœur et répondent : *Haouaga coès!* (le bon monsieur). Il détestait la philanthropie, mais ne pouvait passer près d'un malheureux sans lui mettre quelque chose dans la main. Et c'est pourquoi, avant de pénétrer dans un de ces hameaux aux huttes bâties de boue noire, il se munissait de petite monnaie pour deux ou trois livres sterling, qu'il distribuait aux plus nécessiteux.

« C'était de même avec ses ouvriers, qui l'adoraient, non seulement parce qu'il les récompensait selon leur mérite, mais surtout à cause de sa douceur et de sa simplicité. Il vivait avec eux, se nourrissait de leurs mets, couchait dans les mêmes baraques et, côte à côte avec l'ouvrier, il surveillait sa pioche, pour qu'aucun mal n'arrivât à l'objet précieux qui surgirait des mystérieux sables millénaires. Bien mieux, il était leur médecin, leur herboriste et leur conseiller en toute circonstance. Et, il fallait intervenir souvent, car leur manque d'hygiène les exposait à de nombreuses maladies, plus particulièrement à la terrible ophtalmie qui les aveuglait.

« Lui exprimant un jour mon étonnement de le voir adopter les plats indigènes, fort rudimentaires, il me répondit :

« — Il faut toujours et partout procéder ainsi. Les peuples, avec leur expérience immémoriale, savent pourquoi ils doivent manger tel plat à l'équateur et tel autre en Sibérie. Nous le savons aussi, mais étant moins sages que les peuples, nous ne le respectons point.

« Et on le voyait, à midi, une assiette à la main, aller se servir à la marmite commune, le *foul* national du fellah.

« Cette popularité, unie à sa droiture et à sa grande bonté, lui tenait lieu de talisman contre les rares brutalités, méritées d'ailleurs, dont tombaient parfois victimes des Européens qui se comportaient en Egypte comme dans un pays conquis. Il n'a jamais porté l'impudent revolver qu'on voit dans ces contrées à la cuisse de tous les esclavagistes. Il n'en a jamais eu besoin : il était le *haouaga coès.*

« Pendant toute la saison des fouilles, Edwards ne pensait plus à d'autres joies que celles que lui réservait le sol. Ah! le bonheur de vivre près d'un savant au cœur humain!

« Lorsqu'il lui arrivait de découvrir un objet bien conservé, sa passion muette, seule la lyre eût pu l'exprimer. Immobile, le visage empourpré, le regard fixe, il passait des heures à contempler la pierre, le métal, ou le bout de bois que ses mains tenaient avec des précautions infinies. Alors, il oubliait tout; et nous savions qu'il fallait le laisser tranquille. La joie de ces premiers moments était toute la récompense de sa longue peine. Statuettes, vases, armes, outils, tout était nettoyé par ses mains, examiné à la loupe, classé, numéroté et soigneusement emballé dans des caisses.

« Il se trouvait parfois que des fouilles impies étaient faites clandestinement par des malandrins européens, attirés par le bruit que les sarcophages contiennent des trésors. Le spectacle de ces profanations était pour Edwards des plus douloureux, mais de quelle noble manière ne savait-il pas exprimer son indignation!

« Une fois, un fellah accourut avec la nouvelle qu'un sarcophage venait d'être mis à jour, pas bien loin de notre campement. Nous nous y rendîmes. Le sarcophage était ouvert; le cercueil, brisé, et la momie, fouillée sur toutes les faces, gisait sur le dos. Jusqu'ici, rien d'extraordinaire : cela arrivait souvent. Mais ce qui le remplit d'une révolte inaccoutumée, c'est que la hyène inhumaine qui avait commis ce sacrilège, n'y trouvant rien de valeur et furieuse d'avoir peiné inutilement, avait brisé, d'un coup de pied, le front de la momie. On y voyait la forme carrée du talon.

« Devant cette barbarie, Edwards ôta son casque, avec vénération, et me dit, toujours calme, mais d'une voix étranglée, les yeux étincelants :

« — Il y a quatre mille ans, on n'aurait pas trouvé un seul homme dans toute l'Egypte capable de commettre un tel forfait! Depuis, l'humanité a reculé, et aujourd'hui, nous sommes arrivés à ne plus rien considérer comme saint.

« Puis, il ajouta, la respiration entrecoupée :

« — Je ne me croyais pas capable d'envoyer quelqu'un à la guillotine. Mais en ce moment, oui : je ferais couper la tête aux dirigeants du monde qui dégradent l'homme au point de l'obliger à semblables sauvageries. Celui qui se rend coupable d'avoir transformé l'être humain en une brute, ne doit pas vivre!... Je comprends mieux Erostrate, qui détruit une merveille pour se rendre célèbre, mais pousser l'homme à un crime pareil, non, cela n'est plus humain!

« Tel était l'homme que le destin m'envoya, on dirait par un de ces hasards qui accomplissent parfois des miracles.

Hélas! le même destin me l'enleva pour ne pas m'affoler peut-être, par un bonheur trop grand.

« Il y a juste une année, mon pauvre John fut terrassé par une crise aiguë d'appendicite. Je le fis transporter rapidement dans une clinique, où son grand cœur cessa de battre sous le bistouri même des chirurgiens.

« Un jour avant de mourir, pressentant sa fin, il me dit ceci :

« — Je vous laisse, pour toute fortune, un nom sans tache et une collection d'antiquités qui vous fera vivre modestement. De parents fort riches, on s'attendait à ce que je suive la voie commune. J'ai préféré celle que vous avez vue : j'ai rendu à l'humanité ce que mes parents, avares, rapaces, lui avaient volé. Hélas! je ne savais pas que ma femme devrait être un jour antiquaire, et c'est là, ma plus grosse tristesse : faire du commerce avec ce qui a toujours été ma suprême joie. J'espérais vivre encore afin de vous créer quelques économies, et laisser toute ma collection au musée de ce pays. Il en est décidé autrement par une volonté supérieure à la mienne. Maintenant, voici le seul conseil que je vous donne, comme règle de vie conforme à votre nature : ne soyez jamais méfiante envers votre prochain, soyez franche! La méfiance, c'est l'arme du faible. Les forts n'ont rien à craindre. On ne rend pas l'homme meilleur en l'abordant comme on aborde les loups. Soyez donc franche, Esther, et mon esprit ne vous quittera jamais. »

Arrêtant là le bref récit de sa vie avec John Edwards, Esther essuya ses yeux inondés de larmes, et ajouta :

— Je n'ai rien vendu de ce qu'il aimait et estimait le plus. J'ai ouvert cette boutique uniquement pour me débarrasser de quelques bagatelles, que des millionnaires snobs m'ont déjà achetées. Cet argent ajouté à la somme qui me vient de la vente de sa villa — dont l'habitation après sa mort m'était devenue impossible — me permettra de me consacrer à l'éducation de ma fille et d'entretenir ma vieille mère! Qu'elles viennent vite, mon bon Sotir, et nous irons toutes les trois nous retirer dans une paisible colonie en Palestine! Car, je n'ai plus rien à faire ici. Je viens d'accomplir le rêve de mon John. Une *Section John Edwards* s'ouvrira sous peu, au musée de Boulaq. Elle contiendra toutes les pièces qui lui étaient chères, parmi lesquelles il y a des trouvailles à exemplaire unique.

« Oui, mon cher Sotir, ça vaut la peine de vivre : *tout n'est laid dans la vie, si laide soit-elle!* »

. . . .

Le paquebot *Dacia* venait une fois de plus de lever l'ancre à Constanza et, sous un ciel de plomb aux nuages lourds, il s'enfonçait dans la nuit, d'une telle assurance, sur une mer écumeuse et mouvante. Presque tous les passagers s'étaient allongés sur leur couchette et s'endormaient, bercés par les pulsations régulières de la maison flottante. Les cadences du tangage les enveloppaient de confiance; les uns dans leur destinée, et les autres dans le capitaine, déjà retiré dans sa cabine. Et le bateau semblait voguer au hasard, sans l'intervention d'une volonté humaine.

Dans la cabine de Sotir, la lumière brûlait encore. Grave et silencieux, reb Zalmen, assis en face du cambusier, parlait à voix basse, pendant que Hanele, étendue sur la couchette, portait à chaque instant un mouchoir trempé à ses yeux rougis.

— Oui, Sotir, « la vie passe comme l'ombre; elle s'évanouit comme un songe » et vaines sont les péripéties de notre existence *extérieure*... Que signifie l'individu en comparaison de Dieu? Moins qu'une goutte d'eau dans la mer! Que sont nos joies et que sont nos peines!... Notre Rivke — qu'elle repose en paix — se réjouissait tant de revoir sa fille; elle liquida toute sa maison et attendait avec une brûlante impatience le jour de son embarquement, et voilà... une syncope brutale et Rivke, en digne épouse, suivit son mari dans la tombe... Il y a juste huit jours aujourd'hui que nous l'avons enterrée! Paix sur elle!

— Esther, fit Sotir, viendra à Alexandrie attendre le bateau. Quelle pesante fatalité!

— Ne pleure pas, ma Hanele, répétait reb Zalmen, puisque tu sais maintenant que ta mère est en vie! Tu n'es pas orpheline! Dieu merci, non!

— Ma mère est morte, clamait Hanele d'une voix épuisée; je ne la connais pas, *l'autre mère!* Esther n'est pas ma mère, elle est ma sœur... Je ne la connais pas...

— Calme-toi, mon enfant, exhortait reb Zalmen, tu es déraisonnable. Sois donc forte, te voilà une grande personne! Prie pour la paix de tes grands-parents... Les morts ont besoin de nos prières! Il y a deux mois à peine, ils étaient encore tous les deux en vie, et maintenant ils reposent côte à côte, non loin de ma femme, au cimetière de Constanza. Ecoute-moi, Hanele, ta mère n'a pas été heureuse; aussi tu seras sa consolation, mais reste fidèle au souvenir de tes grands-parents qui t'ont enseigné notre Loi. Et la vie s'ouvrira, belle, devant toi. Quant à moi, je te quitterai à Alexandrie!... Toi tu commences; moi, je finis. Heureux l'homme qui peut mourir en paix en Terre Sainte!

— Vous autres Juifs pieux, remarqua Sotir, vous n'avez point d'histoire! Depuis que je vous connais, vous êtes le même, — et pour une fois que vous changez votre vie, — ce n'est point pour vivre... mais pour... mourir...

— Celui qui vit en Dieu n'a pas de variations aux yeux du monde. Et puis, le Juif ne connaît pas le culte de l'individu. Même la vie personnelle de notre Moïse nous importe peu! Ce qui importe, c'est son Enseignement. Lorsque notre Thorah sera répandue sur toute la surface de la terre, tous les hommes deviendront *humains*, et alors les Juifs pieux deviendront des hommes *libres*. En ce temps-là, il n'y aura aucune différence entre Juif et non Juif... En attendant l'accomplissement de la Promesse de ces temps meilleurs, je ne désire point d'autre joie que celle d'être enterré à Safed, près de nos saints et d'attendre en leur compagnie auguste la venue du Messie!...

Déjà l'aube pointait à travers les volets de la cabine. Hanele dormait. Sotir se leva, appelé par le service. Alors reb Zalmen descendit dans sa cabine de troisième, et il se mit aussitôt en prières. Au doux clapotis de la mer, il chantonnait sa monotone ivresse à la Gloire de l'Eternel!

Pour avoir aimé la terre...

Les hommes qui luttent pour la liberté et la justice trouveront dans ces pages ma plus sincère contribution.

J'ai entièrement refondu celles qui donnent le titre à cette plaquette et qui avaient paru précédemment dans les Nouvelles littéraires, *leur supprimant ce qu'elles comportaient d'éphémère et augmentant considérablement d'inédit le texte primitif.*

Au contraire, les pages de Confiance, *qu'on trouvera ici, je les ai laissées telles qu'elles avaient paru dans* Europe.

Les deux articles situent ma position de révolté sentimental. Je pourrais en varier les formes. Je ne saurais dire plus : les cris du cœur ne s'expliquent pas.

P.I.

Pour avoir aimé la terre...

Réflexions en marge de mon refoulement d'Egypte

J'ai envie de croire qu'à la minute où je suis venu au monde, mon premier geste a été d'embrasser la terre. Là-bas, dans le hameau de Baldovinesti, sur l'embouchure du Sereth, la terre a sûrement dû se fourrer en moi, avec la violence de l'amour. Toute la terre! Toutes ses beautés!

Le soleil, d'abord, cette merveille, a dû m'enflammer le regard. Oncle Dimi jouait peut-être de son inséparable flûte, dehors, sur la *prispa,* pendant que le gros *Léou,* irrité par ce jeu, donnait la chasse aux rats. Quelque éblouissante *nagâtsa* des marais voisins, curieuse, audacieuse comme elles le sont toutes, est peut-être venue briser son vol contre la vitre et imprimer sur ma rétine son œil bleu à l'appel irrésistible. Il se peut aussi que Lina l'amoureuse ait fait irruption dans la pièce, avec des rires et des larmes et disant à ma mère que ses parents l'ont de nouveau battue pour s'être, il y a longtemps, donnée à son Toudor. Et qui sait si, le matin suivant, le hameau n'était pas tout entier debout, avec vaches, pourceaux et poulaillers, prêt à fuir « le Sereth qui dévale sur nous au galop? » L'inondation!

Alors, devant l'inquiétude de ma mère, j'ai dû crier des yeux :

— Mais, allons-nous-en!

Et nous sommes allés bâtir nos huttes sur le plateau de

Braïla, que les *nagâtsas* survolaient, espiègles, nous faisant le pied de nez.

Plus tard, quand je pus marcher en m'appuyant sur le dos de *Léou* et réussis à aborder le vaste Baragan, quelque chose de terriblement nouveau a dû me frapper le cœur : sous le soleil couchant, un paysan courbé sur sa glèbe; près de lui, un homme à cheval, vociférant; et, de temps en temps, un *gârbatch* cinglant les reins du laboureur. (Excusez-moi : je ne fais pas de la sédition; cela se passait réellement ainsi.)

Par la faute de la terre! C'est elle qui en était la cause, elle, si belle! Alors je l'ai promptement haïe, mais peut-on haïr la terre? Le peut-on, surtout à l'âge où on l'aborde, en marchant appuyé sur le dos d'un chien?

Aussi, amour et haine, inhumainement accouplés dans mon trop jeune cœur, me firent-ils faire une maladie, à force de n'y rien comprendre. Puis, j'ai compris. Mais, si je commence à vous expliquer cela, vous direz que je suis un homme désagréable. On devient, paraît-il, désagréable, dès qu'on trempe sa plume dans le sang de sa révolte. Pour être sublime, l'art exige la lâcheté et l'égoïsme irréprochables, ou, tout au moins, demande-t-il à l'artiste de ne considérer la souffrance humaine que comme une matière à inspiration objective.

Je ne le savais pas.

Batelier fou sur le fleuve de la Passion, je passe ma vie à vouloir rapprocher la rive de l'amour de celle de la haine, convaincu que Dieu a mal pétri sa glaise le jour où il a construit l'homme. C'est cela que je suis. Et longtemps, ma primitive embarcation a vogué inaperçue, engloutie par les remous, prête à chavirer. Je voulus bien admettre que c'était là mon destin.

Mais non! A un dangereux tournant, comme je surgissais couvert d'écume sanglante, un sorcier me barra la route et m'offrit une magnifique caravelle :

— Assez de ténèbres! Va, en pleine lumière, à la vue du monde!

J'embrassai la main du sorcier et le pavillon de la caravelle :

— Merci! Il faut donc que je continue?

— De plus belle!

— Ce sera, alors, comme ce fut jusqu'ici : *pour le monde!*

Le sorcier avala un sourire amer :

— Bien entendu, mon enfant!

Et il plongea dans les flots.

. . . .

L'admirable, la séduisante, la trompeuse *littérature!* Tout est *littérature!*

Mais je m'aperçois que j'ai abandonné le fil de mes réflexions. Permettez-moi de revenir à Baldovinesti.

*

Du sommet de ma navrante vie d'aujourd'hui, quand je regarde parfois vers le hameau où je suis né, je me demande : est-il possible, aux intelligences supérieures du monde, de mépriser la destinée des humbles au point de la mettre au rang de celle qui est octroyée aux bêtes? C'est une question qui n'entend rien préciser; mais il suffit que je me la pose, pour que, tout de suite, je doute du courage et de la générosité des intelligences supérieures du monde.

Des humbles naissent au sens desquels le besoin d'aimer est plus fort que celui de se nourrir. Ils lui sacrifient tout. Et ils partent à la conquête intime de la terre.

On ne doit pas dire que ce sont *des fous*. Les sociétés humaines de tous les temps ont fait un culte de l'amour de ces fous. On en a même fait le plus tendre des dieux. Les hautes écoles le donnent en exemple aux élèves qui ont la chance de pouvoir se faire instruire. On l'écrit dans tous les grands livres. Et, bien entendu, il arrive que les fous en germe le savent, parfois, eux-mêmes. Sans y penser. Car ils sont très simples, très sincères. En toute circonstance, l'amour remplace chez eux l'ambition. Celle-ci n'est qu'une promesse que l'on se fait à soi-même. L'autre, c'est une réalisation de chaque instant. Il n'ajourne rien. L'amour se confond avec la vie qu'on désire.

C'est un si long chemin, du hameau de Baldovinesti à la Cité-Lumière! Quand je mesure la distance parcourue, j'ai tant pitié de moi!

Mais où donc est-il écrit que nos plus beaux élans doivent toujours abdiquer devant l'ignominie? Où est-il surtout écrit que la lâcheté et l'égoïsme soient aujourd'hui des sentiments familiers jusqu'aux intelligences supérieures du monde? Et si on ne l'a pas encore écrit, pourquoi ne veut-on pas nous le dire, le plus vite possible? Il y aurait tant de petits paysans au cœur universel auxquels on épargnerait le douloureux chemin qui va du hameau de Baldovinesti à la Cité-Lumière.

On devrait dire à ces enfants :

« Amis tendres : Ne confondez pas ce que les intelligences supérieures prêchent, avec ce qu'elles pratiquent. — Vous êtes des amoureux de la terre, que vous voudriez libre à votre soif d'aimer. Et naturellement, chaque siècle, des artistes de génie n'ont pas manqué de consacrer dans le patrimoine des Arts cet amour pour lequel vous êtes prêts à mourir. On a fait de vous des héros. De votre passion, un culte. — Mais c'est tout ce qu'on a fait. Ou, plutôt, on a tiré parti de l'un et de l'autre, pour les transformer en un simple commerce, le plus répugnant entre tous : rien ne se vend mieux que l'Art qui exalte l'héroïsme. Et les marchands de littérature héroïque font comme tous les marchands : ils s'enrichissent, s'enferment dans leurs

villes, heureux de leur liberté, jaloux de leur magot et approuvant tacitement la force des baïonnettes qui défend leur bonheur contre la « canaille ». Il est vrai que parfois ces marchands boudent les tyrans qui commandent les baïonnettes. Ce n'est là qu'une enseigne propre à assurer le débit de leur marchandise. Les tyrans le savent. C'est vous, les héros, qui l'ignorez. Apprenez-le, en songeant à quelque Francisco Ferrero, pour le salut duquel aucun marchand d'héroïsme ne s'est jamais fait fusiller. — Et n'ensanglantez plus vos pieds, en entreprenant les longs chemins qui vont de certain Baldovinesti à certaine Cité-Lumière où les ténèbres sont bien plus profondes. Restez chez vous, aimez et mourez obscurément, adorant une liberté qui viendra sûrement, à force d'être adorée. Ou, sinon, acceptez d'être des fous, parcourez la terre en criant : « Qui veut sacrifier un cheveu de sa tête, pour contribuer à rendre la terre libre à l'amour des hommes? » — *Vous verrez que dans chaque Cité-Lumière mille têtes brillantes comme la lune et comme elle glaciales, surgiraient pour vous répondre :* « A notre grand regret, impossible! »

*

Je n'aurais pas quitté mon hameau, perdu dans les marais du Danube, si je n'avais pas le cœur fait pour entendre l'appel de *l'Ordre de la Pensée Généreuse*. Je suis donc passionnément le croyant total. Je me rends compte que le miracle de mon destin ne se renouvelle qu'une fois par siècle, et encore!

Des milliers sont ceux qui *partent,* bateliers fous. Quelques-uns seulement *arrivent*. Et j'aime tant être digne de la Lumière qui remplit aujourd'hui mes yeux, ne serait-ce que pour consoler tous ceux qu'elle a rendus aveugles!

C'est pourquoi je pense que le sens de ma vie est de promener la parole d'amour entre la chaumière des humbles avides de justice et le temple des géants à la pensée généreuse.

Mais, *parole d'amour,* dans ce siècle de crime, signifie : *parole de révolte! Révolte contre la tyrannie millénaire de l'homme vorace, quel qu'il soit, d'où qu'il vienne!* Y a-t-il là quelque chose qui puisse gêner la pensée généreuse? Serais-je désavoué par l'*Ordre* dont je suis le moine frénétique?

A ce qu'il paraît, oui, puisque mon *Ordre* reste sourd à tous les appels au secours que je lui apporte des abîmes d'où il m'a tiré, pour en faire l'écho. Bien mieux, il reste indifférent même lorsqu'il voit que les tyrans s'attaquent à son propre messager.

Cela me rend perplexe. Suis-je donc si seule? Je me croyais le compagnon d'armes d'une légion redoutable qui lutte pour arracher la terre à l'homme vorace et la remettre à ceux qui savent l'embellir de leur amour. Je me croyais *un fort.* Et soudain, me voilà, pauvre Don Quichotte écrabouillé par le sabot d'un âne : on me refoule d'Egypte; on m'arrête en Italie; la Roumanie même me chasse toutes les fois que j'y mets le pied. Il est donc permis à tous les ânes de me tripoter ainsi...

Que dois-je alors penser du sort que les tyrans réservent à l'homme anonyme, fautif uniquement d'aimer la terre et de la vouloir libre? Là est toute la question. Il ne s'agit pas de moi. Il s'agit du frère qui me vaut, mais dont le destin ne sera jamais le mien, dont la vie n'est qu'un défilé de défaites.

A moi les hommes ont beau me refuser quelque chose : je passe outre à leur refus. N'ai-je pas passé outre, mon existence durant? Qu'a-t-on pu m'interdire? Définitivement, rien! J'ai eu tout ce que j'ai voulu avoir et plus. Ce que cela a pu me coûter, c'est une autre affaire. Et cette affaire qui se nomme *héroïsme,* est la clef de la vie libre. La plupart des hommes l'ignorent. Ils ne se familiarisent qu'avec les verrous et les barres de leurs multiples prisons, lâcheté qui les rend méprisables. Ils sont encore méprisables du fait qu'ils ne savent pas tous écrire de beaux contes. Ils se résignent à faire le pain et à tirer le charbon de la mine.

C'est peu de chose.

Toutefois, ce peu de chose permet à la *Pensée Généreuse* de rester assise à la turque et d'écrire de beaux contes. Et qu'est-ce qu'un beau conte? Quel rapport y a-t-il entre un beau conte et un homme qu'on met en prison, pour avoir aimé la terre? Où est la générosité? Et si elle n'est nulle part, pourquoi trompe-t-on l'humanité des humbles, lui faisant croire à l'existence d'une *Pensée Universelle* qui s'occuperait de son salut?

Aussi, rentrant dans la peau du petit bonhomme qui fit ses premiers pas en s'appuyant sur le dos d'un ami-animal, je me présente aujourd'hui devant le Grand Conseil de mon *Ordre* et je lui demande à être jugé. Je suis le moine intraitable qui accuse ses Supérieurs de *charlatanisme divin*. Ils ont joué avec la chose sacrée.

Mais, avant d'ouvrir les débats, il serait peut-être utile que je dise à la face du monde de quelle façon la lumière de la grande vie se révèle à la conscience des simples au cœur universel; comment, en pleines ténèbres, jaillit la flamme de la belle illusion et quel Golgotha doit gravir le simple qui veut suivre l'appel de l'impossible Amour.

Car tout fut Amour et salut de l'âme dans la révélation que firent les grandes Lettres à mes yeux avides d'univers.

*

Ces yeux n'ont vu, d'abord, que la flûte de l'oncle Dimi et les mains crevassées de ma mère, mais peut-on limiter le regard de l'âme au petit horizon d'un obscur hameau? N'y a-t-il pas la *nagâtsa* qui vole près de vous, son œil rond bourré d'espaces vertigineux? Comment aurais-je pu manquer à ce premier commandement de ma loi : suivre l'oiseau familier de nos marécages?

Je l'ai suivi, aux côtés de l'oncle Dimi, qui éventra une nuit son étalon et faillit du coup me tuer moi-même. Alors je me suis rebellé contre la destinée de mon hameau : elle était par trop soumise à la vigilance d'un garde-marais. Mais, vite je me suis aperçu que la soumission était universelle et que les gardes-marais étaient les maîtres du monde.

C'est égal : ma révolte n'est-elle pas de taille à lutter contre Dieu même, si Dieu est encore un garde-marais? Je dis : *lutter*. Pas : *vaincre*. Ce n'est pas permis? Si ce ne l'est pas, eh bien! je passe outre.

Je m'apprêtais à livrer ce combat, suivant l'exemple de nos *haïdouks*. J'avais dix-sept ans. J'étais faible, par la faute de mon oncle, qui tuait son étalon à la place du garde-marais, et aussi par la faute de ma mère qui, en train de prendre son repas, vidait sa bouche à l'approche de son maître dont elle lavait la crasse pour trente sous par jour et nourrie.

Oui, j'étais faible, quand, un jour, un vent inconnu vint furieusement faire irruption dans ma poitrine : c'était la pléiade des géants, Balzac, Tolstoï, Dostoïevski, Victor Hugo en tête!

Je ne me doutais pas de leur existence. J'ignorais l'*Empire de la Pensée*. Je ne connaissais que les *haïdoucs,* qui ne pensent pas, qui ne font qu'agir. Et, soudain, la grande révélation de l'*Ordre des Lettres universelles!*

Puissance unique et unanimement respectée, elle réunissait *force* et *cœur* dans un même sceptre. J'ai cru pouvoir comprendre cela peu de temps après. Et je ne fus plus seul ni faible : j'avais des amis qui sentaient comme moi.

Ici commence ma vie héroïque.

A dix-sept ans, si elle veut *réussir* dans la vie, la pauvre créature humaine doit plus que jamais penser comme tout le monde et surtout comme ses parents, ces tendres ennemis de toute vie héroïque. Vous voilà donc propre, avec votre pléiade de géants sur les bras et avec votre cœur fait pour entendre l'appel de la *Pensée généreuse!*

Il n'y a là rien pour *réussir*. Il y a tout pour sombrer. Mais vous n'y sombrez pas, car votre âme flambe. Et si vous êtes un fort, vous devenez un magnifique paria.

Encore incapable de gagner humainement votre vie, vous allez la plupart du temps mendier votre pain ou le conquérir de haute lutte, c'est-à-dire : une lutte meurtrière et avilissante. Puis, étranger au milieu d'un monde étranger, vous ne voulez plus de l'affection de ceux qui vous chérissent. A quoi vous servirait-elle puisque son manque de compréhension vous glace? Tout au plus, étouffant pendant une minute la voix de votre destin, irez-vous parfois cacher votre visage dans des jupes qui vous sont bien connues et mêler vos sanglots à ceux d'une mère que vous tuez sans le vouloir.

Ainsi, la déchirante séparation!

Vient ensuite la belle découverte de vos frères de pensée. Un soir, seul et tristement heureux, vous traînez vos pas et vos rêves humanitaires dans les ruelles d'une sordide banlieue. Les ténèbres vous écrasent. Les chiens vous happent sur le pas des portes. Les ivrognes vous tombent dessus. De l'humanité qui foisonne sous des toits effondrés, vous ne sentez que l'incommensurable laideur, la totale inutilité. Elle est si loin de vous! Car elle n'a besoin que de justice. Elle ne se doute pas de la beauté dans laquelle baigne votre âme : la révélation de la pensée qui veut ennoblir l'homme; l'irruption, dans votre cerveau vierge, des vérités insoupçonnées; l'éclat des horizons neufs, toujours impossibles à sonder. Et vous vous rendez compte qu'un détachement encore plus inhumain est en train de se produire : c'est votre séparation du *corps social :* vous êtes un homme tombé d'une autre planète.

C'est vite dit, mais ce n'est pas tout aussi vite fait, car votre cœur généreux a des racines profondément enfoncées dans ce corps brutal, dont seuls les égoïstes peuvent se détacher sans retour. Aussi, lourd de compréhension et d'amour, vous considérez avec plus de tendresse votre sordide banlieue et vous allez curieux voir ce qui se passe derrière une fenêtre où, toujours à cette heure tardive, une flamme borgne vacille inlassablement : c'est une pièce blanchie à la chaux; autour d'une table, quelques jeunes hommes lisent, parlent et boivent du thé.

Vous n'avez vu, jusque-là, autour d'une table, que des hommes saouls jouant aux cartes, et vous ne voulez pas en croire vos yeux. Vous frappez. On vous accueille avec une douce méfiance, des regards connaisseurs fouillant votre regard qui veut tout de suite se convaincre que sur la table, ce sont bien les œuvres de la pléiade des géants qui étalent leur immense empire.

C'est cela, parfaitement.

*

Je n'ai nulle envie de faire en ce moment de l'exécrable littérature. Je raconte ma vie, qui est sacrée. J'ai vécu toutes mes découvertes, comme toutes les séparations, les payant toujours très cher, les unes et les autres. Il le fallait bien. Autour de moi, ignorance et oppression se donnaient la main pour rendre l'homme ignoble et la terre inutile. Car l'homme n'est pas ignoble : on le rend ignoble, lorsqu'on lui enlève la liberté et qu'on le cloue à une glèbe qui ne le nourrit pas. Et la terre ne devient inutile que si l'on vous empêche de l'aimer, en vous empêchant de la connaître.

C'était cela, le spectacle du monde sur lequel j'ouvrais mes yeux. Je m'en révoltai, tout seul, en partant, mais une prompte punition, qui devait durer vingt ans, commença à me tourmenter le cœur : c'était la souffrance que je causai à ma mère par mon refus d'obéir à un ordre qui enlaidissait la vie. Impossible de s'entendre. Langages plus différents que ceux qui s'échangent entre une lionne et un aigle.

Pendant des années je tâchai d'expliquer à celle qui m'avait mis au monde le sens de mon adhésion totale à la noble cause qui défendaient mes amis de la pléiade des géants : *liberté, droit de connaître la terre, de l'aimer et de se nourrir de sa sève.* Elle semblait parfois comprendre, arrêtait ses pleurs, souriait, m'embrassait, puis, me voyant repartir, brusquement elle tendait ses bras décharnés et me montrait ses mains atroces :

— Mais pourquoi alors me suis-je, trente années durant, courbaturée sur mes lessives, si tu ne vis que pour ta cause et plus du tout pour moi, qui t'ai élevé?

Et elle se jetait par terre, barrant de son corps le seuil de ma porte.

— Lève-toi, maman, ou je t'enjambe...

Je l'enjambais. Jusqu'au jour où son corps devint une tombe qu'un chrétien n'enjambe pas.

*

Maintenant la tombe est là, navrante, et la belle cause est perdue quand même.

Oui, elle est perdue, cette cause que je croyais être celle de mes amis de la pléiade des géants. Il n'y a plus de géants. Il n'y a que des hommes. Et, ici, il vaut mieux que je me taise, afin de ne pas être désagréable. Mais je peux au moins donner le change à ma propre faillite, en faisant le joyeux bilan de la route parcourue.

Tout est au profit de la vie héroïque, même et surtout l'illusion. J'ai presque envie de dire : c'est par la force de l'illusion que les hommes deviennent des héros. Je le fus. Je ne le suis plus. Je le redeviendrai avant de mourir, la série de mes existences n'étant pas bouclée.

Je palpe aujourd'hui de mes doigts ce qui, il y a trente ans, n'était à mes yeux qu'un spectacle lunaire. Où est la réalité? Dans mes doigts ou dans mon rêve? Gare à qui veut être pratique : seuls, les spectacles lunaires ont la grande vie, seul, le rêve existe, seuls, nos désirs comptent. C'est faire confiance à la vie, que se mesurer avec l'impossible.

Pour ma part, je lui ai fait cette confiance; et la vie m'a largement récompensé : mes journées ont toujours été lourdes d'amour, sans quoi je serais mort dès le début. Car mes bras n'étant pas faits pour la pioche, ni ma tête pour la bêtise, ni mon cœur pour le crime, ma pauvre carcasse aurait depuis longtemps croulé, n'eût été le pilier de l'amour.

Je vous ai aimés, amis, et toi, ma terre, et je vous aime encore, même s'il m'arrive parfois de vous dire le contraire. Que puis-je faire d'autre, bon Dieu! Haïr? Assassiner? Qui en serait le premier puni? Qui est puni, de celui qui est haï ou de celui qui a la poitrine remplie de haine? Celle-ci ne tuera le premier qu'une fois, mais elle tuera chaque jour le second.

Puis, comment pourrais-je me passer aujourd'hui de ce qui a fait la force de mon existence? Qui m'a soutenu dans mes années de domesticité? ou pendant que je remettais à neuf des centaines de chambres grouillant de vermine? ou du temps que je plantais des poteaux de télégraphe et cassais la glace sur les routes en Suisse? ou tirais la corde du marteau-pilon à Genève? ou crevais de misère un peu partout?

Qui m'a peuplé la tête de rêves et rempli le cœur de désirs, sinon l'Amour? Malheur à qui le prend pour un mythe : sa vie sera un martyrologe auprès duquel celui que Christ a connu n'est qu'une piqûre de moustique!

Moi, je témoigne pour sa vaillante réalité.

Ses objets? — Ils ne comptent pas.

Sauf un : la *Liberté!*

C'est le seul bien terrestre à l'existence duquel il faut savoir tout sacrifier : argent, gloire, santé, vie. *Et même sa propre liberté.* Car, phénomène curieux : quoique étant le bien le plus élémentaire, le plus simple, le plus naturel de tous ceux dont nous pouvons jouir sur la terre, la liberté en est le seul pour la conquête et la conservation duquel nous devons à tout instant être prêts à mourir ou nous faire emprisonner.

Autre phénomène curieux : pour être maintenue, la liberté exige une égalité de jouissance chez tous les citoyens d'une époque démocratique, d'où : solidarité universelle à son égard, ou esclavage presque général. La moindre défection, et voilà que surgit l'éternel homme vorace, le gourdin de la dictature à la main. J'ai appris tout cela dernièrement. Je croyais à une totale extension de la liberté, sous la dictature d'une aristocratie du cœur, sortant de ce prolétariat qui a tant pâti du manque de liberté. Je n'y crois plus!

Mais ma déception va beaucoup plus loin.

Ayant perdu ma foi dans le *cri* du révolté professionnel et m'étant du coup brouillé avec ma classe, je croyais encore pouvoir servir la cause de la liberté en puisant ma force extérieure dans la confrérie de mon *Ordre*. Dès mon départ de Baldovinesti, je savais que dans cette confrérie on peut unir son cri de révolte à celui, noblement hautain, gravement pur et terriblement convaincant, que pousse l'homme à l'intelligence supérieure et au désintéressement complet.

J'étais fermement convaincu que les savants, les philosophes, les écrivains, les artistes qui prêchent aux peuples l'amour de la liberté, se soulèvent contre la tyrannie avec la promptitude, la spontanéité et l'abnégation dont font preuve les foules les plus abruties, aux époques du plus grave danger social : l'étranglement de la liberté.

Je voudrais qu'un homme de bon sens me dise si j'étais fou d'avoir eu cette foi. Qu'il m'explique la mission humaine de la science, de la philosophie, des lettres, de tous les arts. Est-ce pour créer des bandes de profiteurs et le même charlatanisme divin que celui de toutes les religions?

Je suis bien payé pour le savoir.

*

Moine voluptueux et stupide, bête remontant des abîmes terrestres, plus aveugle qu'une taupe et plus sourd qu'un balai, je mesure la générosité des hommes avec l'aune de mon cœur et je trouve mal mon compte. Car mon compte est celui du fleuve qui boit ruisseaux et rivières pour tout offrir à la mer, source de vie. Mais qu'il m'est pénible de constater combien peu sont ceux qui me ressemblent!

Je n'ai jamais douté de l'aide que la Pensée doit en toute circonstance à l'homme traqué par la tyrannie et la faim. Où est cette aide?

Un jour, j'ai cru qu'elle allait m'éclater en plein visage. Ce fut le jour où une lettre inattendue vint me nommer membre de l'*Institut International de Coopération Intellectuelle,* auprès de la S. D. N.

J'ai tout de suite pris mon rôle au sérieux :

— Je coopérerai! Il y a beaucoup à faire. Dommage seulement que je sois si bête. Mais mon cœur y suppléera.

Et ce jour-là, allant rue Montpensier, je baissai la tête devant le frontispice aux lettres d'or et je me dis, pensant à ma mère que j'ai tuée :

— Oui, ma bonne mère, tu es morte de chagrin, mais, voilà : ton sacrifice n'aura pas été vain. Je serai un homme honnête jusqu'au bout, utile à ceux qui sont restés dans notre hameau ainsi qu'à tous ceux qui le quittent pour ne jamais arriver dans la Cité-Lumière.

J'ai prononcé ces paroles et aussitôt j'ai mis le pied dans le plat. Comme l'honorable Institut, me nommant membre de sa section asiatique, me demandait si je pouvais le renseigner sur les causes qui ont provoqué la disparition de l'artisan et des arts populaires en Syrie et Asie Mineure, je répondis à brûle-pourpoint :

— Mais c'est simple : faites retirer de ces pays les soldats et les avions français qui jettent des bombes sur la tête des populations paisibles, et vous verrez renaître tous les arts disparus!

Il ne fut plus jamais question, pour moi, de m'inviter une seconde fois aux « travaux » de cette noble Coopération.

Ainsi, qu'il s'agisse de sinistres farceurs de l'intellect, ou de hautes consciences, l'aide de la Pensée Universelle est tout aussi inexistante pour le pauvre bougre avide de liberté.

Je pensais à cette déchéance de l'esprit quand, dans la prison de Trieste, je voyais les innocents qu'on y amenait en masse. Moi, j'en suis sorti, après une nuit de détention; mais où sont les intelligences supérieures qui, en Italie, s'inquiètent une minute du sort des innocents que le fascisme italien dévore? Où sont les mêmes intelligences qui, en Europe et dans le monde, veuillent s'inquiéter du sort que le fascisme russe réserve aux meilleurs révolutionnaires de notre temps?

L'auteur des *Vagabonds* et des *Bas-Fonds,* l'homme qui

connaît mieux que quiconque les deux fascismes et dont l'appel au secours serait entendu par l'humanité entière, Maxime Gorki, donne le premier l'exemple de l'abdication, se faisant couronner à Moscou et admettre en Italie.

Telle est la honte de la Pensée.

Hommes qui aimez la terre, il ne vous reste plus qu'à vous faire enterrer vivants!

*

Dans l'abîme où je me trouve aujourd'hui, peu de lumière arrive. Et plus je précise mes sentiments, plus cette lumière diminue. Voilà ce que je ne croyais pas inévitable!

C'est pourquoi je combattrai. Tout seul, comme au départ. Et comme alors, contre *ma propre famille*. Avec cette différence : au départ, ma famille était celle des humbles qu'un garde-marais épouvante; aujourd'hui, elle est celle des géants qui font fuser la lumière dans les cerveaux. Mais l'inertie de l'une et de l'autre, devant le crime, est la même : l'homme du sommet de l'existence se rencontre avec celui de l'abîme dans la crainte de perdre ce qu'il tient : une réputation qui n'en est plus une ou un outil qui le fait crever de misère.

Je ne marche pas. Je n'ai jamais marché.

Mais pour combattre, j'ai besoin de courir le monde; et pour ce faire, un bon passeport m'est indispensable en ce temps d'universel régime policier.

Je demande ce passeport à la France.

Je demande aux Français la nationalité française.

Je prête serment d'être un parfait citoyen, le citoyen de la plus noble tradition française, telle que ses géants la font connaître dans tous les hameaux de la terre : *je mettrai ma plume et ma vie au service de la Liberté; je lutterai contre toute iniquité et pour la justice; je ne ferai pas fortune; et je n'irai pas à la guerre, si les mauvais Français en font une ou si on la leur fait, pour la raison suivante : ne doivent aller à la guerre que ceux qui se la déclarent, or, les peuples ne se déclarent jamais la guerre.*

Voilà quel sera mon langage devant les peuples que je visiterai avec mon passeport français.

S'il arrive qu'on m'arrête ou qu'on veuille m'interdire le débarquement dans quelque pays aux maîtres barbares, je demande à la France de me protéger. Elle sait que ma révolte est désintéressée : je ne suis à la solde d'aucun gouvernement, tout comme les troupeaux des usines qui luttent contre l'exploitation, la violence, la guerre, et dont les chefs profiteurs de la révolte, en sabotent les justes revendications.

Il m'arrivera aussi de dire à ma « patrie d'adoption » elle-même les vérités que je dis à toutes les « patries » qui tuent les hommes. La France doit les accepter et en faire son profit. *C'est encore le seul pays au monde, à l'heure actuelle, qui permet qu'on lui dise toutes les vérités.* N'est-ce pas là une preuve de l'existence de ces bons Français qui forgeront la France plus juste de demain?

Je le crois. S'il y a démenti, je le crierai sur tous les toits.

Voici, je pense, un langage net.

Que la France m'accepte donc tel que je suis et qu'elle m'accorde sa protection.

Elle me le doit : je lui ai donné le meilleur de moi-même, sans jamais rien lui demander.

Mais, aujourd'hui, mon hameau a le droit de lui réclamer, pour celui de ses enfants qui a le plus aimé la terre, autre chose qu'une tombe.

Paris, février 1930.

Confiance

Réponse ouverte à une lettre mi-fermée

Vous m'écrivez, madame, une lettre fort sincère, que vous a inspirée la lecture de *Vers l'autre flamme*. C'est un document bien caractéristique, par son origine et sa philosophie, ses conceptions de l'existence et de la nature humaine. On y voit une classe, votre classe bourgeoise, avouer, par la plume d'un de ses membres les plus représentatifs, sa déchéance morale, son désespoir, son scepticisme, sa résignation. Si je compare votre lettre à d'autres témoignages que j'ai reçus de personnalités semblables à la vôtre, je dois conclure à l'existence d'un état d'esprit franchement démoralisant, qui règne dans les sphères jadis les plus actives, les intelligences les plus courageuses de la pensée française.

En effet, depuis mon retour de Russie et le cri de révolte que m'a arraché l'actuelle dictature du prolétariat, nombreux sont les gens de votre qualité et de votre monde qui m'ont fait part de leur désappointement, de la perte de toute foi dans une force agissante au service du bien général. C'était pour donner le change sur la déception que j'apportais de mon camp et, comme vous le faites vous-mêmes, pour « saluer » mon « courage » de l'avoir dite publiquement. C'était aussi pour confondre les deux déceptions en une seule, faire table rase de tout esprit révolutionnaire et m'obliger de reconnaître que *le bien acquis à ce jour est tout ce que nous pouvons espérer de ce monde.*

Mais c'est vous qui vous exprimez le plus clairement : *Avec mes moyens paisibles et ma douceur de femme, restée dans la classe où je suis née, je suis arrivée au même résultat que vous...,* c'est-à-dire à la *solitude,* à l'isolement, étant convaincue *que l'humanité que nous cherchons n'existe et n'existera jamais que dans quelques individus. La collectivité est toujours un monstre.* Et plus loin : *Tant qu'il y aura des humains sur la terre, les gros mangeront les petits. L'univers est établi sur des bases de férocité.*

La conclusion? C'est la vôtre : « *Nous sommes donc en face d'un* cas désespéré. *Devant cela, que reste-t-il à faire? Nulle révolution n'ira aussi loin que les Evangiles, et les Evangiles sont une faillite. Ce qui reste à faire? Essayer, individu, d'aider, d'améliorer, de sauver des individus. Pour ma part je n'ai jamais cherché autre chose, et je me donne beaucoup de peine pour cela, aussi bien dans mes livres que dans ma vie privée.* »

Vous êtes, madame, bien bonne de vous donner « *beaucoup de peine pour cela* », mais votre façon de me confondre avec vous et votre classe, je ne la trouve pas très correcte, malgré votre sincérité. Je me sens tout aussi mal à l'aise, vous voyant philosopher avec moi sur le thème de « *la faillite des Evangiles* », sur celui de « *l'humanité que nous cherchons* » et des « *gros* » qui *mangeront les petits.* Un excellent ami, médecin bourgeois très humain, m'a dit un jour que tout cela c'est de la biologie et que j'ai tort de vouloir changer l'ordre des choses.

Je ne connais pas la biologie, ni les Evangiles. Il se peut aussi que je vous aie tous beaucoup réjouis, en écrivant mon dernier livre, où, peut-être, ne me suis-je pas clairement exprimé. Etant un ouvrier authentique, il m'arrive fréquemment de mettre le pied dans le plat. Parfois je bredouille. Souvent j'écume. *Mais je sais toujours ce que je veux.* Et cent fois vous me jetteriez en bas du toit, autant de fois je retomberais sur mes pattes. Sachez donc que mon dernier livre ne se prête pas à la philosophie et que je ne l'ai pas écrit à votre intention

Remarquez encore ceci : je ne suis pas de ceux qui rendent votre classe seule responsable de tous les malheurs qui arrivent à ce monde. A ma classe même ne me lie que la souffrance qui vient de son ventre. C'est tout. Pour le reste, j'appartiens à la vie. Cela me permet de causer avec vous en toute liberté. Je vous crois bonne, juste, généreuse. Je suis convaincu que si le commandement du monde vous était confié, vous vous appliqueriez à créer un ordre social équitable, tout en vous réservant, à vous et à vos proches, d'aimables privilèges. Mais puisque vous dites être restée dans votre classe et que c'est cette classe qui gouverne le monde, — je sais bien comment, — il est utile que chacun de nous garde sa place : vous, la vôtre; moi, la mienne. Et aussi longtemps que nous garderons nos places respectives, toute dissertation traitant de « *l'univers* » qui « *est établi sur des bases de férocité* », sera impossible.

Je vais plus loin : à votre place et m'adressant à un homme pour lequel votre ordre bourgeois est une offense à la justice, je serais gêné d'étaler un scepticisme si confortable. Est-il besoin de connaître Descartes, ou suffit-il de manquer de pain, pour comprendre que la partie n'est pas égale? L'abominable malentendu!

Vous avez, de votre côté, le bien-être, les cendres des Evangiles pour vous consoler, toutes les armées de terre, de mer et des airs pour vous défendre. Nous, nous n'avons que nos deux bras vides, misérables quand ils ne sont pas occupés et tout aussi misérables quand ils le sont. Cela est comparable à la situation d'un homme que vous obligeriez à s'asseoir sur un tas de braise, puis, vous asseyant en face de lui, mais dans un fauteuil, vous lui demanderiez :

— Que pensez-vous, mon ami, de ce « cas désespéré » qu'est la faillite des Evangiles?

— Je pense, madame, que mon derrière brûle!

*

C'est de cette façon-là que vous philosophez avec moi, convaincue que notre situation est la même et que nous sommes tout à fait d'accord. Vous me le dites dès le début de votre lettre : « *Vous avez quitté tous les bateaux, même ce dernier : le communisme russe. Vous voici donc tout seul dans votre île de Robinson. Est-ce seulement maintenant que vous vous apercevez de votre solitude? Il y a longtemps que je la connais, pour ma part.* »

Vous connaissez, non seulement la vôtre mais la mienne aussi, car vous ajoutez, vers la fin de votre lettre : « *Il y a longtemps que j'ai deviné dans vos livres et, mieux, dans vos yeux, ce que vous étiez. Mais maintenant, après ce que je viens de lire, je vois que vous êtes en plus, resté dans l'absolu, comme un petit enfant.* »

Il suit de là que vous, dans votre classe, moi, dans « l'absolu », nous sommes tous deux convaincus qu'il ne nous reste, pour toute ressource de vie, que la caravelle de la résignation et une prudence circonspecte.

Non. Ce n'est pas ça. Ce que *j'étais,* ce que *je suis,* vous l'avez mal « deviné » dans mes livres et plus mal encore dans mes yeux, qui n'ont fait que divertir votre haute société, un soir de mélancolie.

D'abord, je n'ai « quitté » aucun « bateau », pour la bonne raison que je n'y suis jamais monté. Ma vie durant, je n'ai fait que *louvoyer* autour d'un seul bateau : celui qui portait les revendications de ma classe.

Contrairement à vous, qui êtes toujours restée dans votre classe, moi je suis sorti de la mienne dès l'âge de douze ans. A cet âge des rêves, je m'étais aperçu que les rêves de ma classe n'étaient pas les miens. (Avez-vous lu *Mes Départs*?) Ma classe faisait rester sa progéniture dix ans chez le même gros épicier, pour en faire un aussi gros et même plus. Ma bonne mère n'a pas voulu faire autre chose de moi. Si elle n'a pas réussi, c'est parce que je m'y suis refusé, dès l'âge des rêves.

Puis, arrivé à l'âge de la conscience, je m'aperçois, comme pour les rêves, que ma classe n'a pas plus de conscience que la vôtre. La « conscience de classe », — dont parle certaine doctrine, indiquant par là votre férocité à vous défendre et notre devoir de vous attaquer, — n'est donc que *la conscience des appétits de classe* (On le voit dans votre Etat bourgeois et dans l'Etat prolétarien). Merci pour la conscience! N'ayant pas d'appétits, je n'ai pas non plus cette conscience-là. Je n'ai que ma conscience, tout court. Et des désirs. Je ne vis que de désirs. J'en suis blindé.

Mais puisque votre classe donne l'exemple de l'engouement pour tout ce qui est ventre et rien que ventre, pourquoi voulez-vous que je ne me solidarise pas avec les appétits que vous suscitez chez les miens, qui, eux, ont au moins l'excuse d'avoir faim depuis des siècles?

J'ai pris leur parti, dès mon adolescence, avec, dans le cœur, la grosse tristesse de savoir que si notre besoin de pain est le même, nos aspirations ne le sont pas. Je n'ai pas moins combattu, à mes heures, dans le rang et hors du rang, avec l'âme qu'on sait. C'est ce que j'appelle avoir *louvoyé* autour du bateau qui porte les revendications de ma classe.

Il paraît que vous n'avez pas fait de même. Les Evangiles

ayant fait faillite et le pain vous étant assuré, vous vous êtes complue dans une solitude boudeuse entre vos livres et votre charité. Sans sortir de votre classe. Et sans la défendre. Ni « absolu », ni solidarité.

C'est, peut-être, de la vraie sagesse, mais, là, nous ne pouvons plus nous entendre.

Pour pouvoir comprendre la situation de ma classe et, par cela même, vous rendre compte de la distance qui vous en sépare, vous manquez d'un critérium qui est l'essentiel de notre existence : *Vous ne soupçonnez pas ce que signifie batailler sa vie durant, pour un morceau de pain, et ne l'obtenir qu'à son corps défendant. C'est une mort sans fin.*

A intelligence et sensibilité égales, la lutte pour le pain arme l'homme d'une haine contre la société et d'un désir de la combattre qu'aucun scepticisme ne peut atténuer. Jugez-en :

A l'âge de douze ans, ton certificat d'études en mains et rien du tout, deux bras affectueux te prennent par les épaules et te conduisent dans la rue, où ils t'abandonnent : « Maintenant, va-t'en, mon enfant; je ne peux plus te nourrir; cherche, seul, ta nourriture. » Et te voilà parti à la recherche de ton « absolu », et l'existence n'est plus qu'une agonie.

Là-dessus, vous dites : « Je sais que l'humanité que *nous cherchons* n'existe... », etc.

Non! Ce n'est pas *nous qui cherchons* l'humanité, c'est *vous. Nous,* nous ne cherchons que notre nourriture, tout comme les chiens errants. De l'humanité que vous cherchez, nous n'avons cure. Cette humanité-là, que vous la trouviez ou non, rien ne vous empêche, à midi tapant, de déplier votre serviette, en vous disant, ainsi que vous me l'écrivez : « *Il faut nous y résigner, et faire de notre mieux dans notre sphère, nous autres qui sommes si étrangement pourris d'honnêteté et de pitié.* »

Nous autres... Qui? Vous et moi? — Par exemple! — Je n'ai pas les moyens madame, d'être « *pourri d'honnêteté et de pitié* ». Nous n'avons pas la même honnêteté, ni la même pitié. Ce sont, chez vous, deux aspects trompeurs de la même vertu facile. Elles ne vous coûtent que les débris qui tombent de votre table. Chez moi, elles font partie d'une sève qui pourrait un jour me coûter la vie. Car ma haine de votre ordre n'est pas celle d'un homme de cabinet; elle est celle d'un homme de la rue. Et dans cette affreuse rue de notre siècle mécanique, il pourrait arriver que je me sépare non seulement de ma classe, mais peut-être aussi de mon dernier ami.

Ma classe et mes amis ne descendent dans la rue que pour faire main basse sur leur chère usine, votre ignoble bagne, leur suprême divinité, alors qu'à mes yeux l'usine n'est bonne qu'à « sauter », dût-elle me sourire de sa « rationalisation » la mieux assaisonnée, capitaliste ou soviétique. Dans la rue, je suis *l'homme sandwich* : entre le collier de l'usine et les poux, je préfère les poux. Mais, mon droit, d'abord, de me gratter à mon aise! Sans aucune rationalisation.

Vous voyez jusqu'où va ma solitude.

*

Elle a été presque totale depuis le jour où j'ai ouvert des yeux conscients sur la vie. Elle le restera jusqu'à ma mort. Rien ne me va de tout ce qui fait l'orgueil de votre civilisation. Rien non plus, de ce qui fait l'orgueil de ma classe, là où elle exerce son pouvoir et rationalise la vie encore plus cruellement que vous, au nom de la liberté à venir.

Cela ne peut pas se passer autrement, je le sais, mais pourquoi dois-je souder ma cheville à toute cette vermine humaine? N'ai-je pas ma propre colonne vertébrale, mes propres poumons, mes membres, mes yeux? Pourquoi, alors, m'oblige-t-on à emprunter ceux des autres, quand je me trouve très bien comme je suis et ne fais de mal à personne?

Broie-toi donc, dans les rouages que tu te forges toi-même, vermine des deux côtés de la barricade! mais n'accapare pas ce qui n'est pas ton œuvre : ma part de terre, d'air, de soleil, de rivière, de forêt; et ne me force pas d'aimer ce que tu aimes, ni de haïr ce que tu hais. Pour aimer et pour haïr, je suis mieux organisé que toi : je te devance de mille siècles. La preuve en est que, en dépit d'un accord universel pour le gâchage meurtrier de l'existence, j'ai réussi, *quand je l'ai voulu et tout seul,* à te fausser compagnie, à violer ta conspiration et tes lois, et à vivre comme il m'a plu.

Elle fut si belle, ma vie, que malgré ses souffrances je ne puis la comparer qu'à celle des bêtes qui vivent loin de l'homme. Tout ce qui a fait ses immenses joies, je l'ai obtenu sans argent : l'air, le soleil, la rivière, l'ami, l'amante. Seule, la poignée de patates ou quelques bananes, utiles à ma chaudière, m'ont obligé un jour sur trois, de venir baisser ma lourde tête devant ta lourde bêtise. C'est ce que je ne te pardonnerai jamais, car, un seul jour de vaillante peine sur dix auxquels a droit ma tête, suffirait à alimenter ma chaudière, n'était ta criminelle bêtise qui oblige les hommes à planter plus de poteaux de télégraphe que de bananiers ou de patates.

Et le monde veut plus que jamais des poteaux de télégraphe, le nouveau monde surtout, dont se targue ma classe. Il veut dépasser l'ancien. Vous construisez des « gratte-ciel »? Voici des « maisons-montagnes »! Etes-vous parvenus à supprimer la cervelle du travailleur? Nous lui supprimerons aussi l'âme, « qui d'ailleurs n'existe pas ». L'humanité future vivra au rythme d'un délice commandé par un dictateur universel.

Je ne marche pas!

Je veux jouir, souffrir, peiner, suivant le rythme d'un cœur qui bat sa cadence au fond de mon propre abîme. J'ai toujours été ainsi. Ne pouvant pas m'expliquer le mystère de l'existence, je lui ai obéi en hurlant tantôt de joie et tantôt de douleur. Ce fut là ma seule obéissance. Toute autre me répugne, d'autant plus que je ne suis en rien dangereux à mon prochain, au contraire, je lui cède ma seule chemise quand je me convaincs qu'il en a plus besoin que moi. Et je n'ai aucune convoitise. Il est facile de n'en pas avoir. Pour ce faire, il suffit de ne pas vouloir ce qui vous est tout naturellement refusé. Mais rien de ce qui fait la joie du corps et de l'âme ne vous est naturellement refusé, et rien de tout cela n'est au pouvoir de l'homme. Quant à ce que les hommes vous refusent et qui est votre droit naturel, il faut savoir le leur arracher à tout prix, coûte que coûte. Là, je suis pour aider mon frère l'homme. Néanmoins, beaucoup de ce qu'on croit être son droit naturel n'est que du superflu ou de la vanité. Là, je ne m'en mêle pas. Broyez-vous!

*

C'est cela que je *suis* : solitude et solidarité.

Je maudis l'homme, mais j'ai confiance dans cette magnifique brute : un jour, il s'apercevra qu'il gâche sa vie et celle de ses semblables. Alors il viendra au respect des lois dont les rouages sont faits de sang, de pensée et d'âme, et dont le suprême équilibre est la contemplation. Aujourd'hui il les méprise, sacrifiant leur parfaite harmonie aux ignobles manifestations de son égoïsme matérialiste. Mais cela ne peut pas durer. L'égoïsme est un instinct qui dévore l'homme, par la masse de satisfactions qu'il exige de lui. Bientôt il l'aura vidé de tout désir. Ce sera, alors, la résurrection de la belle vie : celle qui fera comprendre à l'homme que l'égoïsme est le véhicule de la mort quotidienne.

Vous n'en croyez rien : « L'univers est établi sur des bases de férocité. *Où que vous tourniez votre regard, à travers les quatre règnes, il n'est question que de cela. Seul l'humain a prétendu changer la loi. Il a inventé la justice, la charité, l'altruisme, etc. Mais les forces de la terre sont là.* »

Oui : *ces* forces sont là, et *les autres* aussi! Vous ne les voyez pas? Elles sont tout aussi imposantes que leurs sœurs malfaisantes. A l'heure qu'il est, leur voix apocalyptique tonne sourdement dans tout l'univers. Jamais cette voix n'a tonné si puissamment. Elle couvre parfois la voix des autres, l'oblige au silence. En voulez-vous une preuve indiscutable? La voici :

Figurez-vous qu'un jour, place de la Concorde, deux hommes montent sur le piédestal de l'obélisque et crient, l'un : « Je veux la guerre, la ruine, le pillage, la suppression de toutes les libertés! » — L'autre : « Je veux la paix, le travail, la liberté! »

Il n'est guère utile de trop méditer, je pense, pour savoir lequel des deux sera tout de suite chassé à coups de bâton, par la foule indignée.

Un autre exemple :

Vous découvrez sur une route solitaire un homme étendu à même le sol, respirant à peine : n'irez-vous pas lui porter secours? Et, vous apercevant qu'il est votre pire ennemi, oseriez-vous l'abandonner? A moins que vous soyez un monstre, je me passe de votre réponse : elle ne peut être que dignement humaine.

Un troisième exemple, que j'ai vécu : dans un village, deux familles voisines se haïssent à mort; une nuit, la demeure d'une d'entre elles flambe : l'autre famille oublie tout et va promptement l'arracher des flammes.

Je ne fais pas du mélodrame. J'affirme :

L'égoïsme, la férocité, le crime collectif, sont des malfaiteurs que la majorité des humains veut de tout cœur bannir de la vie. C'est un désir plus universel que cette « loi » du mal dont vous parlez. Nous ne vivons, ne créons, ne progressons que par ce désir. C'est lui qui a l'avenir. C'est lui qui l'emportera.

Si le mal nous déborde chaque jour, malgré notre désir du bien, c'est, en grande partie, parce qu'aucun ordre social, aucun pouvoir d'Etat, ne viennent le déclarer délit public. C'est aussi parce que le couteau n'est pas encore arrivé à l'os. Mais jamais il n'a pu vivre autrement qu'en voleur, en assassin craignant la lumière. Jamais humain sensé n'a osé en faire parade sans soulever une universelle indignation. Jamais il n'a réussi à se faire légitimer, à être reconnu, à acquérir droit de cité. Aucun artiste, aucun écrivain ne peut faire son apologie sans se couvrir de honte (Quand Nietzsche vante la force et dit qu'il faut écraser le faible, je ne peux comprendre qu'une seule force : celle qui sert l'humanité.)

Où voyez-vous, là, de l'invention? Mais regardez donc le bolchevisme : pensez-vous qu'il soit sorti de la tête d'un fou? il n'est pas même sorti d'une tête, il a jailli du cœur de la terre. Et pourquoi est-il si universellement populaire? (les sauvages mêmes le comprennent!) Parce qu'il parle *marxisme?* Non, mais parce qu'il parle *humanité*. S'il n'est pas tout de suite victorieux, c'est dans la stupidité dogmatique de ses maîtres qu'il faut chercher l'explication.

Aussi je garde toute ma confiance en l'homme, cette ignoble brute. Et je l'aiderai de toutes mes forces, mais pas à votre manière : « *Essaye, individu, de sauver des individus.* »

Non, je ne peux pas sauver des individus. Nous ne pouvons

sauver que l'humanité ou rien. Pour moi, les individus sont les arbres que je touche quand je traverse la forêt. Certes, j'ai le souci des arbres, souci souvent héroïque, — et par là je suis plus ami que chrétien, — mais c'est la forêt qui me préoccupe. Et c'est par là que je suis *révolutionnaire*. Dans mes livres. Dans ma vie privée. Et dans mes yeux les meilleurs. (Si parfois vous avez aperçu en eux quelque lueur de désespoir, c'est parce qu'il m'arrive aussi de songer à tout ce qui existe *et qui eût mieux fait de ne jamais exister,* mais, là, ce n'est que le côté par lequel je mourrai. Je l'estime. Je ne l'aime pas. Je ne peux pas aimer ce qui m'aide à mourir lamentablement. Mais j'aime, par-dessus toutes les valeurs de la vie, ce qui m'aide à croire dans l'éternité de ces valeurs. Et pour *croire,* mon désir me suffit.)

Non, je ne peux pas sauver des individus. *On ne sauve pas les arbres, quand on laisse anéantir la forêt.* Et vous ne sauvez rien du tout. Bien plus, vous avez peur d'étendre votre désir de salut à l'humanité entière, car cela implique une large renonciation. *C'est pourquoi vous restez dans votre classe.* Il est vrai que vous ne la défendez pas. Mais que faites-vous pour lui dire ouvertement votre mépris? Rien. Vous vous contentez de lui sourire sceptiquement et de jouir de tous les privilèges qu'elle vous octroie, tout en lui reprochant la « faillite des Evangiles ».

Ainsi, votre solitude n'est qu'une solidarité déguisée, hypocrite. Elle n'est pas la mienne. Vous fermez les yeux sur les ignominies de votre classe et vous vous taisez, adhérant ainsi à tous ses crimes. Je ne fais pas de même. Et le jour où, ma classe s'étant assise à une immense table, je me suis convaincu de sa criminelle gloutonnerie, vous avez vu comment je l'ai frappée sur le groin, après le lui avoir tendrement embrassé.

*

Moyens paisibles. Douceur. Résignation. Charité chrétienne. Solitude. Ce sont, là, des vertus et l'attitude de votre classe, dans ce qu'elle renferme de plus intelligent et de plus généreux, à cette époque sanglante. C'est donc le meilleur de votre classe qui trompe la mienne, l'endort, en lui chantonnant : *Il n'y a rien à faire. Le monde est et restera ce qu'il a toujours été.*

Abdication commode et apparente, cette morale accapare les espaces. Elle domine l'univers.

Par son art :

Elle détient tous les moyens de manifestation artistique et inonde la terre d'œuvres béatement sentimentales, sottement pacifistes, lâchement neutres, où tout est marchandise, commerce, argent. Un petit conte ou article stupide d'un auteur de marque se paye de cinq à dix fois plus que la journée de travail la mieux rétribuée d'un mineur, d'un souffleur verrier, d'un électricien. C'est du charlatanisme authentique, de l'invitation au brigandage.

Par son enseignement officiel :

Elle falsifie sciemment la vérité contemporaine, élève des monuments aux morts et prépare les jeunes esprits pour de futures hécatombes humaines. Empoisonnement méthodique des peuples avec la sueur des peuples. Escroquerie.

Par ses Eglises :

Terrorisme clérical. Jamais, depuis un siècle, l'hypocrisie divine n'a, plus qu'aujourd'hui, manifesté son féroce vouloir de broyer l'homme dans les affres de l'obscurantisme. Jamais elle n'a rencontré plus de complaisance dans votre classe voltairienne, qui découvre en elle un parfait complice pour une domination à deux.

Par sa politique :

Locarnienne, naturellement : « Arrière les fusils! » mais elle entretient trente millions d'hommes en armes, dix millions de plus qu'en 1914. (Voici un échantillon de sa bonne foi; le sénateur Borah écrit, à la date du 30 novembre, dans le *Collier's Weekly* : « Pendant que le Premier ministre Mac Donald, en tournée pacifique aux Etats-Unis et en conversation avec le président Hoover, parlait de désarmement, les deux pays — Angleterre et Etats-Unis — dépensaient ensemble environ *soixante mille dollars par heure,* soit un million cinq cent mille francs, *pour la préparation de la guerre!* » (*Matin* du 1er décembre.)

C'est cela votre civilisation, que vous connaissez mieux que moi, parce que mieux informée. Géante sangsue, collée sur le corps sain de l'humanité qui peine, elle dévore aujourd'hui et anémie tout ce qui est énergie créatrice par la pensée laborieuse et par les bras de l'ouvrier. Savants et travailleurs ne vivent que de miettes. On s'est pâmé à propos des cinquante mille dollars que l'Amérique a offerts à Mme Curie pour l'achat d'un gramme de radium; mais, qui s'est scandalisé d'entendre que la même Amérique a voté deux cent mille dollars, rien que pour promener à Londres sa délégation à la conférence navale « à cinq »?

Cette civilisation, qui prétend avoir des médecins et encourager la science, pour le bien de l'humanité, est installée en Egypte, aux Indes, et se partage la Chine, mais que fait-elle pour enrayer les ravages du trachome dont 95 *% des fellahs sont atteints,* ainsi que *15 millions de Chinois qui ont la vue si faible qu'ils se dirigent à peu près sûrement vers la cécité totale?* (nous dit le Dr Henri Bouquet). Rien que dans ces trois pays, qui goûtent du bonheur de votre civilisation, *un million* d'êtres humains sont déjà complètement aveugles. Et il ne s'agit là que d'un mal qui, pour terrible qu'il soit, n'en est pas moins entièrement maîtrisable, si l'on s'y prend à temps. Que devons-nous penser des autres fléaux — la tuberculose, la syphilis, la misère, l'ignorance, — qui font rage dans les couches des populations dont la seule faute est de souffrir sans se révolter?

Vous parlez de mon « courage ». Je ne suis ni plus courageux ni plus lâche que la moyenne des humains. Mais je sais que je n'ai qu'une vie à perdre. Je sais encore que cette vie m'est insupportable si je dois me taire et adhérer à cet ordre qui fait le bonheur de quelques-uns, des plus mauvais, et le malheur d'une humanité absolument innocente, pour laquelle aucun Pouvoir n'a jamais rien fait d'entièrement humain, pour laquelle seul le bolchevisme ose et voudrait faire aujourd'hui ce que nulle organisation n'a jamais osé.

Les travailleurs de toute la terre supportent aujourd'hui le fardeau d'un régime, d'une technique et d'un progrès dont ils ne connaissent que les vices, le gaspillage, la supercherie, la menace, le crime. Montagnes quotidiennes de papiers qui renferment notre bavardage stupide. Les masses l'ignorent et elles font très bien. Avalanche, publicité effrénée des produits commerciaux, des pilules Pink aux articles Coty, et dont le plus absurde vaut plus cher que le pain d'une nombreuse famille pendant toute une semaine. Et parallèlement à cette industrie, en apparence inoffensive, l'industrie du meurtre et du mouchardage, avec ses armées, sa police, ses engins.

Mais ce qu'un tel régime et une telle technique ont de vraiment civilisé, — l'éclairage électrique, le gaz, le télégraphe, le téléphone, l'hygiène, la médecine honnête, le véritable enseignement, la vraie éducation, la distraction instructive, l'habitation saine, — 90 % de l'humanité l'ignore, dans ce premier tiers de notre XXᵉ siècle.

Comment pouvez-vous tolérer un ordre social pareil? Comment pouvez-vous supporter la vie? Comment ne sentez-vous pas la fausseté de votre résignation et tout ce qu'elle comporte de criminel?

Aussi, ne vous faites pas d'illusions sur ma solitude, ni sur ma brouille avec les Soviets. Je ne suis pas brouillé avec le *bolchevisme,* mais avec les *mauvais bolcheviks* et leur *incompréhensible sabotage, conscient et inconscient,* de la Révolution. Celle-ci, au même titre que la souffrance des hommes, qui m'est bien connue et que je n'oublierai jamais, garde toute ma confiance, tout mon espoir de salut et toute ma combativité.

J'ai toujours été et je reste le soldat passionné, le franc-tireur de la mêlée sociale, aux côtés des vrais révolutionnaires et pour une humanité meilleure.

Vienne, décembre 1929.

DU MÊME AUTEUR

Aux Éditions Gallimard

LA FAMILLE PERLMUTTER, *roman,* en collaboration avec Josué Jehouda.

MES DÉPARTS, *souvenirs.*

ŒUVRES

I. Les récits d'Adrien Zograffi — Kyra Kyralina — Oncle Anghel — Présentation des Haïdoucs — Domnitza de Snagov.

II. La jeunesse d'Adrien Zograffi — Codine — Mikhaïl — Mes départs — Le pêcheur d'éponges.

III. Vie d'Adrien Zograffi — La maison Thüringer — Le bureau de placement — Méditerranée (Lever du soleil) — Méditerranée (Coucher du soleil).

IV. Les chardons du Baragan — Tsa-Tsa Miunka – Nerrantsoula — La famille Perlmutter — Pour avoir aimé la terre.

LE PÈLERIN DU CŒUR, *souvenirs.*

COLLECTION FOLIO

Dernières parutions :

2490. David Goodis — *Le casse.*
2491. Sébastien Japrisot — *Un long dimanche de fiançailles.*
2492. Yukio Mishima — *Le soleil et l'acier.*
2493. Vladimir Nabokov — *La Vénitienne et autres nouvelles.*
2494. François Salvaing — *Une vie de rechange.*
2495. Josyane Savigneau — *Marguerite Yourcenar (L'invention d'une vie).*
2496. Jacques Sternberg — *Histoires à dormir sans vous.*
2497. Marguerite Yourcenar — *Mishima ou la vision du vide.*
2498. Villiers de l'Isle Adam — *L'Ève future.*
2499. D.H. Lawrence — *L'Amant de Lady Chatterley.*
2500. Collectif — *Mémoires d'Europe I.*
2501. Collectif — *Mémoires d'Europe II.*
2502. Collectif — *Mémoires d'Europe III.*
2503. Didier Daeninckx — *Le géant inachevé.*
2504. Éric Ollivier — *L'escalier des heures glissantes.*
2505. Julian Barnes — *Avant moi.*
2506. Daniel Boulanger — *La confession d'Omer.*
2507. Nicolas Bréhal — *Sonate au clair de lune.*
2508. Noëlle Chatelet — *La courte échelle.*
2509. Marguerite Duras — *L'Amant de la Chine du Nord.*
2510. Sylvie Germain — *L'enfant Méduse.*
2511. Yasushi Inoué — *Shirobamba.*
2512. Rezvani — *La nuit transfigurée.*
2513. Boris Schreiber — *Le tournesol déchiré.*
2514. Anne Wiazemsky — *Marimé.*
2515. Francisco González Ledesma — *Soldados.*

2516.	Guy de Maupassant	*Notre cœur.*
2517.	Roberto Calasso	*Les noces de Cadmos et Harmonie.*
2518.	Driss Chraïbi	*L'inspecteur Ali.*
2519.	Pietro Citati	*Histoire qui fut heureuse, puis douloureuse et funeste.*
2520.	Paul Constant	*Le grand Ghâpal.*
2521.	Pierre Magnan	*Les secrets de Laviolette.*
2522.	Pierre Michon	*Rimbaud le fils.*
2523.	Michel Mohrt	*Un soir, à Londres.*
2524.	Francis Ryck	*Le silencieux.*
2525.	William Styron	*Face aux ténèbres.*
2526.	René Swennen	*Le roman du linceul.*
2528.	Jerome Charyn	*Un bon flic.*
2529.	Jean-Marie Laclavetine	*En douceur.*
2530.	Didier Daeninckx	*Lumière noire.*
2531.	Pierre Moinot	*La descente du fleuve.*
2532.	Vladimir Nabokov	*La transparence des choses.*
2533.	Pascal Quignard	*Tous les matins du monde.*
2534.	Alberto Savinio	*Toute la vie.*
2535.	Sempé	*Luxe, calme & volupté.*
2536.	Graham Swift	*Le pays des eaux.*
2537.	Abraham B. Yehoshua	*L'année des cinq saisons.*
2538.	Marcel Proust	*Les Plaisirs et les Jours* suivi de *L'indifférent.*
2539.	Frédéric Vitoux	*Cartes postales.*
2540.	Tacite	*Annales.*
2541.	François Mauriac	*Zabé.*
2542.	Thomas Bernhard	*Un enfant.*
2543.	Lawrence Block	*Huit millions de façons de mourir.*
2544.	Jean Delay	*Avant Mémoire II.*
2545.	Annie Ernaux	*Passion simple.*
2546.	Paul Fournel	*Les petites filles respirent le même air que nous.*
2547.	Georges Perec	*« 53 jours ».*
2548.	Jean Renoir	*Les cahiers du capitaine Georges.*
2549.	Michel Schneider	*Glenn Gould piano solo.*
2550.	Michel Tournier	*Le Tabor et Sinaï.*
2551.	M.E. Saltykov-Chtchédrine	*Histoire d'une ville.*
2552.	Eugène Nicole	*Les larmes de pierre.*

2553. Saint-Simon — *Mémoires II.*
2554. Christian Bobin — *La part manquante.*
2555. Boileau-Narcejac — *Les nocturnes.*
2556. Alain Bosquet — *Le métier d'otage.*
2557. Jeanne Bourin — *Les compagnons d'éternité.*
2558. Didier Daeninckx — *Zapping.*
2559. Gérard Delteil — *Le retour de l'Inca.*
2560. Joseph Kessel — *La vallée des rubis.*
2561. Catherine Lépront — *Une rumeur.*
2562. Arto Paasilinna — *Le meunier hurlant.*
2563. Gilbert Sinoué — *Le pourpre et l'olivier.*
2564. François-Marie Banier — *Le passé composé.*
2565. Gonzalo Torrente Ballester — *Le roi ébahi.*
2566. Ray Bradbury — *Le fantôme d'Hollywood.*
2567. Thierry Jonquet — *La Bête et la Belle.*
2568. Marguerite Duras — *La pluie d'été.*
2569. Roger Grenier — *Il te faudra quitter Florence.*
2570. Yukio Mishima — *Les amours interdites.*
2571. J.-B. Pontalis — *L'amour des commencements.*
2572. Pascal Quignard — *La frontière.*
2573. Antoine de Saint-Exupéry — *Écrits de guerre (1939-1944).*
2574. Abraham B. Yehoshua — *L'amant.*
2575. Denis Diderot — *Paradoxe sur le comédien.*
2576. Anonyme — *La Châtelaine de Vergy.*
2577. Honoré de Balzac — *Le chef-d'œuvre inconnu.*
2578. José Cabanis — *Saint-Simon l'admirable.*
2579. Michel Déon — *Le prix de l'amour.*
2580. Lawrence Durrell — *Le sourire du Tao.*
2581. André Gide — *Amyntas.*
2582. Hervé Guibert — *Mes parents.*
2583. Nat Hentoff — *Le diable et son jazz.*
2584. Pierre Mac Orlan — *Quartier Réservé.*
2585. Pierre Magnan — *La naine.*
2586. Naguib Mahfouz — *Chimères.*
2587. Vladimir Nabokov — *Ada ou l'Ardeur.*
2588. Daniel Boulanger — *Été à la diable.*
2589. Louis Calaferte — *La mécanique des femmes.*
2590. Sylvie Germain — *La Pleurante des rues de Prague.*

2591. Julian Gloag — *N'éveillez pas le chat qui dort.*
2592. J.M.G. Le Clézio — *Étoile errante.*
2593. Louis Malle — *Au revoir, les enfants.*
2595. Jean-Bernard Pouy — *L'homme à l'oreille croquée.*
2596. Reiser — *Jeanine.*
2597. Jean Rhys — *Il ne faut pas tirer les oiseaux au repos.*
2598. Isaac Bashevis Singer — *Gimpel le naïf.*
2599. Andersen — *Contes choisis.*
2600. Jacques Almira — *Le Bar de la Mer.*
2602. Dominique Bona — *Malika.*
2603. John Dunning — *Les mécanos de la mort.*
2604. Oriana Fallaci — *Inchallah.*
2605. Sue Hubbell — *Une année à la campagne.*
2606. Sébastien Japrisot — *Le passager de la pluie*
2607. Jack Kerouac — *Docteur Sax.*
2608. Ruth Rendell/Helen Simpson — *Heures fatales.*
2609. Tristan L'Hermite — *Le Page disgracié.*
2610. Alexandre Dumas — *Les Trois Mousquetaires.*
2611. John Updike — *La concubine de saint Augustin* et autres nouvelles.
2612. John Updike — *Bech est de retour.*
2613. John Updike — *Un mois de dimanches.*
2614. Emmanuèle Bernheim — *Le cran d'arrêt.*
2615. Tonino Benacquista — *La commedia des ratés.*
2616. Tonino Benacquista — *Trois carrés rouges sur fond noir.*
2617. Rachid Boudjedra — *FIS de la haine.*
2618. Jean d'Ormesson — *La gloire de l'Empire.*
2619. Léon Tolstoï — *Résurrection.*
2620. Ingmar Bergman — *Cris et chuchotements* suivi de *Persona* et de *Le lien.*
2621. Ingmar Bergman — *Les meilleures intentions.*
2622. Nina Bouraoui — *Poing mort.*
2623. Marguerite Duras — *La Vie matérielle.*
2624. René Frégni — *Les nuits d'Alice.*
2625. Pierre Gamarra — *Le maître d'école.*
2626. Joseph Hansen — *Les ravages de la nuit.*
2627. Félicien Marceau — *Les belles natures.*
2628. Patrick Modiano — *Un cirque passe*

2629. Raymond Queneau — *Le vol d'Icare.*
2630. Voltaire — *Dictionnaire philosophique.*
2631. William Makepeace Thackeray — *La Foire aux Vanités.*
2632. Julian Barnes — *Love, etc.*
2633. Lisa Bresner — *Le sculpteur de femmes.*
2634. Patrick Chamoiseau — *Texaco.*
2635. Didier Daeninckx — *Play-back.*
2636. René Fallet — *L'amour baroque.*
2637. Paula Jacques — *Deborah et les anges dissipés.*
2638. Charles Juliet — *L'inattendu.*
2639. Michel Mohrt — *On liquide et on s'en va.*
2640. Marie Nimier — *L'hypnotisme à la portée de tous.*
2641. Henri Pourrat — *Bons, pauvres et mauvais diables.*
2642. Jacques Syreigeol — *Miracle en Vendée.*
2643. Virginia Woolf — *Mrs Dalloway.*
2645. Jerome Charyn — *Elseneur.*
2646. Sylvie Doizelet — *Chercher sa demeure.*
2647. Hervé Guibert — *L'homme au chapeau rouge.*
2648. Knut Hamsun — *Benoni.*
2649. Knut Hamsun — *La dernière joie.*
2650. Hermann Hesse — *Gertrude.*
2651. William Hjortsberg — *Le sabbat dans Central Park.*
2652. Alexandre Jardin — *Le Petit Sauvage.*
2653. Philip Roth — *Patrimoine.*
2654. Rabelais — *Le Quart Livre.*
2655. Fédor Dostoïevski — *Les Frères Karamazov.*
2656. Fédor Dostoïevski — *L'Idiot.*
2657. Lewis Carroll — *Alice au pays des merveilles.*
2658. Marcel Proust — *Le Côté de Guermantes.*
2659. Honoré de Balzac — *Le Colonel Chabert.*
2660. Léon Tolstoï — *Anna Karénine.*
2661. Fédor Dostoïevski — *Crime et châtiment.*
2662. Philippe Le Guillou — *Le rumeur du soleil.*
2663. Sempé-Goscinny — *Le petit Nicolas et les copains.*
2664. Sempé-Goscinny — *Les vacances du petit Nicolas.*
2665. Sempé-Goscinny — *Les récrés du petit Nicolas.*
2666. Sempé-Goscinny — *Le petit Nicolas a des ennuis.*
2667. Emmanuèle Bernheim — *Un couple.*
2668. Richard Bohringer — *Le bord intime des rivières.*

2669. Daniel Boulanger — *Ursacq.*
2670. Louis Calaferte — *Droit de cité.*
2671. Pierre Charras — *Marthe jusqu'au soir.*
2672. Ya Ding — *Le cercle du petit ciel.*
2673. Joseph Hansen — *Les mouettes volent bas.*
2674. Augustina Izquierdo — *L'amour pur.*
2675. Augustina Izquierdo — *Un souvenir indécent.*
2677. Philippe Labro — *Quinze ans.*
2678. Stéphane Mallarmé — *Lettres sur la poésie.*
2679. Philippe Beaussant — *Le biographe.*
2680. Christian Bobin — *Souveraineté du vide.*
2681. Christian Bobin — *Le Très-Bas.*
2682. Frédéric Boyer — *Des choses idiotes et douces.*
2683. Remo Forlani — *Valentin tout seul.*
2684. Thierry Jonquet — *Mygale.*
2685. Dominique Rolin — *Deux femmes un soir.*
2686. Isaac B. Singer — *Le certificat.*
2687. Philippe Sollers — *Le Secret.*
2688. Bernard Tirtiaux — *Le passeur de lumière.*
2689. Fénelon — *Les Aventures de Télémaque.*
2690. Robert Bober — *Quoi de neuf sur la guerre ?*
2691. Ray Bradbury — *La baleine de Dublin.*
2692. Didier Daeninckx — *Le der des ders.*
2693. Annie Ernaux — *Journal du dehors.*
2694. Knut Hamsun — *Rosa.*
2695. Yachar Kemal — *Tu écraseras le serpent.*
2696. Joseph Kessel — *La steppe rouge.*
2697. Yukio Mishima — *L'école de la chair.*
2698. Pascal Quignard — *Le nom sur le bout de la langue.*
2699. Jacques Sternberg — *Histoires à mourir de vous.*
2701. Calvin — *Œuvres choisies.*
2702. Milan Kundera — *L'art du roman.*
2703. Milan Kundera — *Les testaments trahis.*
2704. Rachid Boudjedra — *Timimoun.*
2705. Robert Bresson — *Notes sur le cinématographe.*
2706. Raphaël Confiant — *Ravines du devant-jour.*
2707. Robin Cook — *Les mois d'avril sont meurtriers.*
2708. Philippe Djian — *Sotos.*
2709. Ernest Hemingway — *En ligne.*
2710. Gabriel Matzneff — *La prunelle de mes yeux.*

2711. Angelo Rinaldi	*Les jours ne s'en vont pas longtemps.*
2712. Henri Pierre Roché	*Deux Anglaises et le continent.*
2714. Collectif	*Dom Carlos* et autres nouvelles françaises du XVIIe siècle.
2715. François-Marie Banier	*La tête la première.*
2716. Julian Barnes	*Le porc-épic.*
2717. Jean-Paul Demure	*Aix abrupto.*
2718. William Faulkner	*Le gambit du cavalier.*
2719. Pierrette Fleutiaux	*Sauvée !*
2720. Jean Genet	*Un captif amoureux.*
2721. Jean Giono	*Provence.*
2722. Pierre Magnan	*Périple d'un cachalot.*
2723. Félicien Marceau	*La terrasse de Lucrezia.*
2724. Daniel Pennac	*Comme un roman.*
2725. Joseph Conrad	*L'agent secret.*
2726. Jorge Amado	*La terre aux fruits d'or.*
2727. Karen Blixen	*Ombres sur la prairie.*
2728. Nicolas Bréhal	*Les corps célestes.*
2729. Jack Couffer	*Le rat qui rit.*
2730. Romain Gary	*La danse de Gengis Cohn.*
2731. André Gide	*Voyage au Congo* suivi de *Le retour du Tchad.*
2733. Ian McEwan	*L'enfant volé.*
2734. Jean-Marie Rouart	*Le goût du malheur.*
2735. Sempé	*Âmes sœurs.*
2736. Émile Zola	*Lourdes.*
2737. Louis-Ferdinand Céline	*Féerie pour une autre fois.*
2738. Henry de Montherlant	*La Rose de sable.*
2739. Vivant Denon Jean-François de Bastide	*Point de lendemain,* suivi de *La Petite Maison.*
2740. William Styron	*Le choix de Sophie.*
2741. Emmanuèle Bernheim	*Sa femme.*
2742. Maryse Condé	*Les derniers rois mages.*
2743. Gérard Delteil	*Chili con carne.*
2744. Édouard Glissant	*Tout-monde.*
2745. Bernard Lamarche-Vadel	*Vétérinaires.*
2746. J.M.G. Le Clézio	*Diego et Frida.*

2747. Jack London — *L'amour de la vie.*
2748. Bharati Mukherjee — *Jasmine.*
2749. Jean-Noël Pancrazi — *Le silence des passions.*
2750. Alina Reyes — *Quand tu aimes, il faut partir.*
2751. Mika Waltari — *Un inconnu vint à la ferme.*
2752. Alain Bosquet — *Les solitudes.*
2753. Jean Daniel — *L'ami anglais.*
2754. Marguerite Duras — *Écrire.*
2755. Marguerite Duras — *Outside.*
2756. Amos Oz — *Mon Michaël.*
2757. René-Victor Pilhes — *La position de Philidor.*
2758. Danièle Sallenave — *Les portes de Gubbio.*
2759. Philippe Sollers — *PARADIS 2.*
2760. Mustapha Tlili — *La rage aux tripes.*
2761. Anne Wiazemsky — *Canines.*
2762. Jules et Edmond de Goncourt — *Manette Salomon.*
2763. Philippe Beaussant — *Héloïse.*
2764. Daniel Boulanger — *Les jeux du tour de ville.*
2765. Didier Daeninckx — *En marge.*
2766. Sylvie Germain — *Immensités.*
2767. Witold Gombrowicz — *Journal I (1953-1958).*
2768. Witold Gombrowicz — *Journal II (1959-1969).*
2769. Gustaw Herling — *Un monde à part.*
2770. Hermann Hesse — *Fiançailles.*
2771. Arto Paasilinna — *Le fils du dieu de l'Orage.*
2772. Gilbert Sinoué — *La fille du Nil.*
2773. Charles Williams — *Bye-bye, bayou !*
2774. Avraham B. Yehoshua — *Monsieur Mani.*
2775. Anonyme — *Les Mille et Une Nuits III* (contes choisis).
2776. Jean-Jacques Rousseau — *Les confessions.*
2777. Pascal — *Les pensées.*
2778. Lesage — *Gil Blas.*
2779. Victor Hugo — *Les Misérables I.*
2780. Victor Hugo — *Les Misérables II.*
2781. Dostoïevski — *Les Démons (Les Possédés).*
2782. Guy de Maupassant — *Boule de suif* et autres nouvelles.
2783. Guy de Maupassant — *La Maison Tellier. Une partie de campagne* et autres nouvelles.

2784. Witold Gombrowicz *La pornographie.*
2785. Marcel Aymé *Le vaurien.*
2786. Louis-Ferdinand Céline *Entretiens avec le Professeur Y.*
2787. Didier Daeninckx *Le bourreau et son double.*
2788. Guy Debord *La Société du Spectacle.*
2789. William Faulkner *Les larrons.*
2790. Élisabeth Gille *Le crabe sur la banquette arrière.*
2791. Louis Martin-Chauffier *L'homme et la bête.*
2792. Kenzaburô Öé *Dites-nous comment survivre à notre folie.*
2793. Jacques Réda *L'herbe des talus.*
2794. Roger Vrigny *Accident de parcours.*
2795. Blaise Cendrars *Le Lotissement du ciel.*
2796. Alexandre Pouchkine *Eugène Onéguine.*
2797. Pierre Assouline *Simenon.*
2798. Frédéric H. Fajardie *Bleu de méthylène.*
2799. Diane de Margerie *La volière* suivi de *Duplicités.*
2800. François Nourissier *Mauvais genre.*
2801. Jean d'Ormesson *La Douane de mer.*
2802. Amos Oz *Un juste repos.*
2803. Philip Roth *Tromperie.*
2804. Jean-Paul Sartre *L'engrenage.*
2805. Jean-Paul Sartre *Les jeux sont faits.*
2806. Charles Sorel *Histoire comique de Francion.*
2807. Chico Buarque *Embrouille.*
2808. Ya Ding *La jeune fille Tong.*
2809. Hervé Guibert *Le Paradis.*
2810. Martin Luis Guzman *L'ombre de Caudillo.*
2811. Peter Handke *Essai sur la fatigue.*
2812. Philippe Labro *Un début à Paris.*
2813. Michel Mohrt *L'ours des Adirondacks.*
2814. N. Scott Momaday *La maison de l'aube.*
2815. Banana Yoshimoto *Kitchen.*
2816. Virginia Woolf *Vers le phare.*
2817. Honoré de Balzac *Sarrasine.*
2818. Alexandre Dumas *Vingt ans après.*
2819. Christian Bobin *L'inespérée.*
2820. Christian Bobin *Isabelle Bruges.*
2821. Louis Calaferte *C'est la guerre.*
2822. Louis Calaferte *Rosa mystica.*

2823.	Jean-Paul Demure	*Découpe sombre.*
2824.	Lawrence Durrell	*L'ombre infinie de César.*
2825.	Mircea Eliade	*Les dix-neuf roses.*
2826.	Roger Grenier	*Le Pierrot noir.*
2827.	David McNeil	*Tous les bars de Zanzibar.*
2828.	René Frégni	*Le voleur d'innocence.*
2829.	Louvet de Couvray	*Les Amours du chevalier de Faublas.*
2830.	James Joyce	*Ulysse.*
2831.	François-Régis Bastide	*L'homme au désir d'amour lointain.*
2832.	Thomas Bernhard	*L'origine.*
2833.	Daniel Boulanger	*Les noces du merle.*
2834.	Michel del Castillo	*Rue des Archives.*
2835.	Pierre Drieu la Rochelle	*Une femme à sa fenêtre.*
2836.	Joseph Kessel	*Dames de Californie.*
2837.	Patrick Mosconi	*La nuit apache.*
2838.	Marguerite Yourcenar	*Conte bleu.*
2839.	Pascal Quignard	*Le sexe et l'effroi.*
2840.	Guy de Maupassant	*L'inutile beauté.*
2841.	Kôbô Abé	*Rendez-vous secret.*
2842.	Nicolas Bouvier	*Le poisson-scorpion.*
2843.	Patrick Chamoiseau	*Chemin-d'école.*
2844.	Patrick Chamoiseau	*Antan d'enfance.*
2845.	Philippe Djian	*Assassins.*
2846.	Lawrence Durrell	*Le Carrousel sicilien.*
2847.	Jean-Marie Laclavetine	*Le rouge et le blanc.*
2848.	D.H. Lawrence	*Kangourou.*
2849.	Francine Prose	*Les petits miracles.*
2850.	Jean-Jacques Sempé	*Insondables mystères.*
2851.	Béatrix Beck	*Acommodements avec le ciel.*
2852.	Herman Melville	*Moby Dick.*
2853.	Jean-Claude Brisville	*Beaumarchais, l'insolent.*
2854.	James Baldwin	*Face à l'homme blanc.*
2855.	James Baldwin	*La prochaine fois, le feu.*
2856.	W. R. Burnett	*Rien dans les manches.*
2857.	Michel Déon	*Un déjeuner de soleil.*
2858.	Michel Déon	*Le jeune homme vert.*
2859.	Philippe Le Guillou	*Le passage de l'Auln.*
2860.	Claude Brami	*Mon amie d'enfance.*
2861.	Serge Brussolo	*La moisson d'hiver.*

2862.	René de Ceccatty	*L'accompagnement.*
2863.	Jerome Charyn	*Les filles de Maria.*
2864.	Paule Constant	*La fille du Gobernator.*
2865.	Didier Daeninckx	*Un château en Bohême.*
2866.	Christian Giudicelli	*Quartiers d'Italie.*
2867.	Isabelle Jarry	*L'archange perdu.*
2868.	Marie Nimier	*La caresse.*
2869.	Arto Paasilinna	*La forêt des renards pendus.*
2870.	Jorge Semprun	*L'écriture ou la vie.*
2871.	Tito Topin	*Piano barjo.*
2872.	Michel Del Castillo	*Tanguy.*
2873.	Huysmans	*En route.*
2874.	James M. Cain	*Le bluffeur.*
2875.	Réjean Ducharme	*Va savoir.*
2876.	Mathieu Lindon	*Champion du monde.*
2877.	Robert Littell	*Le sphinx de Sibérie.*
2878.	Claude Roy	*Les rencontres des jours 1992-1993.*
2879.	Danièle Sallenave	*Les trois minutes du diable.*
2880.	Philippe Sollers	*La Guerre du Goût.*
2881.	Michel Tournier	*Le pied de la lettre.*
2882.	Michel Tournier	*Le miroir des idées.*
2883.	Andreï Makine	*La confession d'un porte-drapeau déchu.*
2884.	Andreï Makine	*La fille d'un héros de l'Union soviétique.*
2885.	Andreï Makine	*Au temps du fleuve Amour.*
2886.	John Updike	*La parfaite épouse.*
2887.	Defoe	*Robinson Crusoé.*
2888.	Philippe Beaussant	*L'archéologue.*
2889.	Pierre Bergounioux	*Miette.*
2890.	Pierrette Fleutiaux	*Allons-nous être heureux ?*
2891.	Remo Forlani	*La déglingue.*
2892.	Joe Gores	*Inconnue au bataillon.*
2893.	Félicien Marceau	*Les ingénus.*
2894.	Ian McEwan	*Les chiens noirs.*
2895.	Pierre Michon	*Vies minuscules.*
2896.	Susan Minot	*La vie secrète de Lilian Eliot.*
2897.	Orhan Pamuk	*Le livre noir.*
2898.	William Styron	*Un matin de Virginie.*

2899.	Claudine Vegh	*Je ne lui ai pas dit au revoir.*
2900.	Robert Walser	*Le brigand.*
2901.	Grimm	*Nouveaux contes.*
2902.	Chrétien de Troyes	*Lancelot ou le chevalier de la charrette.*
2903.	Herman Melville	*Bartleby, le scribe.*
2904.	Jerome Charyn	*Isaac le mystérieux.*
2905.	Guy Debord	*Commentaires sur la société du spectacle.*
2906.	Guy Debord	*Potlatch.*
2907.	Karen Blixen	*Les chevaux fantômes et autres contes.*
2908.	Emmanuel Carrère	*La classe de neige.*
2909.	James Crumley	*Un pour marquer la cadence.*
2910.	Anne Cuneo	*Le trajet d'une rivière.*
2911.	John Dos Passos	*L'initiation d'un homme.*
2912.	Alexandre Jardin	*L'île des gauchers.*
2913.	Jean Rolin	*Zones.*
2914.	Jorge Semprun	*L'Algarabie.*
2915.	Junichirô Tanizaki	*Le chat, son maître et ses deux maîtresses.*
2916.	Bernard Tirtiaux	*Les sept couleurs du vent.*
2917.	H.G. Wells	*L'île du docteur Moreau.*
2918.	Alphonse Daudet	*Tartarin sur les Alpes.*
2919.	Albert Camus	*Discours de Suède.*
2921.	Chester Himes	*Regrets sans repentir.*
2922.	Paula Jacques	*La descente au paradis.*
2923.	Sibylle Lacan	*Un père.*
2924.	Kenzaburô Ôé	*Une existence tranquille.*
2925.	Jean-Noël Pancrazi	*Madame Arnoul.*
2926.	Ernest Pépin	*L'Homme-au-Bâton.*
2927.	Antoine de St-Exupéry	*Lettres à sa mère.*
2928.	Mario Vargas Llosa	*Le poisson dans l'eau.*
2929.	Arthur de Gobineau	*Les Pléiades.*
2930.	Alex Abella	*Le massacre des saints.*
2932.	Thomas Bernhard	*Oui.*
2933.	Gérard Macé	*Le dernier des Égyptiens.*
2934.	Andreï Makine	*Le testament français.*
2935.	N. Scott Momaday	*Le chemin de la montagne de pluie.*

2936. Maurice Rheims *Les forêts d'argent.*
2937. Philip Roth *Opération Shylock.*
2938. Philippe Solers *Le Cavalier du Louvre. Vivant Denon.*
2939. Giovanni Verga *Les Malavoglia.*
2941. Christophe Bourdin *Le fil.*
2942. Guy de Maupassant *Yvette.*
2943. Simone de Beauvoir *L'Amérique.*
2944. Victor Hugo *Choses vues I.*
2945. Victor Hugo *Choses vues II.*
2946. Carlos Fuentes *L'oranger.*
2947. Roger Grenier *Regardez la neige qui tombe.*
2948. Charles Juliet *Lambeaux.*
2949. J.M.G. Le Clezio *Voyage à Rodrigues.*
2950. Pierre Magnan *La Folie Forcalquier.*
2951. Armoz Oz *Toucher l'eau, toucher le vent.*
2952. Jean-Marie Rouart *Morny, un voluptueux au pouvoir.*
2953. Pierre Salinger *De mémoire.*
2954. Shi Nai-An *Au bord de l'eau I.*
2955. Shi Nai-An *Au bord de l'eau II.*
2956. Marivaux *La Vie de Marianne.*
2957. Kent Anderson *Sympathy for the devil.*
2958. André Malraux *Espoir - Sierra de Teruel.*
2959. Christian Bobin *La folle allure.*
2960. Nicolas Bréhal *Le parfait amour.*
2961. Serge Brussolo *Hurlemort.*
2962. Hervé Guibert *La piqûre d'amour et autres textes.*
2963. Ernest Hemingway *Le chaud et le froid.*
2964. James Joyce *Finnegans Wake.*
2965. Gilbert Sinoué *Le Livre de saphir.*
2966. Junichirô Tanizaki *Quatre sœurs.*
2967. Jeroen Brouwers *Rouge décanté.*
2968. Forrest Carter *Pleure, Géronimo.*
2971. Didier Daeninckx *Métropolice.*
2972. Franz-Olivier Giesbert *Le vieil homme et la mort.*
2973. Jean-Marie Laclavetine *Demain la veille.*
2974. J.-M.G. Le Clézio *La quarantaine.*
2975. Régine Pernoud *Jeanne d'Arc.*

2976. Pascal Quignard — *Petits traités I.*
2977. Pascal Quignard — *Petits traités II.*
2978. Geneviève Brisac — *Les filles.*
2979. Stendhal — *Promenades dans Rome.*
2980. Virgile — *Bucoliques. Géorgiques.*
2981. Milan Kundera — *La lenteur.*
2982. Odon Vallet — *L'affaire Oscar Wilde.*
2983. Marguerite Yourcenar — *Lettres à ses amis et quelques autres.*
2984. Vassili Axionov — *Une saga moscovite I.*
2985. Vassili Axionov — *Une saga moscovite II.*
2986. Jean-Philippe Arrou-Vignod — *Le conseil d'indiscipline.*
2987. Julian Barnes — *Metroland.*
2988. Daniel Boulanger — *Caporal Supérieur.*
2989. Pierre Bourgeade — *Eros mécanique.*
2990. Louis Calaferte — *Satori.*
2991. Michel Del Castillo — *Mon Frère L'Idiot.*
2992. Jonathan Coe — *Testament à l'anglaise.*
2993. Marguerite Duras — *Des journées entières dans les arbres.*
2994. Nathalie Sarraute — *Ici.*
2995. Issac Bashevis Singer — *Meshugah.*
2996. William Faulkner — *Parabole.*
2997. André Malraux — *Les noyers de L'Altenburg.*
2998. Collectif — *Théologiens et mystiques au Moyen-Age.*
2999. Jean-Jacques Rousseau — *Les confessions (Livres I à IV).*
3000. Daniel Pennac — *Monsieur Malaussène.*
3001. Louis Aragon — *Le mentir-vrai.*
3002. Boileau-Narcejac — *Schuss.*
3003. LeRoi Jones — *Le peuple du Blues.*
3004. Joseph Kessel — *Vent de sable.*
3005. Patrick Modiano — *Du plus loin de l'oubli.*
3006. Daniel Prevost — *Le pont de la révolte.*
3007. Pascal Quignard — *Rhétorique spéculative.*
3008. Pascal Quignard — *La haine de la musique.*
3009. Laurent de Wilde — *Monk.*
3010. Paul Clément — *Exit.*
3011. Léon Tolstoï — *La Mort d'Ivan Ilitch.*

3012. Pierre Bergounioux — *La mort de Brune.*
3013. Jean-Denis Bredin — *Encore un peu de temps.*
3014. Régis Debray — *Contre Venise.*
3015. Romain Gary — *Charge d'âme.*
3016. Sylvie Germain — *Éclats de sel.*
3017. Jean Lacouture — *Une adolescence du siècle : Jacques Rivière et la* NRF.
3018. Richard Millet — *La gloire des Pythre.*
3019. Raymond Queneau — *Les derniers jours.*
3020. Mario Vargas Llosa — *Lituma dans les Andes.*
3021 Pierre Gascar — *Les femmes.*
3022. Penelope Lively — *La sœur de Cléopâtre.*
3023. Alexandre Dumas — *Le Vicomte de Bragelonne I.*
3024. Alexandre Dumas — *Le Vicomte de Bragelonne II.*
3025. Alexandre Dumas — *Le Vicomte de Bragelonne III.*
3026. Claude Lanzmann — *Shoah.*
3027. Julian Barnes — *Lettres de Londres.*
3028. Thomas Bernhard — *Des arbres à abattre.*
3029. Hervé Jaouen — *L'allumeuse d'étoiles.*
3030. Jean d'Ormesson — *Presque rien sur presque tout.*
3031. Pierre Pelot — *Sous le vent du monde.*
3032. Hugo Pratt — *Corto Maltese.*
3033. Jacques Prévert — *Le crime de Monsieur Lange. Les portes de la nuit.*
3034. René Reouven — *Souvenez-vous de Monte-Cristo.*
3035. Mary Shelley — *Le dernier homme.*
3036. Anne Wiazemsky — *Hymnes à l'amour.*
3037. Rabelais — *Quart livre.*
3038. François Bon — *L'enterrement.*
3039. Albert Cohen — *Belle du Seigneur.*
3040. James Crumley — *Le canard siffleur mexicain.*
3041. Philippe Delerm — *Sundborn ou les jours de lumière.*
3042. Shûzaku Endô — *La fille que j'ai abandonnée.*
3043. Albert French — *Billy.*
3044. Virgil Gheorghiu — *Les Immortels d'Agapia.*
3045. Jean Giono — *Manosque-des-Plateaux* suivi de *Poème de l'olive.*
3046. Philippe Labro — *La traversée.*
3047. Bernard Pingaud — *Adieu Kafka ou l'imitation.*

3048. Walter Scott	*Le Cœur du Mid-Lothian.*
3049. Boileau-Narcejac	*Champ clos.*
3050. Serge Brussolo	*La maison de l'aigle.*
3052. Jean-François Deniau	*L'Atlantique est mon désert.*
3053. Mavis Gallant	*Ciel vert, ciel d'eau.*
3054. Mavis Gallant	*Poisson d'avril.*
3056. Peter Handke	*Bienvenue au conseil d'administration.*
3057. Anonyme	*Josefine Mutzenbacher. Histoire d'une fille de Vienne racontée par elle-même.*
3059. Jacques Sternberg	*188 contes à régler.*
3060. Gérard de Nerval	*Voyage en Orient.*
3061. René de Ceccatty	*Aimer.*
3062. Joseph Kessel	*Le tour du malheur I : La fontaine Médicis. L'affaire Bernan.*
3063. Joseph Kessel	*Le tour du malheur II : Les lauriers roses. L'homme de plâtre.*

Impression Brodard et Taupin
à La Flèche (Sarthe),
le 1er avril 1998.
Dépôt légal : avril 1998.
1er dépôt légal dans la collection : mai 1984.
Numéro d'imprimeur : 1140U-5.

ISBN 2-07-037594-3 / Imprimé en France.

86409